다니엘 켈만

장편소설

박종대 옮김

틸

줄 위의 남자

TYLL

Daniel Kehlmann

다산책방

일러두기 • 주석은 모두 옮긴이주입니다.
• 본문 중 기울임체는 원문에서 이탤릭으로 강조된 부분입니다.

이 작품은 괴테 인스티투트의 보조금 지원을 받아 번역되었습니다.

차례

신발

지금까지는 우리에게 전쟁이 찾아오지 않았다. 우리는 두려움과 희망을 함께 품은 채 살았고, 단단한 벽으로 둘러싸인 우리 도시에 신의 분노가 미치지 않도록 갖은 애를 썼다. 백다섯 가구와 예배당, 그리고 우리 선조들이 부활의 날을 기다리는 공동묘지가 자리한 도시였다.

우리는 전쟁이 우리를 비켜 가게 해달라고 빌고 또 빌었다. 전지전능한 신에게 기도했고, 선하신 마리아에게 간절히 기도했다. 거기다 숲의 여신과 밤의 요정들, 전설 속의 거룩한 게르빈, 천국의 문을 지키는 성 베드로, 사도 요한에게도 기도했다. 혹시 몰라 악령이 자유롭게 떠도는 스산한 밤이면 종자들을 데리고 하늘을 날아다닌다는 마녀 멜라에게도 두 손을 모았다. 또한 우리는 그 옛날 뿔 달린 도깨비에게도 기도하고, 얼어 죽어가는 거지에게 자신의 외투를 건네 같이 덮고는 함께 떨었다는 마르틴 주교에게도 기도했다. 사실 한겨울에 둘이서 외투를 나누어 입는다고 무슨 큰 도움이 될지는 모르겠지만. 어쨌건 우리는 또 하나밖에 없는 정의의 신에 대한 믿음을 배반하지 않으려고 자신의 전 부대원과 함께 기꺼이 죽음을 택한 성자 모리츠에게도 두 손 모아 기도했다.

세금 징수원은 1년에 두 번 찾아왔는데, 그때마다 우리가 아직 여기 붙어 있는 사실에 놀라움을 금치 못했다. 이따금 행상도 이곳을 찾았지만 우리가 살 게 많지 않았기 때문에 서둘러 떠나곤 했다. 어차피 우리도 그게 편했다. 우린 넓은 세상의 물건이 필요하지 않았고, 세상을 생각하지도 않았다. 어느 날 아침 당나귀가 끄는 포장마차가 우리의 주도로로 굴러 들어올 때까지는. 때는 막 봄이 기지개를 켜는 토요일이었다. 산에서 녹아 내린 물이 개천에 흘러넘치고, 일궈놓은 밭에서는 씨뿌리기가 한창이었다.

마차 위에는 붉은 범포로 만든 차일이 드리워 있었다. 그 앞에 쪼그리고 앉은 노파가 보였다. 몸은 무슨 자루 같고, 얼굴은 가죽으로 만든 듯했으며, 두 눈은 자그마한 검은 단추를 닮은 모습이었다. 뒤에는 짙은 색 머리칼에 주근깨가 많은, 젊은 여자가 서 있었고 마부석에는 한 남자가 앉아 있었다. 전에 이곳에 온 적이 없는, 그러나 우리가 아는 남자였다. 처음 그를 발견한 누군가가 기억을 떠올려 이름을 외치자 다른 사람들도 곧 그를 기억해냈다. 이윽고 사방에서 외침이 들려왔다. "틸이 왔다!" "틸이 여기 왔어!" "저기 봐, 저 사람이 틸이야." 다른 사람일 리 없었다.

전단이 마을로 흘러 들어오던 시절이었다. 물론 가끔 행상이 갖고 오기도 했다. 바깥세상에서는 헤아릴 수 없을 만큼 많은 전단이 인쇄되는 게 분명했다. 거기엔 바보들의 배,* 성직자들의 한없는 어리석음, 로마의 나쁜 교황, 비텐베르크의 사악한 마르티누스 루터, 마법사 호리두스, 파우스트 박사, 원탁의 기사 가웨인, 그리고 방금 여기 도착한 틸 울렌슈피겔에 관한 이야기들이 담겨 있었다. 그래서 우리는 이미 틸의 얼룩무늬 더블릿과 구겨진 후드, 송아지 가죽으로 만든 외투, 깡마른 몸, 작은 눈, 홀쭉한 뺨, 토끼 이빨을 알고 있었다. 바지는 좋은 천으로 만들어졌고, 신발 가죽도 고급에, 손은 평생 노동이라곤 해본 적 없는 도둑놈이나 백면서생의 것 같았다. 오른손에는 고삐를, 왼손에는 채찍을 쥔 그의 두 눈이 반짝거렸다. 그는 이쪽저쪽을 돌아보며 인사를 건넸다.

"이름이 뭐니?" 그가 한 소녀에게 물었다.

소녀는 입을 꾹 다물었다. 틸처럼 유명한 사람이 자신에게 말을 건다는 게 믿기지 않은 눈치였다.

---

* Schiff der Narren. 1494년에 출간된 독일 인문주의자 제바스티안 브란트의 풍자 작품. 바보들의 나라를 찾아가는 바보들의 항해를 통해 사회 각 계급의 폐단과 어리석음을 비꼰다.

이윽고 소녀가 더듬더듬 마르타라고 이름을 말하자 틸은 이미 알고 있었다는 듯 미소만 지었다.

이어 그가 중요한 것이라도 확인하듯 소녀의 눈을 들여다보며 나이를 물었다.

소녀는 헛기침을 한 뒤 나이를 말했다. 열두 해를 살아온 소녀에게 이런 눈은 처음이었다. 제국의 자유도시나 제후들의 궁전에서나 볼 수 있을 눈이었다. 이런 눈을 가진 사람이 우리를 찾아온 적은 없었다. 인간의 얼굴에서 이렇게 영혼의 힘이 뿜어져 나오다니, 마르타로서는 상상조차 못 한 일이었다. 훗날 미래의 남편에게, 또 틸을 전설 속 인물로만 알고 있을 손자들에게 자신이 직접 그를 보았다고 말해줄 수 있으리라.

마차는 이미 저만치 굴러가는 중이었고, 그의 시선도 도로변의 다른 사람들을 미끄러지듯이 훑고 있었다. "틸이 왔다!" 도로변에 있던 사람들이 다시금 소리쳤다. 창가에서도 똑같은 함성이 터져 나왔다. "틸이 왔어!" 마차가 향하고 있는 예배당 앞 광장에서도 마찬가지였다. "틸이 왔다!" 틸은 채찍을 탁 내려치더니 자리에서 일어났다.

마차는 순식간에 무대로 변했다. 두 여자가 천막을 접었다. 젊은 여자는 머리를 묶어 올린 뒤 보라색 천으로 몸을 감쌌고, 노파는 리라를 켜며 노래를 불렀다. 노파의 말은 남부 지방, 그러니까 바이에른에 있는 큰 도시의 사투리 같아서 알아듣기가 쉽지 않았다. 그래도 바다에 가로막혀 서로에게 다가갈 수 없는 두 연인에 대한 노래라는 것은 알 수 있었다. 틸 울렌슈피겔이 파란 천을 쥐고 한쪽 무릎을 꿇더니 천의 한쪽 끝을 잡은 채 앞으로 던졌다. 천이 펄럭이며 앞으로 펴지자 잽싸게 잡아당겼다가 다시 던졌다. 그 동작은 한 번 더 반복되었다. 틸과 무릎을 꿇고 앉은 여자 사이에서 파란 천이 너울거리는 모습은 정말이지 진짜 물이 출렁이는 듯했다. 마치 어떤 배도 건네주지 않겠다는 양, 그렇게 파도가 거칠게 넘실댔다.

여자가 몸을 일으켜 겁에 질린 얼굴로 이 파도를 바라보는 순간, 우리는 불현듯 여자가 얼마나 아름다운지 알아차렸다. 가만히 선 채 두 팔을 하늘로 뻗는 모습이 흡사 천상의 여인 같았다. 누구도 그녀에게서 눈을 떼지 못했다. 사방으로 뛰어다니며 춤을 추고, 그녀에게 가는 길을 가로막는 용과 적군, 마녀, 사악한 왕들을 향해 무섭게 칼을 휘두르는 연인의 모습은 시야 한구석에만 문득문득 잡힐 뿐이었다.

연극은 오후까지 이어졌다. 젖을 짤 시간이 지난 터라 암소들의 젖몸살이 심하리라는 걸 알면서도 아무도 초조해하지 않았다. 노파는 몇 시간째 노래를 부르고 있었다. 그 많은 시구를 어떻게 외우는지 신기할 정도였고, 그러다 보니 노파가 그때그때 가사를 지어내는 거라고 의심하는 이들도 있었다. 그사이에도 틸 울렌슈피겔은 잠시도 가만있지 않았다. 어찌나 열심인지 발바닥이 땅바닥에 닿을 새가 없는 듯했다. 여기 있는가 싶으면 금세 작은 무대의 다른 곳으로 옮겨 가 있었다. 마침내 이야기는 오해를 향해 절정으로 치달았다. 아름다운 여인은 독을 마셨다. 일부러 죽은 척해서 사악한 후원자와의 결혼을 피하려는 것이었다. 그런데 이 모든 사정을 연인에게 설명해주어야 할 심부름꾼이 도중에 적의 손에 목숨을 잃었다. 그녀의 진정한 배우자이자 영혼의 벗인 남자가 드디어 여인에게 닿아 아무 반응 없는 그녀의 몸을 보는 순간, 공포가 번개처럼 그를 내리쳤다. 그는 한동안 얼어붙은 듯 제자리에 꼿꼿이 서 있었다. 노파의 노랫소리도 끊겼다. 바람 소리와 음매 하고 우리를 부르는 암소들의 애끓는 울음만 들려왔다. 누구도 숨소리 하나 내지 않았다.

틸이 칼을 뽑아 자신의 가슴을 찔렀다. 우리 모두 심장이 내려앉는 기분이었다. 칼날이 그의 살에 깊이 박혔다. 그의 목깃에서 붉은 천이 핏줄기처럼 도르르 펼쳐졌다. 그는 신음을 토하며 그녀 옆에 쓰러졌고, 움찔하더니 곧 잠잠해졌다. 죽은 것이다. 아니다, 일순간 그가 꿈틀하더니 벌떡 몸을 일으켰다가 다시 풀썩 쓰러졌다. 이어 다시 움찔했고, 곧 얌전해졌다. 기다려봤는데 이번엔 진짜였다. 영원히 움직이지 않았다.

몇 초 뒤 여자가 깨어나 자기 옆에 죽어 있는 연인을 내려다보았다. 처음엔 영문을 모르는 눈치였지만 곧 정신을 차리고 연인의 몸을 잡아 미친 듯이 흔들었다. 그러나 결국 연인이 죽었음을 깨닫고 멍하니 허공만 바라보며 울기 시작했다. 이제 세상에 살아 있을 어떤 이유도 없다는 듯 서럽게 울었다. 그녀는 연인의 칼을 집어 들어 마찬가지로 자신의 몸을 찔렀다. 이 영리한 설정에 우리 모두 감탄을 금치 못했다. 게다가 날카로운 칼날이 그녀의 가슴속에 얼마나 깊숙이 들어가던지! 이제는 노파밖에 남지 않았다. 노파가 몇 마디 시구를 읊조렸지만, 여전히 사투리 때문에 거의 알아들을 수 없었다. 이어 연극은 막을 내렸다. 우리 중에는 아직도 울고 있는 사람이 많았다. 그 사이 죽었던 이들이 바닥에서 일어나 우리를 향해 허리를 숙였다.

이게 끝이 아니었다. 암소들은 아직 더 기다려야 했다. 비극 뒤에 희극이 이어졌기 때문이다. 노파가 북을 두드리자 틸 울렌슈피겔이 피리를 불며 여인과 춤을 추었는데, 여인은 이제 아까만큼 아름다워 보이지 않았다. 그들은 두 팔을 휘저으면서 전후좌우로 우아하게 움직이며 춤을 추었다. 두 사람이 움직이는 것이 아니라 마치 한 사람이 거울을 보고 추는 듯했다. 춤이라면 우리도 웬만큼 추었다. 축제를 자주 열었기 때문이다. 하지만 우리 중 누구도 그들처럼 추지는 못했다. 그들을 지켜보고 있노라니 마치 인간의 몸이 새털처럼 가벼운 듯 느껴졌고, 삶이 그렇게 슬프고 가혹하지도 않은 것만 같았다. 우리도 더는 가만히 있을 수 없어서 제각기 몸을 흔들고, 펄쩍펄쩍 뛰고, 빙글빙글 돌기 시작했다.

그러다가 갑자기 춤이 끝났다. 우리는 숨을 헐떡이며 마차를 바라보았다. 이제 무대에는 틸 혼자였다. 두 여인은 보이지 않았다. 그는 불쌍하고 어리석은 겨울왕*을 비꼬는 발라드를 노래했다. 자신이 신성로마제국의 황제에게 승리를 거두고 프라하의 개신교도들에 의해 왕좌에 앉으리라 믿었던, 그러나 그해 눈이 내리기도 전에 왕국을 잃은 그 제후 말이다. 또 그는 황제에 대한 노래도 불렀다. 늘 기도를 게을리하고, 빈의 궁전에 숨어 스웨덴군이 쳐들어올까 벌벌 떨던 그 작은 남자 말이다. 스웨덴 왕에 대한 노래도 빠지지 않았다. 한밤중의 사자처럼 용맹스럽고 곰처럼 강했지만 정작 뤼첸 전투의 총알 앞에서는 한낱 병사처럼 쉽사리 무릎을 꿇은, 그리하여 그 빛도, 왕의 위엄도, 사자 같은 용맹성도 영원히 잠들고 만 그 사람 말이다. 틸 울렌슈피겔은 웃었고, 우리도 따라 웃었다. 그의 감정에 전염되지 않을 수 없기 때문이기도 했지만, 한편으론 그렇게 높으신 양반들은 죽고 우리는 아직 살아 있다는 사실이 뿌듯해서였다. 이어 틸은 스페인 국왕에 대한 노래도 불렀다. 파산

---

* 보헤미아 국왕이었던 프리드리히 5세(1596-1632)를 말한다. 그와 맞서 싸웠던 신성로마제국은 그의 치세가 겨울 안에 끝나리라는 의미에서 '겨울왕'이라는 별칭을 붙여 그를 모욕했다.

으로 무일푼 신세가 되었음에도 세계를 제패하겠다고 호언장담했던 그 양반 말이다.

너무 웃는 바람에 우리는 음악이 바뀐 것을 뒤늦게야 알아차렸다. 더 이상 조롱의 노래가 아니었다. 틸은 이제 전쟁을 노래했다. 말을 타고 달리는 용사들, 창칼이 부딪치는 치열한 전투, 남자들의 우정, 위험 속 불굴의 의지, 환호하며 날아가는 총탄, 용병들의 삶, 장렬한 죽음, 말을 타고 적진으로 돌진하는 순간의 뜨거운 환희에 대해 노래했다. 노랫소리에 우리의 심장 박동이 빨라지기 시작했다. 남자들은 미소를 지었고, 여자들은 고개를 까딱거렸고, 아버지들은 아이를 어깨에 태웠고, 어머니들은 아들을 자랑스럽게 내려다보았다.

다만 루이제 노파만 혀를 차고 고개를 흔들면서 푸념을 늘어놓았다. 그 소리가 어찌나 크던지 옆에 있던 사람들은 그럴 거면 제발 집으로 가라고 소리쳤다. 하지만 루이제는 더더욱 큰 소리로, 대체 저 작자가 여기서 뭘 하고 있는지 알기나 하느냐며 고함을 질러댔다. 전쟁이 이리로 오라고 아예 고사를 지내고 있다는 것이다.

하지만 우리가 "쉿!" 소리를 내면서 손을 내젓자 노파는 고맙게도 슬그머니 사라져주었다. 틸은 어느새 다시 피리를 불고 있었고, 그의 옆에 선 여인은 이제 귀족 부인처럼 위엄이 흘러넘치는 모습이었다. 그녀는 맑은 목소리로 죽음보다 강한 사랑을 노래했다. 부모의 사랑과 신의 사랑, 남녀의 사랑이 이어지며 노래의 분위기가 서서히 바뀌어갔다. 박자가 빨라지고 음정이 더 높고 날카로워지더니, 돌연 육체적 사랑으로 넘어가 흥분한 몸이며 풀밭에서 뒹구는 몸뚱이, 너의 알몸과 부드러운 엉덩이에서 나는 향기 운운하는 가사가 흘러나왔다. 남자들이 웃자 여자들도 폭소로 받았다. 특히 아이들이 제일 크게 웃었다. 마르타도 웃었다. 앞으로 몸을 내민 채 듣고 있던 이 소녀는 노래의 내용을 정확히 이해하고 있었다. 어머니와 아버지가 침대에서 내는 소리를 종종 들은 데다, 종들이 헛간의 짚더미에서 하는 짓을 보곤 했기 때문이다. 또한 작년에는 목공소 아들과 밤중에 슬그머니 사라지는 언니를 살금살금 뒤쫓아 둘이 하는 짓을 구경하기도 했다.

저 유명한 남자의 얼굴에 음탕한 웃음이 번졌다. 그와 여인 사이에 거부하기 어려운 모종의 강력한 힘이 팽팽하게 펼쳐지면서 두 사람을 이쪽저쪽으로 휘몰아댔고, 어느 순간 두 몸을 서로에게로 격렬하게 끌어당기기 시작했다. 이제 두 사람은 서로의 몸을 만지지 않고는 견딜 수 없는 지경에 이르렀다. 그런데 음악이 그것을 가로막는 듯했다. 지금껏 그가 연주하던 음악이 마치 실수인 듯 어느새 다른 음악으로 바뀌어 있었던 것이다. 조금 전의 뜨거운 순간은 지나가고, 바뀐 음악은 더는 이를 허락하지 않았다. 이어진 음악은 다름 아닌 「하느님의 어린 양」이었다. 여인은 경건하게 두 손을 모았고, 남자는 "세상의 죄를 없애주시는 주님"이라는 시구가 떨어지기 무섭게 뒤로 움찔 물러났다. 두 사람 다 방금 자신들을 사로잡았던 그 거친 욕정에 깜짝 놀란 듯했다. 우리도 마찬가지였다. 우리 모두 화들짝 놀라며 성호를 그었다. 신이 모든 것을 보고 있으며, 그런 짓을 허용하지 않는다는 사실을 떠올렸기 때문이다. 두 사람이 무릎을 꿇었고, 우리도 따라 했다. 틸은 피리를 내려놓고 자리에서 일어나더니 두 팔을 넓게 벌린 채 먹을 것과 동전 몇 푼을 청했다. 이제 막간의 휴식 시간이었다. 만일 관객이 그가 원하는 것을 충분히 준다면 그다음엔 최상의 볼거리가 나오리라는 예고이기도 했다.

우리는 무언가에 홀린 듯 주머니를 뒤졌다. 두 여인이 잔을 들고 돌아다녔다. 동전이 연이어 쨍그랑 소리를 내며 잔 속에서 튀어 올랐다. 한 사람도 빠짐없이 돈을 냈다. 카를 쉰크네히트도, 말테 쇼프와 그의 말더듬이 여동생도, 평소 구두쇠로 소문난 뮐러 가족까지 돈을 냈다. 이미 한물갔지만 여전히 서로 최고라고 우기는 수공업자 하인리히 마터와 마티아스 볼제겐은 특히 많은 돈을 냈다.

마르타는 천천히 포장마차 뒤로 돌아갔다.

틸 울렌슈피겔이 마차 바퀴에 등을 기대고 앉아 술을 마시고 있었다. 옆에는 당나귀가 서 있었다.

"이리 와." 그가 말했다.

마르타는 두근거리는 가슴으로 다가갔다.

그가 맥주잔을 내밀었다. "마셔."

마르타는 잔을 받았다. 맥주 맛이 쓰고 묵직했다.

"여기 주민들은 좋은 사람들이니?"

마르타가 고개를 끄덕였다.

"평화롭고, 서로 돕고, 서로 이해하고, 서로 좋아하는 그런 사람들이야?"

마르타는 맥주를 한 모금 더 마셨다. "네."

"그렇구나." 그가 말했다.

"두고 보면 알겠지." 당나귀가 말했다.

순간 마르타는 깜짝 놀라 잔을 떨어뜨렸다.

"귀한 맥주를 쏟다니, 한심한 아이구나." 당나귀가 말했다.

"복화술이야." 틸이 설명했다. "원한다면 너도 배울 수 있어."

"너도 배울 수 있어." 당나귀가 말했다.

마르타는 잔을 집어 들고 한 걸음 뒤로 물러났다. 쏟아진 맥주가 마른땅에 흡수되면서 차츰 거무스름한 흔적만 남았다.

"진지하게 하는 말이야." 틸이 말했다. "우리랑 같이 가자. 너도 이제 날 알잖니. 내 이름은 틸이야. 저기 있는 내 여동생은 넬레. 친동생은 아니지. 노파 이름은 나도 몰라. 당나귀는 그냥 당나귀고."

마르타는 그를 물끄러미 바라보았다.

“우리가 다 가르쳐줄게.” 당나귀가 말했다. “나와 넬레, 노파, 틸이. 이제 여기를 떠나는 거야. 넓은 세상을 향해서. 넌 그 세계를 보게 될 거야. 나는 그냥 당나귀가 아냐. 나도 이름이 있어. 오리게네스야.”

“나한테 왜 그래요?”

“넌 여기 사람들이랑 달라.” 틸 울렌슈피겔이 말했다. “넌 우리와 비슷해.”

마르타가 그에게 잔을 내밀었다. 하지만 그는 잔을 받지 않았다. 마르타는 잔을 바닥에 내려놓았다. 심장이 두근거렸다. 부모님과 언니, 집이 떠올랐다. 숲 뒤편의 언덕과 나무를 스치는 바람 소리도 떠올랐다. 다른 데서는 결코 듣지 못할 소리였다. 어머니가 만들어주는 소박한 음식도 떠올랐다.

유명한 남자가 갑자기 눈을 빛내더니 웃으면서 말했다. “옛 금언을 떠올려봐. 죽음보다 나은 거라면 어디서든 찾을 수 있다잖아.”

마르타는 고개를 저었다.

“뭐 그렇다면야.” 틸이 말했다.

마르타는 기다렸다. 틸은 더 이상 말이 없었다. 이내 마르타는 자신에 대한 그의 관심이 벌써 사그라들었음을 알아차렸다.

마르타는 다시 마차를 돌아 마을 사람들에게로 돌아갔다.

소녀의 삶은 여기 이 마을에 있었다. 다른 삶은 없었다. 소녀는 바닥에 앉았다. 공허한 느낌이 들었다. 어느 순간 우리는 일제히 공중으로 시선을 돌렸다. 소녀도 따라서 시선을 움직였다. 무언가 공중에 매달려 있는 것이 보였다.

검은 선이 푸른 하늘을 가르고 있었다. 우리는 눈을 끔벅거렸다. 밧줄이었다.

한쪽 끝은 예배당 종탑의 십자형 창문에, 다른 쪽 끝은 시청 창문 옆의 깃대에 묶여 있었다. 시청은 원래 시장이 업무를 보는 곳이었지만, 실제로 그런 경우는 드물었다. 그는 게으른 사람이었기 때문이다. 시청 창가에는 예의 젊은 여자가 서 있었다. 막 밧줄을 단단히 묶은 모양이었다. 그런데 대체 무슨 수로 저 밧줄을 연결한 걸까? 어느 쪽 창가에서건 밧줄 끝을 단단히 묶은 다음 밑으로 떨어뜨리는 거야 충분히 상상할 수 있다. 하지만 어떻게 그걸 다시 다른 쪽 창문으로 올린 거지?

입이 떡 벌어질 일이었다. 밧줄이 혼자서 공중곡예를 하듯 펄쩍 뛰어올라 건너편 창문으로 쏙 들어간 것만 같았다. 여자가 밧줄 끝을 다 묶자 참새 한 마리가 줄에 내려앉더니 한번 폴짝 뛰어보고는 이만하면 됐다는 듯이 가만히 앉아 있었다.

그때 틸 울렌슈피겔이 건너편 종탑 창문에 나타났다. 그는 수신호와 함께 창턱 위로 펄쩍 뛰어올라 밧줄 위에 섰다. 이 모든 게 아무것도 아니라는 듯 자연스럽기 그지없는 태도였다.

그는 한 발 한 발 망설임 없이 내디뎠다. 우리 중 누구도 입을 열지 못했다. 소리를 지르거나 움직이는 사람도 없었다. 숨 쉬는 것조차 잊은 듯했다.

그는 휘청거리지 않았고, 균형을 잡으려 애쓰지도 않았다. 그냥 걸었다. 팔을 앞뒤로 흔들며, 마치 땅에서 걷듯이 말이다. 다만 한쪽 발을 다른 발 앞에 정확히 가져다 놓을 때만 약간 부자연스럽게 보이는 정도였다. 밧줄이 흔들릴 때마다 그가 허리를 살짝살짝 움직이는 것을 포착하려면 유심한 관찰력이 필요했다. 한번은 펄쩍 뛰어올랐다가 한순간 무릎을 굽히고 앉더니 곧장 몸을 일으켜 세웠다. 그러고는 뒷짐을 진 채 중앙 쪽으로 산책하듯 편안하게 걸었다. 밧줄에 앉아 있던 참새가 휙 날아올랐지만 날갯짓만 몇 번 하고는 다른 자리로 옮기더니 고개를 돌렸다. 사위는 고요했다. 짹짹거리는 참새 소리밖에 들리지 않았다. 물론 암소 우는 소리도.

틸은 우리 머리 위에서 천천히 태연하게 몸을 돌렸다. 위험한 상황에 처한 사람이라고는 전혀 느껴지지 않았고, 오히려 호기심 어린 눈으로 주위를 둘러보는 듯했다. 오른발은 밧줄 위에 세로로, 왼발은 가로로 놓여 있었으며, 무릎은 살짝 구부린 채 양손을 허리에 대고 있었다. 고개를 젖히고 있던 우리는 가벼움이라는 것이 무엇인지 갑자기 깨달았다. 자신이 원하는 일을 하고, 어떤 것도 믿지 않고, 누구에게도 복종하지 않는 사람의 삶은 얼마나 가벼운가! 그런 사람이 된다는 것이 어떤 것인지 우리는 깨달았고, 동시에 우린 절대 그런 사람이 될 수 없음을 알아차렸다.

"자, 다들 신발 벗어!"

다들 잘못 들었나 했다.

"신발 벗으라고." 그가 다시 소리쳤다. "오른쪽 신발. 묻지 말고 그냥 시키는 대로 해. 재미있을 테니 믿어보라고. 어서 신발 벗어. 늙은이건 젊은이건, 여자건 남자건 모두 오른쪽 신발을 벗어!"

우리는 그를 뚫어져라 바라보았다.

"지금까지 재미있지 않았어? 더 재미있는 걸 원하지 않아? 내가 보여준다니까. 신발 벗어. 오른쪽 신발. 어서!"

다들 움직이기까지는 약간의 시간이 필요했다. 우린 원래 그런 인간이었다. 늘 굼떴다. 하지만 결국은 빵집 주인이 맨 먼저 신발을 벗었고, 다음엔 말테 쇼프가, 이어 카를 람과 그의 아내가, 그다음엔 여전히 자기가 최고라고 생각하는 수공업자들이, 나중에는 우리 모두가 신발을 벗었다. 마르타만 따라 하지 않았다. 옆에 서 있던 티네 크루크만이 팔꿈치로 마르타를 툭 치면서 오른발을 가리켰다. 마르타는 고개를 저었다. 그사이 밧줄 위에 서 있던 틸이 다시 펄쩍 뛰어올랐다. 이번에는 공중에서 두 발을 맞부딪치는 재주를 선보였다. 뛰어오른 높이도 상당해서, 착륙할 땐 아주 잠깐이지만 두 팔을 옆으로 뻗어 균형을 잡아야 할 정도였다. 어쨌든 그 모습을 보니 틸도 무게를 가진 사람이고, 하늘을 날 수 없는 존재라는 사실이 새삼스레 떠올랐다.

"이제 던져!" 그가 높고 맑은 목소리로 소리쳤다. "생각하지도 말고, 묻지도 말고, 망설이지도 말고. 아주 즐거운 일이 펼쳐질 거야. 내 말대로 해. 어서 던지라니까!"

티네 크루크만이 제일 먼저 했다. 그녀의 신발이 공중으로 높이 솟았다가 군중 속으로 다시 떨어졌다. 다음 신발이 하늘을 날았다. 이번에는 주자네 쇼프의 신발이었다. 이어 신발들이 줄줄이 공중으로 날아올랐다. 곧 열두어 개의 신발이 하늘을 날았고, 그 수는 점점 늘어났다. 우리는 모두 웃고 소리치고 고함을 질러댔다. "조심해!" "피해!" "이리로 온다!" 다들 이 놀이에 푹 빠져 즐거워했다. 몇 사람이 신발에 머리를 맞았지만 개의치 않았다. 물론 가끔 비명도 터져 나왔고, 몇몇 여자들이 욕을 내뱉는가 하면 아이들이 울기도 했지만 다들 크게 신경 쓰지 않는 분위기였다. 심지어 마르타마저, 무거운 가죽 장화에 맞을 뻔하고 직물 슬리퍼가 아슬아슬하게 자기 발 앞에 떨어질 때는 웃음을 터뜨렸다. 틸의 말이 맞았다. 어떤 사람은 너무 들떠 왼쪽 신발까지 벗어 던졌고, 누군가는 모자며 스푼이며 잔까지 던졌다. 흥분을 이기지 못하고 돌을 던지는 사람도 있었다. 그러다가 어느 순간 틸의 목소리가 울려 퍼지자 소동이 가라앉았다. 우리는 귀를 기울였다.

"어이, 바보들!"

모두 두 눈만 끔벅거렸다. 해가 벌써 나지막이 기울어 있었다. 틸의 모습을 또렷이 볼 수 있는 건 광장 뒤편에 있는 사람들뿐이었고, 나머지에게는 그의 윤곽 정도만 보였다.

"이 바보, 천치, 돌대가리, 얼간이, 멍청이, 쓸모없는 것들아! 이제 신발을 주워."

우리는 이게 무슨 상황인지 몰라 멍하니 그를 바라보기만 했다.

"아니, 그 정도로 멍청한 거야? 내가 무슨 말을 하는지 이해가 안 돼?" 틸이 염소웃음을 터뜨렸다. 순간 참새가 획 날아올라 지붕을 넘어 사라졌다.

우리는 서로 얼굴을 마주 보았다. 틸의 말투는 거칠고 상스러웠다. 하지만 지나치게 신랄한 것이 아니어서 농담으로 치부할 수 있었다. 어쨌든, 유명인이라면 저 정도 이야기는 자유롭게 할 수도 있지 않은가.

"뭐 하고 있어?" 틸이 물었다. "신발 필요 없어? 없어도 돼? 신발이 맘에 안 들어? 바보 천치들아, 당장 가서 신발 챙기지 않고 뭐 해!"

가장 먼저 움직인 사람은 말테 쇼프였다. 그렇잖아도 내내 맘이 편치 않았던 그는 자기 장화가 떨어졌을 법한 곳으로 얼른 달려갔다. 사람들을 밀치며 틈새를 비집고 들어가 허리를 숙인 채 장화를 찾았다. 광장 다른 쪽에서는 카를 쇤크네히트가 똑같이 그러고 있었다. 이어 대장장이네 과부 엘스베트가 발 빠르게 움직였다. 그때 렘프케 노인이 엘스베트의 앞을 가로막더니 어디 남의 신발에다 손을 대냐고, 그건 내 딸 신발이라고 소리쳤다. 장화에 맞은 이마가 아팠던 엘스베트가 질세라 받아쳤다. 남의 신발을 넘보는 자는 당신이라고, 난 내 신발조차 알아보지 못할 만큼 바보 천치가 아니라고, 게다가 이 신발처럼 아름답게 수놓은 신발은 당신 딸 따위가 신을 만한 물건이 아니라고 악을 썼다. 렘프케 노인은 당장 비키라고, 내 딸아이를 욕보이지 말라고 고래고래 고함을 질러댔다. 엘스베트가 다시 뻔뻔한 신발 도둑놈이라고 맞고함을 지르자, 이번에는 렘프케의 아들이 끼어들었다. "말조심해! 언다대고!"

다른 곳에서는 리제 쇼흐와 방앗간 여편네 사이에 싸움이 붙었다. 두 사람의 신발이 정말 비슷하게 생겼기 때문이다. 심지어 발 크기도 똑같았다. 카를 람과 그의 매제 사이에서도 고성이 오갔다. 순간 마르타는 지금 여기서 무슨 일이 벌어지고 있는지 불현듯 깨달았다. 소녀는 이 자리를 벗어나기 위해 몸을 숙인 채 살금살금 움직이기 시작했다.

마르타의 머리 위쪽에서도 벌써 여러 사람이 밀고 당기며 욕설을 내뱉고 있었다. 얼른 신발을 찾은 몇몇 사람은 이 소동을 피해 슬그머니 꽁무니를 뺐다. 남은 사람들 사이에선 분노가 폭발했다. 오래전부터 쌓여온 마음속 앙금이 이제야 때를 만났다는 듯이 격하게 말이다. 심지어 목공 모리츠 블라트와 편자 대장장이 지몬 케른은 주먹다짐까지 갔다. 이게 단지 신발 문제라고만 생각했던 모리츠는 상대의 거친 행동을 도저히 이해할 수 없었다. 그도 그럴 것이, 그로서는 자기 아내가 어릴 때 지몬과 정혼했던 몸이라는 사실을 알 턱이 없었기 때문이다. 두 사람은 코와 입이 터져 피를 철철 흘렸고, 사나운 말처럼 씩씩거렸다. 감히 그들 사이에 끼어들어 싸움을 말리려는 사람조차 없을 만큼 분위기가 험악했다. 로레 필츠와 엘자 콜슈미트도 머리끄덩이를 잡고 독하게 싸웠다. 사실 두 사람은 오랫동안 서로 이유도 모른 채 미워해온 앙숙이었다. 반면에 젬러 가족과 그뤼낭거 가족이 싸우는 이유는 다들 알고 있었다. 분쟁의 소지가 있는 밭 때문이고, 페터 시장 때부터 내려오는 상속 문제 때문이고, 젬러의 딸 때문이었다. 그녀의 아이가 현 남편이 아니라 카를 쇤크네히트의 자식이었던 것이다. 분노가 마치 열병처럼 모두를 움켜잡았다. 눈을 돌리는 곳마다 사람들이 고함을 지르고, 삿대질을 하고, 치고받고 싸우고, 바닥을 뒹굴었다. 이제 마르타는 고개를 들어 위쪽을 쳐다보았다.

그는 저 위에서 웃고 있었다. 뒤로 몸을 젖힌 채 입을 활짝 벌리고, 어깨를 들먹거리면서. 두 발만 밧줄 위에서 차분하게 자리를 지킬 뿐 허리도 밧줄의 흔들림에 따라 살랑살랑 움직이고 있었다. 뭐가 저리 즐거울까? 좀 더 자세히 살펴보면 그 이유를 알 수 있을 것 같았다. 그때 어떤 남자가 마르타 쪽으로 달려왔다. 그는 마르타를 보지 못한 모양이었다. 장화가 그녀의 가슴을 때려 마르타는 바닥에 쓰러졌다. 숨을 쉬려 할 때마다 가슴이 바늘로 콕콕 찌르는 듯 아팠다. 마르타는 등을 대고 굴렀다. 어느샌가 밧줄과 하늘은 텅 비어 있었다. 틸 울렌슈피겔은 사라져버렸다.

마르타는 벌떡 일어나 서로 치고받고 뒹굴고 물어뜯고 울고 드잡이를 하는 사람들 옆을 절뚝거리며 지나갔다. 여기저기 아는 얼굴들이 보였다. 소녀는 몸을 숙이고 고개를 떨군 채 길을 따라 걸었다. 막 집 대문 앞에 도착했을 때, 뒤에서 포장마차가 덜커덩덜커덩 지나가는 소리가 들렸다. 마르타가 몸을 돌렸다. 마부석에는 넬레라는 이름의 젊은 여자가 앉아 있었고, 그 옆에는 노파가 꼼짝도 않고 웅크린 채 있었다. 왜 아무도 저들을 막지 않는 것일까? 왜 아무도 저들을 뒤쫓지 않는 것일까? 마차가 마르타를 지나쳐 갔다. 소녀는 눈으로 그 모습을 좇았다. 얼마 안 있으면 마차는 느릅나무가 있는 곳을 지나 도시 성문을 빠져나갈 터였다.

마차가 마을의 마지막 집에 거의 닿을 즈음, 한 남자가 힘들이지 않고 큰 걸음으로 마차를 뒤쫓았다. 외투의 송아지 가죽이 마치 살아 있는 생물처럼 그의 목덜미 언저리에 곧추서 있었다.

"언젠가 너를 데려갈 거야!" 남자가 지나가면서 마르타에게 소리쳤다. 틸이었다. 그는 길이 굽은 곳 바로 앞에서 마차를 따라잡아 펄쩍 뛰어올랐다. 성문지기도 다른 사람들과 함께 광장에 있었기에 그들을 막는 사람은 없었다.

마르타는 천천히 집 안으로 들어가 문을 닫고 빗장을 걸었다. 아궁이 옆에 누워 있던 숫염소가 무슨 일이냐는 듯 고개를 쳐들었다. 밖에서는 암소들이 거의 발악하듯 울어댔고, 마을 광장의 고함 소리도 여기까지 들려왔다.

마침내 모든 게 진정되었다. 어두워지기 전에 암소들은 젖통을 비울 수 있었고, 마르타의 어머니도 집으로 돌아왔다. 어머니는 몇 군데 긁힌 상처밖에 없었지만, 아버지는 이빨 하나가 빠지고 귀가 찢어졌다. 언니는 누군가한테 심하게 다리를 걷어차여 앞으로 몇 주는 절룩이며 다녀야 했다. 어쨌거나 이튿날 아침이 되자 삶은 다시 계속되었다. 집집마다 혹이 나거나 찢어지거나 긁히거나 팔이 삐거나 이빨 빠진 것을 호소하는 이들이 있었지만, 마을 광장은 다시 깨끗이 치워졌고 다들 신발을 신고 있었다.

우리 중 누구도 그날 일에 대해 이야기하지 않았다. 울렌슈피겔이라는 이름도 입에 올리지 않았다. 그러자고 약속한 건 아니었지만 다들 암묵적으로 그렇게 했다. 심지어 흠씬 두들겨 맞아 당분간 자리보전해야 함은 물론이요, 죽 말고 다른 음식은 넘기지도 못하게 된 한스 젬러조차 아무 일 없었다는 듯이 행동했다. 이튿날 공동묘지에 묻힌 카를 쉰크네히트의 아내 역시 이 일을 그저 날벼락 같은 운명이려니 생각하면서 남편의 등 뒤에 칼을 꽂은 게 누군지 정확히 모르는 것처럼 굴었다. 다만 밧줄만이 며칠간 광장 위에 걸린 채 불어오는 바람에 파르르 떨었고, 참새와 제비들의 좋은 휴식처가 되어주었다. 그러다 마침내, 늘 거드름을 피우며 사람을 얕잡아 보는 태도 때문에 평소 미움을 받았고, 그래서 그날의 난투극에서 특히 피해를 많이 본 성당 신부가 종탑에 올라가 밧줄을 끊어버렸다.

그렇다고 그 일이 잊힌 건 아니었다. 그날의 사건은 우리 사이에 은밀하게 남아 있었다. 예를 들어 우리가 추수를 하거나, 곡식을 거래하거나, 일요일에 예배당에서 미사를 볼 때 그랬다. 신부의 표정이 전과 달랐다. 의아함과 두려움이 어려 있었다. 이런 낯선 분위기는 특히 우리가 광장에서 축제를 벌이거나, 서로 얼굴을 마주 보고 춤을 출 때 확연히 드러났다. 밧줄이 걸린 날 이후로 공기가 갑자기 한층 무거워졌고, 물맛도 달라졌으며, 하늘조차 더 이상 예전의 하늘이 아닌 듯했다.

1년 뒤 전쟁이 우리를 찾아왔다. 어느 날 저녁 우리는 말 울음소리와 남자들의 거친 웃음소리를 들었다. 문이 우지끈 박살 나는 소리도 들렸다. 사실상 별 도움이 안 될 갈퀴나 칼을 집어 들고 밖으로 나가기도 전에 마을 곳곳은 이미 불길에 휩싸여 있었다.

용병들은 평소보다 더 굶주린 데다 무척 취한 상태였다. 이렇게 먹을 것과 취할 것이 많은 마을에 들어선 건 그들에게 정말 오랜만이었다. 루이제 노파는 아무것도 모른 채 침대에서 깊이 잠들어 있던 중 죽었다. 신부는 교회 정문 앞에서 용병들을 가로막고 섰다가 목숨을 잃었고, 리제 쇼흐는 금화를 숨기려다 죽었다. 빵집 주인과 대장장이, 렘프케 노인, 모리츠 블라트, 그리고 대부분의 남자들은 아내를 지키려다 목이 날아갔고, 여자들은 전쟁 중에 으레 그렇듯 능욕을 당하며 죽었다.

마르타도 죽었다. 마르타는 연기를 들이마셔 의식을 잃어버리기 전까지 방의 천장이 벌건 화염으로 변하는 것을 보았고, 매캐한 냄새를 맡았고, 살려달라는 언니의 외침을 들었다. 그로써 소녀의 미래는 산산조각 났다. 언젠가 결혼할 남편도, 훌륭하게 키울 자식도, 어느 봄날 오후에 만났던 한 유명한 광대

이야기를 들려줄 손자도 더는 기대할 수 없게 되었다. 모든 것이 마치 거대한 비밀처럼 소녀의 머릿속을 빠르게 스쳐 지나갔다. 천장의 들보가 내려앉는 소리를 들었을 때, 마르타의 머릿속에는 어쩌면 울렌슈피겔이야말로 우리를 기억하고 우리에게 있었던 일을 아는 유일한 사람일 거라는 생각이 얼핏 떠올랐다.

살아남은 사람은 요행히 집이 불길에 휩싸이지 않은 데다 여전히 자리보전 중이라 저들의 관심 밖에 있었던 한스 젬러, 그리고 몰래 숲속에서 밀회를 즐기던 엘자 치글러와 파울 그뤼낭거뿐이었다. 새벽녘에 너저분한 차림새와 헝클어진 머리를 하고 마을에 도착한 두 사람은 뿌옇게 피어오르는 연기 속 잿더미를 발견하고 아연실색했다. 주님이 자신들의 죄악에 벌을 내린 거라고 그들은 생각했다. 하지만 두 사람은 함께 서쪽으로 도망쳐 얼마간 행복하게 살았다.

한때 우리가 살았던 마을의 숲에서는 가끔 우리 목소리가 들린다. 풀밭과 귀뚜라미 울음에서도 들리고, 늙은 느릅나무 옹이에 귀를 대고 있어도 들린다. 가끔은 시냇물을 들여다보는 아이들의 눈에 우리 얼굴이 살짝 비치기도 한다. 예배당은 남아 있지 않지만, 물살에 둥글고 희게 씻긴 자갈과 나무들은 아직 예전 모습 그대로다. 남들이 우리를 기억해주지 않는다 해도 우리는 우리 자신을 기억한다. 존재하지 않는 것에 아직 적응하지 못했기 때문이다. 죽음은 여전히 우리에게 낯설고, 우리는 산 자들의 일에 무심하지 않다. 모든 게 그리 오래되지 않은 일이다.

공중의 제왕

1

소년은 무릎 높이에 밧줄을 팽팽하게 매달았다. 한쪽 끝은 보리수나무에, 다른 쪽 끝은 늙은 전나무에 묶었다. 그러려면 나무 몸통에 둥글게 홈을 파야 했는데, 전나무 쪽은 쉬웠지만 보리수나무에서는 칼이 자꾸 미끄러졌다. 물론 결국은 성공했다. 이제 소년은 매듭이 단단히 묶였는지 확인하고 천천히 나막신을 벗은 뒤 밧줄 위에 올라선다. 그러나 곧 바닥으로 떨어진다.

다시 올라서서는 두 팔을 벌린 채 한 걸음 내디딘다. 팔을 벌렸는데도 균형을 잡지 못해 다시 떨어진다. 소년은 또 올라서고, 또 떨어진다.

포기란 없다. 올라서고 떨어지고, 다시 올라서고 떨어진다.

사람은 밧줄 위에서 걸을 수 없다. 분명한 사실이다. 인간의 발은 그렇게 만들어졌다. 그렇다면 왜 이 짓을 하는 것일까?

소년은 멈추지 않고 계속한다. 매번 보리수나무에서 시작하고, 매번 곧바로 떨어진다. 몇 시간이 흐른다. 오후에는 한 걸음 성공한다. 딱 한 걸음. 어둠이 내릴 때까지도 더 이상은 나아가지 못한다. 다만 어느 순간, 마치 단단한 바닥을 디딘 것처럼 밧줄 위에 잠시 서 있을 수 있게 된다.

이튿날엔 굵은 빗줄기가 쏟아진다. 소년은 집에 틀어박혀 어머니 일을 거든다. “천을 팽팽하게 잡고 있어야지! 정신 차려! 무슨 생각 하는 거야?” 빗줄기가 수백 개의 작은 손가락처럼 지붕을 후드득 내려친다.

다음 날도 비가 내린다. 날이 무척 싸늘하다. 차갑고 축축한 밧줄 위에서는 한 걸음도 떼기 힘들다.

그다음 날도 비가 내린다. 소년은 밧줄에 오르고 떨어진다. 오르고 떨어지는 일이 반복된다. 소년은 두 팔을 벌린 채 바닥에 누워 한동안 움직이지 않는다. 머리카락이 물에 젖어 찰싹 달라붙어 있다.

다음 날은 일요일이다. 오전 내내 미사가 거행된다. 소년은 오후가 되어서야 밧줄에 오른다. 저녁 무렵 세 걸음을 떼는 데 성공한다. 밧줄이 젖어 있지만 않았다면 네 걸음도 가능했을 것이다.

소년은 차츰 요령을 깨닫는다. 무릎을 어떻게 굽혀야 하는지, 어깨를 어떤 식으로 움직여야 하는지 서서히 감을 잡는다. 밧줄의 흔들림을 자연스럽게 받아들이고, 무릎과 허리는 유연하게 움직이며, 떨어지려고 할 땐 재빨리 한 걸음 더 떼야 한다. 몸의 무게로 균형의 흐트러짐을 막으면서 얼른 앞으로 나아가는 것이다. 외줄 타기는 추락으로부터의 도주다.

다음 날은 좀 따뜻하다. 갈까마귀가 울고, 풍뎅이와 벌들이 왱왱거린다. 구름이 햇빛에 눈처럼 녹아 사라진다. 소년의 입김이 작은 안개가 되어 공중으로 올라간다. 아침의 청명함이 소리를 멀리까지 실어 나른다. 집에서 아버지가 하인에게 호통치는 소리가 들려온다. 소년은 노래를 흥얼거린다. 풀 베는 남자*의 노래다. 죽음을 상징하는 이 남자는 신에 버금가는 힘을 갖고 있다. 밧줄 위를 걷는 데 그 멜로디가 도움이 된다. 그런데 소년의 노랫소리가 너무 컸던 모양이다. 갑자기 어머니 아그네타가 나타나 일은 안 하고 뭐 하는 거냐고 나무란다.

"금방 갈게요."

"물 길어 와." 어머니가 말한다. "아궁이도 청소하고."

그 말에 아랑곳없이 소년은 두 팔을 벌리고 밧줄 위에 올라선다. 불룩 튀어나온 어머니의 배는 보지 않으려 애쓴다. 정말 저 안에 아기가 있을까? 저 안에서 아기가 움찔거리고 버둥거리며 지금 우리 얘길 듣고 있을까? 이런 생각을 하면 마음이

---

* 중세 때 죽음을 의인화한 인물. 낫으로 인간을 풀처럼 베어버린다고 해서 '풀 베는 남자'라는 별칭이 붙었다.

영 불편해진다. 신이 인간을 창조하고 싶다면, 왜 굳이 아기를 누군가의 몸속에 넣는 걸까? 모든 존재가 숨겨져 있다가 태어난다는 사실에는 뭔가 추악한 것이 있다. 밀가루 반죽 속의 구더기나, 오물 속의 파리, 갈색 흙 속의 벌레들처럼 말이다. 언젠가 아버지에게 듣기로는, 아주 드문 일이지만 아기들이 맨드레이크* 뿌리에서 자라기도 하고, 그보다 더 드물게는 썩은 달걀에서 자라기도 한다고 했다.

"제프를 부를까?" 아그네타가 묻는다. "그러면 좋겠어?"

소년은 밧줄에서 떨어진다. 하지만 곧 눈을 감고 두 팔을 벌리더니 다시 밧줄에 오른다. 소년이 눈을 떴을 때 어머니는 가고 없다.

소년은 어머니가 을러댄 말이 사실이 아니길 바라지만, 얼마 뒤 정말 제프가 나타난다. 제프는 소년을 잠시 바라본다. 그러더니 밧줄 위에다 발을 올리고 내려치듯 짓밟는다. 그냥 살짝 밟는 정도가 아니라 소년이 앞으로 넘어질 정도로 힘껏 밟는다. 소년은 너무 화가 나서 제프에게 제 여동생이랑 그 짓을 하는 망할 놈의 개새끼라고 욕을 내뱉는다.

영리하지 못한 행동이었다. 왜냐하면 다른 하인들처럼 한곳에 머무르지 않고 바람처럼 떠도는 제프에게 실제로 여동생이

---

* 지중해 연안에 자생하는 다년초. 인삼처럼 생긴 뿌리가 인간 육체의 형상과 비슷하다.

있는지조차 소년으로서는 알 수 없을 뿐 아니라, 제프가 무언가 따끔하게 손봐줄 거리를 찾고 있다는 것도 몰랐기 때문이다. 소년이 바닥에서 일어나기도 전에 제프가 소년의 뒤통수를 깔고 앉는다.

소년은 숨을 쉴 수 없다. 바닥의 돌들이 얼굴을 찌른다. 몸부림을 쳐보지만 소용없다. 제프는 소년보다 나이가 두 배나 많고, 몸무게는 세 배나 더 나가고, 힘은 다섯 배나 세다. 소년은 숨을 헐떡거린다. 입안에서 피 맛이 느껴진다. 숨을 들이쉴 때마다 흙먼지가 들어온다. 소년은 목이 졸린 상태로 침을 뱉는다. 귀에서 계속 윙윙 소리가 들린다. 바닥이 올라갔다가 내려가고, 다시 올라가는 것 같다.

갑자기 짓누르던 무게가 사라진다. 소년은 얼른 몸을 돌려 바로 눕는다. 입안에 흙이 가득하고, 눈은 오물이 달라붙어 잘 떠지지 않고, 머리는 구멍이 뚫린 듯 아프다. 하인이 소년을 물방앗간 쪽으로 질질 끌고 간다. 자갈과 흙, 풀밭, 흙더미, 날카로운 돌멩이 위를 차례로 지나고, 나무를 지나고, 웃음을 터뜨리는 하녀 옆을 지나고, 건초 헛간과 염소 우리를 지난다. 이윽고 하인은 소년을 번쩍 들어 올리더니 문을 열고 집 안으로 내동댕이친다.

"그러게, 진작 왔어야지." 아그네타가 말한다. "내가 아궁이 청소하라고 했잖아!"

물방앗간에서 마을로 가려면 자그마한 숲을 지나야 한다. 숲을 지나 나무가 휑한 곳에 이르면 평야가 나타난다. 그곳엔 풀밭과 목초지와 밭이 있는데, 밭의 3분의 1가량은 휴경지고, 3분의 2는 주변에 울타리를 쳐놓고 경작을 한다. 울타리 옆에 서면 뾰쪽한 예배당 탑 끄트머리가 보인다. 이곳에서는 늘 누군가 먼지를 뒤집어쓴 채 일을 하고 있다. 매번 망가지는 울타리를 수리하는 것이다. 그러지 않으면 가축들이 도망을 치거나 숲속 야생동물이 밭을 망칠 수 있다. 밭은 대부분 페터 슈테거의 소유다. 가축도 마찬가지다. 가축들 목에 찍힌 낙인을 보면 알 수 있다.

마을 어귀에 들어서면 맨 먼저 하나 크렐의 집이 나타난다. 하나는 언제나처럼 문지방에 앉아 옷을 깁는다. 그게 밥벌이다. 이 집을 지나 슈테거 농장과 루트비히 슈텔링 대장간 사이의 좁은 골목을 통과하면 판자로 만든 다리가 나타난다. 물컹한 오물에 발이 빠지지 않게끔 놓은 다리다. 다리 오른편에는 야코프 크륀의 축사 너머로 마을에서 유일한 거리가 뻗어 있다. 안젤름 멜커 가족과 그의 매제 루트비히 콜러 그리고 마리아 로제린의 집이 나란히 이어진다. 마리아의 남편은 작년에 죽었는데, 누군가 저주를 했기 때문이라고 한다. 마리아에겐 열일곱 살 먹은 아름다운 딸이 하나 있고, 그 아이는 페터 슈테거의 장남과 결혼하기로 되어 있다. 다리 왼편에는 빵을 구워 파는 마르틴 홀츠가 아내와 딸들과 함께 살고 있다. 그 옆으로 탐 가족, 하인리히 가족, 하이네를링 가족이 사는 작은 집들이 이어진다. 이 집들에서는 싸우는 소리가 창문 밖으로 자주 새어 나온다. 하이네를링 가족은 좋은 사람들이 아니다. 염치가 없다. 대장장이와 빵집 주인 빼고는 모두 웬만큼 땅이 있고, 염소도 몇 마리 가지고 있다. 하지만 암소를 키우는 사람은 이 마을의 부자 페터 슈테거뿐이다.

집들을 지나면 마을 광장이 나타나는데 여기엔 예배당과 마을 당산나무 격인 늙은 보리수나무 그리고 우물이 있다. 예배당 옆에는 신부 관사가 있고, 그 옆집에는 영주의 관리 파울 슈테거가 산다. 그는 페터 슈테거의 사촌으로 1년에 두 번 전답을 꼼꼼히 시찰하며, 분기마다 세금을 걷어 영주에게 바친다.

마을 광장 뒤편에도 울타리가 있다. 이것을 열고 나가면 넓은 들판이 펼쳐진다. 이 들판 역시 슈테거의 소유다. 들판을 지나면 곧 다시 숲속에 든다. 방목지에는 '냉혈한'이라 불리는 괴물이 산다. 이 냉혈한이 두렵지 않고, 계속 나아가야 할 이유가 있고, 울창한 숲속에서 길을 잃지 않을 자신이 있는 사람은 여섯 시간 뒤 마르틴 로이터의 농장에 도착하게 된다. 이어 그 집 개한테 물리지 않고 무사히 통과하면 세 시간 뒤 가장 가까운 이웃 마을에 당도한다. 역시 그리 크지 않은 마을이다.

소년은 거기까지 가본 적이 한 번도 없다. 다른 곳도 마찬가지다. 마을을 떠난 적이 아예 없다. 다른 지역에 다녀온 사람들은 여기나 거기나 똑같다고 이야기하지만, 그래도 소년은 그렇게 계속 가면, 그러니까 이웃 마을을 지나 계속 걸어가면 어디가 나오는지 묻고 또 묻는다.

방앗간 주인이 식탁 상석에 앉아 별에 대해 이야기한다. 아내와 아들, 하인과 하녀들은 귀 기울여 듣는 척한다. 식탁에는 거친 귀리죽이 놓여 있다. 어제도 죽이었고, 내일도 죽이 나올 것이다. 다만 어떤 때는 물을 많이 넣고, 어떤 때는 적게 넣고 끓일 뿐이다. 죽이 빠지는 날은 없다. 심지어 상황이 좋지 않을 땐 죽 말고 나오는 것이 전혀 없다. 창문의 두꺼운 유리창이 바람을 간신히 막고 있다. 병아리 오줌만큼 열기를 발산하는 화덕 발치에서는 고양이 두 마리가 싸우고, 방 한구석에는 염소가 누워 있다. 원래 바깥 축사에 있어야 하지만 아무도 염소를 내쫓을 생각이 없다. 다들 피곤할 뿐 아니라 괜히 녀석의 날카로운 뿔에 받히고 싶지 않아서다. 문가와 창문틀에는 오각 별이 새겨져 있다. 악귀를 막는 일종의 부적이다.

방앗간 주인은 정확히 1만 703년하고도 5개월 9일 전, 세계의 심장 속에서 어떻게 불의 소용돌이가 일어났는지를 설명한다. 세계 그 자체이기도 한 그것은 마치 물렛가락처럼 빙글빙글 돌면서 별들을 낳는다고 한다. 영원히. 시간은 시작도 끝도 없기 때문이다.

"끝이 없지." 그가 반복하더니 멈칫한다. 무언가 모호한 것을 입 밖에 낸 듯한 느낌이 들어서다. "끝이 없지." 그는 같은 말을 나직이 되뇐다. "끝이 없어."

클라우스 울렌슈피겔은 북방 루터파 지역 출신이다. 10년 전 이곳으로 왔을 때 이미 더는 젊다고 할 수 없는 나이였다. 게다가 이곳 출신이 아니었기에 방앗간 일밖에는 할 수 있는 게 없었다. 사회적 신분으로 말하자면 무두장이나 야경꾼, 사형집행인보다야 나았지만 날품팔이에는 미치지 못했고, 길드의 수공업자나 농부에 비하면 한참 떨어지는 직업이었다. 이들은 방앗간 일꾼 따위에게 악수도 청하지 않았다. 어쨌든 클라우스는 방앗간 집 딸과 결혼했고, 얼마 안 있어 주인이 죽자 자신이 방앗간을 물려받았다. 그는 방앗간 일을 하면서 틈틈이 농부들의 병을 치료했다. 자기들처럼 하찮은 인간들 사이에도 신분 격차는 엄연히 존재한다는 듯 여전히 그에게 손도 내밀지 않는 농부들이었지만, 아플 때면 다들 그를 찾아왔다.

"시간은 끝이 없어……." 클라우스는 다음 말을 잇지 못한다. 너무 많은 생각이 한꺼번에 밀려와서다. 시간이 어떻게 중단될 수 있을까? 불가능해 보인다. 하지만 다른 한편으론……. 그는 머리를 긁적거린다. 시간도 분명 시작된 시점이 있긴 할 거다.

시작이 없다면 어떻게 지금 이 순간에 이를 수 있겠는가? 그는 주위를 둘러본다. 무한한 시간은 결코 끝나지 않는다. 하지만 시간에도 시작이 있었던 건 분명한 것 같다. 그렇다면 그 이전에는? 시간 이전에는 뭐가 있었을까? 머리가 지끈거린다. 마치 높은 산 위에서 아득한 낭떠러지를 내려다보는 느낌이다.

그가 다시 입을 연다. 언젠가 스위스에서 그런 협곡을 본 적이 있다고. 알프스 산지에서 낙농업을 하는 한 농부가 고원 목초지로 가축을 몰고 가면서 그를 데려갔다. 암소들은 커다란 종을 매달고 있었다. 낙농업자의 이름은 루에디였다. 이 대목에서 클라우스는 또 잠시 멈칫했다가 이내 자신이 원래 하려던 얘기가 떠올랐는지 다시 말을 이어간다. 거기서 그는 낭떠러지를 내려다보았다. 끝이 보이지 않을 정도로 깊은 협곡이었다. 그때 그는 루에디라는 이상한 이름을 가진 농부에게 물었다. "저게 얼마나 깊을까요?" 루에디는 피곤하다는 듯이 말을 질질 끌며 대답했다. "끝이 없죠!"

클라우스는 한숨을 쉰다. 정적 속에서 스푼 긁는 소리가 들린다. 그가 다시 입을 연다. 처음에 자신은 그럴 리 없다고, 농부가 거짓말을 한다고 생각했다. 그러다 이 낭떠러지가 혹시 지옥의 입구일까 하는 의문이 들었다. 하지만 문득 그건 전혀 중요하지 않다는 걸 깨달았다. 설령 이 협곡에 바닥이 있다 하더라도, 바닥없는 협곡을 상상하기란 어렵지 않다. 그냥 고개를 들어 하늘을 보면 된다. 하늘은 끝이 없으니까. 그는 느릿느릿 머리를 긁더니 중얼거린다. 가도 가도 끝이 없는 하늘, 세상 만물도 그 무한한 깊이에 비하면 한없이 작을 수밖에 없는……. 그는 스푼으로 죽을 떠먹는다. 속이 메슥거린다. 숫자가 끝없이 이어진다는 사실을 분명히 깨달았을 때처럼, 그러니까 어떤 수든 거기에 하나의 수를 더할 수 있고, 그걸 멈추게 할 신은 없다는 사실을 분명히 깨달았을 때처럼 속이 메슥거린다. 끝없는 숫자, 바닥없는 협곡, 시간 이전의 시간. 클라우스는 고개를 흔든다. 만일…… 만일…….

그때 제프가 비명을 지르며 두 손을 입에 올린다. 다들 영문을 모르겠다는 표정으로 그를 바라보지만 이 돌발 사태로 클라우스의 말이 끊긴 것을 내심 기뻐하는 눈치다.

제프가 입에서 갈색 돌 조각을 몇 개 뱉어낸다. 죽 속의 작은 반죽 덩어리처럼 생긴 돌이다. 남들이 눈치채지 못하게 돌을 그릇에다 몰래 집어넣는 건 분명 쉬운 일이 아니다. 적절한 순간을 포착해야만 한다. 필요하다면 남들의 시선을 다른 데로 돌리는 재주도 필요하다. 조금 전 소년이 테이블 밑에서 하녀 로자의 정강이를 걷어찬 게 바로 그래서였다. 로자는 비명을 지르며 쥐새끼 같은 놈이라고 욕을 했고, 소년도 질세라 못생긴 암퇘지 년이라고 받아쳤고, 로자는 다시 그걸 받아 더러운 구더기보다 더 더러운 놈이라고 했다. 가만히 듣고 있던 소년의 어머니가 즉시 조용히 하라고 소리치고 계속 그렇게 싸울 거면 오늘 식사는 이것으로 끝이라고 말하는 순간, 소년은 모두의 관심이 어머니에게 쏠린 틈을 타 몸을 앞으로 내밀어 제프의 그릇에다 돌 조각을 집어넣었다. 누구든 주의를 기울였다면 눈치챌 수 있었겠지만, 어쨌거나 꽤 빠른 몸놀림이었다.

제프는 손가락으로 입안을 더듬거리더니 이빨 하나를 식탁 위에 뱉어낸다. 이어 고개를 들고 소년을 노려본다.

좋지 못한 징조다. 소년은 제프가 그게 자신의 소행임을 알아채지 못하리라 생각했지만, 그 정도로 멍청한 인간은 아닌 모양이다.

소년은 튀어 오르듯이 일어나 문으로 달려간다. 하지만 안타깝게도 제프는 키만 큰 것이 아니라 날래기도 하다. 그가 달려가는 소년을 붙잡는다. 소년은 뿌리치려 하지만 성공하지 못한다. 제프는 손을 치켜들더니 소년의 얼굴을 주먹으로 가격한다. 퍽 소리가 방 안의 다른 모든 소음을 집어삼킨다.

제프의 눈꺼풀이 파르르 떨린다. 아그네타가 벌떡 일어나고, 하녀는 웃음을 터뜨린다. 남이 두들겨 맞는 것을 좋아하는 아이다. 클라우스는 자기만의 생각에 빠져 이마를 찌푸린 채 가만히 앉아 있다. 다른 두 하인은 일이 어떻게 되려는지 궁금한지 눈을 동그랗게 뜨고 있다. 소년의 귀에는 아무 소리도 들리지 않는다. 공간이 빙빙 돈다. 천장이 자기 밑에 있는 느낌이다.

제프는 소년을 곡식 포대처럼 어깨에 들쳐 메고 나간다. 소년의 눈에는 이제 위가 풀밭이고, 아래가 둥그런 하늘이다. 하늘에는 저녁의 새털구름이 지나간다. 소년의 귀에 다시 무슨 소리가 들린다. 파르르 떠는 어떤 높은 소리가 공중에 걸려 있다.

제프는 소년의 팔뚝을 잡고 얼굴을 바짝 갖다 댄 채 소년을 뚫어지게 바라본다. 하인의 수염에 붉은 것이 어른거린다. 이 빨 빠진 자리에서 피가 흐르고 있다. 순간 소년은 이런 생각을 한다. 바로 지금 하인의 얼굴을 있는 힘껏 주먹으로 치면 하인은 소년을 놓아줄 것이고, 그 틈을 타 번개처럼 숲으로 도망치면 될 것 같다.

그런데 왜 그래야 할까? 둘은 어차피 한 방앗간에 산다. 제프가 오늘 소년을 잡지 못하면 내일 잡을 수 있고, 내일 못 잡으면 모레 잡으면 된다. 그렇다면 분명하다. 어차피 끝장을 봐야 한다면 차라리 다들 지켜보는 데서 끝내는 편이 좋다. 다른 사람들이 저렇게 시퍼렇게 눈을 뜨고 있는데 설마 죽이기야 하겠어!

다들 집 밖에 나와 있다. 로자는 이 좋은 구경거리를 놓칠세라 발꿈치까지 들고 서 있다. 여전히 웃는 얼굴이다. 다른 두 하인도 옆에서 웃는다. 아그네타가 뭐라고 소리친다. 소년은 어머니가 입을 벌리고 두 손을 휘젓는 모습을 본다. 하지만 소리는 들리지 않는다. 어머니 옆에서는 아버지가 여전히 다른 생각에 빠진 사람처럼 멍하니 앞만 바라보고 있다.

그때 하인이 소년을 머리 위로 번쩍 들어 올린다. 소년은 제프가 자신을 딱딱한 땅바닥에 내동댕이칠까 겁을 먹고 머리를 두 손으로 감싼다. 그런데 제프는 한 걸음, 또 한 걸음, 또 한 걸음 나아간다. 순간 소년의 심장이 미친 듯이 뛰기 시작한다. 관자놀이에서도 피가 요동친다. 소년은 고함을 지른다. 자기 귀에는 들리지 않는다. 더 크게 소리친다. 여전히 들리지 않는다. 소년은 제프가 뭘 하려는지 안다. 다른 사람들도 알고 있을까? 아직은 사람들이 대응할 시간이 있다. 하지만 이 순간을 놓치면…… 놓치면……. 마침내 제프가 저질러버린다. 소년은 추락한다.

소년은 여전히 추락 중이다. 시간이 더디게 흐르는 듯하다. 아직은 주변 사물이 보이고 몸이 허공을 가르며 떨어지는 것도 느껴진다. 지금껏 살면서 줄곧 들어온 경고가 곧 현실이 될 것 같다는 생각도 한다. 개천의 물레방아로 가서는 안 돼. 절대 안 된다. 어떤 일이 있더라도 개천의 물레방아 앞으로 가서는 안 돼! 이런 생각을 하는 와중에도 추락은 끝나지 않는다. 소년은 계속 떨어지고, 떨어지고, 또 떨어진다. 어쩌면 아무 일도 일어나지 않을지도 모른다는 생각이 퍼뜩 스친다. 바로 그 순간 소년은 첨벙 물에 빠지고, 곧 얼음 같은 냉기가 온몸을 파고든다. 가슴이 죄여오고 눈앞이 캄캄해진다.

물고기 한 마리가 뺨을 스치고 지나가는 것이 느껴진다. 물이 흐르는 것도 느껴진다. 물살은 무척 빠르다. 손가락 사이에서 물이 어딘가로 빨려 들어가는 느낌이 든다. 뭐라도 잡아야 한다. 하지만 뭘 잡지? 모든 게 움직이고, 단단한 건 어디에도 보이지 않는다. 머리 위에서 무언가가 이동하는 것이 느껴진다. 자신이 언젠가 두려움과 호기심 속에서 상상했던 모습이 퍼뜩 떠오른다. 혹시 실수로라도 개천의 물레방아 앞에 빠지면 어떻게 해야 할까? 실제는 상상과 완전히 다르다. 막상 닥치니 할 수 있는 게 없다. 소년은 곧 죽을 거라고 생각한다. 물레방아의 회전 바퀴에 짓눌리고 으깨지고 으스러져 죽을 것이다. 이 와중에도 위로 올라가서는 안 된다는 생각이 든다. 위쪽엔 빠져나갈 곳이 없다. 거기선 물레방아의 회전 바퀴가 기다리고 있다. 그렇다면 잠수를 해야 한다.

하지만 어디로 가지? 아래쪽이 어디지?

소년은 혼신의 힘을 다해 발을 찬다. 죽는 게 별것 아니라는 건 소년도 안다. 죽음은 아주 순식간에 온다. 대단한 게 아니다. 그냥 발 한번 잘못 디디고, 잘못 뛰어내리고, 잘못 움직이는 것과 비슷하다. 풀줄기를 뽑고, 풍뎅이를 밟아 죽이고, 불을 끄는 것과 다르지 않다. 죽는 건 아무것도 아냐! 순간 소년의 손에 진흙탕이 만져진다. 바닥까지 내려가는 데 성공한 모양이다.

불현듯 자신이 오늘 죽지는 않으리라는 생각이 든다. 물풀의 긴 줄기가 소년의 얼굴을 스치고, 코로 오물이 들어온다. 냉기가 목덜미를 움켜쥐고, 무언가 삐걱거리며 빻는 소리가 들리고, 등과 발꿈치에서 무언가가 느껴진다. 드디어 물레방아 밑으로 통과한 것이다.

이제 소년은 바닥을 차고 올라간다. 도중에 얼핏 창백한 얼굴이 보인다. 치켜뜬 눈은 초점이 없고, 입은 벌리고 있다. 물속의 어스름 속에서 얼굴이 희미하게 아른댄다. 언젠가 자신보다 운이 좋지 않았던 한 아이의 혼령인 듯하다. 소년은 다시 힘껏 발을 차고, 곧 물 위로 고개를 내민다. 그는 숨을 들이쉬고, 진흙을 내뱉고, 기침을 하고, 풀을 움켜쥔 채 숨을 헐떡이며 물가로 기어간다.

오른쪽 눈 앞에 가늘고 작은 다리로 스멀스멀 움직이는 점 같은 것이 보인다. 소년은 눈을 끔벅거린다. 점이 점점 가까워진다. 눈썹이 근질거린다. 손으로 얼굴을 훔치자 점은 사라진다. 물 위에 커다란 구름이 둥둥 떠 있다. 누군가 소년에게로 몸을 숙인다. 클라우스다. 그는 무릎을 굽히고 손을 뻗어 소년의 가슴을 만지더니 뭐라고 중얼거린다. 소년은 무슨 소리인지 알아듣지 못한다. 여전히 공중에 걸려 있는 그 높은 소리가 다른 모든 소리를 압도하고 있기 때문이다. 하지만 아버지가 말을 하는 동안 그 소리는 차츰 낮아지고, 아버지가 몸을 일으키자 완전히 잦아든다.

이제 아그네타가 왔다. 옆에는 로자가 서 있다. 누군가 나타날 때마다 소년은 얼굴을 알아보기까지 잠시 시간이 걸린다. 머릿속의 움직임이 느리다. 머리가 아직 제 역할을 못 하고 있다. 아버지가 소년의 머리에다 손으로 동그라미를 그린다. 소년은 힘이 다시 돌아오는 것을 느끼지만 말은 잘 나오지 않는다. 목구멍에서 나오는 건 기껏해야 앓는 듯한 쉰소리뿐이다.

아그네타가 아들의 뺨을 어루만진다. "너는 세례를 두 번 받는구나."

소년은 어머니의 말을 이해하지 못한다. 아마 머릿속 통증 때문인 듯하다. 머리가 너무 아파 눈에 보이는 이 모든 세계, 그러니까 흙과 주변의 인간은 물론 여전히 갓 내린 눈처럼 하얀 구름조차 들어설 자리가 없다.

"집에 가자." 클라우스가 말한다. 아들이 무언가 금지된 짓을 하다가 붙잡히기라도 한 양 질책이 담긴 목소리다.

소년은 일어나 앉아 몸을 숙이고 구토를 한다. 아그네타가 옆에 쪼그리고 앉더니 아들의 머리를 안아준다.

소년은 아버지가 성큼성큼 제프에게 다가가 뺨을 후려치는 것을 본다. 제프의 상체가 휘청한다. 그는 뺨에 손을 올리며 바로 선다. 그러자 다시 귀싸대기가 날아오고, 세 번째, 네 번째가 이어진다. 그 충격에 제프는 바닥에 쓰러질 뻔한다. 클라우스는 손이 아픈 듯 주무르고, 제프는 제자리에서 비틀거린다. 소년은 그게 연기라는 걸 안다. 제프는 아프지 않다. 아버지보다 훨씬 덩치가 크고 힘도 세지 않은가. 하지만 그는 자신이 주인집 아들을 거의 죽이려 들었으니 벌을 받아야 한다는 걸 안다. 동시에 그런 짓을 했다고 방앗간 주인이 자신을 쉽사리 쫓아낼 수 없다는 것도 잘 안다. 클라우스에겐 하인이 세 명은 필요하다. 그보다 적으면 방앗간이 원활하게 돌아가지 않기 때문이다. 하나라도 빠지면 떠돌이 일꾼 가운데 적당한 사람을 찾아야 하는데, 잘못하면 몇 주나 걸릴 수도 있다. 농사꾼들은 방앗간에서 일을 하려 하지 않으니까. 방앗간이 마을에서 너무 멀리 떨어져 있을 뿐 아니라 일 자체도 삶의 밑바닥까지 내려간 사람들이나 하는 천한 작업이라고 생각하니까.

"집으로 가자." 이제 아그네타가 말한다.

벌써 어둑어둑해졌다. 다들 걸음을 서두른다. 더 이상 밖에 있고 싶어 하는 사람은 없다. 밤중이면 숲속에 무엇이 돌아다니는지 알기 때문이다.

"너는 세례를 두 번이나 받는구나." 아그네타가 같은 말을 되풀이한다.

소년이 무슨 뜻이냐고 물으려는 순간 어머니는 벌써 저만치 앞서가 있다. 뒤에서는 개천이 흥얼거리듯 흘러간다. 방앗간 살림집 창문의 두툼한 커튼 사이로 희미한 빛이 새어 나온다. 클라우스가 양초에 불을 붙인 모양이다. 소년을 부축해서 집

안으로 들이려는 사람은 아무도 없다.

소년은 추워서 벌벌 떤다. 그러면서도 속으로 쾌재를 부른다. 살아남았다. 그것도 물레방아에서! 아, 살아남았어. 물레방아에서 살아남았어! 소년은 참을 수 없는 가벼움을 느끼며 제자리에서 펄쩍 뛰어오른다. 하지만 착지하는 순간 다리에 힘이 풀리면서 신음과 함께 무릎이 풀썩 꺾인다.

숲에서 무언가 속삭이는 소리가 들려온다. 소년은 숨을 멈추고 귀를 기울인다. 으르렁대던 소리는 이제 쉿쉿 소리로 변한다. 그러다 일순간 그친다. 이어 다시 시작된다. 조금만 더 귀를 기울이면 알아들을 수 있을 것 같지만 그럴 마음이 전혀 나지 않는다. 소년은 절뚝거리며 집으로 들어간다.

몇 주가 흐른다. 소년의 다리도 밧줄에 오를 수 있을 만큼 회복되었다. 다시 밧줄을 타는 첫날, 빵집 딸이 나타나 풀밭에 앉아 구경한다. 소년과는 서로 얼굴만 아는 사이다. 여자애의 아버지가 방앗간에 자주 온다. 하나 크렐이 그와 크게 싸우다가 저주를 퍼부은 이후 류머티즘으로 고생하고 있기 때문이다. 통증이 어찌나 심한지 잠도 제대로 자지 못할 지경이라 번번이 클라우스에게 들러 마법의 약을 받아 간다.

소년은 여자애를 쫓아버려야 할지 잠시 고민한다. 하지만 그러면 안 될 것 같다. 일단 별로 남자답지 못한 행동인 데다 여자애가 지난 마을 축제 때 돌 던지기 시합에서 우승했다는 걸 생각하면 더더욱 안 될 말이다. 틀림없이 힘이 무척 셀 것이다. 반면에 소년은 아직 온몸이 욱신거린다. 그러니 그냥 참아줄 수밖에 없다. 곁눈질로 슬쩍슬쩍 살필 뿐이지만, 소년은 여자애의 팔과 얼굴에 주근깨가 있고 눈이 하늘처럼 파랗다는 사실을 금세 알아차린다.

여자애가 말한다. "네 아버지가 우리 아버지한테 그랬대. 지옥 같은 건 없다고."

"아버지는 그런 말 한 적 없어." 소년은 밧줄에서 떨어지기 전에 완벽하게 네 걸음을 성공한다.

"아냐, 했어."

"아니라니까." 소년이 단정 짓듯 말한다. "맹세해."

하지만 소년은 여자애의 말이 맞을 거라고 생각한다. 아버지는 그 반대되는 말도 충분히 할 사람이다. 우리는 지옥에 살고 있다고. 영원히 이 지옥에서 빠져나갈 수 없다고. 아니면 우리가 천국에 살고 있다고 할지도 모른다. 아버지는 어떤 말이든 할 수 있는 사람이다.

"너 그거 알아?" 여자애가 묻는다. "페터 슈테거가 마을의 늙은 버드나무 옆에서 송아지를 도살한 거. 대장장이가 얘기해줬어. 페터 슈테거, 대장장이, 하이네를링 노인 이렇게 셋이서 그랬대. 그러곤 밤중에 방목지로 가서 도살한 송아지를 놔뒀대.

냉혈한더러 먹으라고."

"나도 거기 가본 적 있는데."

여자애가 웃는다. 당연히 소년의 말을 믿지 않는다. 여자애의 생각이 맞다. 소년은 그곳에 가본 적이 없다. 꼭 필요한 일이 아니면 밤중에 방목지로 나가는 사람은 없다.

"맹세할 수 있어!" 소년이 말한다. "내 말 믿어, 넬레!"

소년은 다시 밧줄에 올라가 아무것도 붙잡지 않은 채 가만히 서 있는다. 이제 이것도 가능하다. 소년은 맹세한다는 말을 강조하려고 오른 손가락 두 개를 가슴에 댄다. 하지만 재빨리 다시 뗀다. 어린 케테 로저가 작년에 부모 앞에서 거짓 맹세를 했다가 이틀 뒤에 죽은 일이 기억났기 때문이다. 소년은 당혹감을 감추기 위해 밧줄 위에서 균형을 잃은 체하다가 풀밭으로 떨어진다.

"계속해." 여자애가 차분하게 말한다.

"뭘?" 소년은 통증으로 얼굴을 찡그리며 일어난다.

"밧줄. 남들이 못 하는 걸 할 수 있는 건 좋은 거야."

소년은 어깨를 으쓱인다. 지금 이 여자애가 자신을 놀리는 건지 아닌지 확신이 안 선다.

"계속해야 돼." 여자애는 이렇게 말하더니 벌떡 일어나 달려간다.

소년은 여자애의 뒷모습을 바라보며 아픈 어깨를 문지른다.

그러고는 다시 밧줄 위에 올라선다.

그다음 주, 밀가루를 수레에 실어 로이터 농장까지 운반해야 할 일이 생겼다. 사흘 전 마르틴 로이터가 밀알 자루를 방앗간에 가져와 맡겼는데 다시 와서 밀가루를 찾아갈 수 없는 상황이 벌어졌다. 어제 그 집 하인 하이너가 와서는 수레 끌채가 부러졌다고 알려주었다.

상황이 고약하다. 밀가루를 종놈에게 그냥 줘서 보낼 수는 없다. 그걸 가지고 영원히 줄행랑을 놓을지 누가 알겠는가? 종놈이란 원래 믿어선 안 되는 존재다. 하지만 그렇다고 클라우스가 방앗간을 비울 수는 없다. 일이 너무 많다. 결국 아그네타가 그 집 하인과 함께 가기로 하지만 이 역시 문제다. 종놈이랑 단둘이 가다가 숲속에서 무슨 일이 생길지 또 누가 알겠는가? 종놈이란 원체 수틀리면 무슨 짓이든 할 수 있는 존재다. 결국 소년도 데려가기로 한다.

그들은 동이 트기 전에 출발한다. 간밤에 비가 많이 내렸다. 나무 사이에 안개가 걸려 있고, 우듬지는 아직 어두운 하늘 속에 감춰져 보이지 않는다. 초원의 풀들이 물방울을 무겁게 매달고 있다. 당나귀는 이러든 저러든 자기야 상관없다는 듯 발을 질질 끌며 걷는다. 소년이 오랫동안, 기억이 닿는 순간부터 함께해온 녀석이다. 소년은 마구간의 녀석 옆에 몇 시간이고 웅크리고 앉아 녀석이 나직이 울거나 씩씩거리는 소리에 귀를 기울이고, 녀석을 쓰다듬고, 녀석이 축축한 주둥이로 뺨을 핥으면 즐거워했다. 아그네타가 고삐를 잡고, 소년은 그 옆의 마부석에 앉아 눈을 반쯤 감은 채 어머니에게 몸을 바짝 붙이고 있다. 뒤에서는 하이너가 밀가루 포대 위에 누운 채 혼자 뭐라고 중얼거리다가 뜬금없이 웃음을 터뜨리기를 반복한다. 자는지 깨어 있는지 알 수가 없다.

만일 넓은 길을 택한다면 오후에는 목적지에 닿을 것이다. 하지만 그 길은 늙은 버드나무가 있는 공터와 너무 가깝다. 태어나지 않은 자는 냉혈한 근처로 가서는 안 되는 법이다. 따라서 그들은 단풍나무 언덕과 커다란 생쥐 못을 지나는 울창한 숲속 오솔길을 우회로로 택한다.

아그네타는 남편과 결혼하기 전의 시절에 대해 이야기한다. 원래는 빵집 주인 홀츠의 두 아들 중 하나와 결혼할 생각이었다. 빵집 아들은 어머니가 자기를 받아주지 않으면 용병 부대에 들어갈 거라고 협박까지 했다. 용병이 되어 동쪽의 헝가리 평원으로 가서 터키인들과 싸우겠다는 것이다. 어머니는 그 말에 거의 넘어갈 뻔했다. 어차피 남자들이야 다 거기서 거기니까. 그런데 클라우스가 마을에 왔다. 북방 출신의 가톨릭교도였다. 어머니는 아버지를 거부할 수 없었고, 결국 결혼까지 했다. 젊은 홀츠는 동쪽으로 가지 않았다. 그는 계속 마을에 남아 빵을 구웠다. 그러다가 2년 뒤 페스트가 마을을 덮쳤을 때 제일 먼저 죽었다. 그의 아버지까지 죽자 남은 아들이 빵집을 물려받았다.

아그네타는 한숨을 쉰 뒤 소년의 머리를 쓰다듬는다. "예전에 그이가 어떤 사람이었는지 너는 모를 거다. 젊고 늘씬했지. 다른 남자들이랑은 완전히 달랐어."

소년은 어머니가 말하는 그이라는 게 누구인지 이해하기까지 잠깐 시간이 걸린다.

"그이는 모르는 게 없었어. 글도 읽고 쓸 수 있었다니까. 게다가 잘생겼지. 힘도 세고, 눈도 밝고. 노래도 남들보다 잘 부르고 춤도 잘 췄어." 어머니는 잠시 생각에 잠겼다가 입을 연다. "그이는…… 깬 사람이었어!"

소년은 고개를 끄덕인다. 차라리 옛날이야기가 낫겠다는 생각이 든다.

"네 아버지는 좋은 사람이야. 절대 그걸 잊어선 안 돼."

소년은 하품이 나온다.

"물론 생각은 늘 딴 데 가 있었지. 당시 난 그걸 몰랐지만. 그런 사람이 있다는 것도 알지 못했고. 내가 어떻게 알겠니? 줄곧 여기서만 살았는데. 그런 사람은 우리 같은 이들과 맞지 않는다는 것도 그때는 몰랐어. 처음에 그이는 가끔씩만 생각이 딴 데 가 있었고, 대부분의 시간은 나와 함께 있었지. 나를 떠받들었고 말이야. 우리는 함께 웃었어. 그이의 눈에서는 빛이 나오기도 했어. 책에 빠지거나 실험을 하는 건 정말 가끔이었지. 그러니까 뭔가에 불을 붙이거나 가루를 섞는 일들 말이야. 그런데 갈수록 책에 빠지는 거야. 그만큼 나한테는 소홀해질 수밖에 없었지. 처음엔 그런가 보다 했는데, 이게 점점 심해지더니 지금 이 상태까지 온 거야. 너도 알지? 왜 지난달에 물레방아 바퀴가 멈췄을 때 말이다. 사흘이 지나서야 수리를 했잖니. 초원에서 뭔가 실험을 하느라 정신이 빠져서 물레방아에는 신경 쓸 겨를이 없었던 거지. 방앗간 주인이라는 사람이 말이야. 게다가 제대로 고치지도 않았어. 지금도 바퀴 축이 그대로 꼼짝 않고 있잖니! 안젤름 멜커라도 불러야 할 텐데, 그런 일엔 아예 관심이 없는 눈치야!"

"옛날이야기 해주시면 안 돼요?"

아그네타가 고개를 끄덕인다. "아주 오랜 옛날, 이 땅에 돌들이 생긴 지 아직 얼마 되지 않았고, 제후들도 없고, 십일조도 바치지 않던 시절이었어. 겨울에도 눈이 내리지 않던 오랜 옛날에……."

아그네타는 잠시 멈칫하더니 배를 만지며 고삐를 짧게 쥔다. 좁은 길이다. 사방에 나무뿌리가 넓게 깔려 있다. 이런 길에서 당나귀가 걸음을 잘못 내디디기라도 하면 수레는 한순간에 뒤집히고 말 것이다.

아그네타가 이야기를 이어간다. “그런 옛날에 한 소녀가 황금 사과를 발견했어. 소녀는 그걸 잘라 어머니와 나누어 먹으려다가 실수로 제 손을 베었고, 거기서 흘러내린 핏방울에서 나무가 한 그루 자랐어. 나무에는 사과가 많이 열렸는데, 금빛 사과가 아니라 전부 쪼글쪼글하고 못생긴 사과들이었어. 그리고 그것을 먹은 사람들은 모두 끔찍하게 죽고 말았지. 사실 그 애의 어머니는 마녀였거든. 마녀는 황금 사과를 자기 눈동자만큼이나 소중하게 여겼고, 소녀를 구하기 위해 곳곳에서 달려온 기사들을 모두 찢어 죽이고 잡아먹었어. 그러고는 웃음을 터뜨리면서 말했지. ‘너희 중에는 영웅이 없니?’ 그러다 겨울이 왔고, 세상 만물이 차가운 눈에 뒤덮이자 불쌍한 소녀는 어머니를 위해 청소를 하고 요리를 해야 했어. 하루 종일, 매일같이, 끊임없이.”

“눈이라고요?”

아그네타가 멈칫한다.

“겨울에도 눈이 안 내리던 시절이라면서요.”

아그네타는 말이 없다.

“죄송해요.”

“불쌍한 소녀는 그렇게 매일같이 하루 종일 어머니를 위해 청소를 하고 요리를 해야 했어. 누구라도 한 번 보면 사랑에 빠질 수밖에 없을 만큼 아름다운 소녀였는데 말이야.”

아그네타는 다시 침묵하더니 곧이어 나직이 신음한다.

"왜 그래요?"

"그래서 결국 소녀는 한겨울에 도망을 쳤어. 아주 멀리 떨어진 바닷가에 황금 사과만큼이나 귀한 소년이 살고 있다는 얘기를 들었거든. 그런데 도망치는 건 쉬운 일이 아니었어. 마녀의 감시가 아주 철저했으니까."

아그네타는 다시 침묵한다. 이제 숲은 앞이 안 보일 정도로 울창하다. 나무 우듬지 사이로만 파란 하늘이 살짝 비칠 뿐이다. 아그네타가 고삐를 당기자 당나귀가 멈추어 선다. 다람쥐 한 마리가 길 위로 폴짝 뛰어내려 차가운 눈으로 바라보더니 마치 마술처럼 잽싸게 사라진다. 뒤에서 들리던 코 고는 소리가 멈춘다. 하인이 일어나 앉는다.

"왜요?" 소년이 다시 묻는다.

아그네타는 대답하지 못한다. 갑자기 얼굴이 죽은 사람처럼 하얗게 질린다. 소년의 눈에 피로 흥건한 어머니의 치마가 보인다.

소년은 잠시 의아한 생각이 든다. 피가 이렇게 많이 묻었는데 왜 지금까지는 보지 못했을까? 그러다 금방 깨닫는다. 방금 흘린 피라는 걸.

"안 되겠다. 돌아가야겠어." 아그네타가 말한다.

소년은 어머니를 가만히 바라본다.

"뜨거운 물이 필요해." 어머니의 목소리가 갈라진다. "클라우스도. 아버지의 주문과 약초가 있어야 해. 마을에서 산파도 불러야 하고. 리제 퀼레린 말이다."

소년은 아무 말도 못 하고 어머니를 바라보기만 한다. 하이너도 아그네타를 뚫어지게 쳐다본다. 당나귀만 멍하니 앞을 보고 있다.

"안 그러면 죽을 거야. 죽을 수밖에 없어. 여기선 아무것도 못 해. 수레도 못 돌려. 하이너가 부축하면 걸을 수 있을 거다. 방앗간으로 갈 거야. 넌 여기 남아 있어."

"그냥 다 같이 계속 타고 가면 안 돼요?"

"로이터 농장엔 저녁이나 되어야 도착할 거야. 방앗간으로 돌아가는 게 더 빨라." 어머니는 숨을 헐떡거리며 수레에서 내린다. 소년이 어머니의 팔을 잡으려 하지만 아그네타가 뿌리친다. "내 말 알겠지?"

"무슨 말요?"

아그네타가 힘겹게 숨을 들이쉰다. "한 사람은 여기 밀가루를 지키고 있어야 해. 이건 방앗간 절반만큼이나 비싼 거야."

"숲속에 혼자 있으라고요?"

아그네타가 신음한다.

하이너는 얼빠진 표정으로 둘을 번갈아 바라본다.

"내가 바보 멍청이 둘이랑 여기 있구나." 아그네타는 아들의 뺨을 두 손으로 감싸더니 눈을 똑바로 바라본다. 어머니의 눈동자에 소년의 얼굴이 비친다. 어머니가 숨을 쉴 때마다 쉿소리와 가래 끓는 소리가 난다. "내 말 알겠지?" 어머니가 나직이 재차 묻는다. "내 아들, 내 소중한 아들, 내 말 알겠지? 넌 여기서 기다리고 있어."

소년의 심장이 어찌나 크게 뛰는지 어머니 귀에도 들릴 것만 같다. 소년은 어머니에게 이렇게 말하고 싶다. 어머니는 지금 잘못 생각하고 있다. 통증이 너무 심해 잠시 정신이 흐려진 거다. 이 상태로 걷는 건 무리다. 이렇게 피를 많이 흘린 상태로 몇 시간씩 걷는 건 말도 안 된다. 하지만 목이 바짝 말라서 말이 넘어오질 않는다. 소년은 속수무책의 심정으로 어머니가 하이너의 부축을 받으며 절룩절룩 걸어가는 모습을 지켜볼 수밖에 없다. 하인은 어머니를 반은 부축하고 반은 질질 끌듯이 데려가는데, 걸음을 내디딜 때마다 어머니의 입에서 신음이 새어 나온다. 소년은 잠시 두 사람의 뒷모습을 바라본다. 이내 신음이 점점 멀어지고, 소년은 숲속에 홀로 남는다.

마땅히 할 일이 없기에 소년은 한동안 당나귀의 귀를 잡아당기며 논다. 오른쪽, 왼쪽, 다시 오른쪽. 귀를 당길 때마다 당나귀는 슬픈 울음소리를 낸다. 이 녀석은 왜 이렇게 참을성이 많고 착할까? 왜 물지도 않을까? 소년은 당나귀의 오른눈을 바라본다. 새까만 유리구슬 같은 눈이 반짝거린다. 물기를 머금은, 초점 없는 눈이다. 녀석은 눈을 끔벅이지 않는다. 소년이 손가락으로 건드려도 살짝 움찔할 뿐이다. 문득 이런 당나귀로 사는 것도 괜찮겠다는 생각이 든다. 당나귀의 영혼, 당나귀의 머리, 당나귀의 생각 속에 갇혀 있는 건 어떤 느낌일까?

소년은 숨을 멈추고 귀를 기울인다. 바람 소리다. 배후에서 숲속의 모든 소리를 일으키는, 소리 중의 소리. 윙윙, 차르르, 쏴쏴, 후드득, 뿌지직……. 나무가 울고, 나뭇잎이 속삭인다. 귀를 기울이면 무슨 말인지 알아들을 수 있을 것만 같다. 소년은 입으로 윙윙 소리를 내본다. 소리의 울림이 낯설게 느껴진다.

문득 수레 뒤의 밧줄이 떠오른다. 밀가루 포대를 하나씩 연결해 묶은 기다란 밧줄이다. 소년은 반가운 심정으로 칼을 꺼내 나무줄기에 홈을 파기 시작한다.

밧줄을 두 나무 사이에 가슴 정도 높이로 묶고 나자 한결 마음이 편안해진다. 밧줄이 단단히 묶였는지 확인한 다음 신발을 벗고 올라선다. 천천히 두 팔을 벌린 뒤 중앙까지 걸어간다. 거기서 걸음을 멈춘다. 앞에는 수레와 당나귀가 있고, 밑에는 흙바닥이 있다. 순간 소년은 균형을 잃고 펄쩍 뛰어내린다. 즉시 다시 올라선다. 벌 한 마리가 덤불에서 나오다가 도로 쏙 들어간다. 소년은 천천히 발을 내디딘다. 반대편 끝까지 거의 이르렀을 때 다시 떨어진다.

소년은 한동안 가만히 누워 있는다. 굳이 일어나야 할까? 소년은 누운 채 한 바퀴 구른다. 시간이 멈춘 듯하다. 뭔가가 변했다. 바람은 계속 속삭이고, 나뭇잎은 계속 움직이고, 당나귀 배는 계속 꾸르륵거리지만 이 모든 것은 시간과 아무런 관련이 없다. 지금이라는 순간은 과거에도 있었고, 현재에도 있다. 모든 것이 달라지고, 사람들도 달라지고, 신 말고는 자신과 아그네타, 클라우스, 방앗간에 대해 아는 이가 없을 미래에도 지금은 여전히 존재할 것이다.

머리 위에서 짙푸른 색을 띠던 조각하늘이 서서히 부드러운 잿빛으로 바뀐다. 그림자가 나무줄기를 타고 내려오는가 싶더니 어느새 저녁이 되고, 그러다 하늘빛이 길쭉한 불꽃으로 응고되어 금세 밤이 된다.

소년은 운다. 자신을 달래줄 사람은 어디에도 없다. 사람은 아직 울 힘이 남아 있고 눈물이 나올 때까지만 울 수 있는 법이기에, 힘과 눈물이 다 떨어지자 소년은 마침내 울음을 그친다.

목이 마르다. 가죽으로 만든 맥주 자루는 아그네타와 하이너가 가져갔다. 하이너는 그걸 허리에 두르고 있었는데, 떠날 때 소년을 위해 마실 걸 남겨둬야 한다는 생각을 미처 하지 못했다. 입술이 바짝바짝 타들어간다. 분명 근방에 시냇물이 있을 테지만 이렇게 어두운 데서 어떻게 찾는단 말인가?

숲속의 소리가 낮과는 다르다. 짐승 소리, 바람 소리, 심지어 나뭇가지 부러지는 소리도 다르게 들린다. 위로 올라가는 게 더 안전할 것 같다. 소년은 나무로 오르려 해본다. 쉽지 않다. 사물이 거의 보이지 않는다. 얇은 가지가 부러지며 거친 나무껍질에 손가락이 베인다. 한쪽 신발이 발에서 벗겨져 떨어진다. 신발이 나뭇가지에 차례로 부딪히는 소리가 들린다. 소년은 나무줄기를 붙잡고 점점 높이 올라간다. 더는 올라갈 수 없을 때까지.

소년은 한동안 나무에 매달려 있는다. 굵은 나뭇가지 위에 올라 줄기에 기댄 채 잠들 수 있으리라 막연히 생각하고 올라왔지만, 그럴 수 없다는 걸 이제야 깨닫는다. 나무에 부드러운 부분이라고는 전혀 없는 데다 떨어지지 않으려면 줄곧 찰싹 달라붙어 있어야 한다. 가지 하나가 계속 무릎을 누른다. 처음에는 견딜 수 있다고 생각했는데, 갑자기 어느 순간부터 통증을 참을 수가 없다. 엉덩이 밑의 가지도 배기고 아프다. 소년은 사악한 마녀와 아름다운 딸, 기사들과 황금 사과 이야기를 떠올린다. 그 이야기가 어떻게 끝나는지 들을 수 있을까?

소년은 다시 내려간다. 어둠 속이라 쉽지 않지만 소년은 능숙하다. 미끄러지지 않고 바닥에 무사히 도착한다. 다만 신발은 찾을 수 없다. 이런 상황에 당나귀라도 곁에 있어서 얼마나 다행인지 모른다. 소년은 희미하게 악취를 풍기는 이 말랑말랑한 동물에게 몸을 비빈다.

어쩌면 어머니가 돌아올지도 모른다는 생각이 퍼뜩 든다.

어머니가 집으로 가던 길에 죽었다면 갑자기 여기에 나타날 수 있다. 주위를 배회하면서 소년에게 무언가를 속삭이고, 자신의 변한 얼굴을 보여줄지도 모른다. 이런 생각이 들자 심장이 얼어붙는다. 방금까지 사랑했던 사람이 돌아왔는데 겁에 질려 죽을 수도 있을까? 정말 그런 일이 가능할까? 소년은 작년에 버섯을 따다가 죽은 아버지를 만났다던 그리트의 이야기를 떠올린다. 아버지는 눈이 없고, 바닥에서 한 뼘쯤 떠 있었다고 한다. 또한 할머니가 어릴 때 슈테거 농장 뒤의 경계석에서 보았다는 사람 머리도 생각한다. 그 머리는 할머니에게 이렇게 말했다고 한다. 얘, 치마 올려봐. 경계석 주위에는 아무도 없었다. 다만 돌이 갑자기 눈과 입을 가진 얼굴로 바뀌었다고 했다. 얼굴은 이렇게 말했다. 치마 올려서 그 안에 있는 걸 보여줘! 소년이 어릴 때 할머니가 들려준 이야기다. 할머니는 오래전에 죽었다. 몸은 이미 먼지로 변했을 테고, 눈은 돌이, 머리카락은 풀이 되었을 것이다. 소년은 이런 것들을 생각하지 않으려고 도리질을 친다. 하지만 생각이 떠나지 않는다. 특히 한 가지 생각이 집요하게 들러붙는다. 어머니가 갑자기 귀신이 되어 덤불숲에서 모습을 드러내느니 차라리 저 깊은 지옥에 영원히 갇혀버렸으면 좋겠다는 생각이다.

당나귀가 움찔거리고, 근처에서 나뭇가지 부러지는 소리가 난다. 뭔가가 다가온다. 소년의 바지 속이 갑자기 뜨거워진다.

묵직한 몸뚱이가 어슬렁거리며 슬그머니 지나간다. 소년의 바지는 이제 차갑고 무겁다. 당나귀가 낑낑거린다. 녀석도 그걸 느낀 모양이다. 무엇이었을까? 나뭇가지들 사이로 푸르스름한 빛이 반짝거린다. 형체는 반딧불보다 크지만, 밝지는 않다. 불안에 떠는 소년의 머릿속에 온갖 상상이 난무한다. 소년의 바지가 다시 뜨거워졌다가 차가워지고, 다시 뜨거워진다. 이 와중에도 소년은 생각한다. 어머니가 죽었는지 살았는지 모르지만, 소년의 바지에 벌어진 일을 알아선 안 된다. 알게 되면 매타작은 당연지사다. 그러다가 다른 상상이 떠오른다. 어머니가 지금 덤불 밑에 누워 있으면 어떡하지? 정신이 몽롱해지는 가운데 그나마 남아 있던 이성이 소년에게 말을 건다. 곧 잠이 들 거야. 공포에 지치고 요동치는 심장박동에 진이 빠져 곧 잠이 들 거야. 나머지는 흘러가는 대로 내버려둬. 한밤의 숲속 소음을 들으며 나직이 코를 고는 당나귀 곁의 차가운 바닥에 누워 그냥 잠들 거야. 저기 멀지 않은 곳의 덤불 밑에 어머니가 정말로 슬픈 울음과 신음을 내뱉으며 누워 있을지 모른다. 이 덤불은 소년이 꿈속에서 본 덤불과 별로 달라 보이지 않는다. 산딸기가 가득 열린 시클라멘 덤불이다. 그곳에 어머니가 누워 있을 것 같다. 어둠 속 저편에.

한편 아그네타와 하인은 지름길을 택해 방앗간으로 돌아가고 있었다. 그녀의 몸 상태를 고려하면 우회로는 무리였다. 이렇게 해서 그들은 냉혈한의 공터에 아주 가까이 접근했다. 지금 아그네타는 바닥에 누워 있다. 완전히 탈진한 상태다. 신음마저 간신히 내뱉을 뿐이다. 옆에는 하이너가 앉아 있고, 그의 품속엔 갓난아기가 안겨 있다.

하이너는 이대로 도망쳐야 할지 고민한다. 자신에게 어떤 일이 닥칠 것인가? 이 여자는 곧 죽을 게 뻔하다. 그가 곁에 있었다는 사실을 사람들이 알게 되면 모두 그의 탓으로 돌릴 것이다. 항상 그래왔다. 무슨 일이 생기고 종놈이 그 자리에 있었다면 다들 종놈 책임이라고 생각한다.

그러니 이대로 영원히 사라지면 그뿐이다. 로이터 농장에는 조금도 미련이 없다. 먹는 것도 충분치 않고, 주인도 잘 대해주지 않는다. 틈만 나면 자기 아이들을 때리듯 자신을 때린다. 여자와 아기가 마음에 걸리기는 하지만 여기 내버려두고 가지 못할 이유가 있을까? 어차피 아무 상관 없는 사람들이다. 일꾼들은 보통 이렇게 생각한다. 세상은 넓어. 일할 곳 찾는 건 쉬워. 농장은 어디건 널려 있어. 어딜 가건 설마 죽기야 하겠어?

이런 밤중에 숲속에 있어서는 안 된다. 그는 배가 고프다. 목도 마르다. 목구멍이 바짝바짝 타들어간다. 맥주 자루는 도중 어디에선가 잃어버렸다. 그는 눈을 감는다. 도움이 된다. 눈을 감으면 집중이 된다. 방해하는 사람도 없다. 눈을 감으면 슬며시 자신의 모습이 보인다. 자기만의 생각에 몰두할 수 있다. 어릴 때 뛰놀던 초원이 보인다. 갓 구운 빵도 기억난다. 아주 오랫동안 받아보지 못한 빵이다. 자신을 막대기로 때리던 남자도 떠오른다. 아버지인 것 같다. 확실치는 않다. 어쨌든 그 남자에게서 도망쳐 다른 곳으로 갔다. 나중에는 거기서도 도망쳤다. 도주에는 뭔가 멋진 구석이 있다. 도망치지 못할 위험은 없다. 날랜 다리만 있다면.

하지만 이번에는 도망치지 않는다. 그의 품속엔 아기가 안겨 있다. 그는 아그네타의 머리를 받쳐주고, 그녀가 일어서려고 하자 부축해서 일으켜준다.

만일 세상에서 가장 강력한 그 정사각형 문구를 기억하지 못했더라면 아그네타는 다시는 두 발로 버티고 설 수 없었을 것이다. 길을 떠나기 전에 클라우스가 말했다. 명심해. 이건 정말 위기 상황에서만 사용해야 해. 글자로 쓰는 건 되지만 절대 입으로 말해선 안 돼! 아직 의식이 남아 있을 때, 아그네타는 남편의 말을 떠올리며 그 정사각형 문구를 바닥에 그렸다. SALOM AREPO로 시작하는 건 틀림없었다. 하지만 그다음이 기억나지 않았다. 그녀에게 글을 쓴다는 건 삼중고였다. 글을 배운 적이 없는 데다, 주위는 칠흑처럼 어둡고, 피까지 많이 흘린 상태에서 써야 했다. 곧이어 그녀는 클라우스의 잔소리를 물리치며 쉰 목소리로 나직이 외쳤다. "살롬 아레포 살롬 아레포!" 그러자 이 말 조각이 힘을 발휘했는지 기억이 되살아났다.

나머지 문구가 떠올랐다.

S A L O M
A R E P O
L E M E L
O P E R A
M O L A S

효과가 나타났다. 사악한 힘이 물러가고, 출혈이 서서히 멈추고, 아이가 마치 뜨거운 쇳덩이처럼 자기 몸에서 빠져나가는 것이 느껴졌다.

그냥 누워 있고만 싶다. 하지만 그녀는 안다. 피를 많이 흘린 사람이 가만히 누워 있으면 영원히 눕게 된다는 것을.

"아기 이리 줘."

하이너가 아그네타에게 아기를 건넨다.

아기의 얼굴은 보이지 않는다. 밤은 마치 눈먼 이의 시야처럼 새까맣다. 어린것을 받아 들자 자신이 아직 살아 있다는 걸 느낄 수 있다.

그녀는 생각한다. 누구도 너에 대해 알지 못할 거야. 누구도 너를 기억하지 못할 거야. 너의 어머니인 나만 빼고. 나는 너를 잊지 않을 거야. 잊어서도 안 돼. 다른 모든 이들이 너를 잊을 것이기 때문에.

그녀는 출산 과정에서 죽은 다른 세 아이에게도 똑같은 말을 했다. 실제로 그녀는 아직도 그 아이들 하나하나를 모두 기억하고 있다. 냄새, 무게, 조금씩 다른 생김새……. 이름도 갖지 못하고 떠난 아이들이다.

무릎이 풀썩 꺾인다. 하이너가 그녀를 붙잡는다. 순간 그냥 다시 누워버리자는 유혹이 강하게 인다. 하지만 피를 너무 많이 흘렸고, 냉혈한은 멀지 않은 곳에 있고, 숲속 요정들에게 발각될 수도 있다. 아그네타는 하이너에게 아기를 건네고 출발하려 한다. 하지만 곧 나무뿌리와 마른 가지 위로 쓰러진다. 이 밤의 어마어마한 힘이 느껴진다. 왜 그 힘에 저항해야 하는가? 그냥 내려놓으면 쉬운데. 모든 걸 포기하면 간단한 일인데.

포기하는 대신 아그네타는 다시 눈을 번쩍 뜬다. 몸 아래에 나무뿌리가 느껴진다. 냉기로 온몸이 덜덜 떨린다. 그런 와중에도 자신이 아직 살아 있음을 깨닫는다.

그녀는 다시 일어난다. 출혈은 멎었다. 하이너가 아이를 내민다. 아이를 받는 순간, 그녀는 아이의 몸에서 생명이 빠져나간 것을 알아차린다. 아이를 다시 하이너에게 건넨다. 나무를 잡으려면 양손이 필요하기 때문이다. 하인은 아이를 바닥에 내려놓는다. 하지만 그녀의 호통에 다시 아이를 들어 올린다. 죽은 아이를 여기 이대로 두고 갈 수는 없다. 아이의 몸에 이끼가 덮이고, 식물이 감기고, 벌레가 팔다리를 파고들면 아이의 혼은 결코 편히 쉴 수 없을 것이다.

그즈음 방앗간 다락방에서는 무언가 일이 잘못되었다는 예감이 클라우스의 머릿속으로 스멀스멀 기어든다. 그는 재빨리 기도문을 중얼거린 뒤, 연기가 피어오르는 호롱불 위에 으깬 맨드레이크 가루를 뿌린다. 예감이 사실로 확인된다. 호롱불은 활활 타오르는 대신 금방 꺼져버리고, 매캐한 악취가 방 안에 가득 찬다.

클라우스는 어둠 속에서 적당한 힘으로 정사각형 문구를 벽에다 써넣는다.

M I L O N
I R A G O
L A M A L
O G A R I
N O L I M

그런 다음 만전을 기하기 위해 주문을 일곱 번 크게 외운다. *Nipson anomimat mi monan ospin*. 이것이 그리스어라는 것만 알 뿐 그 뜻은 모른다. 하지만 이처럼 앞에서부터 읽으나 뒤에서부터 읽으나 똑같은 글귀에는 특별한 힘이 있다. 그는 작업을 이어가기 위해 다시 딱딱한 판자 바닥에 눕는다.

요즘 그는 매일 밤 달의 움직임을 관찰하고 있다. 진척은 절망적일 정도로 더디기만 하다. 달은 매번 전날 밤과 다르게 움직인다. 궤도가 똑같은 적은 한 번도 없다. 그 현상에 대해 명확하게 설명할 수 있는 사람이 없기에, 클라우스는 자신이 직접 이 문제를 풀어보기로 마음먹었다.

언젠가 볼프 휘트너가 이렇게 말하지 않았는가. "세상 누구도 알지 못하는 것이 있다면 우리 스스로 그걸 밝혀내야 해!"

그의 스승 휘트너는 사람의 손금을 보는 수상가手相家이자 강령술사로, 콘스탄츠에서 야경꾼으로 일했다. 클라우스 울렌슈피겔은 어느 해 겨울 내내 스승 밑에서 일했다. 그는 매일 스승에게 감사하는 마음으로 살았다. 휘트너는 제자에게 정사각형 문구와 주문, 신통한 효험이 있는 약초를 가르쳐주었고, 클라우스는 스승의 말을 한마디도 놓치지 않고 가슴에 새겼다. 스승은 보잘것없는 인간들, 위대한 인간들, 태곳적의 인간들, 깊은 땅속의 인간들, 공중의 혼령들에 대해 들려주며, 소위 학자들이라는 인간들의 말을 믿지 말라고 가르쳤다. 그 인간들은 아는 것이 전혀 없음에도 그것을 인정하지 않는다고. 그랬다가는 제후의 총애를 잃을 수 있기 때문이라고. 클라우스는 쌓였던 눈이 녹을 즈음 스승 곁을 떠났는데, 그의 보따리 속에는 휘트너가 모아둔 책도 세 권 있었다. 하지만 당시엔 글을 몰라 책을 읽을 수 없었다. 그러다 나중에 아우크스부르크에서 한 신부의 류머티즘을 치료해주고 글을 배웠고, 다시 그곳을 떠날 때는 신부의 서가에 꽂혀 있던 책도 세 권 가져갔다. 책은 무척 무거웠다. 총 10여 권에 이르는 책이 납덩이처럼 그의 보따리에 묵직하게 담겨 있었다. 그는 곧 이 책들을 버리고 가든지, 아니면 어디든 정착해야겠다고 생각했다. 큰 도로에서 떨어진 한갓진 곳이 가장 좋을 터였다. 왜냐하면 이 비싼 책들은 원래의 주인들이 자발적으로 내준 것이 아니기 때문이었다. 재수가 없으면 휘트너가 어느 날 갑자기 문 앞에 나타나 저주를 퍼부으며 자기 책을 돌려달라고 할 수도 있었다.

책이 너무 많아져 더는 들고 다니는 것이 불가능해졌을 때 드디어 운명의 여신이 손짓했다. 방앗간 집 딸이 그의 눈에 들어왔다. 착해 보였다. 게다가 유쾌했고 힘도 셌다. 그녀가 그를 좋아한다는 건 눈먼 사람도 알 수 있었다. 그녀를 얻는 건 어렵지 않았다. 그는 춤을 잘 추었고, 사람의 마음을 사로잡는 주문과 약초를 알고 있었으니까. 심지어 마을의 어떤 이보다도 아는 것이 많았다. 그녀는 그것이 마음에 들었다. 방앗간 주인은 처음엔 좀 미심쩍어했다. 하지만 하인들 가운데 클라우스를 빼고는 방앗간을 떠맡을 만한 인간이 보이지 않자 결국 고집을 꺾었다. 이후 한동안은 모든 게 순조롭게 돌아갔다.

그러다 그녀가 자신에게 실망하는 것이 느껴졌다. 처음엔 가끔 실망하는 것 같더니 차츰 빈도가 잦아졌고, 나중에는 늘 실망했다. 그녀는 그의 책들을 좋아하지 않았다. 그가 세계의 수수께끼를 풀겠다며 팔을 걷어붙이는 것도 마음에 들어 하지 않았다. 아닌 게 아니라, 그는 그것을 자신의 원대한 사명으로 여기고 있었다. 그걸 완수하려면 다른 데 쏟을 여력이 없었다. 이런 하찮은 방앗간 일에는 더더욱 힘을 쏟고 싶지 않았다. 갑자기 클라우스에게도 이 결혼이 실수였다는 생각이 들었다. 내가 지금 여기서 뭘 하고 있지? 밀가루가 구름처럼 날리는 이곳에서 뭘 하고 있지? 계산할 때마다 한 푼이라도 속이기에만 급급한 이 얄팍한 농부들과 뭘 하고 있지? 뭐 하나를 시켜도 제대로 하는 법이 없는 멍청한 하인 녀석들과 뭘 하고 있지? 한편, 그는 자조하며 이렇게 되뇌기도 했다. 인생은 사람을 항상 어딘가로 데려가지. 나 역시 여기가 아니라면 다른 어딘가로 갔겠지만, 거기라고 여기와 크게 다를까? 낯선 건 여기나 저기나 마찬가지일 거야. 사실 정말 걱정이 되는 건 따로 있었다. 그렇게 많은 책을 훔쳤으니, 정말 지옥에 떨어지는 게 아닐까?

하지만 지식이란 발견하는 족족 낚아채야 하는 법이다. 인간은 아무 생각 없이 목숨이나 부지하라고 태어난 게 아니다. 다만 의견을 나눌 사람이 없는 것이 아쉽다. 그가 아무리 아는 것이 많다 해도 그의 생각에 귀를 기울이는 사람은 없다. 하늘은 무엇일까? 돌은 어떻게 생겨났을까? 파리를 비롯해 곳곳에 우글거리는 생명체들은 또 어떻게 생겨났을까? 천사들은 어떤 언어로 소통할까? 신은 자기 자신을 어떻게 창조했으며, 앞으로 뭘 더 창조해야 할까? 창조는 매일매일 이루어져야 한다. 그러지 않으면 모든 것이 언제든 멈출 수 있다. 신이 아니라면 누가 이 세상이 단순해지지 않도록 막을 수 있을까?

어떤 책은 읽는 데 몇 달이 걸렸고, 어떤 책은 몇 년이 걸렸다. 또 줄줄 외울 정도로 꿰고 있지만 이해가 되지 않는 책도 있었다. 그를 가장 절망스럽게 하는 것은, 그가 한 달에 최소한 한 번은 무기력하게 집어 드는 책이었다. 트리어의 불타는 사제 관사에서 훔친 라틴어 작품이었다. 불을 낸 건 그가 아니었지만, 마침 근처에 있어서 연기를 들이마시면서까지 기회를 잡았다. 그가 아니었다면 책은 영원히 불타 없어졌으리라. 그러니 그 책에 대한 권리는 그에게 있었다. 다만 그것을 읽을 수 없다는 것이 한스러웠다.

총 765페이지에 달하는 그 책은 아주 빽빽하게 인쇄되어 있었으며, 몇몇 페이지에는 악몽에서나 볼 수 있을 법한 그림이 그려져 있었다. 예를 들어 새의 머리가 달린 남자라든지, 가는 빗줄기를 뿌리는 구름 위로 성곽과 높은 탑이 솟은 도시, 숲속 공터에 선 머리 둘 달린 말, 긴 날개를 가진 곤충, 햇빛을 받으며 하늘로 기어 올라가는 거북이 같은 그림이었다. 제목이 적혀 있었을 첫 장은 떨어져 나가고 없었다. 마찬가지로 23면과 24면이 있었을 책장과 519면과 520면이 있었을 책장도 누군가의 손에 찢겨 나간 채였다. 클라우스는 벌써 세 차례나 이 책을 들고 마을 신부를 찾아가 도움을 청했지만, 그때마다 신부는 이런 라틴어 책은 교양 있는 식자층이나 읽는 것이라면서 우악스럽게 그를 내쫓아버렸다. 처음에 클라우스는 이 몹쓸 인간한테 저주라도 내릴까 고민했다. 예컨대 류머티즘에 걸리게 한다든지, 사제관에 쥐 떼를 출몰시킨다든지, 아니면 우유를 썩게 하는 식으로 말이다. 하지만 나중에 찬찬히 생각해보니, 술주정뱅이에다 설교 시간마다 똑같은 말만 반복하는 이 가련한 마을 신부 역시 라틴어를 몰라서 그런 반응을 보였다는 것을 깨닫게 되었다. 결국 그는 세상 만물에 대한 지식의 열쇠가 담겨 있을지 모를 이 책을 영원히 읽을 수 없으리라는 사실을 체념적으로 받아들일 수밖에 없었다. 생각해보라. 이렇게 외딴 방앗간에서 대체 누가 그에게 라틴어를 가르쳐주겠는가?

그럼에도 그는 지난 몇 년 동안 많은 것을 새로 알아냈다. 근본적으로 사물이 어디에서 왔고, 세계는 어떻게 생성되었으며, 세상 만물, 그러니까 예를 들면 귀신이나 물질, 영혼, 나무, 물, 하늘, 가죽, 곡식, 귀뚜라미 같은 것들이 왜 지금처럼 되었는지를 깨달았다. 아마 휘트너도 지금의 그를 본다면 뿌듯해할 것 같았다. 클라우스는 지식의 마지막 빈틈을 메울 날도 머지않았다는 느낌이 들었다. 그런 날이 오면 세상에 대한 모든 해답을 담은 책을 한 권 쓸 생각이었다. 대학의 학자들은 그걸 읽고 경탄하면서도 다른 한편으론 부끄러워 머리를 쥐어뜯을 것이다.

그런데 글을 쓰는 것이 쉽지 않다. 그의 손은 워낙 커서 가느다란 깃대가 손가락 사이에서 번번이 부러진다. 책 한 권을 잉크로 거미줄처럼 빽빽하게 다 채우려면 많은 연습이 필요할 듯하다. 아니 반드시 필요하다. 지금껏 알아낸 모든 지식을 영원히 기억 속에만 담아둘 수는 없지 않은가. 지금도 이미 너무 많은 지식이 그에게 고통을 주고 있다. 종종 머리가 어지러울 지경이다.

어쩌면 언젠가는 아들에게 그 지식을 전수할 수도 있을 것이다. 그는 아들이 식사 중에, 이따금씩 아닌 척하면서도 제 의지에 반해 아비의 말을 유심히 듣는 것을 알아챘다. 아들은 말랐고 너무 약하다. 물론 제법 영특한 것 같기는 하다. 얼마 전에 아들이 돌멩이 세 개로 저글링 하는 것을 우연히 보았는데, 힘들이지 않고 아주 쉽게 해냈다. 쓸데없는 짓이기는 하지만 어쨌든 다른 애들처럼 둔감한 아이가 아닌 건 분명하다. 최근에는 그에게 하늘의 별이 몇 개나 되는지 묻기도 했다. 클라우스는 마침 얼마 전부터 별의 수를 헤아렸기 때문에 내심 뿌듯해하며 아들에게 답해주었다. 지금 아그네타의 배 속에 있는 아이도 사내애였으면 좋겠다고 그는 생각한다. 운이 좋아 좀 더 튼튼하고 힘센 아이면 좋겠다고. 그러면 아이는 자신의 일을 도울 수 있을 것이고, 자신은 그런 아이에게 무언가를 가르쳐줄 것이다.

다락방의 판자 바닥은 너무 딱딱하다. 하지만 바닥이 부드러우면 깜박 잠이 들어 달의 움직임을 관찰할 수 없다. 클라우스는 비스듬히 낸 지붕창에 얇은 실로 짠 격자를 부착해두었다. 그의 손가락이 너무 굵고 둔한 데 비해 아그네타가 짠 면실은 너무 가늘어 다루기가 쉽지 않았지만, 그럼에도 그는 마침내 창문을 거의 똑같은 크기의 작은 사각형들로 나누는 데 성공했다.

이제 그는 바닥에 누운 채 창문을 꼿꼿이 올려다본다. 시간이 흐른다. 하품이 나오고, 눈물이 찔끔 난다. 잠들어선 안 돼! 그는 스스로를 다독인다. 절대 잠이 들어선 안 돼!

마침내 달이 나타난다. 군데군데 거무스레한 얼룩이 있는, 완벽한 원에 가까운 은빛 달이다. 달은 격자의 맨 아랫줄에 떠오른다. 그런데 클라우스의 기대와는 달리 첫 번째 사각형이 아니라 두 번째 사각형이다. 왜 그럴까? 그는 눈을 끔벅거린다. 눈이 따갑다. 그는 수마와 치열하게 싸우다가 잠깐 잠이 들고, 다시 깼다가 잠이 든다. 그러다 마침내 다시 한번 깨어나 눈을 깜박거린다. 달은 이제 두 번째 줄도 아니고 밑에서 세 번째 줄에 있다. 왼쪽에서 두 번째 사각형이다. 어떻게 된 일일까? 안타깝게도 실이 해지고 매듭은 너무 굵어져서 사각형들의 크기가 일정하지 않다. 그러나저러나 달은 왜 저렇게 움직이지? 몹시 천박한 별이다. 음험하고 기만적이다. 그의 카드에 달이 몰락과 배신의 상징으로 나오는 것도 우연이 아니다. 게다가 달이 언제 어디에서 뜨는지 기록하려면 시간을 알아야 하는데,

대체 달의 위치가 아니라면 무얼 보고 시간을 읽어낸단 말인가? 그는 미칠 지경이다. 그때 막 실오라기 하나가 풀린다. 클라우스는 바닥에서 일어나 뻣뻣한 손가락으로 단단히 묶는다. 마침내 성공했을 때 구름 한 점이 하늘에 나타난다. 달은 구름 가장자리에서 파리하게 빛난다. 이 순간 달이 어디에 떠 있는지는 더 이상 정확하게 말할 수 없다. 이윽고 그는 따가운 눈을 감는다.

클라우스는 새벽에 몸을 덜덜 떨며 일어난다. 간밤에 밀가루 꿈을 꾸었다. 희한한 일이다. 그런 꿈을 꾸다니. 예전에는 보통 빛과 소음으로 가득한 꿈을 꾸었다. 꿈속에서는 음악이 흘렀고, 이따금 그는 귀신과 대화를 나누기도 했다. 물론 오래전의 일이지만. 어쨌든 오늘은 밀가루 꿈이다.

그는 꺼림칙한 기분으로 몸을 일으키면서 문득 자신이 밀가루 꿈 때문에 잠에서 깬 게 아니라는 사실을 퍼뜩 떠올린다. 그를 깨운 건 밖에서 들려온 목소리였다. 이 시각에? 그는 불안스레 간밤의 나쁜 징조를 떠올리며 얼른 창밖으로 몸을 내민다. 순간 숲속의 잿빛 어둠 사이로 아그네타와 하이너가 절뚝거리며 걸어오는 것이 보인다.

두 사람은 정말이지 불가능에 가까운 일을 해냈다. 처음에 하인은 죽은 아이와 살아 있는 여자를 둘 다 안고 걸었다. 그러다 더는 버틸 수 없게 되자 아그네타는 내려서 부축을 받고 걸어야 했다. 하인은 품에 안은 아이를 내내 거추장스러워했다. 너무 무거울 뿐 아니라 위험하기도 했다. 세례를 받지 않고 죽은 아이에게는 하늘과 지하의 귀신이 꾄다는 속설이 있었다. 결국 아그네타가 직접 아이를 안았고, 그렇게 둘이서 숲속을 더듬거리며 길을 찾았다.

클라우스는 얼른 사다리를 타고 내려간다. 코를 고는 하인들에게 걸려 비틀거리고, 자다가 벌떡 일어난 염소를 재빨리 옆으로 밀친다. 이어 문을 열어젖히고 달려 나가서는 막 쓰러지는 아그네타를 받쳐 든다. 그는 조심스럽게 아내를 눕힌 뒤 얼굴을 더듬는다. 숨결이 느껴진다. 그가 아내의 이마에 오각별을 그린다. 당연히 별의 꼭짓점이 위로 가야 한다. 그래야 치유 효과가 있다. 곧이어 그는 숨을 깊이 들이쉬더니 한 호흡으로 주문을 왼다. *이러지 말라. 모든 나무를 심고 모든 물을 씻고 모든 산을 오르고 모든 천사를 피하고 모든 종을 울리고 모든 찬송가를 부르고 모든 복음서를 읽고, 그리하여 건강을 되찾게 하라.* 그는 이 주문의 뜻을 대충만 이해할 뿐 정확히는 알지 못한다. 어쨌든 그가 아는 한, 밤의 악령들을 쫓아내는 데 이 오래된 주문만큼 효과가 큰 금언은 없다.

수은이 있었다면 더할 나위 없겠지만 그에게 수은은 더 이상 남아 있지 않다. 대신 그는 수은의 기호를 아내의 아랫배에다 그린다. 신들의 전령인 헤르메스의 상징이기도 한 숫자 8이 있는 십자가다. 물론 이 기호는 진짜 수은만 한 효과가 없지만, 그래도 안 하는 것보다는 낫다. 그가 하이너에게 소리친다. "얼른 다락방으로 올라가서 제비난초 가져와!" 하이너는 고개를 끄덕이고는 비척비척 방앗간 건물로 들어가 헐떡거리며 사다리를 올라간다. 나무와 오래된 종이 냄새가 나는 방이 나타난다. 그는 면실 격자가 달린 지붕창을 멍하니 바라본다. 그러다 문득 제비난초가 무엇인지 알지도 못하면서 무작정 올라왔다는 생각이 든다. 이제 더는 고민하고 싶지도, 고생하고 싶지도 않다. 그는 그대로 바닥에 누워 방앗간 주인의 머리 자국이 고스란히 남아 있는 짚베개를 베고 잠들어버린다.

동이 튼다. 클라우스가 아내를 방앗간으로 옮기고 얼마 지나지 않아 풀에 맺힌 이슬이 떨어지고, 해가 비상하고, 아침 안개가 새날의 빛에 자리를 내준다. 해는 정점에 이르더니 이내 차츰 기울기 시작한다. 이제 방앗간 옆에 못 보던 자그마한 봉분이 생겼다. 세례를 받지 못해 공동묘지에 묻힐 자격이 없는 한 이름 없는 아이가 거기에 누워 있다.

아그네타는 죽지 않았다. 기적에 가까운 일이다. 어쩌면 그녀 자신의 힘일 수도 있고, 클라우스의 주문 때문일 수도 있고, 아니면 제비난초 덕일 수도 있다. 물론 제비난초 자체는 그리 큰 힘을 발휘하지 못한다. 그보다는 아마 브리오니아나 투구꽃이 나을 것이다. 하지만 마지막 남은 것을 최근 아이를 유산

한 마리아 슈텔링에게 줘버렸다. 마을 사람들은 마리아가 자기 남편이 아니라 안젤름 멜커의 아이를 임신했기 때문에 일부러 유산했을 거라고 수군댔지만 클라우스는 그런 것엔 신경 쓰지 않았다. 아무튼 아그네타는 살아남았다. 그런데 한동안 정신이 나간 듯 가만히 앉아 피곤한 눈으로 주위를 둘러보던 그녀가 처음엔 나직이, 이어 좀 더 큰 소리로, 마지막엔 고함을 지르듯이 한 이름을 불렀고, 그제야 사람들은 그녀가 너무 경황이 없어 아들과 수레와 당나귀를, 그리고 귀한 밀가루를 까맣게 잊고 있었다는 사실을 알아차린다.

하지만 곧 해가 떨어질 참이다. 아들과 밀가루를 찾으러 길을 나서기엔 이미 늦었다. 금방 또 다른 밤이 시작될 것이다.

이튿날 아침 클라우스는 일찌감치 제프와 하이너를 데리고 길을 떠난다. 가는 내내 다들 말이 없다. 클라우스는 깊은 생각에 잠겨 있고, 하이너는 어차피 할 말이 없다. 제프만 나직이 휘파람을 분다. 다들 남자에다 인원이 셋이나 되기 때문에 그들은 굳이 우회로를 택하지 않고 곧장 늙은 버드나무가 있는 공터를 지나간다. 공터엔 그 사악한 나무가 시커멓고 우람하게 버티고 서 있는데, 나뭇가지의 움직임이 평소와 다르다. 그들은 그걸 보지 않으려고 애쓰다가 다시 숲속에 드는 순간 안도의 한숨을 내쉰다.

클라우스의 머릿속에는 죽은 아이에 대한 생각이 맴돈다.

여자아이이긴 했어도 상실은 늘 아프기 마련이다. 자식은 너무 일찍부터 사랑하지 않는 것이 좋다는 걸 새삼 깨닫는다. 아그네타는 벌써 여러 차례 출산했지만 살아남은 건 한 아이뿐이다. 그것도 마르고 허약한 아이다. 그런 아이가 이틀 밤이 지나는 동안 숲속에서 살아남았을지 누구도 장담할 수 없다.

아이들은 사랑하기보다 차라리 싸늘하게 대하는 편이 낫다. 개도 마찬가지다. 아무리 순해 보여도 언제든 물 수 있지 않은가. 자식들과 거리를 두어야 한다. 아이들은 너무 일찍 죽는다. 운이 좋아 몇 해 살아남는다 해도, 아이에게 점점 적응하여 믿음과 애착을 갖게 되면 어느 날 갑자기 눈앞에서 사라져버리는 식이다.

정오 직전에 그들은 요정들의 발자국을 보고 조심스럽게 걸음을 멈춘다. 자세히 살펴보던 클라우스는 발자국이 이 자리를 떠나 남쪽으로 향하고 있음을 확인한다. 숲속 요정들도 봄에는 그렇게 위험하지 않다. 가을이나 되어야 난리를 치고 비열한 짓거리를 한다.

그들은 오후 늦게 그곳을 발견한다. 하마터면 지나칠 뻔했다. 길에서 좀 떨어져서 가던 중이었기 때문이다. 덤불이 무성해 어디가 길인지 분간하기조차 쉽지 않다. 그러다 어느 순간 제프가 뭔가 달콤하면서도 코를 찌르는 냄새를 맡는다. 그들은 나뭇가지를 밀치고 굵은 가지를 부러뜨리며 나아간다. 다들 손으로 코를 막고 있다. 걸음을 내디딜 때마다 냄새는 더 강해진다. 저기 수레가 보인다. 그 위로 파리 떼가 구름처럼 우글거린다. 자루는 찢어져 있고, 바닥은 흰 밀가루 천지다. 수레 뒤에 무언가가 누워 있다. 오래된 가죽 포대처럼 보인다. 그 정체를 확인하기까지 잠깐의 시간이 걸린다. 당나귀 시체다. 머리가 없다.

"늑대 짓일 겁니다." 제프가 파리 떼를 쫓느라 두 팔을 휘두르며 말한다.

"아닐 수도 있어." 클라우스가 말한다.

"그럼 냉혈한?"

"냉혈한은 당나귀에 관심 없어." 클라우스는 몸을 숙여 자세히 살펴본다. 매끈하게 베인 자국뿐, 물린 흔적은 어디에도 없다. 칼로 자른 게 분명하다.

그들은 소년의 이름을 소리쳐 부른다. 그러고는 귀를 기울였다가 다시 부른다. 제프가 위를 쳐다보다가 갑자기 입을 다문다. 클라우스와 하이너는 계속 소리쳐 부른다. 제프는 마비된 사람처럼 굳어 있다.

이제 클라우스도 올려다본다. 공포가 삽시간에 몰려와 목을 누른다. 질식할 듯한 두려움이다. 머리 위에 무언가가 떠 있다. 머리부터 발까지 온통 하얀 것이 그들을 무표정하게 내려다본다. 벌써 어두워졌지만 커다란 눈과 드러난 이빨, 일그러진 얼굴이 똑똑히 보인다. 그들 모두 넋이 나간 듯 멍하니 올려다본다. 그때 갑자기 날카로운 소리가 들린다. 울음소리 같지만 아니다. 머리 위에 있는 것이 무엇인지는 몰라도, 어쨌든 웃고 있는 게 분명하다.

"내려와." 클라우스가 소리친다.

아들이다. 그의 아들이 확실하다. 소년은 키득거리기만 할 뿐 움직이지 않는다. 알몸이다. 몸이 온통 하얗다. 밀가루 바닥에서 뒹굴었던 게 틀림없다.

"맙소사." 제프가 말한다. "무슨 이런 일이!"

위를 올려다보던 클라우스는 지금껏 발견하지 못한 무언가를 또 본다. 너무 이상한 물건이다. 어떻게 저런 걸…… 어떻게 저런 걸 머리에 쓰고 있지? 소년은 벌거벗은 채 키득거리며 밧줄 위에 서 있다. 바닥에 선 것처럼 편안해 보인다. 그런데 머리에 이상한 것이……. 모자는 아니다.

"오, 성모마리아여!" 제프가 말한다. "저희를 버리지 마소서, 저희를 도와주소서!"

하이너도 성호를 긋는다.

클라우스는 칼을 꺼내 떨리는 손으로 나무줄기에다 오각 별을 새긴다. 꼭짓점이 오른쪽으로 향하고 형태에 빈틈이 없는 별이다. 이어 별의 오른쪽에는 알파를, 왼쪽에는 오메가를 새겨 넣은 뒤 숨을 멈춘 채 천천히 일곱까지 헤아린 다음 악령을 쫓는 기도문을 왼다. 하늘의 정령과 지하의 정령들, 모든 성인 그리고 선한 마리아께서 성부와 성자와 성령의 이름으로 자신들을 지켜주십사 하는 내용이다. "저 애를 끌어 내려." 주문을 마친 클라우스가 제프에게 말한다. "밧줄을 잘라버려!"

"왜 제가?"

"내가 시키니까."

제프는 꼿꼿이 선 채 바라보기만 할 뿐 움직이지 않는다. 파리가 얼굴에 달라붙지만 쫓아낼 생각도 않는다.

"그럼 너." 클라우스가 하이너를 가리킨다.

하이너는 무슨 말을 할 듯 입을 벌리다가 다시 닫는다. 원래 말을 잘하는 인간이었다면 그는 이렇게 말했을 것이다. 나는 밤새 천신만고 끝에 숲속에서 한 여자를 끌고 나와 목숨을 살렸다. 어두운 숲속을 헤쳐 나오느라 얼마나 힘들었는지 모른다. 모든 일에는 한계가 있다. 아무리 우직한 사람이라도 인내의 한계는 있다. 이게 그가 하고 싶었던 말이다. 하지만 말하기는 그의 분야가 아니다. 그는 그냥 팔짱을 끼고 고집스레 바닥만 내려다본다.

"그럼 너." 클라우스가 다시 제프를 지명한다. "한 사람은 무조건 해야 해. 나는 류머티즘이 있어서 안 돼. 네가 올라가. 아니면 살아 있는 내내 후회하게 만들어주겠어." 그는 말을 듣지 않는 인간을 고분고분하게 만드는 주문을 떠올리려 하지만 기억이 나지 않는다.

제프는 험한 욕을 퍼부으며 나무를 오르기 시작한다. 입에서 신음이 터져 나온다. 나무에 붙잡을 만한 곳이 별로 없다. 그는 저 위에 있는 이상한 인간을 쳐다보지 않으려고 무진 애를 쓴다.

"얘야, 거기서 뭘 하는 거냐?" 클라우스가 소년을 향해 소리친다. "지금 네 속에 대체 뭐가 들어가 있는 거냐?"

"위대한 악마, 위대한 악마!" 소년이 명랑하게 대답한다.

제프는 다시 내려온다. 소년의 대답을 듣는 순간 온몸에 힘이 빠져버렸다. 게다가 자신이 일전에 소년을 개천에 던져버린 일도 떠올랐다. 만일 소년이 아직 그걸 기억하고 복수하려 든다면 끝장이다. 지금은 소년에게 가까이 가지 않는 편이 좋을 듯하다. 제프는 바닥에 발을 디디고 단호하게 고개를 흔든다.

"그럼 너!" 클라우스가 다시 하이너를 가리킨다.

녀석은 말없이 등을 돌리곤 걸음을 옮겨 덤불 속으로 사라진다. 한동안 인기척이 들리다가 얼마 안 가 조용해진다.

"다시 올라가!" 클라우스가 제프에게 명령한다.

"싫습니다!"

"*무투스 데디트.*" 클라우스가 이제야 생각난 그 주문을 중얼거린다. "*무투스 데디트 노멘.*"

"소용없어요." 제프가 말한다. "그래도 안 할 거니까."

그때 덤불에서 발소리와 나뭇가지 부러지는 소리가 나더니 하이너가 다시 모습을 드러낸다. 곧 밤이 온다는 사실을 깨달은 터다. 어두운 숲속을 혼자 헤쳐나갈 수는 없다. 어제 같은 일은 두 번 다시 겪고 싶지 않다. 그는 달려드는 파리 떼에 분풀이를 하더니 나무줄기에 기대어 구시렁거린다.

하이너에게서 시선을 돌리던 클라우스와 제프는 소년이 갑자기 자기들 옆에 서 있는 것을 보고 깜짝 놀라 뒷걸음질 친다. 어떻게 이렇게 빨리 내려왔을까? 소년은 머리에 쓰고 있던 것을 벗는다. 털이 숭숭하고 기다란 귀가 달린 당나귀 머리 가죽의 일부다. 소년의 머리카락은 핏물로 찰싹 달라붙어 있다.

"세상에!" 클라우스가 중얼거린다. "무슨 이런 해괴한 일이."

소년이 말한다. "오랫동안 아무도 오지 않았어. 재미로 그랬어. 목소리가 들렸어! 아주 재미있었어."

"무슨 목소리?"

클라우스는 주변을 둘러본다. 당나귀 머리 중에서 나머지는 어디 있을까? 눈은? 이빨 달린 턱은? 거대한 두개골은? 다 어디로 갔지?

소년은 서서히 무릎을 꺾으며 옆으로 쓰러지더니 더 이상 움직이지 않는다.

그들은 소년을 들어 올려 담요로 감싼다. 그러고는 서둘러 자리를 뜬다. 수레와 밀가루, 피를 뒤로하고서. 그들은 한동안 어둠 속을 빠르게 걷기만 한다. 그러다 충분히 안전하다고 느낄 만한 곳에 이르자 아이를 눕힌다. 불은 피우지 않고, 말도 하지 않는다. 혹시라도 무언가가 이리로 꾀어들지 않을까 싶어서다. 소년은 자면서도 키득거린다. 몸이 뜨겁다. 나뭇가지가 부러지고, 바람 소리가 요란하다. 클라우스는 눈을 감고 악령을 쫓는 주문과 기도를 중얼거린다. 효과가 있다. 다들 서서히 마음이 진정된다. 그는 기도를 하면서 이번 일로 입은 피해가 얼마나 되는지 따져본다. 수레가 망가졌고, 당나귀가 죽었다. 게다가 무엇보다 밀가루값을 물어내야 한다. 무슨 돈으로?

이른 아침 소년은 신열이 가라앉는다. 잠에서 깨자 어리둥절한 표정으로 머리가 왜 이렇게 끈끈하고 몸은 왜 이렇게 하얀지 묻는다. 이어 어깨를 으쓱이더니 대수롭지 않은 일처럼 넘긴다. 아그네타가 살아 있다는 이야기를 듣고는 뛸 듯이 기뻐하며 웃는다. 그들은 주변의 개천에서 소년을 씻긴다. 물이 몹시 차다. 소년은 온몸을 바들바들 떤다. 클라우스가 소년의 몸을 담요로 감싸준다. 그런 다음 다시 길을 나선다. 집으로 가는 길에 소년은 아그네타에게서 들은 옛날이야기를 한다. 마녀와 황금 사과와 기사가 나오는 이야기다. 마지막에는 모든 게 잘 풀려서 공주는 영웅과 결혼하고 마녀는 영원히 죽는다.

방앗간으로 돌아온 소년은 아궁이 앞의 짚 깔개에 누워 어떤 방해에도 깨어나지 않을 것처럼 깊이 곯아떨어진다. 이날 밤 이 집에서 그렇게 깊이 잠들 수 있는 사람은 소년이 유일하다. 왜냐하면 지금 이곳에는 죽은 아이가 돌아다니고 있기 때문이다. 어둠 속에서 파르르 떨리는 불꽃의 형태로, 나직한 흐느낌 같은 바람 소리로, 창문 틈으로 들어온 공기의 형태로. 죽은 아이는 한동안 저 뒤편 클라우스와 아그네타가 누워 있는 작은 판자 방에 머문다. 하지만 부모의 침대에는 가까이 다가갈 수 없다. 기둥 위에 오각 별로 된 부적이 있기 때문이다. 결국 아이는 따뜻한 아궁이 곁에 잠자리를 마련한 소년과 하인들의 방으로 온다. 죽은 아이의 혼은 눈멀고 귀먹어 아무것도 이해하지 못한다. 그래서인지 우유 통을 엎고, 부엌 선반에 막 빨아 개어놓은 수건을 흩뜨리고, 창가 커튼을 휘감다가 마침내는 사라진다. 세례를 받지 못하고 죽은 이들이 주님의 사함을 받기까지 100만 년 동안 동토와도 같은 땅에 얼어붙어 있어야 한다는 고성소古聖所로 간다.

며칠 뒤 클라우스는 소년을 마을 대장장이 루트비히 슈텔링에게로 보낸다. 새 망치가 필요하기 때문이다. 하지만 비싼 망치는 안 된다. 저번에 밀가루를 못 쓰게 만들어버리는 바람에 마르틴 로이터에게 지게 된 빚이 어마어마하다.

마을로 가던 길에 소년은 바닥에서 돌멩이 세 개를 집어 든다. 소년은 첫 번째 돌멩이를 공중에 던지고, 이어 두 번째 돌멩이를 던진 뒤 첫 번째를 받아 다시 던지고, 이번에는 세 번째 돌멩이를 던지고, 두 번째를 받아 다시 던지고, 그런 다음 세 번째를 받아 던지고 다시 첫 번째를 받는다. 이제 세 개의 돌멩이가 모두 공중에 떠 있다. 두 손이 부드럽게 회전운동을 하는 동안 모든 것이 자연스럽게 움직인다. 요령은 간단하다. 생각하지 않는 것, 돌멩이 중 어느 것도 또렷이 보지 않는 것, 그러면서도 세심하게 주의를 기울이고, 마치 돌멩이가 없는 듯 손을 움직이는 것.

이렇게 소년은 돌멩이를 던지며 하나 크렐의 집을 지나고 슈테거의 밭을 가로지른다. 그러다 대장간 앞에 이르자 돌멩이를 바닥의 진창 속에 떨어뜨리고 안으로 들어간다.

소년은 동전 두 닢을 모루 위에 올려놓는다. 주머니 속에 두 닢이 더 있지만, 대장장이가 그걸 알아서는 안 된다.

"너무 적어." 대장장이가 말한다.

소년은 어깨를 으쓱이고는 동전을 다시 집어 문 쪽으로 향한다.

"잠깐."

소년이 걸음을 멈춘다.

"돈을 더 내놔야지."

소년은 고개를 흔든다.

"이런 식으로 하면 안 돼. 물건을 사려면 응당 흥정을 해야 한다고."

소년이 다시 문 쪽으로 걸어간다.

"잠깐!"

대장장이는 거구다. 맨살이 드러난 배에 털이 수북하고, 머리에는 두건을 둘렀다. 붉은 얼굴은 우묵한 구멍투성이다. 그가 밤마다 일제 멜커린과 함께 덤불 속으로 몰래 사라진다는 건 동네 사람들이 다 아는 얘기다. 일제의 남편만 모른다. 아니, 어쩌면 그도 알고 있을지 모른다. 다만 그 거구를 상대할 자신이 없어 그냥 모른 척하는 것일 수도 있다. 아무튼 신부는 일요일에 풍기문란에 대해 설교할 때면 항상 대장장이를 빤히 바라본다. 가끔은 일제를 노려보기도 한다. 물론 그런다고 두 사람이 그 짓을 그만두지는 않는다.

"돈이 너무 적어." 대장장이가 말한다.

순간 소년은 자신이 이겼다고 확신하며 이마를 쓱 한번 훔친다. 가마의 불꽃이 열기를 내뿜으며 활활 타오르고, 그림자가 벽에서 춤을 춘다. 소년은 가슴에다 손을 올리고 맹세한다. "제 영혼을 걸고 맹세하는데, 그것 말고는 한 푼도 없어요."

대장장이는 화난 얼굴로 소년에게 망치를 건넨다. 소년은 공손하게 감사를 표하고는 주머니 속의 동전이 혹시라도 짤랑짤랑 소리를 낼까 싶어 천천히 문으로 걸어간다.

소년은 야코프 브란트너의 축사와 멜커의 집, 탐의 집을 지나 마을 광장까지 간다. 넬레가 혹시 있을까? 있다. 넬레가 정말 거기 있다. 나지막한 우물 담장에 앉아 보슬비를 맞고 있다.

"또 여기 있네." 소년이 말한다.

"싫으면 가." 넬레가 대답한다.

"네가 가."

"내가 먼저 왔어."

소년은 넬레 옆에 앉는다. 둘은 히죽 웃는다.

"행상이 왔었어." 넬레가 말한다. "황제가 이제 보헤미아의 높은 사람들을 다 참수할 거래."

"왕도?"

"응, 겨울왕도. 왜 겨울왕이라고 부르는지 알아? 보헤미아 사람들이 왕관을 갖다 바친 다음 그해 겨울 동안만 왕을 지냈다고 해서 그런 이름이 붙었대. 겨울왕은 도망을 쳤는데, 대군을 이끌고 돌아올 거래. 영국 왕이 그 사람 부인의 아빠인가 봐. 그래서 겨울왕은 프라하를 되찾은 다음 황제를 끌어내리고 자기가 황제가 될 거래."

하나 크렐이 양동이를 들고 와 우물가에서 열심히 빨래를 한다. 우물물은 더러워서 식수로 사용하지 못한다. 하지만 빨래를 하고 가축에게 주기엔 유용하다. 소년은 지금보다 어릴 때는 우유를 마시다가 몇 년 전부터는 도수가 낮은 맥주를 마신다. 마을의 모든 사람이 귀리죽을 먹고 도수가 낮은 맥주를 마신다. 그건 부유한 슈테거 가족도 마찬가지다. 왕이나 황제에게는 매일 장미수와 포도주가 공급되겠지만, 보통 사람들은 모두 우유와 맥주를 마신다. 태어나서 죽을 때까지 내내.

"프라하." 소년이 중얼거린다.

"응, 프라하!" 넬레가 대답한다.

둘은 프라하를 생각한다. 그곳은 그들에게 그저 단어 하나에 불과할 정도로 알려진 것이 없기에 동화 속 나라처럼 희망이 가득한 세계로 비친다.

"프라하는 얼마나 멀까?" 소년이 묻는다.

"엄청 멀어."

정답이라는 듯 소년은 고개를 끄덕인다. "영국은?"

"거기도 엄청 멀어."

"가려면 1년은 걸리겠지?"

"그보다 더 걸릴걸."

"같이 갈래?"

넬레가 웃는다.

"못 갈 이유가 있어?" 소년이 말한다.

넬레는 대답하지 않는다. 둘은 이제 신중해야 한다는 것을 안다. 말을 잘못 내뱉었다가는 결과가 좋지 못할 수 있다. 작년에 페터 슈테거의 막내아들이 엘제 브란트네린한테 나무 피리를 선물했다. 엘제가 그것을 받았기 때문에 둘은 약혼을 했다. 서로 좋아하지도 않는데 말이다. 이 사안은 마을 태수에게까지 올라갔고, 태수는 상급 기관에 이를 보고했다. 거기서 내린 결정은 분명했다. 무를 수 없다는 것이다. 선물은 하나의 약속이고, 약속은 신 앞에서 이루어진 것이기에 지켜야 한다. 누군가를 여행에 끌어들이는 것이야 선물이라고까지 할 수 없지만, 그 역시 약속에 가깝다. 그건 소년도 알고 넬레도 안다. 결국 둘은 화제를 바꾼다.

"너희 아버지는 어떻게 지내?" 소년이 묻는다. "류머티즘은 좀 괜찮아?"

넬레가 고개를 끄덕인다. "너희 아버지가 뭘 어떻게 했는지는 몰라도 그게 효과가 있었나 봐."

"주문과 약초지."

"너도 배울 거야? 사람들 치료하는 거. 너도 언젠가 하게 될 것 같은데?"

"그보다는 영국에 갈 거야."

넬레가 웃는다.

소년이 일어난다. 넬레가 자기를 잡을 거라는 막연한 희망을 갖고서. 그러나 넬레는 움직이지 않는다.

"다음 하지夏至 축제 때는 나도 남들처럼 불을 뛰어넘을 거야." 소년이 말한다.

"나도."

"넌 여자애잖아!"

"여자애한테 한 대 맞아볼래?"

소년은 뒤도 돌아보지 않고 자리를 뜬다. 돌아보지 않는 것이 중요하다. 돌아보면 지는 것이다.

망치가 무겁다. 판자 다리는 하이네를링의 집 앞에서 끝나고, 소년은 이제 길에서 벗어나 웃자란 풀밭 속으로 접어든다. 숲속 요정들이 있기에 썩 안전한 곳은 아니다. 소년은 제프를 떠올린다. 숲속에서의 그날 밤 이후 제프는 소년이 무서운지 슬금슬금 피해 다닌다. 잘된 일이다. 다만 그날 숲속에서 무슨 일이 있었는지는 기억나지 않는다. 사실 그건 소년이 원하는 바이기도 하다. 기억이라는 놈은 참 이상하다. 자기가 내키는 대로 왔다가 사라지는 것이 아니라, 사람이 원하는 대로 환하게 떠올릴 수도 있고 지워버릴 수도 있지 않은가. 소년은 최근에야 간신히 병석에서 일어난 어머니를 생각한다. 태어나자마자 죽은 여동생도 잠시 떠오른다. 불쌍한 아이다. 세례를 받지 못했으니 그 영혼은 지금 차가운 세계 속에 갇혀 있을 것이다.

소년은 걸음을 멈추고 고개를 든다. 밧줄을 나무 꼭대기보다 높은 곳에 설치해야 한다. 예배당 탑에서 다른 예배당 탑까지, 한 마을에서 이웃 마을까지. 소년은 두 팔을 벌리고 밧줄 위를 걷는 상상을 한다. 그러다가 바위에 앉아 구름이 나누어지는 모습을 지켜본다. 날이 제법 따뜻해졌고, 대기는 아지랑이로 가득 차 있다. 소년은 땀을 닦으며 망치를 옆에 내려놓는다. 갑자기 졸음이 밀려온다. 배가 고프다. 죽을 먹으려면 앞으로 몇 시간은 더 기다려야 한다. 아, 하늘을 날 수만 있다면. 두 팔을 날개처럼 펄럭이며 밧줄에서 날아오를 수 있다면. 소년은 풀줄기를 꺾어 입술 사이로 밀어 넣는다. 달콤하면서도 약간 맵고 축축한 맛이다. 소년은 풀밭에 누워 눈을 감는다. 햇볕이 따뜻하게 눈두덩에 내려앉는다. 풀의 습기가 옷 속으로 눅눅하게 스며든다.

그림자가 소년의 머리 위에 드리운다. 소년은 눈을 뜬다.

"놀랐니?"

소년은 일어나 앉으며 고개를 흔든다. 여긴 이방인이 드물다. 가끔 관청 소재지에서 태수가 시찰을 나오거나 행상이 오는 정도다. 이 이방인은 처음 보는 얼굴이다. 아직 어려 보이지만 성인 남자에 가깝다. 짧은 수염에, 더블릿과 고급 잿빛 바지를 입고 긴 장화를 신었다. 눈빛은 밝고 호기심에 차 있다.

"하늘을 날면 어떤 기분일지 상상하고 있었니?"

소년은 이방인을 뚫어지게 쳐다본다.

"이상하게 생각할 거 없어. 무슨 요술을 써서 알아낸 게 아니니까. 남의 생각을 읽을 수는 없어. 누구도 그러지 못하지. 하지만 한 아이가 두 팔을 벌리고 발끝으로 선 채 하늘을 올려다본다면 당연히 그런 생각을 하지 않겠니? 하늘을 날 수 없다는 걸 아직 믿지 못하기 때문에 그러는 거야. 신이 우리에게 허락하지 않은 일이지. 새들에게는 허락했지만 우리는 아냐."

"우리도 언젠가는 모두 하늘로 날아가요. 죽으면요."

"죽으면 일단 죽어 있는 거야. 무덤 속에 들어가 누워 있으면 주님이 돌아와 우리를 심판해."

"언제 오는데요?"

"신부님이 안 가르쳐줬어?"

소년은 어깨를 으쓱인다. 물론 교회에서 그런 것들에 대해 자주 듣기는 했다. 무덤이니 심판이니 죽은 자들에 관해. 하지만 신부의 목소리는 지루했고, 신부가 술에 취해 있는 경우도 드물지 않았다.

"시간의 끝에 이르렀을 때 주님이 돌아오시지. 다만 죽은 자는 시간을 느낄 수 없어. 죽었으니까. 그렇다면 이렇게도 말할 수 있겠지. 즉시 오신다고. 네가 죽자마자 심판의 날이 시작되는 거야."

"우리 아버지도 그렇게 말했어요."

"아버지가 학자니?"

"아뇨, 방앗간 주인이에요."

"그런 사람이 그런 말을? 책을 읽으시니?"

"많이요. 사람들을 돕기도 해요."

"사람들을 돕는다니?"

"아픈 사람들요."

"음…… 어쩌면 너희 아버지가 나도 도울 수 있을지 모르겠구나."

"아저씨도 아파요?"

이방인이 소년 옆의 바닥에 앉는다. "네가 보기엔 어떻니? 날이 계속 맑을 것 같니, 아니면 비가 올 것 같니?"

"내가 그걸 어떻게 알아요?"

"넌 여기 살잖아."

"비는 또 올 거예요." 소년이 말한다. 비는 틈만 나면 내리고, 날씨는 늘 좋지 않다. 그래서 곡식 농사가 시원찮고, 방앗간에 들어오는 곡식이 줄고, 다들 배가 고프다. 예전에는 좋았다고 한다. 노인들 말이 그렇다. 여름이 길었다고. 하지만 그것도 착각일지 모른다. 늙은이들이 하는 말을 어떻게 믿겠는가?

"아버지 말로는 천사가 비구름을 타고 앉아 우리를 내려다본다고 했어요."

"구름은 물로 이루어져 있어서 누구도 앉을 수 없어. 게다가 천사의 몸은 빛으로 만들어졌으니 탈것이 필요 없고. 그건 악마도 마찬가지야. 악마는 공기로 이루어져 있거든. 그래서 악마를 공중의 제왕이라고 부르는 거야." 이방인은 여기서 잠시 말을 멈춘다. 마치 자신의 말을 스스로 엿듣기라도 하는 것처럼. 이내 그가 호기심 어린 표정으로 자기 손가락 끝을 살펴본다.

"악마도 주님의 뜻을 이루는 작은 부분에 지나지 않아."

"악마가요?"

"그럼."

"악마가 주님의 뜻이라고요?"

"신의 뜻은 우리의 상상 이상으로 커. 너무 커서 주님조차 스스로 부인할 정도지. 오래된 수수께끼가 있어. 신은 자신이 들어 올릴 수 없을 만큼 무거운 돌을 만들 수 있을까? 역설처럼 들리지. 너 역설이 뭔지 아니?"

"네."

"정말?"

소년은 고개를 주억거린다.

"뭔데?"

"아저씨가 역설이에요. 중신아비의 개구쟁이 아들도 역설이고요."

이방인은 잠시 침묵하다가 입꼬리를 올리며 엷은 미소를 짓는다. "사실 방금 내가 한 얘긴 역설이 아냐. 정답은 이래. 당연히 신은 그런 돌을 만들 수 있고, 그걸 힘들이지 않고 들어 올릴 수도 있어. 신은 자신과 하나 될 수 없을 정도로 크고 넓어. 그래서 공중의 제왕과 그 수하들이 있는 거고, 주님이 아닌 모든 것이 있는 거고, 이 세계가 있는 거야."

소년은 손을 들어 이마 위에 차양을 만든다. 구름 사이로 해가 빠끔 고개를 내민다. 검은지빠귀 한 마리가 공중을 휙 지나간다. 소년은 생각한다. 그래, 날려면 저렇게 날아야 해. 밧줄을 타는 것보다 훨씬 낫잖아. 하지만 날 수 없다면 밧줄을 타는 게 최선이야.

"너희 아버지를 좀 만나고 싶구나."

소년은 무덤덤하게 고개를 끄덕인다.

"서두르는 게 좋겠다." 이방인이 말한다. "한 시간 뒤에 비가 내릴 거야."

소년은 무슨 소리냐는 듯 해를 가리킨다.

"저 뒤쪽의 작은 구름 보이지?" 이방인이 묻는다. "우리 머리 위에 길게 펼쳐진 구름도? 바람이 저 뒤의 구름을 둥글게 말아 올리고 있지? 동쪽에서 불어오는 바람은 차가운 공기를 품고 있어. 그 찬 공기가 우리 머리 위의 구름과 부딪치면 구름 속의 자잘한 물방울이 식으면서 무거워져 땅으로 떨어지는 거야. 구름 위엔 천사가 없어. 그래도 구름을 구경하는 건 좋은 일이지. 우리에게 물을 가져다줄 뿐 아니라 시시각각 변하는 모양 자체도 참 아름답거든. 너 이름이 뭐니?"

소년은 이름을 말한다.

"망치 잊지 마, 틸." 이방인은 몸을 돌려 자리를 뜬다.

그날 밤 클라우스는 기분이 울적하다. 풀리지 않는 곡식 낱알 문제가 내내 골치를 썩인다.

간단치 않은 문제다. 앞에 곡식 더미가 있고 거기서 낱알을 하나 덜어내면, 더미는 여전히 더미다. 이제 하나를 더 덜어낸다. 그래도 여전히 더미일까? 물론이다. 하나를 더 뺀다. 그래도 더미일까? 그렇다, 당연히 더미다. 그럼 하나를 더 빼면? 그것도 더미다. 그렇다면 대답은 간단하다. 낱알 하나 덜어낸다고 해서 곡식 더미가 곡식 더미가 아니게 되는 것은 아니다. 게다가 낱알을 하나 더한다고 해서 더미 아닌 것이 더미가 되는 것도 아니다.

그런데 낱알을 하나씩 계속 빼나가다 보면 언젠가 더미가 더미 아닌 순간이 오기 마련이다. 바닥에 남은 낱알 몇 개를 보고 더미라고 할 수는 없지 않은가. 게다가 그렇게 남은 것들조차 계속 빼나가면 바닥에 낱알이 하나도 남지 않는 순간이 온다. 한 톨의 곡식이 더미일까? 분명 아니다. 아무것도 없는 상태는? 그거야 말할 필요조차 없다. 없는 것은 그저 없는 것일 뿐이다.

그렇다면 문제는 이것이다. 계속 낱알을 빼나갈 경우, 곡식 더미는 어느 낱알부터 더는 더미가 아니게 될까? 언제 그런 일이 일어날까? 클라우스는 곡식 더미를 쌓았다가 낱알을 빼나가는 작업을 머릿속으로 골백번도 더 해보았다. 하지만 결정적인 순간은 찾지 못했다. 이 문제 때문에 달에 대한 관심도 잊고, 죽은 아이에 대한 생각도 자주 하지 않게 되었다.

오늘 오후 그는 실제로 실험에 착수했다. 가장 어려웠던 건 빻지 않은 곡식을 한 톨도 흘리지 않고 다락방으로 옮기는 일이었다. 페터 슈테거가 맡겨놓은 곡식으로, 모레 와서 빻은 밀가루를 찾아갈 예정이다. 클라우스는 하인들에게 조심하라고 몇 번이나 고함을 지르며 야단을 쳤다. 더 이상 빚을 지는 건 감당할 수 없다. 아그네타가 그런 남편을 고집불통 수소라고 욕하자 그는 여편네가 어디 남정네 하는 일에 끼어드느냐며 나무랐고, 그러자 그녀는 남편의 뺨을 때렸고, 그는 얻다 대고 이런 막돼먹은 짓을 하느냐며 경고했고, 그러자 그녀는 그의 몸이 휘청할 정도로 다시 한번 뺨을 후려쳤다. 둘 사이에 자주 있는 일이다. 처음엔 클라우스도 이따금씩 손찌검으로 맞섰지만 결과는 늘 좋지 않았다. 힘이 센 건 그였어도 더 분노한 쪽은 대개 그녀였다. 어떤 싸움이든 더 분노한 쪽이 이기기 마련이다. 그러다 보니 클라우스는 오래전에 이미 아내에게 손대는 것을 포기했다. 그나마 다행스러운 건 그녀의 분노가 치솟는 속도만큼이나 수그러드는 것도 빠르다는 점이다.

이윽고 그는 다락방에서 작업을 개시했다. 처음엔 신중하고 정성스럽게 낱알을 한 톨씩 옮기며 더미를 확인했다. 그러다 서서히 땀이 나면서 불평이 터져 나왔고, 늦은 오후 무렵에는 절망에 빠졌다. 어느 순간 방의 오른쪽에 새 더미가 생겼고, 왼쪽에는 더미라 하기도 애매하고 아니라고 하기도 모호한 것이 남았다. 심지어 얼마 뒤에는 왼쪽에 한 줌의 곡식밖에 남지 않게 되었다.

도대체 경계가 어디란 말인가? 울음이 터지기 일보 직전이다. 그는 죽을 먹으며 한숨을 내쉰다. 후드득 비 떨어지는 소리가 들린다. 죽은 여느 때처럼 맛이 없다. 한동안 빗소리에 마음이 가라앉는다. 그러다 문득 비도 비슷하지 않을까 하는 생각이 든다. 비도 얼마나 많은 물방울이 떨어져야 비가 되고, 얼마나 적게 떨어져야 비가 아닐까? 그의 입에서 신음이 새어 나온다. 가끔은 신이 어느 가련한 방앗간 주인의 이성을 우롱하겠다는 목표로 세상 이치를 정한 게 아닌가 싶기까지 하다.

아그네타가 남편의 팔에 손을 올리며 죽을 더 먹겠느냐고 묻는다.

그는 생각이 없다. 하지만 안다. 아내가 지금 자신의 빰을 때린 것을 미안해하고 있고, 이게 화해의 몸짓이라는 사실을.

그가 나직이 말한다. "그래요, 고마워."

그때 문에서 노크 소리가 난다.

클라우스는 방어의 뜻으로 손가락을 십자가 모양으로 만든다. 이어 주문을 외우고 허공에 상징을 그린 뒤 소리친다. "누구요? 이 시각에." 밖에 있는 사람이 이름을 밝히기 전까지 누구도 함부로 들여서는 안 된다. 악령은 힘이 세다. 하지만 대부분의 악령은 안으로 들어오라는 주인의 초대가 있을 때만 문턱을 넘을 수 있다.

"나그네 둘이오." 한 사람이 소리친다. "맹세코 나쁜 사람이 아니니 문 좀 열어주시게."

클라우스는 일어나 문으로 가서는 빗장을 푼다.

한 남자가 들어선다. 젊은 나이는 아니지만 강건해 보인다. 젖은 머리카락과 수염에서 빗방울이 뚝뚝 떨어지고, 두꺼운 외투의 잿빛 아마천에도 물방울이 맺혀 있다. 뒤이어 두 번째 남자가 들어선다. 훨씬 젊다. 그는 방 안을 두리번거리다가 소년을 발견하고는 얼굴 가득 웃음을 짓는다. 오늘 낮에 만났던 이방인이다.

"나는 예수 협회의 오즈월드 테시먼드 박사요." 나이 든 사람이 말한다. "이쪽은 키르허 박사고. 초대해주셔서 감사하오."

"초대라니요?" 아그네타가 묻는다.

"예수 협회요?" 클라우스가 묻는다.

"보통 예수회라고들 하죠."

"예수회요?" 클라우스가 되묻는다. "정말 예수회라고요?"

아그네타는 식탁에 의자 두 개를 가져다 놓고, 나머지 사람들은 자리를 좁혀 앉는다.

클라우스는 어색하게 허리를 숙여 소개를 한다. 자기는 클라우스 울렌슈피겔이고, 이쪽은 자신의 아내, 여긴 아들과 하인들이다. 이런 높으신 분들이 집에 찾아올 줄은 꿈에도 몰랐다. 영광으로 생각한다. 먹을 게 많지 않지만, 있는 건 얼마든지 드셔도 된다. 죽과 맥주, 그리고 항아리에 우유가 조금 있다. 이어 그는 헛기침을 하더니 조심스럽게 묻는다. "혹시 실례가 안 된다면…… 두 분은 학자이신가요?"

"그렇다고 할 수 있죠." 테시먼드 박사는 이렇게 대답하며 손가락 끝으로 스푼을 든다. "나는 의학과 신학 박사요. 그 밖에 화학자이기도 하고, 신비 동물학도 연구하지요. 여기 키르허 박사는 주술적 기호와 결정학結晶學, 음악의 본질을 연구하고요." 그는 죽을 조금 떠먹더니 얼굴을 찡그리며 스푼을 내려놓는다.

잠시 침묵이 흐른다. 이윽고 클라우스가 몸을 내밀며 혹시 한 가지 질문을 드려도 되느냐고 묻는다.

"확실하죠." 테시먼드 박사가 대답한다. 그의 말은 좀 이상하다. 문장 속에서 기대하지 않았던 단어가 드문드문 튀어나온다. 게다가 억양도 약간 다르다. 마치 입에 자잘한 돌멩이를 넣고 말하는 느낌이다.

"신비 동물학이라는 게 뭔가요?" 클라우스가 묻는다. 희미한 양초 불빛 속에서 발그레 달아오른 그의 두 뺨이 보인다.

"용의 존재를 연구하는 학문이오."

순간 하인들은 고개를 번쩍 들고 하녀는 입을 쩍 벌린다.

소년이 불쑥 끼어든다. "용을 보셨어요?"

테시먼드 박사는 마치 불쾌한 소음을 들은 것처럼 이맛살을 찌푸린다.

키르허 박사가 소년에게 눈길을 주며 고개를 젓는다.

클라우스가 얼른 입을 연다. 대신 사죄드린다. 워낙 미천한 집안이라 아이가 가끔 본분을 잊고 어른들 대화에 버릇없이 끼어드는 일이 있다. 하지만 아들이 물은 내용은 사실 자신도 궁금해하던 바다. "혹시 용을 보셨습니까?"

테시먼드 박사가 말한다. 그런 질문은 처음이 아니다. 다들 그걸 궁금해한다. 실제로 신비 동물학자들은 원시민족에게서 번번이 용의 존재를 확인한다. "하지만 정작 용을 보는 일은 드물지요. 용이 워낙…… 그걸 독일어로 뭐라고 하더라?"

"수줍음이 많다." 키르허 박사가 말한다.

테시먼드의 말이 이어진다. 독일어는 자신의 모국어가 아니다. 그러다 보니 가끔 적절한 단어가 생각나지 않는다. 게다가 아마 살아생전에는 다시 볼 수 없을 사랑하는 고향의 말투가 툭툭 튀어나오기도 한다. 자신의 고향은 사과와 아침 안개의 섬인 영국이다. 어쨌든 그건 그렇고, 용은 상상할 수 없을 만큼 수줍음이 많고 깜짝 놀랄 정도로 위장을 잘한다. 수백 년 동안 찾아도 용의 근처에 얼씬도 못 하고, 마찬가지로 수백 년 동안 용을 바로 지척에 두고도 그게 용인지 모를 수 있다. 바로 그 때문에 신비 동물학이 필요하다. 의학은 용의 피에 담긴 치유력을 포기할 수 없기 때문이다.

클라우스는 이마를 문지른다. "그럼 그 피는 어떻게 얻으셨습니까?"

"용의 피는 당연히 없소. 하지만 의학은…… 그걸 독일어로 무슨 기술이라고 하더라?"

"대체의 기술." 키르허 박사가 말한다.

그렇지, 의학은 대체 기술이다. 테시먼드 박사가 말을 이어간다. 용의 피는 사실 반드시 그 자체가 아니라도 괜찮을 만큼 강력한 힘을 갖고 있다. 다시 말해 세계에 존재하는 그 비슷한 물질만으로 충분하다. 그래서 사랑하는 고향에도 용이 두 마리 있지만 수백 년 전부터 누구도 용을 추적하지 않는 것이다.

키르허 박사가 이어 말한다. "지렁이와 풍뎅이 애벌레는 용과 비슷하게 생겼습니다. 그걸 빻아 만든 가루는 놀라운 효과를 내죠. 또 용의 피는 인간을 불사신으로 만든다고 해요. 그 대용으로 붉은 광물인 진사辰砂가 쓰이는데 피부병에 탁월한 효과가 있습니다. 하지만 진사도 구하기 어렵기는 마찬가지라 다시 그 대체재를 씁니다. 표면이 용의 비늘과 비슷한 약초들이죠. 의술이란 유사성의 원칙에 따라 그때그때 다른 약물로 대체하는 기술입니다. 예를 들어 크로커스는 눈병에 효력이 있습니다. 눈과 비슷하게 생겼기 때문이죠."

테시먼드 박사가 말을 받는다. “신비 동물학자가 용에 대해 많은 것을 알수록 대체제를 통해 용의 부재를 더욱 훌륭하게 보충할 수 있지요. 하지만 뭐니 뭐니 해도 화룡점정은 용의 몸이 아니라 용의…… 그걸 독일어로 뭐라고 하더라?”

“지식.” 키르허 박사가 말한다.

“맞아, 용의 지식을 이용하는 겁니다. 그 옛날 플리니우스의 문헌을 보면 이런 글이 나와요. 용은 죽은 자기 동족을 살리는 약초를 알고 있다고. 이 약초를 찾는 것이 우리 학문의 거룩한 성배라 할 수 있소.”

“용이 있다는 건 어떻게 알아요?” 소년이 묻는다.

테시먼드 박사가 이마를 찌푸리자 클라우스는 몸을 내밀어 소년의 뺨을 찰싹 때린다.

키르허 박사가 말한다. “대체재의 효력 때문에 아는 거야. 용과의 유사성 때문이 아니라면, 예를 들어 풍뎅이 애벌레처럼 보잘것없는 동물이 어디서 그런 치유력을 얻겠니? 진사도 마찬가지지. 용의 피처럼 검붉은 색을 띠고 있지 않다면 사람 몸을 치유할 수 있을까?”

“질문을 하나 더 드려도 될는지…….” 클라우스가 말한다. “많이 배우신 분들을 보면 꼭 여쭤보고 싶었던 질문인데…… 마침 이렇게 기회가 되었으니…….”

“말해보시게.” 테시먼드 박사가 권한다.

"곡식 더미에 관한 이야깁니다. 곡식 낟알을 하나씩 빼다 보면 어디서부터 더미가 아니고, 어디까지가 더미인지 알 수가 없습니다. 정말 궁금해서 미칠 지경입니다."

하인들이 웃는다.

"유명한 문제지." 테시먼드 박사가 키르허 박사를 향해 설명하라고 손짓한다.

"사물의 경우, 어떤 사물이 어떤 것인 동시에 다른 것일 수는 없습니다." 키르허 박사가 말한다. "하지만 단어는 달라요. 두 단어는 서로를 배척하지 않습니다. 곡식 더미와 더미가 아닌 것 사이에는 명확한 경계가 없지요. 더미의 성격은 서서히 옅어집니다. 하늘의 구름이 서서히 흩어지는 것처럼."

"예." 클라우스는 마치 자기 자신에게 대답하듯이 중얼거린다. "예. 아뇨, 아니에요. 왜냐하면…… 아니에요! 손톱만큼의 목재로는 탁자를 만들 수 없습니다. 어떤 탁자도요. 그건 너무 적어요. 그걸로는 안 됩니다. 거기다 목재가 손톱만큼 더 있다고 해도 마찬가지죠. 탁자를 만들기엔 여전히 너무 적습니다. 다시 거기에 조금 더 추가한다고 해도 달라지는 건 없고요."

손님들은 침묵한다. 이제 방 안에서는 빗소리와 스푼 긁는 소리, 그리고 덧창을 흔드는 바람 소리밖에 들리지 않는다.

"좋은 질문이오." 테시먼드 박사가 이렇게 말하며 키르허 박사를 향해 설명하라고 눈짓한다.

“사물은 있는 그대로 존재합니다.” 키르허 박사가 말문을 연다. “하지만 우리가 사용하는 개념에는 모호함이 깃들어 있어요. 어떤 것이 산인지 아닌지, 꽃인지 아닌지, 신발인지 아닌지, 탁자인지 아닌지 늘 명확한 것은 아니라는 얘기죠. 그 때문에 주님은 명확함을 원하실 경우 숫자로 말씀하십니다.”

“방앗간 주인이 이런 문제에 관심을 갖는다니 퍽 이례적인 일이군.” 테시먼드 박사가 말한다. “게다가 저런 문제에도…….” 그는 문기둥에 새겨진 오각 별을 가리킨다.

“악령을 막는 부적입니다.” 클라우스가 말한다.

“그냥 저렇게 새겨놓는 것만으로 충분한가?”

“그에 맞는 말도 필요하죠.”

“그만해요.” 아그네타가 말한다.

“말로는 쉽지 않을 텐데…….” 테시먼드 박사가 말한다. “그걸 독일어로 뭐라고 하더라……?” 그가 묻는 듯한 표정으로 키르허 박사에게 눈길을 준다.

“주문.” 키르허 박사가 말한다.

“그렇지.” 테시먼드 박사가 말한다. “주문으로 악령을 쫓는 건 좀 위험하지 않겠소? 악령을 쫓는 주문이 어떤 조건에서는 악령을 부를 수도 있다고 하던데.”

“그건 다른 주문입니다. 그것도 알고 있습니다. 걱정 마십시오. 그 정도는 구분할 수 있으니까요.”

"제발 좀 잠자코 있어요." 아그네타가 말한다.

"여기 방앗간 주인 양반은 또 어떤 문제에 관심이 있으신가? 무엇을 연구하고, 무엇을 알고 싶으신가? 혹시 우리가 도와줄 게 있으면……?"

"나뭇잎 문제요." 클라우스가 말한다.

"제발 그만하라니까!" 아그네타가 말한다.

"몇 달 전 야코프 브란트너의 밭에 있는 늙은 떡갈나무에서 나뭇잎 두 장을 발견했습니다. 원래는 브란트너의 밭이 아니라 로저의 밭이었는데 상속 다툼 중 그게 브란트너의 밭이라는 결정이 관에서 내려졌거든요. 그건 그렇고, 아무튼 완전히 똑같이 생긴 두 나뭇잎이었어요."

"그건 누가 뭐래도 브란트너의 밭이에요." 브란트너의 농장에서 1년 동안 일했던 제프가 말한다. "로저 식구들은 죄다 지옥에 빠질 거짓말쟁이들이라고요."

이번에는 하녀가 불쑥 끼어든다. "이 동네에 거짓말쟁이가 있다면 야코프 브란트너일걸. 교회에서 여자들을 쳐다보는 눈길만 봐도 알 수 있어."

"어쨌든 밭은 브란트너 게 맞아." 제프가 말한다.

클라우스가 탁자를 쿵 내려치자 다들 입을 다문다.

"두 나뭇잎은 똑같이 생겼습니다. 가장자리 모양도 잎맥도 정확히 똑같았어요. 말려두었으니 원하신다면 얼마든지 보여드릴 수 있습니다. 심지어 저는 나뭇잎을 좀 더 자세히 관찰하려고 마을을 지나가는 행상한테서 돋보기까지 샀습니다. 행상은 자주 오지 않아요. 이름은 후고라고 하는데, 왼손에 손가락이 두 개뿐입니다. 어쩌다 손가락을 잃었는지 물었더니 손가락 몇 개 없는 게 뭐 대수냐며 아무렇지도 않게 대답하더군요." 이 대목에서 클라우스는 잠시 생각에 잠긴다. 이야기가 어쩌다 이렇게 샛길로 샜는지 본인도 의아한 표정이다. "두 나뭇잎을 보면서 저는 갑자기 이런 의문이 들었습니다. 이건 둘이 원래 하나라는 걸 의미하지 않을까? 차이라고는 하나는 왼쪽에, 다른 하나는 오른쪽에 있었다는 것뿐입니다. 위치를 바꿔도 상관이 없습니다." 그가 위치를 바꾸는 시늉을 하다가 죽 그릇을 건드리는 바람에 그릇이 식탁 위를 굴러간다. "만일 누군가 두 나뭇잎이 같은 것이라고 말한다면 뭐라고 하시겠습니까? 어쩌면 그 말이 맞을 겁니다!" 클라우스는 식탁을 톡톡 친다. 꼼짝 않고 애원하듯 남편을 바라보는 아그네타를 제외하고는 모두의 시선이 굴러가는 죽 그릇을 따라간다. 그릇은 한 번, 두 번 원을 그리더니 제자리에 멈추어 선다. 클라우스가 침묵을 깬다. "두 나뭇잎이 실은 하나고 겉으로만 두 개로 보이는 거라면…… 결국 이 세상 모든 것이 우리가 비밀을 꿰뚫어 보지 못하도록 하느님이 짜놓은 그물망일 뿐임을 뜻하지 않을까요?"

"이젠 정말 그만해!" 아그네타가 다그친다.

클라우스가 말한다. "비밀에 관한 이야기가 나왔으니 말인데, 저한테 책이 한 권 있습니다. 제가 읽을 수 없는 책이죠."

"주님의 창조에서는 똑같은 나뭇잎이 두 장 존재하지 않습니다." 키르허 박사가 말한다. "똑같은 모래알이 두 개 존재할 수 없듯이 말이오. 주님이 분간하시지 못하는 두 가지 사물은 존재할 수 없어요."

"나뭇잎은 저기 다락방에 있습니다. 보여드릴 수 있어요! 그 책도 보여드리겠습니다. 존귀하신 학자 선생님들께 실례가 될지 모르지만, 아까 그 풍뎅이 애벌레 이야기는 맞지 않습니다. 짓이긴 애벌레로는 사람을 치료할 수 없어요. 오히려 요통과 관절의 냉기만 일으킵니다." 클라우스가 아들에게 고갯짓을 한다. "위에 가서 책을 가져오너라. 표지는 없고, 안에 그림이 있는 책이다."

소년은 얼른 일어나 다람쥐처럼 사다리를 오르더니 순식간에 다락방 구멍 속으로 사라진다.

"훌륭한 아들을 두셨군요." 키르허 박사가 말한다.

클라우스는 약간 당황스러워하며 고개를 끄덕인다.

테시먼드 박사가 입을 연다. "어찌 되었건 시간이 너무 늦었군. 우린 밤이 되기 전에 마을에 도착해야 해요. 같이 가겠소, 주인 양반?"

클라우스는 어리둥절한 얼굴로 그를 바라본다. 두 손님이 자리에서 일어난다.

"멍청한 양반 같으니!" 아그네타가 말한다.

"어디로요?" 클라우스가 묻는다. "왜요?"

"걱정할 건 없소." 테시먼드 박사가 말한다. "좀 더 차분하게 많은 이야기를 나누고 싶은 것뿐이니까. 그건 주인 양반도 원하는 일 아닌가? 당신이 관심을 가진 모든 일에 대해 조용히 대화를 나누는 것 말이지. 우리가 나쁜 사람들처럼 보이오?"

"아니, 그런 말이 아니라……." 클라우스가 얼버무린다. "모레 슈테거 농장에서 사람이 와서 밀가루를 가져가기로 했는데 아직 곡식을 빻아놓질 않아서요. 곡식은 다락방에 있고, 그때까지 일을 마치려면 시간이 빠듯합니다."

"여기 훌륭한 하인들이 있잖소?" 테시먼드가 말한다. "이 사람들을 믿어야지. 알아서 잘할 거요."

키르허 박사가 말을 받는다. "함께 가자는 초청을 거절하는 건 친구라고 생각하지 않는다는 뜻입니다. 우린 함께 밥을 먹었고, 여기 방앗간에 앉아 대화를 나누었습니다. 그렇다면 서로 믿어야죠."

"그 라틴어 책을 보고 싶구먼." 테시먼드 박사가 말한다. "궁금한 게 있다면 우리가 대답해주리다."

이제 다들 소년을 기다린다. 그사이 소년은 어두운 다락방을 더듬거리며 책을 찾다가, 시간이 좀 지난 뒤에야 곡식 더미 옆에서 책을 발견한다. 소년이 후다닥 사다리를 내려왔을 때 아버지와 손님들은 벌써 문가에 서 있다.

소년이 책을 건네자 아버지는 소년의 머리를 쓰다듬어준다. 그러곤 고개를 숙여 아들의 이마에 입을 맞춘다. 소년은 희미한 불빛 속에서 아버지의 얼굴에 자잘하게 파인 잔주름을 본다. 늘 한 가지 사물을 진득하게 응시하지 못하는 아버지의 불안한 눈 속에 일렁이는 불꽃이 보이고, 검은 수염 사이로 간간이 난 흰 털도 보인다.

아들을 내려다보던 클라우스의 머릿속에 문득 의아한 생각이 떠오른다. 출산 때 그렇게 많은 자식이 죽었는데, 어째서 하필 이 아이만 살아남은 걸까? 지금까지는 이 아이에게 별로 관심을 주지 않았다. 자식이라는 건 곧 눈앞에서 사라질 존재라는 생각에 너무 익숙해 있어서다. 하지만 이젠 달라질 것이다. 아들에게 자신이 아는 모든 것을 전수해줄 생각이다. 각종 주문을 비롯해 정사각형 문구, 약초, 달의 운행까지. 그는 즐거운 마음으로 책을 받아 들고는 어둠이 내리는 밖으로 나선다. 그 사이 비는 그쳤다.

아그네타가 그를 붙잡는다. 두 사람은 오래 포옹한다. 클라우스는 아내를 떼어놓으려 하지만 아그네타가 놓지 않는다. 하인들이 키득거린다.

"곧 돌아올 거요." 테시먼드 박사가 말한다.

"들었지? 걱정 말아요." 클라우스가 아내에게 말한다.

"바보 같은 양반!" 아그네타는 울음을 터뜨린다.

갑자기 클라우스는 이 모든 게 성가시게 느껴진다. 방앗간, 훌쩍이는 아내, 깡마른 아들, 자신의 하찮은 삶까지. 그는 단호하게 아그네타를 밀어낸다. 이 박식한 남자들과 무언가를 함께 한다는 생각만으로도 뿌듯해진다. 방앗간의 일자무식 인간들보다 이 학자들에게 더 친밀감이 든다.

"걱정 마십시오." 그가 테시먼드 박사에게 말한다. "어둠 속에서도 얼마든지 길을 찾을 수 있습니다."

클라우스가 성큼성큼 앞서 걸어가고, 두 남자는 뒤를 따른다. 아그네타는 어둠이 그들을 완전히 삼킬 때까지 세 사람의 뒷모습을 지켜본다.

"들어가자." 그녀가 아들에게 말한다.

"아버지는 언제 돌아올까요?"

아그네타는 문을 닫고 빗장을 건다.

2

키르허 박사는 눈을 뜬다. 누군가 방 안에 있다. 귀를 기울인다. 아니다, 침대에서 코를 골며 자는 테시먼드 박사를 빼면 이곳에는 아무도 없다. 키르허는 이불을 걷고 성호를 그은 뒤 일어난다. 때가 되었다. 심판의 날이다.

또 쓸데없이 이집트 상징들의 꿈을 꾸었다. 누런 점토 담장, 거기 새겨진 개의 머리를 한 작은 남자들이며 날개 달린 사자들, 도끼, 검, 창, 온갖 종류의 물결선들……. 이것들의 의미를 이해하는 사람은 없다. 그에 대한 지식은 이미 사멸되었다. 언젠가 하늘의 은총을 입은 정신이 나타나 다시 해독해낼 때까지는.

그가 그런 인물이 될 것이다. 언젠가.

아침에 일어날 때마다 허리가 아프다. 짚을 넣은 매트리스는 너무 얇고, 바닥은 얼음처럼 차다. 사제관에는 침대가 하나뿐이다. 그건 키르허의 스승 테시먼드 박사의 몫이다. 심지어 신부조차 옆방의 바닥에서 자야 한다. 어쨌든 전날 밤에는 스승이 깨지 않았다. 평소에는 자다가도 자주 비명을 지르고, 가끔은 베개 밑에 숨겨둔 칼을 꺼내 휘두르기도 한다. 뭔가 생사가 걸린 꿈을 꾸는 게 분명하다. 테시먼드는 예전에 영국에서 거대한 모반을 계획했다. 몇몇 용감한 동지들과 함께 국왕을 폭약으로 날려버릴 계획이었는데, 성사 직전까지 갔다가 결국 실패하고 말았다. 하지만 포기한 건 아니었다. 그들은 며칠 동안 엘리자베스 공주를 찾았다. 공주를 납치해 강제로 왕위에 올리기 위해서였다. 이 시도도 성공 일보 직전에 수포로 돌아갔다. 만일 성공했더라면 영국 땅은 지금쯤 다시 올바른 신앙의 세계로 돌아서 있으리라. 당시 테시먼드 박사는 몇 주 동안 숲속에서 나무뿌리와 샘물로만 버티다가 적들의 추격을 피해 바다를 건너는 데 성공했다. 생존자는 그가 유일했다. 훗날 그는 성인으로 추대될 것이다. 하지만 밤중에 그의 곁에서 자는 건 못 할 짓이다. 베개 밑에 항상 칼이 숨겨져 있고, 프로테스탄트 압제자의 주구들이 그의 꿈속에 번번이 출몰하기 때문이다.

키르허는 외투를 걸치고 사제관을 나선다. 이른 아침의 칙칙한 잿빛 세계가 그를 맞는다. 그는 멍하니 그 세계를 바라본다. 오른쪽에는 예배당이, 정면에는 우물과 보리수나무 그리고 어제 단상을 설치해놓은 마을 광장이 보인다. 광장 옆으로는 탐의 집과 하인리히의 집, 하이네를링의 집이 있다. 그는 이제 이곳 마을 주민들을 모두 안다. 그들을 하나하나 조사하는 과정에서 그들의 비밀까지 알게 되었다. 하인리히의 집 지붕 위로 뭔가가 휙 움직인다. 그는 본능적으로 주춤 물러선다. 고양이일 가능성이 크지만, 그럼에도 그는 악령을 막는 기도문을 외우고 성호를 세 번 긋는다. 물렀거라, 악령들이여, 돌아가거라, 악령들이여! 주님과 성모마리아, 모든 성인들이 나를 보호하노라. 이어 그는 사제관 벽에 기대앉아 이를 덜덜 떨면서 해가 떠오르길 기다린다.

누군가 옆에 앉는다. 그림자처럼 소리 없이 다가와 앉은 것이 분명하다. 마이스터 틸만이다.

"좋은 아침입니다." 키르허 박사가 인사를 건네고는 멈칫한다. 실수다. 해서는 안 되는 일이다. 이제 마이스터 틸만이 인사를 돌려줄지도 모른다.

아니나 다를까, 경악스럽게도 그 일이 실제로 일어난다. "좋은 아침입니다."

키르허 박사는 사방을 둘러본다. 다행히 보는 사람은 없다. 마을은 아직 잠들어 있고, 누구도 그들을 주시하지 않는다.

"무슨 놈의 추위가 이렇게 매서운지!" 마이스터 틸만이 얘기한다.

"그러게요." 키르허는 무슨 말이라도 해야 하기에 이렇게 덧붙인다. "아주 고약합니다."

"해가 갈수록 더 고약해지는 것 같아요."

두 사람은 침묵한다.

대답하지 않는 게 가장 좋다는 걸 알지만 정적의 무게가 버겁다. 결국 키르허는 헛기침을 하고 말한다. "세상이 망해가고 있어요."

마이스터 틸만은 바닥에 침을 퉤 뱉는다. "얼마나 더 갈까요?"

"한 100년쯤." 키르허는 이렇게 말해놓고 또다시 불안한 눈길로 주위를 두리번거린다. "어떤 사람은 더 빨리 올 거라고도 하고, 어떤 사람은 120년 뒤가 될 거라고도 하더군요."

그는 입을 꾹 다문다. 목구멍에 돌멩이가 걸린 느낌이다. 묵시록에 대해 말할 때마다 일어나는 현상이다. 그는 성호를 긋는다. 마이스터 틸만도 따라 한다.

불쌍한 인간! 키르허는 생각한다. 사실 사형집행인은 최후의 심판을 두려워할 필요가 없다. 사형선고를 받은 사람은 죽기 전에 사형집행인을 용서해야 하기 때문이다. 하지만 가끔 그것을 거부하는 인간들이 있다. 심지어 자신의 사형집행인을 하느님의 심판이 내려지는 여호사밧 골짜기로 불러들이겠다는 악담을 서슴지 않는 인간들도 있다. 네놈을 반드시 여호사밧 골짜기의 심판장으로 불러들이겠다는 저주를 모르는 사람은 없다. 이런 저주를 퍼붓는 인간은 사형집행인에게 살인죄를 뒤집어씌우며 용서를 완강히 거부한다. 마이스터 틸만에게도 그런 일이 있었을까?

"제가 심판의 법정을 두려워할 거라고 생각하십니까?"

"아니요!"

"누군가 저에게 여호사밧 골짜기의 저주를 퍼부었을지 궁금하세요?"

"아니요!"

"다들 그걸 궁금해하죠. 아시다시피 이건 제가 좋아서 선택한 직업이 아닙니다. 이렇게 된 건 모두 제 아버지 때문이에요. 아버지가 사형집행인이었거든요. 제 아들도 그리 될 겁니다. 사형집행인의 아들은 사형집행인이 될 수밖에 없죠." 마이스터 틸만은 다시 침을 뱉는다. "아들놈은 심성이 여려요. 이제 여덟 살인데 아주 착하죠. 사람을 죽이는 일에는 어울리지 않는 것 같습니다. 하지만 녀석에겐 선택의 여지가 없어요. 저도 원래 이런 일에 어울리지 않는 인간이었는데, 자꾸 하다 보니 이제는 제법 괜찮게 해나가고 있죠."

이제 키르허는 정말 걱정이 된다. 자신이 지금 이렇게 사형집행인과 사이좋게 잡담을 나누는 모습을 누구에게도 들켜서는 안 된다.

하늘이 서서히 희붐하게 밝아진다. 이젠 가옥들의 벽 색깔도 구분이 된다. 저기 보리수나무 앞에 설치된 단상도 뚜렷이 보인다. 이틀 전에 도착한 유랑 가수의 마차가 단상 뒤에 여명

속의 어렴풋한 얼룩처럼 서 있다. 저런 족속은 구경거리가 있으면 쉽게 꾀어들기 마련이다.

"다행인 건 이런 촌구석에는 술집이 없다는 겁니다." 마이스터 틸만이 말한다. "술집이 있으면 저는 저녁마다 거기 혼자 외롭게 앉아 남들이 힐끔대는 시선을 느끼고 수군대는 소리를 들으면서 술을 홀짝거렸을 테니까요. 그럴 줄 뻔히 알면서도 술집에는 가지 않을 수가 없다니까요. 거기가 아니면 어딜 가겠습니까? 그렇다고 아이히슈테트까지 돌아갈 수도 없고."

"그곳 사람들은 잘해주나요?"

"그렇진 않아요. 하지만 거긴 제 고향입니다. 고향에서 홀대받는 게 타향에서 인간 취급 못 받는 것보다야 나으니까요." 마이스터 틸만이 두 팔을 뻗으며 길게 하품을 한다.

키르허 박사는 움찔하며 슬쩍 옆으로 몸을 물린다. 사형집행인의 손이 그의 어깨에서 불과 몇 센티밖에 떨어져 있지 않다. 그와 접촉해서는 안 된다. 사형집행인과 접촉한 사람은, 설사 손만 잠시 스쳤을 뿐이라 해도 명예를 잃는다. 그렇다고 대놓고 피함으로써 사형집행인을 자극해서도 안 된다. 괜히 심기를 건드렸다가는 그가 처벌을 감수하고 일부러 상대의 몸에다 손을 댈 수 있기 때문이다. 키르허는 자신의 알량한 선의를 후회한다. 애초에 이런 대화 자체를 피했어야 했다.

그때 안에서 스승의 마른기침 소리가 들린다. 그는 속으로 안도의 한숨을 내쉬며 실례한다는 몸짓과 함께 일어난다.

마이스터 틸만이 입꼬리를 올리며 삐딱하게 웃는다.

"오늘도 주님이 함께하시길!" 키르허가 말한다.

마이스터 틸만은 대답하지 않는다. 키르허 박사는 스승의 의관 정제를 돕기 위해 서둘러 사제관으로 들어간다.

붉은 법복을 입은 테시먼드 박사가 기품 있게 단상으로 걸어간다. 단상 테이블에는 서류 뭉치가 놓여 있고, 서류 위에는 방앗간 개울에서 가져온 돌멩이가 올려져 있다. 바람에 서류가 날아가지 않게 하기 위해서다. 해는 하늘의 정점을 향해 치닫는 중이다. 햇빛이 보리수나무 꼭대기를 지나 파르르 떨며 쏟아진다. 마을 사람들은 모두 참석했다. 앞쪽에는 슈테거의 식솔, 대장장이 슈텔링과 그의 아내, 농부 브란트너의 가족이, 그 뒤에는 빵집 홀츠 부부와 두 딸, 안젤름 멜커 부부와 그 집 아이들, 처제, 늙은 모친, 늙은 장모와 장인, 이모가, 그 옆에는 마리아 로제린과 아름다운 딸이, 또 그 뒤에는 하인리히 가족과 하이네를링 가족, 하인들이, 맨 뒤에는 쥐처럼 얼굴이 동그란 탐 가족이 서 있다. 옆으로 좀 떨어진 곳에 마이스터 틸만이 나무줄기에 기대서 있다. 후드가 달린 긴 갈색 망토 차림에, 얼굴은 창백하고 부어 있다. 그의 뒤에서는 유랑 가수가 당나귀 마차 위에 올라선 채 작은 공책에다 뭔가를 긁적거린다.

테시먼드 박사가 가볍게 단상으로 뛰어올라 의자 뒤에 선다. 키르허 박사는 한참 젊은데도 스승만큼 가볍게 뛰어오르지 못한다. 단상은 높고, 법복은 거추장스럽다. 키르허가 올라오자 테시먼드 박사는 시작하라고 눈짓을 보낸다. 키르허는 이제 장중한 목소리를 내야 한다. 하지만 주변을 둘러보니 현기증이 인다. 테이블 모서리를 잡고 버텨야 할 만큼 이곳의 비현실감이 크게 다가온다. 처음 있는 일은 아니다. 하지만 절대 남들이 알아선 안 된다. 그는 이제 겨우 하급 서품을 받았다. 정식 예수회원이 되려면 아직 많은 시간이 필요하다. 몸과 정신이 지극히 건강한 남자들만 예수회원이 될 수 있다.

무엇보다 그의 시간 감각이 자꾸 뒤죽박죽으로 엉키는 것만큼은 절대 남들이 알아선 안 된다. 가끔 그는 한동안 무슨 일이 있었는지 까맣게 잊은 채 낯선 곳에 와 있다는 느낌을 받곤 한다. 최근에는 한 시간 정도 자신이 어른이라는 사실을 잊은 적도 있다. 여전히 부모님 집 근처의 풀밭에서 놀고 있는 아이인 기분이었다. 마치 지난 15년과 파더보른에서의 힘든 수업조차 어른이 되고픈 한 소년의 판타지에 지나지 않은 듯했다. 그러고 보면 세상이라는 게 얼마나 깨지기 쉬운지! 게다가 그는 거의 매일 밤 꿈속에서 이집트 상징들을 본다. 그럴수록 자신이 언젠가 꿈에서 더 이상 깨어나지 못한 채 불경한 파라오 제국의 지옥에 영원히 갇혀버릴지 모른다는 걱정이 점점 커져간다.

키르허는 급히 눈을 비빈다. 검은 법복을 입은 페터 슈테거와 루트비히 슈텔링이 배심원 자격으로 단상에 올라와 있고, 뒤이어 루트비히 폰 에슈가 올라온다. 판결의 효력을 공식적으로 선포할 사법행정관이자 법정 주관자다. 햇빛 얼룩이 풀밭과 우물에서 춤을 춘다. 날은 맑지만 입김이 구름처럼 피어오를 만큼 춥다. 키르허 박사는 문득 보리수나무 꼭대기가 꼭 왕관 같다는 생각을 한다. 이런 생각에 빠지면 얼마든지 다른 상상이 이어질 수 있다. 하지만 지금은 안 된다. 다른 것에 신경을 팔지 말고 오직 이 제식에 집중해야 한다. 보리수 왕, 보리수 왕관, 보리수나무 꼭대기. 안 돼! 지금은 안 돼, 지금은 어떤 혼란도 안 돼. 모두 기다리고 있어! 그는 서기로서 심리 절차의 개시를 알려야 한다. 다른 사람은 할 수 없다. 이건 그의 임무다. 그렇다면 제대로 수행해야 한다. 그는 안정을 찾으려고 앞쪽과 중간에 선 사람들의 얼굴을 바라본다. 그런데 진정이 좀 됐다 싶은 순간, 방앗간 집 소년과 시선이 마주친다. 소년은 맨 뒤에 서 있다. 어머니 옆에. 눈은 길쭉하고, 볼은 홀쭉하고, 입술은 마치 휘파람이라도 부는 것처럼 약간 내밀고 있다.

키르허는 속으로 외친다. 머릿속에서 소년의 모습을 지워! 지금껏 허투루 그렇게 수없이 피정을 다닌 게 아냐! 인간의 생각은 눈과 비슷해. 눈은 앞에 있는 것을 보지만, 눈을 어디로 돌릴지는 네가 결정할 수 있어. 그는 눈을 끔벅거리며 생각한다. 지금 눈앞에는 하나의 얼룩, 하나의 색깔, 빛의 유희밖에 없어. 소년은 보이지 않아. 오직 빛뿐이야. 어떤 얼굴도 보이지 않아. 색깔만 보여. 색깔과 빛, 그림자만 보여!

효과가 있다. 이제 소년의 모습은 더 이상 중요하지 않다. 그냥 소년 쪽으로 시선을 돌리지만 않으면 된다. 눈이 마주치면 안 된다. 그런 일만 일어나지 않는다면 모든 게 순조롭게 흘러갈 것이다.

"재판관이 오셨습니까?" 키르허가 약간 쉰 목소리로 묻는다.

"여기 있소." 테시먼드 박사가 답한다.

"주관자는 오셨습니까?"

"나요." 루트비히 폰 에슈가 약간 퉁명스럽게 답한다. 보통의 경우라면 자신이 재판을 이끌어야 하지만, 오늘 이 자리는 보통의 경우가 아니다.

"제1배심원은 왔습니까?"

"여기요." 페터 슈테거가 말한다.

"제2배심원은요?

답이 없다. 페터 슈테거가 루트비히 슈텔링의 옆구리를 쿡 찌른다. 그는 깜짝 놀라 주위를 두리번거린다. 페터 슈테거가 다시 한번 쿡 찌른다.

"예, 여기 왔어요." 루트비히 슈텔링이 말한다.

"이것으로 법정을 구성할 인원이 다 모였습니다." 키르허가 말한다.

자기도 모르게, 그의 눈길이 마이스터 틸만에게로 향한다. 사형집행인은 보리수나무에 껄렁하게 기대서서는 수염을 매만지며 미소를 짓고 있다. 뭐가 웃겨서 저럴까? 키르허는 심장이 쿵쾅거리는 것을 느끼며 얼른 다른 곳으로 눈을 돌린다. 어떤 경우에도 사형집행인과 묵시적 합의가 있다는 인상을 주어선 안 된다. 그는 유랑 가수에게 시선을 둔다. 그의 노래는 그저께 들었다. 류트는 음이 맞지 않았고, 운은 삐걱거렸다. 게다가 그가 부른 전대미문의 사건도 그렇게 전대미문이 아니었다. 마그데부르크에서 프로테스탄트들이 저지른 아동 살해가 그랬고, 펠츠 선제후를 비꼰 한심한 노래가 그랬다. 특히 선제후에 관한 노래는 운율이 엉망이었다. 키르허는 어쩌면 오늘 이 재판을 소재로 만들 노래에 자신도 등장할 것 같다는 불길한 예감이 든다.

"법정을 구성할 인원이 다 모였습니다." 키르허는 자신이 재차 외치는 소리를 듣는다. "우리는 법의 엄중함을 일깨우고 법을 선포하기 위해 모였습니다. 부디 공판 시작부터 끝까지 정숙과 평온을 유지해주시기 바랍니다." 그가 헛기침을 한 뒤 소리친다. "죄인들을 데려오시오!"

한동안 정적이 흐른다. 이제 바람 소리, 벌 소리, 소 울음소리, 염소 소리, 개 짖는 소리밖에 들리지 않는다. 이윽고 브란트너의 외양간 문이 열린다. 금속성 물질이 끼익 소리를 낸다. 얼마 전 문에다 쇠를 덧댄 탓이다. 창문 덧문도 판자로 단단히 못질해놓았다. 외양간에서 지내던 암소는 슈테거의 축사로 잠시 옮겨졌다. 그 때문에 싸움이 벌어졌다. 페터 슈테거가 그에 대한 보상을 요구했고, 루트비히 브란트너는 그럴 생각이 전혀 없었기 때문이다. 이런 촌구석에서는 뭐 하나 쉬운 일이 없다.

경비병 하나가 하품을 하면서 밖으로 나오고, 그를 따라 피고 둘이 밝은 햇살에 눈을 찡그리며 나온다. 그 뒤에는 또 다른 경비병 둘이 서 있다. 징병검사를 어떻게 통과했나 싶을 만큼 부실해 보이는 늙수그레한 병사들이다. 게다가 하나는 다리를 절고, 다른 하나는 왼손이 없다. 아이히슈테트에서는 이제 이런 폐물 병사들밖에 보낼 수 없게 된 모양이다.

피고인들의 몰골은 더 이상의 처벌이 필요 없어 보일 정도로 엉망이다. 빡빡 민 머리는 혹과 상처투성이다. 한없이 약하고 무해해 보이는 인간들이다. 양손은 으깨진 손가락을 가리려고 두꺼운 붕대로 감아놓았고, 마이스터 틸만이 가죽띠를 묶어놓은 이마는 곳곳이 핏자국이다. 연민이 인다. 하지만 겉모습만 보고 판단해서는 절대 안 된다. 저들은 타락한 세계의 거대한 힘들과 결탁되어 있다. 저들의 신은 언제 어느 때든 나타나 저들을 도울 수 있다. 그게 저들의 무서운 점이다. 악마는 심판의 날에도 개입할 수 있고, 아무 때건 자신의 힘을 보여주며 저들을 풀어줄 수도 있다. 그런 일을 막으려면 심판관의 용기와 결연한 의지가 필요하다. 예전에 예수회 스승들은 수업 시간마다 반복해서 이렇게 일렀다. 악마들과 결탁한 인간들을 결코 경시해선 안 된다! 너희의 연민은 저들의 무기다. 저들은 너희가 생각지도 못한 수단을 쓴다는 사실을 결코 잊지 마라!

구경꾼들이 옆으로 비켜서며 자리를 만들자 중간에 좁은 길이 생긴다. 두 피고인이 단상으로 끌려간다. 앞에는 늙은 하나 크렐이, 뒤에는 방앗간 주인이. 둘 다 몸을 구부린 채 걷는다. 넋이 나간 모습이다. 자신들이 지금 어디에 있는지, 여기서 어떤 일이 벌어지는지도 모르는 눈치다.

저들을 경시해선 안 돼! 키르허는 다짐한다. 그게 중요해. 절대 저들을 만만하게 봐선 안 돼!

판관들이 착석한다. 테시먼드가 가운데, 그의 오른쪽에 페터 슈테거가, 왼쪽에 루트비히 슈텔링이 앉는다. 키르허의 의자는 슈텔링 왼쪽으로 약간 떨어진 곳에 있다. 법정 서기는 공판의 원활한 진행자일 뿐 재판부의 일원은 아니다.

"하나, 여기 너의 자백이 있다." 테시먼드 박사가 서류 한 장을 집어 들며 말한다.

그녀는 입을 열지 않는다. 입술은 찰싹 달라붙어 있고, 눈빛은 꺼져 있다. 혼이 나가 껍데기만 남은 듯하다. 얼굴은 누구도 쓰지 않는 가면을 쓴 듯하고, 팔은 관절에 잘못 연결된 채 덜렁거린다. 저런 것에는 신경 쓰지 않는 편이 나아. 키르허는 생각한다. 그러면서도 마이스터 틸만이 저 팔을 어떻게 했을지가 자연스럽게 떠오른다. 아냐, 그런 건 생각하지 않는 게 좋아. 그는 눈을 비비며 애써 상상을 지우려 한다.

“침묵이라!” 테시먼드가 말한다. “좋아, 그러면 네가 자백한 말을 여기서 낭독하겠다. 여기 적힌 건 모두 네가 진술한 내용이다, 하나. 이제 다들 그걸 듣게 되고, 진실이 백일하에 드러날 것이다.”

바람에 일렁이는 보리수나무 아래의 공터가 아니라 마치 석조 건물 안에 있는 듯 그의 말이 쩌렁쩌렁 울리는 것만 같다. 이런 느낌을 받는 게 처음은 아니다. 문득 테시먼드 박사가 자신을 조수로 선택한 순간이 떠오른다. 자기 같은 사람이 이런 신의 은총을 받다니 얼마나 행복했는지 모른다. 자신이 뭘 어떻게 한 건 전혀 없다. 자청해서 나선 일도, 등 떠밀려 하게 된 일도 아니다. 당시 이 전설적인 남자는 빈에서 파더보른으로 온 참이었다. 고위 성직자들의 손님이자 경탄스러운 여행자이자 진실한 신앙의 증인인 그가 갑자기 교단 교회의 피정에서 키르허에게 다가와 말했다. 질문을 던질 테니 빠르게 답하라. 내가 무슨 답을 원하는지는 생각하지 말라. 네가 짐작할 수 있는 것이 아니다. 그저 너 자신이 옳다고 생각하는 것을 말하기만 하면 된다. 하느님은 원죄가 없는 천사와 죄를 짓고 참회하는 인간 중에서 누굴 더 사랑하는가? 더 빨리 답하라. 천사는 하느님의 일부로서 영원한가, 아니면 우리처럼 하느님의 피조물일 뿐인가? 더 빨리 답하라. 원죄는 하느님의 창조물인가? 창조물이라면, 하느님은 다른 모든 피조물처럼 우리의 죄도 사랑하실까? 창조물이 아니라면, 죄인이 끝없이 단죄되고 지옥불 속에서의 고통이 한없이 이어지는 것이 어떻게 가능한가? 더 빨리 답하라!

그렇게 한 시간이 후딱 지나갔다. 키르허는 연달아 튀어나오는 새로운 질문에 신속하게 대답했다. 생각지 못했던 질문은 상상력을 동원해 답했고, 가끔은 남들이 한 말이나 인용문을 곁들이기도 했다. 토마스 폰 아퀴나스는 100권이 넘는 책을 썼다. 그 모든 내용을 속속들이 기억하는 사람은 없다. 그는 자신의 창의력을 믿고 혼신을 다해, 마치 다른 누군가가 자신의 입을 빌려 말하는 것처럼 대답하고 또 대답했다. 대답과 문장, 이름을 주저하는 일은 없었다. 숫자를 더하고 빼고 나누는 일도 헷갈리지 않았다. 테시먼드는 문답 내내 그런 그의 얼굴을 뚫어져라 바라보았다. 그 시선이 어찌나 강렬하던지, 이후의 모든 일들은 그저 꿈인 양 지금도 가끔 그 질문이 여전히 지속되고 있으며 영원히 지속될 것 같은 기분이 든다. 그러다 마침내 테시먼드 박사가 한 걸음 물러나더니 눈을 감고 혼잣말처럼 말했다. "자네가 필요해. 내 독일어 실력은 썩 좋지 못하네. 자네가 도와주게. 나는 빈으로 돌아가 성스러운 의무를 다할 걸세. 자네도 함께 가지."

그게 벌써 1년 전의 일이다. 빈으로 가는 길은 멀었고, 도중에 위급한 상황도 많았다. 테시먼드 박사는 불의를 보고 그냥 지나치는 사람이 아니었다. 립슈타트에서는 악령을 물리쳤고, 파사우에서는 몰염치한 사제를 몰아냈다. 극렬한 프로테스탄트들이 지나가는 예수회원을 체포할 수 있는 필젠 지역은 우회해 갔는데 그러다 우연히 어느 작은 마을로 흘러들었고, 거기서 사악한 마녀를 체포해 고문하고 처형까지 하고 나자 반년이라는 시간이 지났다. 그 뒤에는 바이로이트에서 신비 동물학 세미나가 열린다는 소식을 들었다. 그들은 당연히 그리로 가야 했다. 테시먼드의 강력한 경쟁자인 에르하르트 폰 펠츠가 세미나에서 터무니없는 소리로 혹세무민하는 것을 막아야 했기 때문이다. 두 사람의 논쟁은 일곱 주에다 나흘하고도 세 시간 동안 지속되었다. 세미나가 끝났을 때, 키르허는 이젠 정말 황제의 도시로 곧장 들어갈 수 있기를 간절히 소망했다. 하지만 아이히슈테트의 사제 양성소에 묵을 때 그곳의 주교 영주가 친히 그들을 불렀다. "테시먼드 박사, 내 백성들은 여전히 몽매한 꿈에 취해 있소. 행정관들의 신고로는 충분치 않고, 마녀들이 나날이 증가하는데 손을 쓸 사람이 없소. 교구 참사회의 반대가 거세 이제는 예수회에 돈을 대는 것마저 어렵게 되었소. 나를 도와줄 수 있겠소? 그대들을 마녀 특별 사법관에 임명하겠소. 정녕 나를 도와줄 마음이 있다면 즉석에서 재판을 열어 악인들을 처단할 권리를 그대들에게 부여하겠소. 나의 대리자로서 말이오."

그래서 키르허 박사는 그날 길에서 한 특이한 소년과 대화를 나눈 뒤 오후 내내 고민에 빠졌다. 자신들의 길이 또 요사스러운 악인의 길과 마주치게 된 건 아닌가 하는 의심이 들었던 것이다. 그는 생각했다. 보고하지 말자. 입을 다물어버리자. 그냥 잊어버리면 돼. 그 소년과 대화를 나누지 말았어야 했는데. 그냥 우연이었잖아! 하지만 즉각 양심의 목소리가 울려 퍼졌다. 스승님에게 알려야 해. 세상에 우연은 없어. 모두 하느님의 뜻이야! 역시 예상대로 테시먼드 박사는 당장 그날 오후 방앗간 주인을 만나기로 마음먹었고, 그 이후에는 모든 일이 일사천리로 진행되었다. 그들이 이 불경한 마을에 눌러앉은 지도 벌써 몇 주째였다. 빈은 점점 더 멀어지고 있었다.

키르허는 이제야 만인의 눈길이 자신을 향하고 있음을 알아챈다. 피고인들만 바닥을 내려다보고 있다. 그사이 또 딴생각에 빠져 있었다니. 그저 그 시간이 길지 않았기만을 바랄 뿐이다. 그는 급히 주위를 둘러보면서 마음을 다잡는다. 앞에 하나 크렐의 진술서가 놓여 있다. 이 서류는 잘 안다. 작성한 사람이 바로 자신이니까. 이제 이걸 낭독해야 한다. 그가 머뭇거리듯 서류로 손을 뻗는다. 서류에 손가락이 닿는 순간 바람이 휙 인다. 키르허는 황급히 서류를 꽉 붙잡는다. 다행히 동작이 빨랐다. 서류는 그의 손 안에 있다. 하마터면 서류가 날아갈 뻔했다. 생각만 해도 끔찍한 일이다. 이처럼 사탄의 힘은 세다. 공중은 그의 영역이다. 법정이 웃음거리로 전락하면 사탄은 얼마나 좋아할까.

하나의 진술서를 읽고 있자니 의지와 무관하게 심문 과정이 다시 떠오른다. 사제관의 뒤편 골방이었다. 그 전에 청소 도구를 넣어두었던 곳이 취조실로 바뀌었다. 이 방에서 마이스터 틸만과 테시먼드 박사는 노파에게 진실을 털어놓게 하려고 매일 전력을 다했다. 테시먼드는 원래 성품이 온화한 사람이라 가혹한 심문은 되도록 피하고 싶었을 것이다. 하지만 카를 황제의 칙명에 따른 중범죄 재판 법규는 아주 엄격하다. 죄인을 고문할 땐 늘 판관이 임석해야 하고, 죄인의 자백도 반드시 받아내야 한다고 정해져 있다. 어떤 재판도 자백 없이 끝나서는 안 되며, 어떤 판결도 피고인의 시인 없이 내려져서는 안 된다. 심문은 폐쇄된 공간에서 진행되지만, 자백이 공적으로 확인되고 판결이 내려지는 심판일에는 모든 사람이 참석한다.

키르허 박사가 낭독을 이어가는 동안 군중 속에서 경악의 외침이 터져 나온다. 사람들은 숨을 깊이 들이쉬고, 수군거리고, 고개를 흔든다. 짐승처럼 으르렁거리며 노골적으로 혐오와

적의를 드러내는 사람도 있다. 진술서 내용이 한밤중의 비행과 벌거벗은 몸들로 넘어가자 키르허의 목소리는 떨리기 시작한다. 바람을 타고 가는 여행, 심야의 안식일 대모임, 가마솥의 피, 벗은 몸들에 관한 이야기가 뒤를 잇는다. 알몸이 뒹군다. 쾌락에 눈먼 거대한 숫염소가 앞에서 붙잡고, 뒤에서 붙잡는다. 하데스의 언어로 부르는 노래가 이어진다. 키르허 박사가 페이지를 넘기자 이번에는 저주가 쏟아진다. 들판에 냉기와 우박이 덮쳐 경건한 자들의 수확을 망치고, 하느님을 경외하는 자들의 머리 위에는 굶주림을, 약한 자들에게는 죽음과 질병을, 아이들에게는 페스트를 내린다. 키르허는 말문이 막히는 것을 여러 번 느끼지만, 자신의 신성한 본분을 떠올리며 정신 차리라고 스스로를 다그친다. 다행히 그는 이미 숙련된 몸이다. 이런 끔찍한 일에 단련된 지 이미 오래다. 여기 적힌 말들 가운데 그가 모르는 것은 없다. 이 말들을 한 번만 쓴 것이 아니라 쓰고 또 썼다. 그것도 심문이 이루어지는 방 앞에서. 안에서는 마이스터 틸만이 마녀의 요사스러운 행위에 반드시 포함되어야 할 일들을 하나의 입으로 직접 듣기 위해 안간힘을 쓰고 있었다. 하나, 너도 하늘을 날지 않았어? 마녀는 모두 하늘을 날아. 근데 너만 하늘을 날지 않았다고? 그걸 부인하는 거야? 그리고 안식일은? 사탄에게 키스하지 않았어, 하나? 사실대로 털어놓으면 용서받을 수 있어. 하지만 계속 그렇게 입을 다물면, 내 손에 들고 있는 거 보이지? 이걸로 제대로 본때를 보여주겠어!

키르허가 마지막 줄을 읽는다. "이상과 같은 일이 있었습니다. 이런 식으로 나 하나 크렐, 그러니까 레오폴디나와 프란츠 크렐의 딸인 하나 크렐은 하느님을 거역하는 말을 했고, 기독교 공동체를 배신했으며, 나의 이웃과 성스러운 교회와 당국에 해를 끼쳤습니다. 나는 깊은 부끄러움으로 이 모든 것을 고백하며 주님이 설사 저를 용서하시더라도 합당한 처벌을 받아들이고자 합니다."

키르허는 말을 마친다. 귓가에서 왱왱대던 파리 한 마리가 원을 그리더니 그의 이마에 내려앉는다. 쫓아버려야 할까, 아니면 모른 척 내버려두어야 할까? 무엇이 법정의 품위에 맞고 무엇이 맞지 않을까? 그는 스승을 힐끔 본다. 스승은 아무런 지시를 내리지 않는다.

대신 테시먼드 박사는 앞으로 몸을 내밀고 하나 크렐을 응시하며 묻는다. "이게 너의 자백이 맞느냐?"

하나가 고개를 끄덕인다. 쇠사슬이 찰랑거린다.

"말로 해야 한다, 하나!"

"제 자백이 맞습니다."

"네가 이 모든 걸 했다고?"

"예, 제가 했습니다."

"우두머리가 누구냐?"

그녀가 침묵한다.

"하나, 너의 우두머리가 누구냐? 누구와 함께 안식일 모임에 갔느냐? 누가 너희에게 하늘을 나는 법을 가르쳤느냐?"

침묵이 이어진다.

"하나!"

그녀가 손을 들어 방앗간 주인을 가리킨다.

"말로 해야 한다, 한나."

"이 사람요."

"더 크게!"

"이 사람요!"

테시먼드 박사가 손짓하자 경비병이 방앗간 주인을 앞으로 툭 밀친다. 이제 주범에 대한 재판이 본격적으로 시작된다. 사실 하나 노파는 곁다리에 불과하다. 요사한 마법사는 거의 항상 종자를 거느리는 법이다. 그럼에도 루트비히 슈텔링의 아내가 처벌의 위협 속에서 자신이 류머티즘을 앓게 된 것이 하나 크렐과 싸운 이후부터임을 인정하기까지는 조금 시간이 걸렸다. 이어 일주일간의 심문 끝에, 마크다 슈테거와 마리아 로제린도 하나가 아프다는 핑계로 교회에 가지 않은 날이면 꼭 폭풍우가 몰아쳤다고 진술했다. 하나조차 얼마 안 가 그 모든 게 사실이라고 인정했다. 그녀는 마이스터 틸만이 고문 도구를 보여주는 순간부터 범행을 시인하기 시작했고, 고문이 실제로 시작되자 매우 빨리 범행의 전모를 털어놓았다.

"클라우스 울렌슈피겔!" 테시먼드 박사가 서류 세 장을 집어 든다. "이건 너의 자백서다!"

키르허 박사는 스승이 들고 있는 서류를 본다. 즉시 머리가 아파온다. 그는 거기 적힌 문장 하나하나를 모두 외우고 있다. 몇 번이고 새로 쓰고 또 쓰고 했으니 말이다. 취조실의 닫힌 문 앞에서는 방 안에서 무슨 말이 오가는지 다 들린다.

"드릴 말씀이 있습니다." 방앗간 주인이 말한다.

테시먼드 박사가 불신의 눈빛으로 그를 노려본다.

"제발 부탁입니다." 클라우스는 이마에 묶인 가죽띠의 붉은 핏자국을 문지른다. 쇠사슬이 찰랑거린다.

"무슨 말을 하고 싶은 것이냐?" 테시먼드가 묻는다.

심문 내내 그랬다. 독한 놈이었다. 이 방앗간 주인 놈은 범행을 시인하지 않았다. 자신은 절대 그런 일을 한 적이 없다고 발뺌하고 또 발뺌했다. 마이스터 틸만의 고문 도구도 소용없었다. 칼날, 바늘, 소금, 불, 가죽 올가미, 젖은 신발, 엄지 비틀기 나사, 철의 여인* 등 온갖 것을 동원해도 원하는 답은 나오지 않았다. 틸만은 혀를 뽑을 줄도 알았지만, 아리스토텔레스의

* Iron maiden. 중세 때 악명 높았던 고문 기구. 여성의 형체와 비슷하게 만들어 안쪽에 칼이나 바늘을 박아놓았다.

논리학 같은 건 아무것도 아닌 양 스스로에 대해 인정할 생각이 전혀 없는 이런 인간의 혀를 뽑아서 어디다 쓰겠는가? 처음에 테시먼드 박사는 놈의 이런 태도를 음험한 간계 정도로 여겼다. 그러다 어느 순간 이 방앗간 주인 놈의 요사스러운 생각 속에도 늘 일말의 진실과 기이한 통찰력이 담겨 있다는 점을 깨달았다.

클라우스가 말한다. "깊이 고민했습니다. 이제야 알겠습니다. 저의 잘못을요. 용서를 구합니다. 은총을 베풀어주십시오."

"저 여자의 말이 모두 사실이냐? 마녀들을 모아놓고 방탕한 안식일 축제를 열었더냐? 네가 그 모임을 주관했더냐?"

"저는 제가 똑똑한 줄 알았습니다." 방앗간 주인이 바닥 쪽으로 시선을 떨군 채 말한다. "과신이었습니다. 이놈의 하찮고 어리석은 머리를 너무 믿었습니다. 사죄드립니다. 은총을 베풀어주십시오."

"그럼 방자의 주문은? 추위와 폭풍우를 불러 농사를 엉망으로 만든 것도 네 짓이더냐?"

"저는 전래되어오는 방식으로 병자들을 도왔습니다. 일부는 돕지 못했지만요. 옛 방식은 그리 믿을 만한 게 못 되지요. 그럼에도 저는 항상 최선을 다했고, 그게 도움이 되었을 때만 대가를 받았습니다. 그리고 궁금해하는 사람들에게는 그들의 미래도 물이나 새의 비행을 보고 말해주었습니다. 페터 슈테거의 사촌, 파울 슈테거 말고 다른 사촌 얘긴데, 아무튼 카를이라는 이름의 그 사촌한테는 너도밤나무에 올라가지 말라고 말했습니다. 보물을 찾지 말라는 얘기도 했습니다. 그래선 안 된다고요. 그러자 카를이 물었습니다. 자기 너도밤나무에 보물이 있냐고요. 그래서 저는 아무튼 올라가지 말라고 했습니다. 카를은 거기 보물이 있다면 올라가겠다더군요. 실제로 그랬다가 나무에서 떨어져 머리통이 깨졌습니다. 저는 아무리 생각해도 모르겠습니다. 제가 말하지 않았으면 실현되지 않았을 그 일이 실제로 예언인지, 아니면 다른 무엇인지 말입니다."

"마녀의 고백을 들었느냐? 마녀가 너를 안식일 축제의 우두머리로 임명한다는 이야기를 들었느냐?"

"너도밤나무 위에 보물이 있다면 아직도 거기 있을 겁니다."

"마녀의 말을 들었느냐?"

"제가 발견한 떡갈나무 나뭇잎 두 장도……."

"그 이야기는 그만해!"

"두 나뭇잎은 꼭 한 장처럼 똑같이 생겼습니다."

"나뭇잎 얘기는 다시 꺼내지 마!"

클라우스는 땀을 흘린다. 호흡도 어렵다. "그 나뭇잎이 저를 이렇게 혼란스럽게 만들었습니다." 그는 잠깐 생각에 잠기더니 고개를 흔들고 빡빡머리를 긁적인다. 쇠사슬이 짤랑거린다. "그 나뭇잎을 보여드려도 되겠습니까? 아직 방앗간에 있습니다. 어리석은 연구를 한답시고 제가 틀어박혀 있던 다락방에 말입니다." 그는 주위를 두리번거리더니 팔을 들어 구경꾼들 뒤쪽을 가리킨다. "저기 제 아들이 있습니다. 가져오게 해주십시오."

"방앗간에는 이제 마법 도구가 없다." 테시먼드 박사가 말한다. "방앗간 주인이 바뀌었다. 새 주인이 그런 불경한 잡동사니들을 싹 치워버렸을 것이야."

"책들은요?" 클라우스가 나직이 묻는다.

키르허는 자기가 들고 있는 서류에 파리 한 마리가 내려앉는 모습을 불안스레 지켜본다. 파리의 검은 다리가 꼭 글자를 쓰는 것처럼 움직인다. 자신에게 무언가를 말하려는 걸까? 그게 가능한 일일까? 하지만 파리의 움직임은 워낙 빨라 설령 그게 글자라 해도 읽을 수가 없다. 어쨌든 이젠 정말 다른 데 정신을 팔면 안 된다.

"제 책들은 어디 있습니까?" 클라우스가 묻는다.

테시먼드 박사가 조수에게 신호를 준다. 키르허가 일어나 방앗간 주인의 자백서를 낭독한다.

그의 머릿속으로 수사 과정이 다시 스쳐 지나간다. 하인 제프는 방앗간 주인이 하루 종일 깊은 수면에 빠져 있는 것을 자주 보았다고 스스럼없이 이야기했다. 졸도와도 같은 그런 수면 상태를 증언하는 목격자가 없는 경우, 누군가를 마법사로 모는 것은 불가능하다. 그건 엄격한 규칙으로 정해져 있다. 사탄의 종들은 깊은 수면 상태에서 육신을 떠나 마녀의 혼과 함께 머나먼 나라로 날아간다. 제프는 그럴 때마다 자기가 아무리 흔들고 소리치고 발길질을 해도 주인이 깨지 않았다고 당당하게 진술했다. 마을 신부도 방앗간 주인에 대해 심히 부정적인 말을 더했다. 누군가 그를 화나게 하면 방앗간 주인은 너를 저주하겠다느니, 불태워 없애버리겠다느니, 고통스러운 질병을 안기겠다느니 하고 소리쳤다는 것이다. 게다가 그는 온 마을 사람들이 자신에게 복종할 것을 요구했으며, 다들 그의 분노를 두려워했다는 말도 덧붙였다. 심지어 빵집 여편네는 어둠이 깔린 뒤 슈테거의 밭에서 방앗간 주인이 악령을 불러내는 것을 보았다고 진술했다. 소름 끼치는 아가리와 이빨, 발톱, 거대한 생식기에 대해 이야기했고, 한밤중의 끈적거리는 형체에 대해서도 이야기했다. 키르허가 일일이 다 받아 적는 것이 버거울 정도였다. 이어 네 명, 다섯 명, 여섯 명이, 그 뒤에는 세 명, 두 명이, 나중에는 점점 더 많은 사람이 나서서 방앗간 주인의 방자가 부른 추위와 폭풍우로 자신들의 밭이 얼마나 망가졌는지 상세히 묘사했다. 이런 식의 방자 주문은 졸도보다 더 중한 범죄로, 그런 만큼 구체적인 증언이 있어야 했다. 증언이 없으면 피고인을 이단으로 판정할 수는 있을지 몰라도 마법사로 선포할 수가 없었다. 혹시 모를 실수를 피하기 위해 키르허는 몇 날 며칠 동안 증인들에게 그들이 봤다는 몸짓과 말들을 설명했다. 하지만 그들의 머리는 둔하고 더뎠다. 그들이 저주나 마법의 문구, 사탄을 불러내는 주문을 기억하려면 일단 수없이 반복해야 했다. 어쨌든 이런 연습 끝에 마침내 다들 올바른 주문과 마법의 몸짓을 직접 듣고 본 것처럼 묘사할 수 있었다. 다만 취조 과정에서 빵집 주인만이 갑자기 주저하는 모습을 보였고, 그래서 테시먼드 박사가 그를 따로 불러 정말 사악한 마법사를 보호할 생각인지, 그의 영혼은 면밀한 조사를 두려워하지 않을 만큼 순결한지 물었다. 마침내 빵집 주인도 남들이 보았다고 한 것을 전부 보았다고 진술했다. 이로써 날카로운 심문을 통해 방앗간 주인의 자백을 받아내는 데 부족한 것은 더 이상 없었다.

"나는 들판에 우박을 보냈습니다." 키르허 박사가 낭독한다. "나는 대지에 나의 원을 새겼고, 땅 밑의 여러 세력과 땅 위의 악령, 공중의 제왕들을 불렀으며, 밭에는 흉작을, 흙에는 얼음을, 곡식에는 죽음을 불어넣었습니다. 게다가 라틴어로 쓰인 금지된 책을 갖고 있었고……."

그때 키르허는 한 이방인을 발견하고 입을 닫는다. 언제 왔을까? 키르허는 그가 오는 것을 보지 못했다. 구경꾼들 틈에 챙이 넓은 모자를 쓰고 우단 옷깃이 달린 상의 차림에 은빛 지팡이를 든 남자가 있었다면 분명 눈에 띄었을 텐데. 남자는 지금

저기 유랑 가수 마차 옆에 서 있다. 혹시 키르허의 눈에만 보이는 것일까? 심장이 쿵쿵 뛰기 시작한다. 그에게만 보이고 남들의 눈에는 보이지 않는다면 어떻게 해야 할까? 그게 가능한 일일까?

그때 이방인이 느릿느릿 앞으로 걸어 나오고, 사람들이 옆으로 비켜서면서 길을 내준다. 그 모습을 본 순간 키르허 박사는 안도의 한숨을 내쉰다. 남자는 수염이 짧고, 우단으로 만든 망토를 걸쳤다. 펠트 모자 위에는 깃털이 살랑거린다. 그는 품위 있는 몸짓으로 모자를 벗더니 허리를 숙인다.

"반갑습니다, 파클라프 판 하크입니다."

테시먼드 박사가 자리에서 일어나 마찬가지로 허리를 숙인다. "여기서 뵙다니 참으로 반갑습니다."

키르허 박사도 일어나 인사를 하고 다시 앉는다. 그러니까 저 남자는 악마가 아니라 종유석 결정結晶에 관한 유명한 책을 쓴 작가다. 키르허도 예전에 그 책을 읽은 적이 있지만 기억에 남아 있는 것은 별로 없다. 판 하크 박사가 의문의 시선으로 보리수나무를 바라본다. 보리수나무를 향해 내리쬐는 햇빛은 마치 이 모든 게 사기라는 듯 파르르 떨린다. 결정학의 전문가가 대체 여긴 무슨 일로 온 것일까?

"저는 마법에 관한 논문을 쓰고 있습니다." 판 하크 박사가 허리를 꼿꼿이 펴면서 말한다. "이 마을에서 한 마법사를 법정에 세웠다는 소문을 듣고 왔습니다. 제가 피고인을 변호하게 해주실 것을 요청드립니다."

구경꾼들이 술렁이고, 테시먼드 박사는 망설인다. "선생처럼 학식이 높은 분이라면 더 좋은 일에 시간을 쓸 수도 있을 것 같은데, 굳이 이런 일에까지……."

"물론 그 역시 가능한 일이나, 그럼에도 기왕 왔으니 허락해 주시기 바랍니다."

"중범죄 재판 법규에 따르면 사형 언도를 받을 중죄인에게는 변호인을 둔다는 규정이 없소이다."

"변호인을 두지 말아야 한다는 규정도 없는 걸로 압니다. 부디 허락해주시기 바랍니다, 사법행정관님."

"재판관이라 부르시오. 난 사법행정관이 아니오. 행정관은 판결을 선포할 뿐, 판결을 내리는 사람은 나요."

판 하크 박사가 사법행정관에게로 시선을 돌린다. 행정관의 얼굴은 분노로 하얗게 질려 있다. 하지만 테시먼드의 말이 맞다. 행정관은 여기서 결정권자가 아니다. 판 하크는 잠시 고개를 숙이고 있다가 테시먼드 박사에게 말한다. "수많은 사례가 있습니다. 게다가 변호인이 참여하는 소송이 점점 늘어나는 추세고요. 중죄인 중에는 자기 자신을 제대로 표현하지 못하는 사람이 많습니다. 말을 잘하는 능력만 있다면 분명 자신의 처지를 더욱 잘 설명할 수 있을 겁니다. 방금 여기서 언급된 금서를 예로 들자면, 그건 라틴어로 쓰인 책이 아닌지요?"

"맞소."

"방앗간 주인이 그걸 읽었습니까?"

"터무니없는 소리. 저자가 그걸 어떻게 읽겠소?"

판 하크 박사가 미소를 지으며 테시먼드를 바라본다. 그러더니 키르허에게로, 이어 방앗간 주인에게로, 마지막엔 다시 테시먼드에게로 시선을 돌린다.

"그래서 뭐 어쨌다는 거요?" 테시먼드 박사가 묻는다.

"그 책이 라틴어로 쓰였다면……."

"그렇다면?"

"방앗간 주인이 라틴어를 모른다면……."

"그렇다면?"

판 하크 박사가 두 팔을 벌리더니 다시 미소를 짓는다.

"제가 질문을 드려도 될까요?" 방앗간 주인이 말한다.

"키르허 박사, 소지해서는 안 되는 책은 소지해서는 안 될 책이지, 단순히 읽고 말고의 문제가 아니지 않소?" 테시먼드가 키르허에게 동의를 구한다. "그 때문에 신앙교리성信仰教理省에서도 소지에 관한 부분만 명확히 밝혔을 뿐 그 책을 읽었는지에 대해서는 언급하지 않았고. 안 그런가, 키르허 박사?"

키르허는 침을 꿀꺽 삼키고 헛기침을 한 뒤 눈을 끔벅이며 입을 연다. "책은 하나의 가능성입니다. 어떤 형태로든 영향을 줄 수 있습니다. 책에 적힌 언어를 모르는 사람도 그 언어를 이해하는 다른 사람에게 영향을 줄 수 있습니다. 그러면 책은 당연히 그 사람에게 나쁜 영향을 주겠죠. 또한 책을 가진 사람이 언어를 배울 수도 있습니다. 가르쳐줄 사람이 없다면 혼자서 터득할 수도 있지요. 그런 경우는 벌써 여러 번 보았습니다. 사람은 철자를 유심히 들여다보고, 철자의 빈도를 헤아리고, 그 모양을 관찰하는 것만으로도 언어를 이해할 수 있습니다. 인간의 정신적 능력은 강력하니까요. 성 자그라피우스도 사막에서 히브리어를 그런 식으로 배웠습니다. 하느님의 말씀을 원어 그대로 알고 싶은 강렬한 욕구에서요. 비잔티움의 타라스도 이집트 상형문자를 수년간 들여다봄으로써 혼자 힘으로 이해했다고 합니다. 그 비밀이 끊긴 것은 유감이지만, 지금까지 우리의 노력으로 보아 비밀을 풀 날도 머지않은 듯합니다. 어쨌든, 그게 아니더라도 잊지 말아야 할 것이 있습니다. 사탄의 가신들은 모르는 언어가 없습니다. 그렇다면 사탄이 어느 날 갑자기 자신의 종에게 책을 읽는 능력을 선사할 가능성은 상존합니다. 결국 사람의 머릿속에 들어 있는 것은 하느님만 가늠할 수 있지, 그 종들로서는 파악할 수 없습니다. 주님께서 심판의 날에 인간의 영혼을 들여다보고 그것을 판단하실 것입니다. 그렇기에 인간 심판관의 사명은 상황을 단순화하는 것이고, 그중에서 가장 단순한 것은 어떤 책이 금지되어 있으면 소지해서도 안 된다는 사실입니다."

"자, 이제 그만합시다." 테시먼드 박사가 말한다. "지금 와서 변호를 하기엔 너무 늦었소. 심리는 끝났고 판결만 남았소. 피고인들도 이미 다 자백했고."

"고문으로 받아낸 자백이지 않습니까?"

"암, 당연하지요." 테시먼드 박사가 소리친다. "고문이 아니면 저 인간들에게서 어떻게 자백을 끌어내겠소? 고문 없이는 아무도 자백을 하지 않을 것이오!"

"고문을 하면 누구든 자백을 한다는 말씀이지요?"

"왜 아니겠소? 참으로 다행이지!"

"무고한 사람도요."

"저놈은 무고하지 않소! 다른 사람들의 진술도 있고, 금지된 책도 확보했소!"

"다른 사람들의 진술도 결국 고문의 위협으로 받아낸 것 아닙니까?"

테시먼드 박사는 잠깐 침묵하더니 나직이 말한다. "이보시오, 학자 선생, 마법사에 대해 증언을 거부하는 사람도 당연히 조사와 기소 대상이오. 그렇지 않다면 대체 이 세상이 어떻게 되겠소?"

"좋습니다. 그렇다면 다른 질문을 드리지요. 마법사의 졸도라는 건 대체 무슨 뜻입니까? 과거에는 졸도한 사람이 꿈에서 악마와 교류한다는 정도로 생각했습니다. 하느님의 세계에서 악마가 힘을 발휘하지 못한다는 건 유명한 마녀 퇴치자 인스티토리스의 책에도 나오지요. 그 때문에 악마는 자신의 동맹군에게 망상을 불어넣기 위해 수면 상태를 이용하며, 자는 동안 그들에게 방탕한 쾌락을 선사한다고요. 그런데 요즘은 어떻습니까? 한때는 그저 악마가 불어넣은 환영일 뿐이라고 설명했던 바로 그 행위들에 대해 유죄판결을 내려버립니다. 다시 말해 깊은 수면에 빠지고 광기의 꿈을 꾸었다고 그걸 죄악의 증거로 해석해버리는 것이지요. 실제로 일어난 행위를 보고 판단해야지, 일어나지도 않은 행위를 가리켜 죄악이라고 판단할 수 있을까요? 그건 말이 안 됩니다. 그렇지 않습니까, 재판관님?"

"말이 되오, 학자 선생! 그것도 지극히!"

"어떻게 말이 되는지 설명을 해주시지요!"

"학자 선생, 나는 오늘의 이 법정이 그따위 잡담과 의심으로 더럽혀지는 것을 용납하지 않을 것이오."

"제가 질문을 좀 드려도 될까요?" 방앗간 주인이 소리친다.

"잠깐, 저도 여쭤볼 게 있습니다." 페터 슈테거가 이렇게 말하고는 법복을 가다듬는다. "벌써 시간이 많이 지났는데, 잠시 쉬었다 하면 안 되겠습니까? 암소들이 젖이 불었다고 울어댑니다. 저 소리 들리시지요?"

"저자를 체포하라!" 테시먼드가 소리친다.

판 하크 박사가 한 걸음 뒤로 물러난다. 경비병들이 그를 노려본다.

"포박해서 끌고 가라!" 테시먼드가 명령한다. "중범죄 재판 법규에 따르면 중죄인에게도 변호인을 허락할 수 있을지 모르지만, 저렇게 당당하게 악마의 대변인을 자처하면서 어리석은 질문으로 재판을 방해하는 것까지 묵과해야 한다고는 어디에도 적혀 있지 않다. 아무리 명성 있는 학자라 하더라도 나로서는 더 이상 저런 월권을 두고 볼 수 없다. 우리는 혹독한 심문을 통해 무엇이 저 명망 높은 남자를 이런 행동으로 내몰았는지 명명백백히 밝힐 것이다."

아무도 움직이지 않는다. 판 하크 박사는 경비병들을 노려보고, 경비병들은 테시먼드 박사를 바라본다.

테시먼드 박사가 말한다. "그저 공명심 때문일 수도 있지만, 그 뒤에 더 나쁜 것이 도사리고 있을지 모른다. 그것을 밝혀낼 것이다."

판 하크 박사는 한 걸음 더 물러나더니 검의 손잡이에 손을 올린다. 사실 이대로 도망칠 수도 있을 것 같긴 하다. 경비병들은 빠르지 않고 용감하지도 않기 때문이다. 하지만 마이스터 틸만이 어느새 옆으로 다가와 고개를 흔든다.

그것으로 충분해 보인다. 마이스터 틸만은 어깨가 떡 벌어진 거구다. 게다가 표정까지 방금 전과는 완전히 다른 사람처럼 돌변해 있다. 판 하크 박사는 검에서 손을 뗀다. 한 경비병이 그의 손목을 잡고 검을 빼앗더니 쇠문이 달린 외양간으로 끌고 간다.

“이런 법은 없소!” 판 하크 박사가 저항 없이 끌려가면서 소리친다. “귀족을 이런 식으로 대우할 수는 없소!”

“학자 양반, 내 당신의 신분은 잊지 않겠다고 약속하지.”

판 하크 박사는 걸어가다가 다시 한번 돌아본다. 그러곤 무슨 말을 할 것처럼 입을 벌리다가 갑자기 상체가 힘을 잃고 풀썩 꺾인다. 순간적으로 타격을 입은 것이다. 외양간 문이 끼익 소리를 내며 열리고, 그는 경비병과 함께 외양간 안으로 사라진다. 얼마 뒤 경비병이 나와 문을 닫고 빗장을 두 개 채운다.

키르허의 심장이 쿵쾅거린다. 가슴이 너무 벅차 현기증이 일 지경이다. 누군가 스승의 단호함을 과소평가하다가 어떤 꼴을 당하는지 목격한 것은 사실 이번이 처음도 아니다. 영국 왕에 대한 암살 시도에서 스승만 유일하게 살아남은 데도 다 이유가 있었고, 괜히 예수회에서 가장 믿음직한 신앙의 증인으로 추앙받는 것도 아니다. 자신이 누구와 상대하는지 모르고 함부로 날뛰는 인간은 항상 존재한다. 저자는 사람을 잘못 봤다.

“오늘은 위대한 심판의 날이다.” 테시먼드 박사가 페터 슈테거에게 말한다. “소젖이나 짜기 위한 날이 아니다. 암소의 젖통이 아프다면, 그것도 주님의 사역을 위한 것이다.”

"네, 알겠습니다." 페터 슈테거가 대답한다.

"정말 알겠느냐?"

"예, 예, 아무렴요. 정말 알아들었습니다."

"너, 방앗간 주인, 우리는 너의 자백을 읽었다. 이제 너에게 직접 듣고자 한다. 큰 소리로 똑똑하게 대답하라. 모든 게 사실이냐? 네가 그렇게 했느냐? 후회하느냐?"

정적이 흐른다. 바람 소리와 암소 울음소리밖에 들리지 않는다. 구름이 해를 가리자 보리수나무 꼭대기로 쏟아지던 빛의 유희가 멈춘다. 키르허는 안도감을 느낀다. 나뭇가지에서 바람 스치는 소리가 나지막이 들려온다. 그새 추워졌다. 곧 다시 비가 내릴 듯하다. 마법사 하나 처단한다고 궂은 날씨를 막을 수 있는 것은 아니다. 세상에는 사악한 인간이 무수히 널려 있다. 이 모두를 처형하지 않는 한 추위와 흉작, 말세의 궁핍은 제거되지 않는다. 그렇다고 손을 놓고 있을 수는 없다. 아무리 가망 없는 싸움일지라도 할 수 있는 일은 해야 한다. 주님이 영광스럽게 돌아오실 그날까지 남은 보루를 지키며 버텨야 한다.

테시먼드가 반복한다. "방앗간 주인, 여기 있는 모든 사람들 앞에서 똑똑히 말하라. 그게 사실이냐? 네가 했느냐?"

"제가 질문을 드려도 되겠습니까?"

"안 된다. 넌 대답만 할 수 있다. 사실이냐? 네가 했느냐?"

방앗간 주인은 주위를 두리번거린다. 자신이 지금 어디에 있는지 정확히 모르는 사람 같다. 하지만 이것도 술수일 수 있다. 키르허 박사는 이런 속임수에 넘어가선 안 된다는 걸 잘 안다. 겉으로는 모든 걸 내려놓은 척하다가도 상대가 조금이라도 방심하면 언제 본색을 드러내 닥치는 대로 죽이고 파괴할지 모른다. 키르허는 나뭇가지를 스치는 바람 소리가 그치기를 바란다. 하지만 가지를 휘감아 도는 바람은 갑자기 더 심해진다. 저놈의 암소 울음소리라도 잠잠해졌으면!

마이스터 틸만이 방앗간 주인 곁으로 다가가더니 오랜 친구처럼 그의 어깨에 손을 올린다. 방앗간 주인이 그에게 눈을 돌린다. 사형집행인보다 한참 작은 탓에, 마치 어른을 올려다보는 어린아이 같다. 마이스터 틸만이 그를 내려다보며 귀에다 무언가를 속삭인다. 방앗간 주인은 알았다는 듯이 고개를 끄덕인다. 둘 사이에 알 수 없는 친밀감이 흐른다. 키르허 박사는 혼란스러워진다. 어쩌면 이 혼란은 그가 잠시 방심해서 시선을 잘못 돌리는 바람에 소년과 눈이 마주쳤기 때문일 수도 있다.

소년은 유랑 가수의 마차에 올라가 있다. 남들을 굽어보듯 마차 가장자리에 우뚝 서 있는데, 떨어지지 않는 게 신기하다. 어떻게 저 높은 곳에서 저렇게 균형을 잘 잡을 수 있을까? 키르허 박사는 마비된 사람처럼 경직된 미소를 짓는다. 그러나 소년은 웃지 않는다. 문득 키르허는 소년도 혹시 사탄에 들린 게 아닌지 의심스러워한다. 하지만 심문 과정에서 그런 낌새는 전혀 없었다. 여자는 줄곧 울었고 소년은 자기만의 생각에 깊이 빠져 있었다. 어쨌든 둘 다 필요한 것을 모두 말했다. 키르허 박사는 불현듯 확신을 잃는다. 혹시 자신이 중요한 것을 놓치진 않았을까? 심문을 너무 느슨하게 한 건 아닐까? 공중의 제왕이 부리는 술수는 다양하다. 만일 저 방앗간 주인이 최악의 마법사가 아니라면? 그는 의심이 스멀스멀 기어오르는 것을 느낀다.

"네가 그렇게 했느냐?" 테시먼드 박사가 재차 묻는다.

사형집행인이 뒤로 물러난다. 모두들 귀를 쫑긋 세우고, 발꿈치를 들고, 고개를 쭉 뺀다. 클라우스 울렌슈피겔이 마침내 대답을 하려고 숨을 깊게 들이쉬는 순간 바람조차 잠잠해지는 듯하다.

3

그는 이렇게 훌륭한 음식이 존재하는 줄 몰랐다. 평생 본 적도 없는 음식들이다. 처음엔 갓 구운 밀 빵과 걸쭉한 닭고기 수프가 나오고, 이어 소금과 심지어 후추까지 뿌린 양 허벅지 구이가, 그다음엔 소스를 곁들인 기름진 돼지 안심 구이가, 마지막엔 오븐에서 막 꺼낸 달콤한 앵두 케이크와 한 잔만 마셔도 머릿속이 아득해지는 독한 적포도주가 나왔다. 도시에서 전문 요리사를 따로 부른 게 틀림없다. 클라우스는 외양간의 작은 테이블에 앉아 따뜻한 고급 음식으로 배를 채우며 이런 식사라면 목숨과 바꿔도 괜찮겠다고 생각한다.

그는 죽기 전에 최후의 성찬을 베풀어주겠다던 틸만의 말이 그냥 하는 소리인 줄 알았다. 정말 요리사까지 불러 평생 구경조차 못 해본 음식을 준비하리라고는 꿈에도 몰랐다. 그런데 쇠사슬에 묶인 손으로는 고기를 뜯는 게 쉽지 않다. 사슬이 손목에 쓸리면서 아프다. 뭐, 그 정도 고통은 얼마든지 참을 수 있다. 지금은 이런 음식을 맛볼 수 있는 것만으로도 감지덕지 하다. 게다가 일주일 전에 비하면 별로 아프지도 않다. 마이스터 틸만은 고문의 대가이기도 하지만 치료의 대가이기도 하다. 사형집행인이 듣도 보도 못 한 약초들까지 꿰고 있다는 건 클라우스도 솔직히 인정할 수밖에 없다. 하지만 아무리 효능 좋은 약초도 으스러진 손가락까지 본래대로 돌려놓을 수는 없는 법, 손으로 집어 든 고기가 번번이 바닥에 떨어진다. 그는 눈을 감는다. 옆 축사에서 닭들이 바닥을 쪼아대는 소리가 들린다. 비싼 옷을 입은 남자의 코 고는 소리도 들린다. 자신의 변호인을 자청하다가 쇠사슬에 묶여 짚 더미 위에서 자고 있는 남자다. 클라우스는 맛이 기막힌 돼지고기를 씹으며, 아마 자신은 저 남자의 재판을 끝까지 보지 못하리라 생각한다.

그는 죽을 것이다. 모레 날씨가 어떻게 될지 보지도 못하고 죽을 것이다. 내일 밤에 다시 비가 내릴까? 그것도 이제는 상관없다. 비가 내리든 말든, 곧 죽을 사람한테 무슨 상관이겠는가?

다만 지금 여기 앉아 1부터 1000까지의 수를 줄줄 읊조릴 수 있는 그가 이틀 뒤에는 공중의 존재나 영혼이 되었다가 다른 사람이나 동물의 몸을 빌려 다시 태어나 지금의 방앗간 주인을 까맣게 잊으리라 생각하면 기분이 묘해진다. 족제비나 수탉, 참새로 변해 한때 자신이 달의 궤도를 연구하던 방앗간 주인이었다는 사실을 모른다면? 하긴, 이 가지에서 저 가지로 콩 콩 뛰어다니며 곡식 알갱이와 위험한 말똥가리 생각밖에 하지 않는 참새에게 자신이 한때 방앗간 주인이었다는 사실이 무슨 의미가 있을까? 어차피 더 이상 기억도 못 하는데 말이다.

문득 먹고 싶은 것은 무엇이든 다 주겠다던 마이스터 틸만의 말이 떠오른다. 그냥 불러서 원하는 걸 말만 하면 된다고 했다. 앞으로는 먹고 싶어도 먹을 수가 없을 테니까.

클라우스는 그렇게 해보기로 마음먹고 틸만을 부른다. 여전히 음식을 씹으면서. 접시 위엔 아직 고기가 남아 있다. 케이크도 남아 있다. 하지만 더 많은 걸 가질 수 있는데 굳이 음식이 바닥날 때까지 기다릴 이유가 없다. 게다가 저 바깥의 인간들이 언제 마음을 바꿀지 모르지 않는가. 그는 다시 한번 소리쳐 부른다. 정말로 문이 열린다.

"좀 더 줄 수 있겠습니까?"

"전부 다?"

"예, 전부 다."

마이스터 틸만은 묵묵히 밖으로 나간다. 클라우스는 케이크를 입에 쑤셔 넣는다. 그런데 따뜻하고 부드럽고 달콤한 덩어리를 씹다가 문득 자신이 항상 배가 고팠음을 깨닫는다. 낮이건 밤이건, 아침이건 저녁이건 할 것 없이. 다만 그게 배고픔이라는 걸 몰랐을 뿐이다. 늘 부족한 느낌, 불현듯 찾아오는 공허감, 무릎과 양손을 무기력하게 만들고 머리를 혼란스럽게 하던 몸의 허약함이 결국 배고픔이었다. 사실 그건 없어도 되는 느낌이었다. 배만 채우면 사라질 감각이었다.

문이 열리고, 마이스터 틸만이 음식이 가득 담긴 쟁반을 든 채 들어온다. 클라우스는 기쁨의 한숨을 내쉰다. 그 한숨을 오해한 틸만은 쟁반을 내려놓더니 클라우스의 어깨에 한 손을 올린다.

"걱정 마, 괜찮을 거야." 그가 말한다.

"알고 있습니다." 클라우스가 말한다.

"금방 끝날 거야. 내가 그렇게 해주지. 약속해."

"고맙습니다."

"가끔 나를 화나게 하는 사형수들은 그렇게 빨리 끝내주지 않아. 하지만 넌 안심해도 돼. 나를 화나게 하지 않았으니까."

클라우스는 감사의 뜻으로 고개를 끄덕인다.

"그래도 예전에 비하면 요즘은 점잖은 편이야. 한때는 너 같은 사형수를 모두 태워 죽였거든. 그것도 산 채로. 제법 시간이 걸려서 다들 힘들었지. 그에 비하면 교수형은 아무것도 아냐. 금방 끝나. 교수대에 올라가 잠시 딴생각을 하면 금방 창조주 앞에 서 있을 거야. 화형은 그다음이니까 걱정할 것 없어. 죽은 상태라서 아픈 줄도 몰라. 내 말 믿어."

"믿습니다." 클라우스가 말한다.

두 사람이 마주 본다. 마이스터 틸만은 나갈 생각이 없는 듯하다. 아니, 어떻게 보면 여기 외양간을 마음에 들어 하는 것 같기도 하다.

"넌 나쁜 놈이 아냐." 마이스터 틸만이 말한다.

"고맙습니다."

"악마의 수하치고는."

클라우스가 어깨를 으쓱인다.

이제 마이스터 틸만은 밖으로 나간다.

클라우스는 음식을 꾸역꾸역 입에 넣으며 다시 상상의 나래를 펼친다. 저 바깥의 집들, 하늘의 새, 구름, 갈색 흙, 풀, 들판, 비 그리고 어떤 약초와 주문으로도 쫓아내지 못했던 봄철의 두더지……. 이 모든 걸 계속 상상하려고 하지만…….

되지 않는다. 상상할 수가 없다.

왜냐하면 클라우스 울렌슈피겔이 없는 세계를 그리려고 할 때마다 그의 상상력이 지워야 할 문제의 대상을 계속 그 세계에 슬쩍슬쩍 끼워 넣기 때문이다. 보이지 않는 모습으로, 육신 없는 눈의 모습으로, 유령의 모습으로. 자신을 완전히 빼놓으면 세계 자체도 사라진다. 여러 번 시도했지만 결과는 늘 마찬가지다. 그렇다면 이를 통해 자신은 안전하다는 결론을 끄집어낼 수 있지 않을까? 자신은 결코 완전히 사라지지 않는다고 확신해도 되는 게 아닐까? 왜냐하면 세계는 사라져서는 안 되고, 그럼에도 자신 없이는 사라질 수밖에 없기 때문이다.

돼지고기는 여전히 맛이 훌륭하다. 그런데 이제야 알았는데 케이크가 안 보인다. 마이스터 틸만이 가져오지 않은 게 분명하다. 이대로 포기할 순 없다. 케이크야말로 이 모든 음식 중에서 최고이기 때문이다. 클라우스는 다시 한번 틸만을 부른다.

사형집행인이 들어온다.

“케이크를 좀 더 먹을 수 있겠습니까?”

마이스터 틸만은 대답하지 않고 나간다. 클라우스는 돼지고기를 씹는다. 배고픔이 해소된 지금에야 비로소 그게 얼마나 맛있고 부드럽고 통통하고 따뜻한지, 얼마나 양념이 잘 배어 있고 심지어 달콤하기까지 한지 제대로 느껴진다. 그는 외양간 벽을 살펴본다. 자정 직전에 저기다 정사각형 문구를 써넣고, 바닥에는 피를 조금 묻혀 이중 원을 두 개 그리고, 전능한 존재의 숨은 이름들 가운데 세 번째 이름을 세 번 외치면 문이 나타날 것이다. 그러면 그리로 빠져나가면 된다. 문제는 쇠사슬이다. 이걸 벗으려면 쇠뜨기를 달인 물이 필요한데 지금으로서는 구할 방법이 없다. 일단 쇠사슬을 매단 채 도주하다가 도중에 쇠뜨기를 찾아야 할 것이다. 하지만 클라우스는 너무 지쳤고, 육신은 성한 곳이 없을 정도로 아프다. 더구나 지금은 쇠뜨기가 자라는 계절도 아니다.

설사 무사히 이곳을 빠져나가더라도 다른 문제가 남는다. 새로운 곳에서 새로운 삶을 시작하는 것은 쉽지 않다. 아직 젊을 때라면 몰라도 지금은 나이가 들었고 기력도 없다. 그저 하찮은 기술자 보조로 떠돌거나, 어느 마을 변두리에서 괄시받으며 날품팔이로 일하거나, 아니면 모두가 기피하는 이방인의 삶을 살아야 한다. 다시 치료사로 살 수는 없다. 그리 되면 바로 사람들의 눈에 띌 것이다.

그렇다면 차라리 목매달려 죽는 편이 한결 간단하지 않을까? 만일 죽음 뒤에도 이승의 것들을 기억할 수 있다면 세계에 대한 그의 지식은 지난 10년 동안 열심히 연구하고 조사한 내용에서 훨씬 더 나아갈 것이다. 어쩌면 달의 궤도를 이해할 수 있고, 곡식 더미가 언제부터 더미이며 언제부터 더미가 아닌지의 문제도 풀 수 있다. 심지어 똑같이 생긴 두 장의 나뭇잎을 구분하는 방법도 알게 될지 모른다. 이런 생각을 하게 된 건 생애 처음으로 맛본 포도주와 나른한 안락함 때문인 듯하지만, 어쨌든 그는 더 이상 바깥세상으로 나가고 싶은 마음이 없다. 벽은 그냥 저기 있는 그대로 내버려두는 게 좋을 듯하다.

빗장이 벗겨지더니 마이스터 틸만이 케이크를 들고 들어온다. "이게 마지막이야. 난 다시 들어오지 않을 거야." 그는 클라우스의 어깨를 툭툭 친다. 무척 하고 싶었던 행동이다. 바깥에서는 사람들의 몸을 건드릴 수 없게 되어 있기 때문이다. 이어 그는 하품을 하며 나가서는 쿵 소리가 나게 문을 닫는다. 그 바람에 잠들어 있던 남자가 깬다.

남자는 몸을 일으키더니 기지개를 쭉 켜고는 두리번거린다.

"노파는 어디 있나?"

"다른 축사에 있습니다." 클라우스가 답한다. "다행이죠. 안 그랬으면 계속 징징거리며 신세 한탄하는 소리를 들어야 했을 테니까요."

"포도주를 주게!"

클라우스는 깜짝 놀라 그를 바라본다. 이건 내 거야, 하는 말이 목구멍까지 올라온다. 이건 나만의 것이야! 난 혼자 마실 자격이 충분해. 죽음을 대가로 얻은 거니까. 하지만 다른 한편으론 자기 때문에 공연히 궁지에 몰린 이 남자가 안됐다는 생각이 든다. 클라우스가 항아리를 내민다. 남자는 항아리를 받아 쭉 들이켠다. 그만! 그게 다야! 더 이상 없다고! 클라우스는 소리치고 싶지만 차마 그러지 못한다. 지체 높은 귀족에게 명령을 내릴 수는 없다. 턱밑으로 흘러내린 포도주가 우단 목깃을 적시는데도 남자는 신경 쓰지 않는다. 목이 무척 말랐던 모양이다.

마침내 남자가 항아리를 내려놓고 말한다. "오, 훌륭한 포도주인걸."

"예, 예." 클라우스가 말한다. "아주 훌륭한 포도주죠." 그는 남자가 케이크까지 달라고 하지 않기만을 간절히 바란다.

"지금은 듣는 귀가 없으니 내게 진실을 말해주게. 자네, 정말 악마와 손을 잡았나?"

"잘 모르겠습니다, 나리."

"어떻게 그걸 모를 수 있지?"

클라우스는 생각에 잠긴다. 자신이 어리석은 생각에 빠져 무언가 잘못된 짓을 한 건 분명한 듯하다. 그게 아니라면 지금 여기 있을 리가 없다. 하지만 아무리 생각해도 그 잘못된 짓이 무엇인지 알 수가 없다. 심문은 길게 이어졌고 고문의 강도는 점점 세졌다. 그때마다 그는 처음부터 다시 이야기했고, 번번이 무언가가 빠졌다고 해서 새로운 이야기를 추가했다. 마이스터 틸만의 손아귀에서 잠시라도 벗어나려면 그 방법밖에 없었다. 그렇게 해서 악령이 나오고, 마법이 묘사되고, 음습한 책과 안식일의 방탕한 모임이 흘러나왔다. 그 뒤에는 이 이야기들에 개연성을 더하기 위해 살을 붙였다. 그러다 어느 시점부터 어떤 게 자신이 지어낸 이야기이고 어떤 게 실제로 일어난 일이었는지 분간이 되지 않았다. 어차피 그의 짧은 삶은 정돈되었다고 할 만한 것이 별로 없었다. 이리저리 떠도는 것이 일상이었다가, 언제부터인가 방앗간에 정착해서 늘 불만 가득한 여편네와 돼먹지 못한 하인들과 부대끼며 밀가루 먼지를 뒤집어쓴 채 살아왔다. 그러다 어느 날 갑자기 이렇게 쇠사슬에 묶이게 되었다. 이게 전부다. 더하고 뺄 것도 없다. 지금 그의 눈앞엔 세 입, 네 입, 아니 좀 작게 베어 먹으면 다섯 입쯤 나올 케이크가 남아 있다.

“정말 모르겠습니다.” 클라우스가 다시 한번 말한다.

“참 고약한 운명이군.” 남자는 이렇게 말하더니 케이크로 눈길을 준다.

클라우스는 깜짝 놀라 남은 케이크를 통째로 들고는 씹지도 않은 채 목구멍으로 밀어 넣는다. 케이크가 목에 걸렸지만 최대한 힘을 주고 꿀꺽 삼킨다. 이로써 이승에서의 식사는 끝났다. 영원히.

“이제 나리는 어떻게 되는 겁니까?” 클라우스는 자신이 최소한의 예의는 갖춘 인간임을 보여주고 싶다.

“예단하기가 쉽지 않네. 사실 갇히는 건 쉬워도 나가는 건 어렵지. 저들은 나를 도시로 데려가서 심문할 걸세. 나는 뭐든 시인해야 할 테고.” 그가 한숨을 쉬며 손을 내려다본다. 사형집행인을 생각하는 게 분명하다. 마이스터 틸만이 심문받는 사람의 손가락에다 무슨 짓을 하는지는 다들 안다.

“나리, 이런 상황에 맞지 않는 질문이긴 한데……. 혹시 곡식 더미에 대해 생각해본 적이 있으신가요?”

“뭐?”

“낟알을 하나씩 빼서 계속 그 옆에 쌓아두는 겁니다.”

“그래서?”

“계속 한 알씩만 빼는 거죠. 그러다 보면 언제부터 더미가 아니게 되나요?"

"1만 2000낱알부터."

클라우스는 이마를 문지른다. 쇠사슬이 찰랑거린다. 이마의 가죽띠 자국이 느껴진다. 이 고문은 정말이지 지독하게 고통스러웠다. 아직도 매 순간 울부짖고 애원하던 기억이 생생하다. 그럼에도 마이스터 틸만은 클라우스가 또 다른 마녀들의 안식일 모임을 지어내고 묘사한 뒤에야 가죽띠를 느슨하게 풀어주었다. "정확하게 1만 2000개부터요?"

"암, 당연하지." 이제 남자가 화제를 바꾼다. "자네 생각은 어떤가? 방금 자네가 먹은 음식을 나도 받을 수 있을까? 아직 남은 게 있겠지? 아무튼 이건 정말 옳지 못한 일이야. 나를 이런 곳에다 가두다니! 나는 책에다 쓰기 위해 자네를 변호했을 뿐인데. 결정학을 끝내고 이제 권리의 문제로 넘어갈 참이거든. 사실 자네 사건과는 아무 상관이 없는 일이지. 사실 자네가 악마와 한통속일지 누가 알겠나? 자넨 정말 그런 사람일 수도 있어. 물론 아닐 수도 있고." 그는 잠시 침묵하더니 고압적인 목소리로 마이스터 틸만을 부른다.

이건 별로 좋지 못하다. 그사이 사형집행인을 웬만큼 알게 된 클라우스는 생각한다. 그의 입에서 한숨이 새어 나온다. 물론 자신도 포도주를 더 마시고 싶다. 슬픔과 절망을 잊으려면 술이 필요하다. 하지만 틸만이 분명히 말하지 않았던가! 이게 마지막이라고!

빗장이 걷히는 소리가 들리더니 마이스터 틸만이 들어선다.

"내게도 고기 좀 갖다주게." 남자는 틸만을 보지도 않고 말한다. "포도주도. 항아리가 비었어."

"너도 내일 죽어?" 마이스터 틸만이 묻는다.

"뭔가 오해가 있나 본데……." 남자가 갈라지는 목소리로 말한다. 시선은 틸만이 아니라 클라우스에게 계속 붙박여 있다. 사형집행인과 눈을 마주하고 말을 섞을 바에야 차라리 사형선고를 받은 마법사와 말을 섞는 편이 낫다. "내게 이런 몹쓸 짓을 했으면 음식으로라도 속죄를 하는 게 옳지 않겠나!"

"내일도 살아 있을 사람한테는 사형수의 성찬이 제공되지 않아." 마이스터 틸만은 이렇게 대꾸한 뒤 클라우스의 어깨에 손을 올린다. "잘 들어." 그가 나직이 말한다. "내일 교수대에 서면 모든 사람을 용서해야 해. 잊어선 안 돼."

클라우스는 고개를 끄덕인다.

"재판관도, 나도 용서해야 해."

클라우스는 눈을 감는다. 아직 포도주의 기운이 남아 있다. 현기증이 온몸을 나른하게 휘감는다.

"크고 또렷하게 말해야 해." 마이스터 틸만이 말한다.

클라우스는 한숨을 내쉰다.

"그게 예의야. 다들 그렇게 해. 사형수는 모두가 들을 수 있을 정도로 크고 또렷하게 집행자를 용서해야 해. 알고 있지?"

문득 아내가 떠오른다. 아까 전에 아그네타가 찾아와 판자벽 사이로 대화를 나누었다. 그녀는 너무 미안하다고 속삭였다. 저들이 원하는 대로 진술하는 것 말고는 선택의 여지가 없었다면서 자기를 용서해주겠느냐고 물었다.

그는 당연히 용서한다고 대답했다. 하지만 그때 아내가 무슨 소리를 하고 있는 건지 명확하게 알아듣지 못했다. 다만 뭔가를 말했다는 것만 알 수 있을 뿐이었다. 그럴 법도 한 게, 고문을 받은 후 그의 정신은 전만큼 믿을 만하지가 않다.

아그네타는 울음을 터뜨리며 자신의 혹독한 삶에 대해 이야기했다. 특히 아들이 걱정된다면서 둘이서 어디로 가야 할지 모르겠다고 했다.

아들 얘기를 듣는 순간 클라우스에게 와락 반가움이 밀려들었다. 오랫동안 아들 생각을 하지 않았지만, 마음 깊이 아들을 무척 아끼던 터였다. 아들에겐 뭔가 말로 표현하기 어려운 특별한 구석이 있었다. 보통 사람들과 질적으로 완전히 다른 아이였다.

"어떻게 보면 당신은 참 편하겠어요." 아그네타가 말했다. "이젠 이런저런 문제로 골머리를 썩이지 않아도 되니까. 난 달라요. 더 이상 이 마을에서 살 수가 없어. 사람들이 내버려두지를 않아요. 그렇다고 지금껏 다른 데는 가본 적도 없는 사람이 대체 어디로 가요? 어떻게 해야 하지?"

"그러게." 그가 대답했다. 여전히 머릿속은 아들 생각으로 가득 차 있었다. "맞아요, 그래."

"어쩌면 사촌 올케한테 가게 될지 모르겠어요. 퓐츠로. 예전에 삼촌이 돌아가시기 전에 그랬거든요. 내 사촌 올케가 퓐츠에 있을 거라고. 맞을 거예요."

"당신한테 사촌 올케가 있었나?"

"삼촌 며느리예요. 프란츠 멜커의 사촌이기도 하고. 당신은 우리 삼촌을 몰라요. 내가 어릴 때 돌아가셨으니까. 어쨌든 거기가 아니면 어디로 가야 하죠?"

"모르겠어."

"애는 어떡하면 좋아요? 올케가 나를 기억한다면 나 하나는 도와줄 수도 있을 텐데. 아직 살아 있다면 말이지만. 하지만 갑자기 굶주린 두 사람이 찾아가면…… 너무 부담스러워하지 않을까요?"

"그래요, 너무 부담스러워."

"날품팔이를 시키면 어떨까요? 아직 너무 어리고 일도 잘 못하지만 닥치면 어떻게든 해나가겠지. 아니면 방법이 없잖아요. 여기 남을 수도 없는데."

"그래요, 여기 남을 순 없지."

"이 바보 같은 양반아, 당신은 마음이 편해서 좋겠어. 하지만 날 생각해서 말 좀 해봐요. 사촌 올케한테 갈까? 그런데 올케가 퓐츠에 없을 수도 있어요. 당신은 늘 모르는 게 없었잖아. 말 좀 해보라니까. 내가 어떻게 해야겠어요?"

그때 마침 사형수의 성찬이 들어왔고, 아그네타는 마이스터 틸만에게 들키지 않으려고 얼른 자리를 떴다. 중범죄자와는 말을 섞어선 안 되기 때문이다. 포도주와 음식은 아내의 흐느낌을 까맣게 잊을 정도로 완벽했다.

"어이, 방앗간 주인!" 마이스터 틸만이 소리친다. "내 말 듣고 있어?"

"예, 예."

마이스터 틸만의 손이 클라우스의 어깨를 무겁게 누른다. "내일 큰 소리로 나를 용서한다고 말해야 해, 알았지? 사람들 다 있는 데서, 알았지? 그렇게 될 거야. 그래야 하고말고!"

클라우스는 뭔가 답을 하려 하지만, 이 문제에 집중할 수가 없다. 머릿속에서 다시 아들 생각이 들끓고 있다. 얼마 전 그는 아들이 저글링 하는 것을 보았다. 한 종류의 고문이 끝나고 다른 고문으로 넘어가던 사이에 있었던 일이다. 세상이 온통 욱신거리는 고통으로 이루어진 것만 같은 시간이었다. 그는 판자벽 틈으로 아들이 지나가는 것을 보았다. 아들이 머리 위로 던진 돌멩이들이 우아하게 원을 그리며 돌아갔다. 그것들은 무게감이 전혀 느껴지지 않았고, 저 혼자 움직이듯 자연스러웠다.

클라우스는 위험하다고 알려주기 위해 아들의 이름을 불렀다. 이젠 그런 묘기조차 위험하다. 자칫하다가는 마법으로 몰릴 수도 있다. 하지만 소년은 그가 부르는 소리를 듣지 못했다. 클라우스의 목소리에 너무 힘이 없었기 때문이다. 그의 상태가 그랬다. 어찌할 도리가 없었다. 고문의 당연한 결과였다.

"잘 들어." 마이스터 틸만이 재차 말한다. "나를 여호사밧 골짜기로 부르겠다고 저주하면 안 돼!"

"죽어가는 자의 저주는 세상 무엇보다 강력하지." 짚 더미에 앉아 있던 남자가 말한다. "저주받은 사람의 영혼에 찰싹 달라붙어 영원히 떨어지지 않을 거야."

"넌 안 그럴 거야, 방앗간 주인. 사형집행인에게 그런 저주를 내리지 않을 거야. 내 말 맞지?"

"예, 그러지 않을 겁니다."

"너야 이러나저러나 상관없는 일이라고 생각할지 몰라. 어차피 목매달려 죽을 테니까. 하지만 너와 함께 사다리에 올라 올가미에 네 목을 걸 사람은 나라고. 네 다리를 잡아당겨 목이 빨리 부러지도록 할 사람도 나고. 그렇게 하지 않으면 고통의 시간만 길어지거든!"

"그건 맞는 말이지." 짚 더미 위의 남자가 말한다.

"너는 여호사밧 골짜기로 나를 부르지 않을 거야. 나에게 저주를 내리지 않고, 사형집행인을 용서할 거야. 맞지?"

"예, 그러겠습니다."

마이스터 틸만은 클라우스의 어깨에서 손을 떼더니 다정하게 툭 친다. "재판관들을 용서할지 말지는 나랑 상관없어. 그건 내가 걱정할 일이 아니니 너 하고 싶은 대로 해."

갑자기 클라우스의 입가에 미소가 피어오른다. 아직 남은 술기운 탓이기도 하지만, 이제야 마침내 솔로몬의 위대한 주문을 시험해볼 수 있겠다는 생각이 들었기 때문이다. 지금까지는 그럴 기회가 없었다. 그는 한 늙은 농부에게서 그 긴 주문을 배웠다. 길긴 하지만 어렵지 않아 기억을 잘 더듬으면 충분히 떠올릴 수 있을 듯하다. 저들은 그가 내일 교수대 위에 서서 쇠사슬을 풀줄기처럼 끊어버리는 모습을 보게 될 것이다. 그가 두 팔을 벌리고 공중으로 발돋움해 저들의 어리석은 얼굴 위로 날아가면 다들 넋이 나간 사람처럼 멍하니 바라보겠지? 멍청한 페터 슈테거와 그보다 더 멍청한 그의 아내, 친척들, 아이들, 조부모, 그리고 누가 누구보다 더 멍청한지 도무지 말할 수 없는 멜커네 식솔, 홈리히네 식솔, 홀츠네 식솔, 탐네 식솔, 다른 모든 사람들의 머리 위로 날아가는 거야. 그가 떨어지지 않고 하늘 높이 쭉쭉 올라가면 저들은 입을 다물지 못하고 멍청하게 쳐다보기만 하겠지? 하늘에서 내려다본 그들의 모습은 차츰 작아지다가 점으로 변하고, 마침내 마을 전체가 진녹색 숲 한가운데 박힌 작은 반점처럼 보일 것이다. 고개를 들어 하늘을 보면 하얀 우단 같은 구름과 그 위의 존재들이 눈에 들어온다. 몇몇은 날개가 있고, 몇몇은 하얀 불꽃으로 이루어져 있으며, 몇몇은 머리가 두세 개다. 그곳에 공중의 제왕이자 혼령과 불꽃의 제후가 서 있다. 위대한 악마여, 저를 긍휼히 여기시어 당신의 제국으로 받아주소서, 저를 자유롭게 하소서! 클라우스의 귀에는 벌써 대답이 들리는 듯하다. 보라, 나의 제국을! 보라, 이 넓고 거대한 나의 제국을! 나와 함께 날아올라라!

클라우스가 갑자기 실소를 터뜨린다. 그러고는 잠시 발밑에 우글거리는 쥐들을 본다. 일부는 뱀의 꼬리를 가졌고, 다른 녀석들은 유충의 촉수를 달고 있다. 쥐들이 발을 깨무는 듯하지만, 그 느낌이 따끔거리는 쾌감처럼 다가온다. 이어 하늘을 나는 자신의 모습이 다시 눈앞에 나타난다. 공중의 제왕이자 나의 군주가 허락하신 몸이 새털처럼 가볍다. 주문만 기억해내면 된다. 한 마디도 틀리거나 빼먹어선 안 된다. 제대로 하지 않으면 솔로몬의 비밀은 열리지 않을 것이고, 모든 것이 수포로 돌아갈 것이다. 하지만 그 말들만 정확히 기억해내면 모든 게 자신에게서 떨어져 나갈 것이다. 이 무거운 쇠사슬도, 이 궁지도, 추위와 배고픔으로 점철된 가련한 방앗간 주인의 삶도.

"포도주에 취한 모양이군." 마이스터 틸만이 말한다.

"나는 오래 갇혀 있지 않을 거야." 남자가 여전히 틸만을 보지 않고 말한다. "테시먼드한테는 미안한 말이지만."

"방앗간 주인이 나를 용서하겠다고 했어." 마이스터 틸만이 말한다. "나에게 저주를 내리지 않겠다고 말했다고."

"나한테 말 걸지 마!"

"너도 들었잖아. 말해봐!" 마이스터 틸만이 말한다. "아니면 내가 따끔한 손맛을 보여주겠어. 맞지? 너도 들었지?"

두 사람의 시선이 방앗간 주인에게로 향한다. 클라우스는 눈을 감은 채 벽에 머리를 기대고 있다. 웃음이 멈추질 않는다.

남자가 말한다. "그래, 방앗간 주인이 그렇게 말했어."

4

넬레는 애초에 그의 상태가 좋지 않음을 알아차렸다. 그러다 고트프리트가 장터의 군중 앞에서 그 악마 같은 방앗간 주인에 대한 노래를 부를 땐 지금껏 자신들이 했던 공연 중에서 최악으로 빠져들고 있음을 깨닫는다.

고트프리트는 시작부터 음을 너무 높게 잡았다. 노래 중에 헛기침까지 했다. 말을 할 때는 목소리에 전혀 이상이 없었다. 그런데 노래를 시작하자마자 목소리가 갈라지고 음 이탈이 발생했다. 그나마 음정이라도 정확하면 노래가 그리 나쁘게 들리지 않았을 테고, 최소한 류트 연주만 제대로 되었어도 노래의 부족함을 상쇄했을 것이다. 고트프리트는 연주 실수까지 연발하고, 가끔 가사를 까먹었다. 물론 그조차 내용이 괜찮다면 참을 만할 터다. 노래는 음험한 방앗간 주인과 그의 압제에 시달리던 마을에 대해 이야기하고, 마법과 비열한 술수를 묘사한다. 사람들의 기대만큼 잔혹하고 피비린내 나는 내용이 풍부하건만, 워낙 중구난방으로 뒤엉켜 이해하기 어려운 데다 운율 또한 아이들조차 거북해할 정도로 어설프다.

그럼에도 사람들은 귀를 기울인다. 유랑 가수는 자주 오지 않는다. 특히 마법사 재판을 다룬 잔혹 발라드는 내용이 아무리 형편없어도 다들 듣고 싶어 한다. 하지만 넬레는 네 번째 연부터 사람들의 표정이 바뀌는 것을 본다. 열두 번째 연과 마지막 연에 이르렀을 땐 이미 많은 사람이 자리를 떴다. 관객의 호응을 불러일으킬 뭔가가 절실하다. 고트프리트도 부디 그걸 알고 있기를, 그걸 느끼기를 넬레는 간절히 바란다.

고트프리트는 노래를 처음부터 다시 시작한다.

그가 관객들의 얼굴에 드리운 불만과 동요를 알아채지 못할 리 없다. 그는 필사적으로, 크게 노래를 부른다. 하지만 그 때문에 목소리가 더 찢어지는 것 같다. 넬레는 틸을 건너다본다. 소년은 눈알을 굴리더니 경건한 몸짓으로 두 팔을 벌리고 가수 옆으로 가볍게 뛰어올라 마차 위에서 춤을 추기 시작한다.

분위기가 즉시 좋아진다. 고트프리트의 노래 솜씨는 여전히 형편없지만 그조차 이젠 별로 중요하지 않다. 틸은 마치 전문적으로 배운 사람처럼 춤을 춘다. 무게감이 전혀 느껴지지 않을 만큼 가벼운 몸으로, 이보다 더 큰 즐거움이 없는 사람처럼 춤을 춘다. 그는 뛰어오르고, 돌고, 다시 뛰어오른다. 얼마 전에 모든 것을 잃은 사람의 몸놀림이라고는 믿을 수가 없다. 어쨌든 분위기는 쉽게 전염된다. 처음엔 한두 사람이 몸을 들썩이더니, 이어 몇몇이 합세하고, 나중엔 점점 많은 관객이 춤을 추기 시작한다. 벌써 여기저기서 동전이 쏟아진다. 넬레는 동전을 모은다.

이런 모습에 고트프리트도 마음이 놓이는지 이제 리듬을 곧잘 탄다. 틸은 완전히 몰입해서 춤을 춘다. 이 노래가 자기 아버지에 관한 노래라는 것도 까맣게 잊은 듯 주저함이 없다. 노랫말에는 방앗간 주인과 운을 맞춘 단어들이 줄을 잇고, 마녀의 축제니 광란의 밤이니 하는 말들이 짝을 이뤄 등장한다. 어두운 밤, 검은 밤, 마녀의 밤……. 그러다 다섯 번째 연부터 법정 심리가 다루어진다. 엄격하고 도덕적인 재판관들, 신의 은총, 모든 악당들에게 주어질 형벌이 언급되고, 사탄은 살이 썩어 들어가며 울부짖고, 사악한 방앗간 주인은 교수대에서 추악한 삶을 마무리하고, 그와 함께 악마도 힘을 잃는다. 틸은 이런 가사에도 아랑곳없이 춤을 이어간다. 그들에겐 돈이 필요하기 때문이다. 먹고살아야 하기 때문이다.

넬레는 여전히 이 모든 게 꿈만 같다. 여기가 자신이 살던 마을이 아니라는 것도, 여기 주민들이 전혀 모르는 얼굴이라는 것도, 한 번도 본 적 없는 집들에 둘러싸여 있다는 것도 그렇다. 고향을 떠나다니, 정말이지 꿈에도 생각지 못한 일이다. 그녀의 인생에는 없는 일이었다. 자신은 늘 집에서 자랄 거라고, 특히 빵 굽는 열기가 아지랑이처럼 퍼져나가는 커다란 아궁이 옆에서 주로 지내게 될 거라고 믿었다. 여자아이들은 다른 데로 가지 않는다. 그저 태어난 곳을 숙명으로 알고 뿌리를 내린다. 대대로 그래왔다. 어릴 땐 틈틈이 집안일을 거들고, 조금 더 크면 하녀들의 일을 돕고, 어른이 되면 결혼을 한다. 예쁘게 생겼으면 슈테거네 아들이랑 결혼하고, 덜 예쁘면 대장장이네 아들이랑 결혼하고, 일이 더럽게 풀리면 하이네를링네 아들이랑 결혼한다. 그 뒤엔 아이를 가지고, 또 아이를 가지고, 또 아이를 가진다. 물론 그중 대부분은 죽는다. 어쨌든 결혼을 하고도 계속 하녀들과 함께 죽도록 집안일에 매달린다. 교회에 가면 시어머니 뒤에 남편과 함께 앉고, 그러다 마흔이 되어 뼈가 아프고 이가 빠질 때쯤이면 시어머니 자리에 앉는다. 그게 여자의 운명이다.

넬레는 그렇게 살고 싶지 않았다. 그래서 틸과 함께 떠났다.

그게 벌써 얼마나 되었는지는 정확히 기억나지 않는다. 숲 속에서의 시간은 가늠이 잘 안 된다. 다만 틸이 자신 앞에 깡마른 몸으로 약간 삐딱하게 서 있던 모습은 또렷이 떠오른다. 처형일 바로 다음 날 저녁, 곡식 찌꺼기들이 흩날리는 슈테거의 밭에서 있었던 일이다.

"이제 너흰 어떻게 돼?" 넬레가 물었다.

"난 앞으로 날품팔이로 살아야 한대. 어머니 말이 무척 힘들 거래. 내가 너무 어리고 약해서 날품팔이 일이 쉽지 않을 거라는 거지."

"그래서 할 거야?"

"아니, 떠날 거야."

"어디로?"

"멀리."

"언제?"

"지금. 예수회원 중에 젊은 사람 있잖아, 그 남자도 내가 떠날 거라고 생각하는 것 같아."

"하지만 넌 마음대로 여길 떠날 수 없잖아!"

"가능해."

"사람들한테 잡히면? 넌 혼자야. 저쪽은 숫자가 훨씬 많고."

"두 발이 있잖아. 법복을 입은 재판관이나 도끼창을 든 경비병이나 발이 두 개인 건 마찬가지야. 다들 나처럼 발이 두 개라고. 더 많은 사람은 없어. 그래서 아무리 여럿이 뛰어도 우리보다 더 빨리 뛸 수는 없어."

순간 넬레는 야릇한 흥분을 느꼈다. 목구멍이 죄여오고 심장이 쿵쾅거렸다. "왜 우리야?"

"너도 같이 갈 거니까."

"나도?"

"그래서 널 기다렸던 거야."

생각을 해서는 안 된다. 생각했다가는 용기를 잃고 여기 남아 정해진 대로 평생을 살아야 한다. 틸의 말이 옳다. 이대로 떠나야 한다. 죽을 때까지 똑같이 살아야 하는 곳에 대한 미련은 없었다.

"일단 집으로 가." 틸이 말했다. "가서 들고 올 수 있을 만큼 빵을 가져와."

"안 돼!"

"왜? 같이 안 갈 거야?"

"아니, 같이 가. 하지만 집에는 못 가."

"그럼 빵은?"

"집에 가서 엄마 아빠랑 아궁이랑 동생들을 보면 떠날 수가 없을 것 같아."

"우린 빵이 필요해."

넬레는 고개를 저었다. 낯선 마을의 장터에서 동전을 모으고 있는 지금 생각해봐도 그때 만일 아빠의 빵집으로 돌아갔더라면 자신은 집에 눌러앉았을 터이고, 그랬다면 얼마 지나지 않아 슈테거의 아들과 결혼했을 것이다. 앞니가 두 개나 빠진 늙다리 아들과 말이다. 사실 갈림길에서 두 방향 다 가능한 순간, 즉 이 길과 저 길이 똑같이 괜찮아 보이는 순간은 드물다. 둘 중 조금이라도 나은 길이 있기 마련이다. 결국 남는 것은 선택이다.

"빵 없이는 떠날 수 없어." 틸은 말했다. "게다가 우린 아침이 될 때까지 기다려야 해. 한밤중의 숲이 어떤지 넌 모르지? 상상 이상이라고."

"냉혈한이 무서워?"

순간 넬레는 자신의 승리를 확신했다.

"안 무서워." 틸이 말했다.

"그럼 출발해!"

넬레는 그날 밤을 평생 잊지 못한다. 낄낄거리는 도깨비불, 칠흑 같은 어둠 속에서 들려오는 목소리, 짐승 울음소리, 눈앞에 잠깐 나타났다가 깜빡이듯 금세 사라져버려 정말로 본 건지 확신할 수 없는 얼굴들……. 특히 그날 밤의 불안과 목까지 차오른 심장 고동 소리, 귀까지 피가 몰린 느낌, 틸이 혼잣말인지 아니면 숲속의 어떤 존재와 대화를 하는지 계속 신음하듯 내뱉던 중얼거림은 절대 잊을 수 없을 것이다. 아침이 왔을 때 둘은 추위에 덜덜 떨며 황토 공터의 가장자리에 서 있었다. 나무에선 새벽이슬이 방울져 떨어지고, 배 속에선 허기가 아우성을 쳤다.

"내가 뭐랬어? 빵이 있어야 한다고 했잖아."

"확 그냥 때려줄까 보다."

냉습한 아침 공기 속을 뚫고 걸으며 틸은 약간 울었고, 넬레도 울먹거렸다. 다리가 무겁고, 배고픔은 견디기 어려울 지경이었다. 틸의 말이 맞았다. 빵이 없으면 죽을 수밖에 없다. 틈틈이 열매와 나무뿌리를 발견하고 풀도 먹어보지만, 그것으로 배를 채울 순 없다. 여름이라면 모를까, 이런 추운 겨울에는 불가능하다.

그때 뒤에서 마차가 덜커덩거리며 다가오는 소리가 들렸다. 그들은 얼른 덤불 속으로 몸을 숨겼다. 살펴보니 유랑 가수의 마차였다. 틸이 덤불에서 튀어 나가 길 한가운데 우뚝 섰다.

"아, 방앗간 주인 아들!" 유랑 가수가 말했다.

"우리를 데려가주세요."

"내가 왜?"

"안 그러면 우린 뒈질 테니까요. 게다가 우리가 아저씨를 도울 수 있어요. 사람이 필요하지 않으세요?"

"저들이 벌써 너를 찾고 있을 텐데."

"그렇다면 이유가 한 가지 더 추가되네요. 설마 내가 저 사람들한테 잡히는 걸 원하지는 않겠죠?"

"타라."

고트프리트는 자신과 다닐 때 가장 유의해야 할 점들을 설명해주었다. 유랑 가수와 그 일행은 정처 없이 떠도는 족속이다. 당국의 보호는 물론이고 길드의 보호도 받지 못한다. 어떤 도시에 갔는데 우연히 불이 나면 즉각 도망쳐야 한다. 사람들은 불을 지른 사람으로 너를 제일 먼저 의심할 것이다. 어떤 마을에서 도둑질이 발생했을 때도 같은 이유로 부리나케 도망쳐야 한다. 길을 가다가 강도를 만나면 두말 않고 가진 걸 몽땅

내줘라. 하지만 강도들이 물건을 빼앗는 대신 노래를 요구할 가능성도 있다. 그러면 노래를 불러줘라. 그것도 최선을 다해 불러라. 강도들은 마을의 둔감한 인간들보다 훨씬 춤을 좋아하고 추기도 잘 춘다. 그리고 어디를 가든 항상 장날이 언제인지 귀를 열어놓고 다녀야 한다. 장날이 아니면 마을에 들어갈 수가 없다. 장터에 모인 사람들은 춤을 추고 노래를 듣고 싶어 한다. 그들이 원하는 대로 해줘라. 그러면 주머니를 열게 돼 있다.

"우리 아버지는 죽었나요?"

"그래, 죽었다."

"직접 봤어요?"

"당연히 봤지. 그걸 보려고 거기 간 건데. 처음에 네 아버지는 절차대로 재판관들을 용서했다. 다음엔 사형집행인을 용서하고 사다리를 올라갔지. 그런데 올가미를 목에 걸고는 혼잣말처럼 뭔가 중얼거리기 시작했어. 나는 너무 뒤쪽에 있어서 뭐라고 하는지 알아듣지 못했지만."

"그다음엔요?"

"어떻게 됐겠니? 늘 하던 대로 됐지."

"죽었다는 말이에요?"

"얘야, 교수대에 목이 걸리면 그럴 수밖에 더 있겠니? 당연히 죽었지! 대체 무슨 생각을 하는 거냐?"

"금방 죽었어요?"

고트프리트는 잠시 침묵하더니 대답했다. “그래, 아주 금방.”

그들은 한동안 말없이 마차를 타고 갔다. 숲은 더 이상 그리 울창하지 않았다. 나뭇잎 사이로 햇빛이 쏟아졌다. 공터 풀밭에서는 아지랑이가 가늘게 피어오르고, 공중엔 곤충과 새들이 가득했다.

“어떻게 가수가 됐어요?” 넬레가 마침내 입을 열었다.

“배웠지. 스승님한테. 스승님이 모든 걸 가르쳐줬어. 너희도 이름을 들어봤을걸? 게르하르트 포크틀란트라고.”

“아뇨, 못 들어봤어요.”

“트리어 출신인데, 몰라?”

틸은 어깨를 으쓱였다.

“음험한 술탄을 무찌르기 위해 출정하는 에른스트 공작의 이야기를 노래한 사람이야.”

“뭐라고요?”

“유명한 노래야. 사악한 술탄을 향해 출정한 에른스트 공작의 이야기를 다룬 대연작시. 정말 몰라? 내가 불러줄까?”

넬레가 고개를 끄덕였다. 이로써 그들은 고트프리트의 볼품없는 재능에 대해 처음 알게 되었다. 다만 기억력 하나는 탁월했다. 서른세 연으로 이루어진 대연작시를 한 줄도 빠짐없이 전부 기억하고 있었다.

이들은 꽤 긴 시간 마차를 타고 갔다. 가수는 노래하고, 당나귀는 이따금 히힝 울고, 바퀴는 덜커덕거렸다. 마치 서로 대화라도 하는 듯했다. 넬레는 곁눈질로 틸의 뺨 위로 흘러내리는 눈물을 보았다. 소년은 들키지 않으려고 고개를 돌렸다.

노래가 끝나자 고트프리트는 처음부터 다시 시작했다. 이어 아름다운 선제후 프리드리히와 보헤미아 귀족들에 대해 노래하고, 그다음엔 사악한 용 쿠퍼와 기사 로베르트에 대해, 또 그다음엔 프랑스의 비열한 왕과 스페인의 위대한 왕, 그리고 그의 적에 대해 노래했다. 여기까지 모두 끝나자 자신의 삶에 대해 이야기했다. 아버지가 사형집행인이었고, 따라서 그도 사형집행인이 될 뻔했지만 도망쳤다고.

"우리와 같네요." 넬레가 말했다.

"그런 사람은 너희가 생각하는 것보다 훨씬 많아. 한곳에 뿌리를 박고 죽을 때까지 사는 건, 그래, 성실한 삶이지. 하지만 이 세상엔 그러고 싶어도 그러지 못하는 사람들이 드글드글해. 그런 사람들은 어떤 보호도 받지 못하지만 자유롭지. 애먼 사람을 죽이지 않아도 되고."

"슈테거의 아들과 결혼하지 않아도 되고." 넬레가 말했다.

"날품팔이가 되지 않아도 되고." 틸이 말했다.

그들은 고트프리트가 스승과 어떻게 지냈는지도 들었다. 포크틀란트는 그를 자주 때리고, 발로 걷어차고, 심지어 어떤 때는 귀를 깨물기도 했다. 음정이 틀리고 류트를 제대로 연주하지 못한다고 말이다. 스승은 소리쳤다. 이 한심한 놈아, 음악으로 사람들을 괴롭히느니 차라리 사형집행인이 되는 게 더 나았겠다! 그래도 제자를 바로 내쫓지는 않았다. 고트프리트는 부단한 연습으로 조금씩 나아졌고, 그러다 마침내 가수가 되었다. 이렇게 말하는 그의 목소리에서 뿌듯함이 배어났다. 가수가 되어 돌아다니던 그는 어디에 살건 상관없이 다들 처형 장면을 좋아한다는 사실을 알아차렸다. 처형에 관심이 없는 사람은 없었다.

"처형만큼은 내가 잘 알지. 칼을 어떻게 휘둘러야 하는지, 올가미를 어떻게 거는지, 장작더미를 어떻게 쌓는지, 불에 달군 집게를 어디다 갖다 대는 게 가장 좋은지 아주 빠삭하다고. 운율 면에서는 다른 가수들이 나보다 나을 수 있지만, 어떤 사형집행인이 제대로 하고 못 하는지에 대해서 나만큼 아는 사람은 없어. 나의 잔혹 발라드가 가장 정확하다는 말이지."

어두워지자 그들은 불을 피웠다. 고트프리트는 식량을 아이들에게 나눠주었다. 마른 빵을 보는 순간 넬레는 아버지가 만든 빵이라는 걸 바로 알아차렸다. 잠시 눈물이 흘러내렸다. 한가운데 십자가 자국이 있고 가장자리가 푸석한 이 빵을 보는 순간 자신도 틸과 똑같은 처지임을 실감했기 때문이다. 틸은 다시는 아버지를 보지 못한다. 아버지가 죽었으니까. 넬레도 다시는 아버지를 보지 못한다. 집으로 돌아갈 수 없으니까. 그렇다면 둘은 이제 고아나 마찬가지다. 그런데 이 짧은 슬픔의 순간이 지나가자, 모닥불을 들여다보던 넬레는 문득 자신이 하늘을 나는 새처럼 자유롭다는 사실을 느꼈다.

숲속에서의 두 번째 밤은 첫날만큼 나쁘지 않았다. 숲속의 소리엔 이미 어느 정도 익숙해졌다. 게다가 모닥불의 뜨거운 잿더미에서 열기가 전해지고, 두 아이는 가수가 건네준 두툼한 담요도 덮고 있었다. 넬레는 잠들기 전 옆에 누운 틸이 아직 깨어 있다는 걸 알아차렸다. 또렷한 정신으로 무언가 깊은 생각에 푹 빠져 있는 것 같았다. 넬레는 틸 쪽으로 고개를 돌릴 엄두를 내지 못했다.

"불덩이를 품은 사람." 틸이 나직이 말했다.

누구한테 하는 말인지 넬레는 알 수가 없었다. "어디 아파?"

틸은 신열이 있는 듯했다. 넬레가 틸에게 자기 몸을 바짝 다가붙였다. 온기가 틸의 몸에서 파장처럼 방출되었다. 편안한 느낌이었다. 이대로 있으면 춥지 않을 것 같았다. 잠시 후 잠이 든 넬레는 구릉지대를 지나는 수천 명의 사람과 전쟁터 꿈을 꾸었다. 대포가 쿵쿵 울리기 시작할 때 넬레는 화들짝 잠에서 깨었다. 아침이었다. 다시 비가 내리고 있었다.

가수는 이불을 두른 채 웅크리고 앉아 있었다. 한 손에는 작은 일기장을, 다른 손에는 석필을 든 채였다. 그는 거의 알아볼 수 없을 만큼 쪼그맣게 글자를 썼다. 일기장이 이것밖에 없기 때문이었다. 종이는 비싸다.

"글을 쓰는 건 정말 어려워." 고트프리트가 말했다. "너희들 혹시 '악당'이랑 운율이 맞는 단어 알고 있니?"

글 쓰는 게 어렵다고 하면서도 마침내 그는 삿된 방앗간 주인에 관한 노랫말을 완성했다. 지금 이 낯선 마을에서 부르고 있는 노래가 바로 그것이다. 틸은 그에 맞춰 춤을 춘다. 틸의 춤은 넬레가 깜짝 놀랄 만큼 경쾌하고 우아하다.

장터에는 다른 마차도 여러 대 서 있다. 광장 맞은편의 포목상 마차를 시작으로 칼갈이 장수 마차가 둘, 과일 장수와 땜장이, 또 다른 칼갈이 장수 마차가 나란히 서 있다. 그 옆에는 만병통치약을 파는 치료사와 또 다른 과일 장수, 향신료 장수가 있고, 다시 그 옆으로는 만병통치약이 없어 파리만 날리는 다른 치료사, 네 번째 칼갈이 장수, 이발사 마차가 서 있다. 모두 떠돌이 상인과 기술자들이다. 이들을 강탈하거나 죽인다 해도 당국의 추격을 받을 위험은 없다. 이들에겐 그것이 자유의 대가다.

광장 가장자리에 수상쩍은 인물이 몇 명 서 있다. 피리와 백파이프와 바이올린을 들고 있는 껄렁한 악사들이다. 멀리 떨어져 있어서 제대로 보이지는 않지만, 넬레의 느낌엔 이쪽을 건너다보며 고트프리트에 대해 질 나쁜 농담을 수군거리는 듯하다. 그들 옆에는 이야기꾼이 앉아 있다. 노란 모자와 파란색 더

블린, 무엇보다 그의 목에 걸린 커다란 명찰을 보면 분명히 알 수 있다. 거기엔 아마 '이야기꾼'이라고 큼직하게 적혀 있을 것이다. 안 봐도 뻔하다. 이야기꾼만 그런 명찰을 걸고 있기 때문이다. 하지만 사실 다 쓸데없는 짓이다. 어차피 관객들은 글을 읽을 수 없는 사람들이니까. 악사가 악기로, 상인이 상품으로 자신의 정체성을 드러낸다면 이야기꾼은 목에 건 명찰로 자신을 드러내는 셈이다. 그 옆에는 왜소한 체구의 한 남자가 서 있는데, 멀리서도 눈에 띄는 곡예사 복장을 하고 있다. 알록달록한 더블릿에 부풀린 바지, 모피로 만든 목깃. 그도 엷게 웃으며 넬레 쪽을 건너다본다. 그 미소에는 조롱보다 더 나쁜 무언가가 어려 있다. 넬레가 자신을 보고 있음을 눈치채자 그는 눈썹을 치올리며 입가로 혀를 쏙 내밀더니 윙크를 한다.

고트프리트가 다시 한번 열두 번째 연에 도달한다. 발라드를 총 두 번 부른 것이다. 그런 다음 잠시 고민하더니 또다시 처음으로 돌아가 부르기 시작한다. 틸이 넬레에게 신호를 준다. 넬레는 일어난다. 당연히 그녀도 춤을 출 줄 안다. 마을 축제 때마다 악사들의 음악에 맞춰 모닥불가에서 젊은 사람들과 어울려 춤을 추었다. 게다가 평소에도 일을 하는 중간중간 음악 없이 하녀들과 춤을 추었다. 하지만 이렇게 많은 관객 앞에서 춤을 추는 건 처음이다.

그럼에도 이 방향 저 방향으로 몸을 돌리다 보니 예전에 춤추던 것과 별반 차이가 없음을 깨닫는다. 틸과 보조만 맞추면 된다. 틸이 박수를 치면 같이 박수를 치고, 틸이 오른발을 들면 오른발을 들고, 왼발을 들면 왼발을 든다. 처음엔 반 박자씩 늦기도 했지만, 나중에는 틸의 다음 동작을 미리 아는 사람처럼 거의 동시에 움직인다. 이젠 마치 둘이 아니라 한 사람이 추는 듯하다. 갑자기 틸이 물구나무를 서서 춤을 추자 넬레는 그 주위를 빙빙 돈다. 몇 바퀴를 돌다 보니 마을 광장이 다채로운 색깔들의 혼합물처럼 보이면서 현기증이 일지만 시선을 허공에 둔 채 꿋꿋이 버텨낸다. 그러자 조금씩 괜찮아진다. 넬레는 계속 돌면서도 휘청거리지 않고 균형을 잡는다.

갑자기 음악이 커지고 악기 소리도 풍성해진다. 넬레는 잠시 어리둥절한 얼굴이 된다. 무슨 일이지? 순간 건너편 악사들이 악기를 연주하면서 다가오는 것이 보인다. 악사들의 연주 때문에 리듬을 맞추지 못한 고트프리트는 어찌할 바를 몰라 류트를 내려놓는다. 그제야 모든 음이 제대로 맞는다. 관객들은 박수를 치고 마차 위로 동전을 던진다. 틸은 다시 두 발로 서고, 넬레는 돌기를 멈춘다. 그녀는 현기증을 억누르며, 틸이 재빨리 밧줄을 가져다 마차에 묶은 다음 앞으로 던지는 모습을 지켜본다. 누군가 밧줄을 받는다. 넬레는 아직 어지러운 탓에 그게 누구인지 알아보지 못한다. 어쨌든 반대편에서 누군가 밧줄을 받아 단단히 묶는다. 틸은 벌써 밧줄 위로 올라가 앞뒤로 점프를 하더니 허리를 숙인다. 더 많은 동전이 날아온다. 고트프리트가 일일이 다 받지 못할 정도다. 마침내 틸이 밧줄에서 뛰어내려 넬레의 손을 잡고, 악사들은 팡파르를 연주한다. 두 사람이 허리를 숙여 절하자 사람들은 박수갈채를 보낸다. 과일 장수가 사과를 던지자 넬레는 하나를 받아 냉큼 베어 문다. 얼마 만에 먹어보는 사과인지! 넬레 옆에 서 있던 틸도 하나를 받고, 또 받고, 또 받고, 또 받아서 저글링을 한다. 군중 사이에서 다시 탄성이 터져 나온다.

저녁이 되자 그들은 바닥에 앉아 이야기꾼의 말에 귀를 기울인다. 그는 프라하의 왕 프리드리히에 대해 이야기한다. 막강한 황군에 쫓겨나는 바람에 겨울 한철도 통치하지 못한 불쌍한 왕이다. 이제 그 당당하던 도시는 빛을 잃고 다시는 옛 영화를 되찾지 못할 것이다. 이야기꾼은 미동도 없이 기나긴 문장을 오직 아름다운 음율로 표현한다. 목소리 하나만으로도 사람들은 시선을 돌리지 못한다. 이야기꾼은 이 모든 게 사실이라고 말한다. 심지어 자신이 지어낸 부분조차 사실이라고 확언한다. 넬레는 그 말뜻을 이해하지 못하면서도 박수를 친다.

고트프리트는 일기장에 뭔가를 긁적거린다. 프리드리히 왕이 벌써 폐위된 것은 모르고 있었다. 알게 된다면 프리드리히에 대한 노랫말도 바꾸어야 한다.

넬레의 오른쪽에서는 바이올린 연주자가 눈을 감은 채 조심스럽게 악기를 조율한다. 넬레는 자신들도 이제 이들의 일원이 되었다고 생각한다. 자유로운 유랑민이 된 것이다.

누군가 넬레의 어깨를 톡 친다. 넬레는 흠칫 놀라 돌아본다.

뒤에 곡예사가 쪼그리고 앉아 있다. 젊다고 할 수 없는 남자다. 얼굴이 새빨갛다. 넬레가 이렇게 빨간 얼굴을 본 건 딱 한 번, 죽기 직전의 하인리히 탐에게서였다. 곡예사는 심지어 눈까지 붉다. 날카롭고 영리하고 차가운, 깨어 있는 눈이다.

"너희 둘." 곡예사가 나직이 말한다.

이젠 틸도 곡예사에게로 몸을 돌린다.

"나랑 가지 않을래?"

"갈게요." 틸은 한순간의 망설임도 없이 대답한다.

넬레는 어이없다는 표정으로 틸을 바라본다. 고트프리트는 어쩌고? 지금까지 자신들에게 이렇게 잘해주고, 먹을 것도 나누어주고, 숲속 길도 안내해주지 않았던가? 그런 사람을 버리고 이 낯선 사람들을 따라가겠다고? 고트프리트한테는 우리가 꼭 필요한데?

"너희 같은 애들이 필요해." 곡예사가 말한다. "너희한테도 나 같은 사람이 필요할 거고. 내가 다 가르쳐줄게."

"우린 같이 다니는 사람이 있어요." 넬레가 고트프리트를 가리킨다. 그는 입으로 뭐라고 중얼거리면서 일기장에다 글을 쓰고 있다. 손에 든 석필이 부러지자 나직이 욕을 하면서도 계속 긁적거려나간다.

“저 사람과 다니면 성공하지 못해.” 곡예사가 말한다.

“우린 아저씨가 누군지 몰라요.” 넬레가 말한다.

“난 피르민이야. 이젠 알았지?”

“전 틸이에요. 얘는 넬레고요.”

“나는 두 번 묻지 않아. 결정을 못 내리면 너희를 포기하고 떠날 거야. 그러면 너희는 저 사람과 계속 다녀야 해.”

“아저씨랑 갈게요.” 틸이 말한다.

피르민이 손을 내밀고, 틸은 그 손을 잡는다. 피르민은 나직이 낄낄거린다. 입술이 일그러지더니 입꼬리에서 다시 두툼하고 축축한 혀가 쏙 나온다. 넬레는 이 남자와 같이 가고 싶지 않다.

그때 곡예사가 넬레에게도 손을 내민다.

넬레는 꼼짝도 않는다. 뒤에서는 이야기꾼의 서사가 이어지고 있다. 겨울왕은 불타는 도시를 떠나 도주한다. 이제 그는 유럽의 프로테스탄트 제후들에게 거추장스러운 짐이다. 그래서 어리석은 신하들과 함께 하릴없이 전국을 떠돈다. 지금도 자신이 군주인 양 자색 도포를 걸치고 있지만, 어린아이들조차 그런 그를 비웃는다. 지혜로운 남자들만 눈물을 흘린다. 그의 모습에서 군왕의 덧없음을 보았기 때문이다.

마침내 고트프리트도 눈치를 챈다. 그가 이맛살을 찌푸리며 곡예사의 손을 본다.

"뭐 해? 어서 악수해." 틸이 말한다.

하지만 넬레가 왜 틸의 말을 들어야 하는가? 아버지 대신 틸의 말에 복종하려고 도망친 건 아니다. 틸에게 빚진 것도 없다. 그런데 왜 그를 따라 결정을 내린단 말인가?

"뭐야?" 고트프리트가 묻는다. "무슨 일이야? 지금 뭘 하려는 거야?"

피르민의 손은 여전히 넬레에게 뻗어 있다. 입가의 웃음도 그대로다. 마치 넬레의 망설임이 별것 아니라는 듯이. 넬레가 어떤 결정을 내릴지 벌써 오래전부터 알고 있다는 듯이.

"뭘 하는 거냐니까?" 고트프리트가 재차 묻는다.

곡예사의 손은 살집이 많고 말랑말랑해 보인다. 넬레는 이 손을 잡고 싶지 않다. 사실 고트프리트가 재주 없는 사람인 건 맞다. 하지만 그는 자신들에게 잘해주었다. 반면에 눈앞의 이 남자는 마음에 안 든다. 뭔가 음흉한 구석이 있다. 다른 한편 고트프리트는 자신들에게 가르쳐줄 게 없다.

넬레는 이러지도 저러지도 못한다. 피르민이 마치 넬레의 생각을 읽기라도 한 듯 미간을 찌푸린다.

틸은 초조하게 얼굴을 실룩거린다. "어서, 넬레!"

넬레는 이제 팔만 뻗으면 된다.

추스마르스하우젠 전투

통풍과 매독, 그리고 매독 치료 과정에서 생긴 수은중독으로 고생하던 고령의 뚱뚱한 백작은 18세기 초에 집필한 회고록에 이렇게 썼다. 알 수가 없었다고. 전쟁 막바지에 황제가 그 유명한 광대를 찾아 데려오라고 명령했을 때만 해도 어떤 일이 자신을 기다리고 있는지 전혀 알 수가 없었다고 말이다.

당시 마르틴 폰 볼켄슈타인은 스물다섯 살이 채 안 됐지만 벌써 비만했다. 그는 궁정시인 오스발트의 후손으로 빈 황궁에서 자랐다. 부친은 마티아스 황제 밑에서 시종관을 지냈고, 조부는 미쳐버린 루돌프 황제의 금고지기 부수석을 지냈다. 마르틴 폰 볼켄슈타인을 아는 사람은 모두 그를 좋아했다. 그에게는 늘 밝은 기운이 흘렀고, 어떤 불의에도 좌절하지 않는 확신과 다정함이 넘쳤다. 심지어 황제까지 그에게 여러 차례 은총을 베풀었다. 그래서 추밀 위원회 의장인 트라우트만스도르프 백작이 자신을 불러 다음 사항을 전달했을 때도, 마르틴은 이를 황제의 은총으로 받아들였다. 내용은 이랬다. 제국의 가장 유명한 광대가 전쟁의 참화로 황폐해진 안덱스 수도원에 피신하고 있다는 이야기를 황제 폐하께서 들었다. 지금껏 수많은 퇴락과 파괴를 손 놓고 지켜볼 수밖에 없었고, 돈으로 환산할 수 없는 소중한 자산이 수없이 사라지는 딱한 시절이 계속되고 있었지만 틸 울렌슈피겔 같은 사람이 그런 데서 그냥 썩게 내버려둘 수는 없다. 틸이 프로테스탄트이건 가톨릭교도이건 간에 말이다. 게다가 어차피 그것을 정확히 아는 사람도 없다.

"축하하네, 젊은이." 트라우트만스도르프 백작이 말했다. "이 기회를 잘 이용하게. 누가 아나? 이게 자네한테 어떤 길을 열어줄지."

이어 백작은 장갑 낀 손을 내밀었다. 궁중 예법에 따라 손등 키스를 허락하기 위해서였다. 50년 뒤 뚱뚱한 백작은 정말이지 그땐 자기 앞에 어떤 일이 기다리고 있는지 알 수 없었으며, 그중 어떤 얘기도 자신이 지어낸 것이 아니라고 썼다. 물론 기억 속에 공백이 있을 경우엔 지어내기도 했지만 말이다. 사실 그런 경우는 잦았다. 벌써 한 세대 전의 일이니까.

뚱뚱한 백작은 계속 써나갔다. 우린 바로 다음 날 출발했다. 나는 기운이 넘쳤고 희망에 차 있었다. 물론 무거운 마음이 없지는 않았다. 이유는 모르겠으나 이 여행이 내 운명과의 만남이 될 것 같은 예감이 들었기 때문이다. 한편 전쟁의 신 마르스의 민낯을 보게 될지 모른다는 호기심에 부풀어 있었던 것도 사실이다.

그렇다고 서두르지는 않았다. 실제로 떠난 것은 일주일이 더 지난 뒤였다. 그도 그럴 것이, 마르틴은 자신이 갑자기 떠나게 된 이유를 설명하기 위해 여기저기 편지를 써야 했고, 작별 인사를 해야 했으며, 부모님을 찾아봬야 했고, 주교로부터 신의 축복을 받아야 했다. 그 뒤에는 친구들과 또다시 술을 마셨고, 궁중 시녀인 아리따운 아글라이아와 재차 밀회를 즐겼다. 몇십 년 뒤에 생각해보니, 이유는 잘 모르겠으나 이 여인은 회오의 감정으로 그의 머릿속에 각인되어 있었다. 어쨌든 이런 일 말고도 그는 자신과 함께 떠날 적당한 동반자를 선발해야 했다. 그가 선택한 남자는 총 네 명이었다. 로프코비츠 용기병 부대에서 용맹성이 입증된 세 남자와 제국 재판소에서 비서로 일하는 카를 폰 도더였다. 특히 도더는 스무 해 전 노일렝바호의 한 장터에서 그 유명한 광대를 직접 본 사람이었다. 그의 말에 따르면 거기서 광대는 공연 중 관객석의 한 여자에게 못된 수작을 부려 사람들 사이에 칼부림을 일으켰는데, 그게 바로 광대의 스타일이라는 것이었다. 싸움에 말려들지 않은 사람들에게는 당연히 좋은 구경거리였다. 그 광대가 나타나면 항상 그랬다. 몇몇 이들에게는 나쁜 일이 일어났지만, 거기서 비켜나 있는 사람들은 큰 재미를 누렸다. 처음에 비서는 함께 가려고 하지 않았다. 논리적인 이유를 대면서 자신은 빼달라고 간청하고 또 간청했다. 나중에는 폭력과 악천후에 대한 선천적인 거부감까지 들먹였다. 하지만 소용없었다. 명령은 명령이니 무조건 따라야 했다. 이렇게 해서 백작의 명령을 받은 지 일주일이 지나 마르틴은 재판소 비서와 용기병들과 함께 제국 수도 빈에서 서쪽으로 출발했다.

회고록의 문체는 백작이 젊었을 때의 유행을 따르고 있었다. 즉, 곳곳에 현란한 학식을 드러내는 미사여구가 넘쳐흘렀다. 심지어 그의 문장은 모범적인 유려함 덕에 일부 교과서에 실리기도 했다. 어쨌든 그런 문장들로 뚱뚱한 백작은 빈의 푸른 숲을 지나는 과정이나 여정을 상세히 묘사했다. 예를 들면 이런 식이다. 멜크 인근에서 우리는 도도히 흐르는 푸른 도나우강에 이르렀고, 하룻밤 고단한 머리를 베개에 누이기 위해 우아한 수도원에 들었다.

그런데 이 마지막 말은 사실이 아니었다. 그들은 이 수도원에서 하룻밤이 아니라 한 달을 보냈기 때문이다. 수도원장이 그의 삼촌이었다. 그 덕에 마르틴 일행은 최고급 음식을 대접받았으며, 훌륭한 숙소에서 잠을 잤다. 평소 연금술에 관심이 많던 카를 폰 도더는 몇 날 며칠을 도서관에서 현자 아타나시우스 키르허의 책에 파묻혀 지냈고, 용기병들은 평수사들과 카드놀이를 했다. 마르틴은 삼촌과 체스를 몇 판 두었는데, 두 번 다시 그런 체스를 두지 못할 정도로 완벽한 게임이었다. 심지어 이후로 그의 체스 실력이 늘지 않은 것도 그 때문인 듯했다. 아무튼 수도원에 머문 지 넉 주째 되었을 때 트라우트만스도르프 백작에게서 편지가 도착했다. 백작은 마르틴이 벌써 목적지에 도착했으리라 생각하고 안덱스 수도원에서 울렌슈피겔을 만났는지, 그랬다면 언제쯤 돌아올 수 있는지 물었다.

삼촌은 그에게 작별의 축복을 내리며 수도원에 축성된 향유를 한 병 선물했다. 그들은 도나우강을 따라 푀힐라른까지 갔다가 남서쪽으로 방향을 틀었다.

여행 초기엔 상인이며 유랑 가수며 수도사 등 온갖 종류의 여행객을 길에서 자주 만났다. 하지만 그런 시간이 지나자 이젠 대지가 텅 빈 듯했다. 날씨까지 거칠어지기 시작했다. 찬바람이 점점 거세게 불었고, 나무는 앙상한 가지만 드리웠으며, 밭들은 대부분 휴경 상태였다. 그나마 어쩌다 눈에 띄는 사람은 죄다 늙은이뿐이었다. 우물가의 구부정한 노파들, 오두막 앞에 웅크리고 앉아 있는 비쩍 마른 노인들, 볼이 쑥 들어간 길가의 얼굴들까지 모두 그랬다. 이들이 그냥 쉬고 있는 건지, 아니면 길가에서 죽음을 기다리고 있는 건지는 알 수 없었다.

이와 관련해서 마르틴이 카를 폰 도더에게 의견을 묻자 그는 수도원 도서관에서 읽은 책 이야기만 늘어놓았다. 『빛과 그림자의 위대한 예술Ars Magna Lucis et Umbrae』이라는 책인데, 정말 현기증이 일 정도로 아득한 학식의 심원을 들여다보는 듯했다. 그런데 자신도 젊은 사람들이 어디 있는지는 모른다. 굳이 추정하자면 걸을 수 있는 사람은 벌써 오래전에 도망쳤을 것이다. 어쨌든 그 책에는 렌즈에 관한 이야기, 사물을 확대하는 방법, 천사의 형태와 색깔, 음악과 천체의 조화, 이집트에 관한 이야기가 끊임없이 나온다. 정말 독특한 작품이 아닐 수 없다.

뚱뚱한 백작은 회고록에서 이 문장을 토씨 하나 빼지 않고 그대로 인용했다. 하지만 당시의 일이 잠시 헷갈렸는지, 그 책을 읽은 사람은 자신이었다고 주장했다. 그것도 여행길을 이어가며 읽었다고 말이다. 말안장 주머니에 책을 넣고 다니면서 틈틈이 꺼내 읽었다고도 썼다. 훗날의 비평가들이 조롱조로 날카롭게 언급했듯이 그 책은 워낙 커서 손에 들 수조차 없었지만, 어찌 되었건 뚱뚱한 백작은 저녁이 되면 침침한 모닥불가에서 빛과 렌즈, 천사에 대한 키르허의 놀라운 생각을 연구했다고 천연덕스레 보고했다. 심지어 점점 더 황폐해지는 땅으로 들어서는 자신들과 그 위대한 학자의 섬세한 성찰이 꼭 기묘한 대조를 이루는 듯 느껴졌다는 점을 강조했다.

알트하임에 이르자 바람은 한층 더 매서워졌다. 그들은 안감을 댄 외투를 껴입고 모자를 앞으로 더욱 눌러썼다. 란스호펜에 이르러서야 다시 날이 갰다. 그들은 텅 빈 농가에서 저무는 해를 지켜보았다. 사방 어디를 둘러보아도 사람 코빼기 하나 구경할 수 없었다. 누군가를 피해 도망친 것으로 보이는 거위 한 마리만 우물가에 후줄근한 모습으로 서 있을 뿐이었다.

마르틴은 몸을 쭉 뻗으며 하품을 했다. 언덕이 많은 땅이었지만 나무는 모조리 베여 나가고 없었다. 멀리서 우르릉거리는 소리가 들렸다.

"아니, 이젠 뇌우까지!"

용기병들이 웃었다.

마르틴은 그제야 실수를 깨닫고 당황해서 말했다. 자신도 알고 있었다고, 그냥 농담을 했을 뿐이라고.

거위가 까만 눈으로 영문을 모르겠다는 듯 그들을 지켜보며 끊임없이 부리를 달싹거렸다. 용기병 프란츠 케른바우어가 소총으로 거위를 겨냥하더니 총알을 발사했다. 마르틴은 곧 수많은 끔찍한 일들을 보게 될 터이지만, 그중에서도 이 순간만큼은 평생 잊지 못했다. 거위의 대가리가 공중으로 터지는 순간 그의 창자 깊숙한 곳에서 공포가 찌릿하게 퍼져나갔다. 순식간에 일어난 일이었다. 그 딱딱한 대가리가 폭발과 함께 사방으로 살점을 튀겨내더니 한순간에 무로 변해버렸다. 그런 다음에도 거위는 몇 걸음 뒤뚱뒤뚱 걷다가 마침내 풀썩 쓰러졌고, 그 자리에 피가 흥건하게 고여 금방 선홍색 웅덩이가 만들어졌다. 마르틴은 정신을 잃지 않기 위해 눈을 비비고 차분하게 심호흡을 하면서 무조건 이 장면을 잊어야 한다고 생각했다. 하지만 잊힐 리 없었다. 반세기 뒤 회고록을 쓰면서 이 여행을 떠올릴 때 다른 어떤 것보다 또렷하게 기억난 것이 바로 사방으로 터지는 거위 대가리였다. 아마 모든 것을 솔직하게 털어놓는 책이었다면 그도 그 이야기를 했을 것이다. 하지만 이 책에서는 뱉어낼 용기가 나지 않았다. 그는 이 이야기를 무덤까지 갖고 가기로 마음먹었다. 따라서 용기병들이 거위로 저녁 식사를 준비하는 모습을 지켜보면서 그가 마음속으로 얼마나 역겨워했는지는 아무도 듣지 못하게 되었다. 용기병들은 콧노래를 흥얼거리며 거위 털을 뽑고, 거위 몸을 가르고, 내장을 들어내고, 살점을 불 위에 놓고 구웠다.

그날 밤 마르틴은 잠을 설쳤다. 벽에 구멍만 남은 창문으로 바람이 쌩쌩 들이쳤다. 그는 너무 추워 온몸을 덜덜 떨었다. 용기병 케른바우어는 이런 추위에도 아랑곳없이 드르렁드르렁 코를 골았다. 슈테판 푸르너라는 이름의 다른 용기병이 케른바우어의 옆구리를 발로 툭 찼지만, 그는 오히려 더 크게 코를 골았다. 아니, 슈테판이 아니라 콘라트 푸르너였는지도 모른다. 둘은 형제였는데, 마르틴은 이 둘이 너무 헷갈려서 나중에 회고록을 쓸 땐 한 인물로 묘사한 경우가 많았다.

이튿날 아침 그들은 다시 출발했다. 마르클 마을은 처참할 정도로 파괴되어 있었다. 벽은 구멍투성이에 들보는 무너졌고, 길엔 잔해와 돌이 곳곳에 쌓여 있었으며, 더럽혀진 우물 옆에서는 노인 몇이 먹을 것을 구걸했다. 적군이 마을로 들어와 모든 것을 빼앗아 갔고, 그들의 눈을 피해 간신히 숨긴 얼마 안 되는 것들은 이후에 들어온 아군, 즉 선제후 병사들이 앗아 갔다. 그들이 물러간 다음에는 다시 적군이 와서 마지막 남은 것까지 탈탈 털어 갔다.

"대체 어떤 적군이?" 마르틴이 걱정스레 물었다. "스웨덴군인가, 아니면 프랑스군인가?"

용기병들은 어차피 그건 상관없다고, 굶주리는 건 적군이나 아군이나 마찬가지라고 대답했다.

마르틴은 잠시 망설이다가 계속 갈 것을 명령했다.

카를 폰 도더가 말했다. 저들에게 먹을 것을 나눠주지 않은 것은 잘한 일이다. 어차피 우리도 식량이 충분치 않고, 무엇보다 최고 지존으로부터 받은 임무를 수행하는 것이 최우선이다. 곤경에 처한 사람을 모두 도울 수는 없다. 그건 기독교인들을 무한한 자비심으로 품어주시는 하느님만이 할 수 있는 일이다.

농사를 짓는 땅은 하나도 없었고, 밭 일부는 불에 타 잿빛을 띠었다. 언덕은 납덩이처럼 무거운 하늘 아래 바짝 엎드려 있었고, 저 멀리 지평선에서는 연기 기둥이 피어올랐다.

카를 폰 도더가 말했다. 알퇴팅, 폴링, 튀슬링 지역은 되도록 도로에서 떨어진 들길을 따라 남쪽으로 우회하는 게 좋을 듯하다. 도망치지 않고 아직 마을에 남아 있는 사람들은 무장하고 있을 가능성이 큰 데다 이방인에 대한 불신으로 가득하다. 마을로 말을 타고 들어오는 사람들을 보면 엄폐물 뒤에 숨어서 덮어놓고 총을 쏠 수 있다.

"그렇군." 재판소 비서라는 사람이 어떻게 전쟁 지역에서의 행동 요령을 이토록 정확히 알고 있는지 마르틴은 내심 궁금했다. "나도 동의하네."

"운이 좋아 도중에 군인들과 마주치지만 않는다면 이틀 안에 안덱스에 도착할 수 있을 겁니다." 도더가 말했다.

마르틴은 고개를 끄덕이며 누군가 자신을 가늠자와 가늠쇠로 정조준해 쏘는 상상을 해보았다. 아직 그 누구에게도 강철로 만든 진짜 총알로 해를 입혀본 적 없는 이 마르틴 폰 볼켄슈타인이 총에 맞는 상상을. 그는 자신의 몸을 내려다보았다. 며칠 동안 말을 타는 바람에 허리가 아팠고, 엉덩이는 안장에 쓸려 상처가 났다. 그는 배를 쓰다듬으며 다시금 총알을 상상했다. 터져버린 거위 대가리가 떠올랐고, 아타나시우스 키르허가 자석에 관한 책에 쓴 금속 마법도 떠올랐다. 충분한 자력을 지닌 자석을 갖고 다니면 총알도 다른 데로 돌릴 수 있고, 그로써 불사신이 될 수 있다는 내용이었다. 그 전설적인 학자가 직접 실험해보았는데, 유감스럽게도 그만큼 강력한 힘을 가진 자석은 무척 희귀하고 비싸다고 했다.

반세기 뒤 이 여행을 재구성할 때 뚱뚱한 백작의 머릿속에서는 고령으로 인해 시간 흐름이 뒤죽박죽 엉켜버렸다. 이런 불확실성을 감추기 위해 그는 회고록의 이 대목에서 열일곱 페이지 반에 걸쳐 남자들의 동료애를 아름다운 여담처럼 묘사했다. 남자들은 이 길이 얼마나 위험한지 알면서도 피하지 않고 정면 돌파했다. 길의 끝에서는 모두가 죽든지, 아니면 평생의 우정을 맺든지 둘 중 하나가 될 것이다. 날조임에도 불구하고 이 대목은 유명해졌다. 사실 당시 함께 여행한 남자들 가운데 마르틴과 친구가 된 사람은 하나도 없었다. 회고록을 쓸 때 그의 머릿속엔 재판소 비서와의 이런저런 대화만 파편처럼 떠올랐을 뿐, 용기병들과 관련해선 이름은 물론이요, 얼굴조차 제대로 기억나지 않았다. 다만 그중 하나가 회적색 깃털 더미가 꽂힌 챙 넓은 모자를 쓰고 있었다는 사실만 기억에 남아 있었다. 정작 어제 일처럼 또렷한 것은 따로 있었다. 들판의 흙길과 후드득 떨어지는 비였다. 비에 젖은 외투는 몹시 무거웠다. 그때 그는 깨달았다. 아무리 젖어도 더 젖지 못할 것은 없다는 사실을.

얼마 전까지만 해도 여기에 숲들이 있었을 것이다. 아픈 허리와 상처 난 엉덩이에도 불구하고 말을 타고 가면서 그는 생각했다. 하지만 곧 그것을 안다는 게 아무 의미가 없음을 깨달았다. 그에게 전쟁은 인간이 만들어낸 것이 아니라 마치 바람과 비, 바다, 또는 어릴 때 보았던 시칠리아의 높은 절벽처럼 느껴졌다. 이 전쟁은 그 자신보다 더 오래되었다. 가끔은 눈덩이처럼 커졌다가 눈송이처럼 오그라들었고, 가끔은 여기로 스며들었다가 저리로 자리를 바꾸었다. 북쪽 지방을 황폐화했다가 서쪽으로 기수를 돌리는가 하면, 동쪽으로 한 팔을 뻗으며 남쪽으로 다른 팔을 뻗었고, 한동안 육중한 무게로 남쪽 지방을 휩쓰는가 싶다가 다시 북쪽으로 올라가 땅을 초토화하기도 했다. 마르틴은 당연히 전쟁 전의 시절을 아직 기억하는 사람들을 알고 있었다. 티롤 지방의 가족 별장에서 기침을 연발하며 편안하게 죽음을 기다리는 아버지도 그중 한 사람이었다. 뚱뚱한 백작이 근 예순 해 뒤에 똑같은 장소의 똑같은 석조 책상에 앉아 기침을 연발하고 글을 쓰면서 죽음을 기다리게 되듯이 말이다. 그의 아버지가 알브레히트 폰 발렌슈타인 장군 이야기를 해준 적이 있었다. 이 크고 암울한 남자는 빈의 습한 날씨에 대해 푸념을 늘어놓았다. 아버지가 곧 적응하게 될 거라고 대답하자 발렌슈타인은 이런 을씨년스러운 날씨에는 적응하고 싶지 않고 적응해서도 안 된다고 대꾸했다. 아버지는 무언가 재치 있는 말로 받아치려 했지만 발렌슈타인이 단번에 그 말을 끊어버렸다. 이야기할 기회가 없었는지 아니면 이야기하는 것을 잊었는지, 아버지는 그로부터 한 달 뒤에야 몇 년 전 자신이 보헤미아의 왕좌에 앉아 이 큰 전쟁의 포문을 연 불행한 선제후 프리드리히를 만난 적이 있다고 이야기했다. 겨울

한철이 지나기 전에 치욕적으로 왕좌에서 쫓겨나 처참한 몰골로 객사하는 바람에 무덤조차 없는 왕이었다.

그날 밤 그들은 숙소를 찾지 못해 젖은 외투로 몸을 감싼 채 맨땅에 웅크리고 누웠다. 빗줄기가 너무 강해 불을 피울 수 없었다. 이렇게 처량한 기분은 처음이었다. 엄청나게 많은 물기를 머금어 점점 무거워지는 외투, 서서히 더 깊이 가라앉는 듯한 진흙 바닥. 이런 진창이 사람을 집어삼키는 것이 가능할까? 그는 일어나 앉으려 했지만 되지 않았다. 진창이 꽉 붙잡고 놓아주지 않는 느낌이었다.

어느 순간 비가 그쳤다. 프란츠 케른바우어가 기침을 하며 나뭇가지를 층지어 쌓아놓고 부싯돌을 치기 시작했다. 간신히 불꽃이 일자 또 한참 동안 불쏘시개에 불을 붙인 다음 입으로 바람을 불고 마법의 주문을 중얼거렸다. 마침내 어둠 속에서 작은 불꽃이 일어, 그들은 덜덜 떨면서 모닥불 위에 손을 대고 비볐다.

말들이 갑자기 불안에 떨며 히힝 울어댔다. 한 용기병이 일어났다. 그게 누구인지는 몰랐지만, 마르틴은 어쨌든 그가 소총을 들고 겨냥하는 모습을 보았다. 모닥불이 만든 그림자들이 춤을 추었다.

"늑대입니다." 카를 폰 도더가 말했다.

그들은 칠흑 같은 어둠 속을 응시했다. 갑자기 마르틴은 이 모든 게 꿈이라고 생각했다. 다음 날 햇살 가득한 아침에 뽀송뽀송한 채로 푹 자고 일어난 사람의 머릿속에 떠오를 악몽이라고. 물론 그런 일은 일어날 수 없었다. 그는 이 흉악한 기억과 씨름하는 대신 열두 페이지에 걸쳐 어머니에 대한 이야기를 교묘하게 엮어놓았다. 대부분이 허구였다. 그는 평소 멀게만 느껴지던 냉정한 어머니를 자신이 좋아하던 가정교사의 이미지와 융합시켰다. 늘씬하고 아름다운 아글라이아를 빼면 자신에게 누구보다 부드럽게 대해준 사람이 바로 그 가정교사였다. 기나긴 허구의 기억으로부터 다시 여행으로 돌아왔을 때 그들은 이미 하르와 바이에르브론을 지나고 있었다. 마르틴 뒤에서는 용기병들이 어지럽게 날아가는 총알로부터 목숨을 지켜준다는 마법의 주문에 관해 이야기를 나누었다.

"물론 정확하게 조준하고 쏜 총알에는 효과가 없대." 프란츠 케른바우어가 말했다.

"진짜 강력한 주문만 빼고." 콘라트 푸르너가 말했다. "아무도 모르는 비밀스러운 주문인데, 그걸로는 대포알도 막을 수 있지. 내가 직접 봤어. 아우크스부르크에서. 내 옆에 있던 놈이 그 주문을 외웠거든. 난 그놈이 죽은 줄 알았는데, 글쎄 갑자기 벌떡 일어나지 않겠어? 마치 아무 일도 없었던 것처럼 말이야. 그 주문을 제대로 듣지 못한 게 너무 아쉬워."

"맞아, 그런 주문으로는 가능할 거야." 프란츠 케른바우어가 말했다. "그런데 진짜 비싸대. 장터에서 살 수 있는 싸구려 주문은 효과가 없지."

"나도 그 비슷한 경우를 알아." 슈테판 푸르너가 말했다. "어떤 놈이 스웨덴군에서 싸웠는데, 항상 액막이 부적을 갖고 다녔어. 그걸로 처음에는 마그데부르크에서 살아남았고, 그다음에는 뤼첸에서 살아남았어. 물론 그 뒤에 술을 잔뜩 처먹다가 뒈졌지만."

"그런 부적은 어디서 구할 수 있을까?" 프란츠 케른바우어가 물었다.

"우리 같은 놈들이 그걸 어떻게 알겠어?" 슈테판 푸르너가 한숨을 내쉬었다. "아무튼 그런 게 있으면 정말 좋겠군. 그럼 모든 게 완전히 달라질 텐데."

"맞아." 프란츠 케른바우어가 진지하게 말했다. "그런 게 있으면 정말 좋겠어."

그들은 하르에서 첫 시체를 보았다. 한동안 그 자리에 방치되어 있었던 게 분명했다. 옷은 흙으로 뒤덮이고, 머리카락은 풀줄기와 엮여 있었다. 얼굴을 바닥에 대고 누운 시체는 다리를 쩍 벌리고 있었다. 신발은 신지 않았다.

"저것 봐." 콘라트 푸르너가 시체의 발을 가리켰다. "죽은 사람 신발이 그냥 남아 있는 꼴을 못 봤다니까. 재수 없으면 신발 하나 때문에 죽기도 할걸."

바람에 차가운 빗방울이 자잘하게 묻어 있었다. 그들 주변엔 나무 그루터기뿐이었다. 숲 전체를 벌목한 모양이었다. 그들은 토대까지 전부 불타 무너진 어느 마을을 지나던 중 한 곳에서 시체 더미를 발견했다. 마르틴은 얼른 눈을 돌렸다가 다시 묵묵히 그쪽을 바라보았다. 시커멓게 탄 얼굴들, 팔 하나만 달린 몸통, 꽉 움켜쥔 손, 휑한 눈동자, 벌어진 입……. 무언가 자루처럼 생긴 것이 있기에 자세히 살펴보니 신체 잔해였다. 공기 중에 코를 찌르는 악취가 진동했다.

오후 늦게 그들은 아직 사람들이 남아 있는 마을에 도착했다. 그곳에서 만난 한 노파가 말했다. 울렌슈피겔은 수도원에 있고, 아직 살아 있다고. 일몰 직전 수레를 끌고 가던 피폐한 몰골의 사내와 아이에게서도 같은 정보를 얻었다. 사내는 마르틴의 말 옆에 선 채 멍하니 그를 올려다보며 울렌슈피겔은 수도원에 있다고, 서쪽으로 가면 호수가 보일 텐데 그곳을 지나 계속 가다 보면 수도원이 나올 거라고 했다. 그러면서 혹시 자신과 아들을 위해 먹을 것을 좀 나누어줄 수 없는지 물었다.

마르틴은 안장주머니에서 소시지를 꺼내 사내에게 주었다. 마지막 소시지였다. 그렇다면 이건 실수다. 하지만 아이가 어찌나 안돼 보이던지 그로서도 어쩔 수가 없었다. 그는 사내에게 왜 수레를 끌고 가는지 물었다.

"이게 저희가 가진 전 재산이니까요."

"하지만 텅 비어 있는데?"

"그래도 저희한테는 전 재산입니다."

그들은 다시 야외에서 잠을 잤다. 혹시 몰라 불은 피우지 않았다. 마르틴은 밤새도록 추위에 덜덜 떨었다. 다행히 비가 내리지 않아 바닥은 단단했다. 자정 직전에 근방에서 총소리가 두 번 들려 그들은 귀를 쫑긋 세웠다. 동이 틀 무렵, 카를 폰 도더가 그리 멀지 않은 곳에서 자신들을 주시하던 늑대 한 마리를 보았다고 말했다. 그들은 서둘러 일어나 말을 타고 떠났다.

길을 가던 중 한 노파를 만났다. 실제로 나이가 많아서인지 아니면 삶의 고단함에 찌들어서인지, 노파의 얼굴엔 깊은 고랑이 파여 있었고 허리는 구부정했다. 예, 수도원에 있지요. 아직 거기 있답니다. 노파는 그 유명한 광대에 대해 이야기하며 미소를 지었다. 50년 뒤 뚱뚱한 백작은 이렇게 썼다. 늘 그랬다. 그 광대를 모르는 사람은 없었다. 우리가 그의 이름을 대자마자 다들 똑같은 방향과 길을 가리켰다. 이 황폐한 땅에서 그가 아직도 살아 있다는 소식이 남은 영혼들에 생기를 불어넣는 듯했다.

정오경에는 군인들을 만났다. 창병 무리였는데, 죄다 쇠락한 몰골에 수염을 덥수룩하게 기른 모습이었다. 몇몇은 살점이 드러나는 부상을 입은 채였고, 나머지는 노획물을 담은 자루를 들고 있었다. 땀과 병균, 피 냄새가 진동했다. 그들은 적의에 찬

눈으로 마르틴 일행을 노려보았다. 그들 뒤로 포장마차들이 따랐는데, 거기엔 여자와 아이들이 웅크리고 앉아 있었다. 몇몇 여자의 품에는 갓난아기가 안겨 있었다. 뚱뚱한 백작은 훗날 회고록에 이렇게 썼다. 우리는 인간의 몸뚱이가 얼마나 비참하게 망가질 수 있는지 보았다. 저들이 적인지 아군인지는 알 수 없었다. 군기를 들고 있지 않았기 때문이다.

창병 무리에 이어 열두어 명의 기병이 다가왔다.

"안녕하쇼?" 우두머리로 보이는 남자가 말했다. "어디로 가시는 길이오?"

"수도원으로 갑니다." 마르틴이 대답했다.

"우리가 거기서 막 오는 길인데, 거긴 먹을 게 없소."

"우린 먹을 걸 찾는 게 아니라 틸 울렌슈피겔을 찾습니다."

"아, 그 사람은 거기 있지. 우리도 봤소. 황군이 들어오면 곧 줄행랑을 놓아야 하겠지만."

마르틴의 얼굴이 하얗게 변했다.

"걱정 마시오, 당신들한테 아무 짓도 안 할 테니. 나는 함부르크에서 온 한스 클로프메스요. 나도 한때 황군이었는데, 혹시 다시 황군이 될지 누가 알겠소? 용병도 직업이니까. 목공이나 빵 장수처럼 말이오. 그런 의미에서 군대는 나한테 길드지. 저기 마차에 내가 먹여 살려야 하는 아내와 아이들이 있소. 요즘 프랑스군은 임금을 안 줘. 하지만 임금을 주게 되면 황군보다 많이 줄 거요. 지금 베스트팔렌에서는 평화를 두고 높으신 양반들이 협상을 하고 있는 것 같더군. 전쟁이 끝나면 우리 모두 밀린 임금을 받을 거요. 다들 그것만 믿고 있지. 임금을 안 주면 아무도 집으로 돌아가려 하지 않을걸. 높으신 양반들이 두려워하는 것도 그거고. 당신들은 아주 멋진 말을 타고 다니는구려!"

"고맙소." 마르틴이 대답했다.

"나도 잘 탈 수 있는데." 한스 클로프메스가 말했다.

마르틴이 불안한 표정으로 기병들을 둘러보았다.

"당신들은 어디서 오는 길이오?" 한스 클로프메스가 물었다.

"빈이오." 마르틴이 약간 갈라지는 목소리로 대답했다.

"나도 예전에 빈에 갈 뻔했는데." 한스 클로프메스 옆에 있던 기병이 말했다.

"뭐, 정말?" 한스 클로프메스가 물었다. "네가 빈에 갔다고?"

"갈 뻔했다고요. 갔다는 게 아니라."

"무슨 일이 있었나?"

"아무 일도. 나는 빈에 안 갔으니까."

"슈타른베르크는 멀리 돌아서 가시오." 한스 클로프메스가 말했다. "가우팅 남쪽으로 지나가는 게 좋을 거요. 그런 다음 헤르싱 방향으로 가다가 수도원으로 가시오. 그 길은 빈털터리 나그네들에게 아직 열려 있을 테니까. 하지만 서둘러야 할 거요. 튀렌 장군과 브랑겔군이 벌써 도나우강을 건넜거든. 곧 한바탕 난리가 날 거요."

"우린 빈털터리 나그네가 아닙니다." 카를 폰 도더가 말했다.

"지금부터는 또 모르지."

명령도 상의도 필요 없었다. 그들은 동시에 말에 박차를 가했다. 마르틴은 말의 목 위로 몸을 바짝 붙인 채 고삐와 말갈기를 꽉 쥐었다. 말발굽 밑에서 흙 튀기는 것이 보였고, 뒤에서 고함 소리와 함께 총성이 한 방 들렸다. 그는 돌아보고 싶은 유혹을 간신히 이겨냈다.

그들은 달리고 또 달렸다. 쉬지 않고 달렸다. 허리가 끊어질 듯 아프고 다리에 힘이 풀렸다. 더 이상 고개를 돌릴 엄두도 나지 않았다. 옆에서는 프란츠 케른바우어가, 앞에서는 콘라트 푸르너와 카를 폰 도더가, 뒤에서는 슈테판 푸르너가 달리고 있었다.

마침내 멈추어 섰다. 땀에 젖은 말들의 입에서 하얀 김이 모락모락 피어올랐다. 마르틴은 눈앞이 캄캄해져 안장에서 미끄러졌다. 프란츠 케른바우어가 그를 붙잡고 말에서 내리는 것을 도와주었다. 기병들은 그들을 뒤쫓지 않았다. 눈이 내리기 시작했는지 희끄무레한 눈송이가 공중에 휘날렸다. 마르틴은 손을 뻗어 눈송이를 받았다. 그제야 그게 재 가루라는 걸 알아차렸다.

카를 폰 도더가 말의 목덜미를 어루만졌다. “아까 그 남자 말로는 가우팅 남쪽으로 지나서 헤르싱 방향으로 가라고 했지요. 지금 말들은 목이 말라요. 물이 필요합니다.”

그들은 다시 말에 올라 여전히 재 가루가 날리는 풍경 속을 묵묵히 달렸다. 어디에도 사람 그림자 하나 보이지 않았다. 오후 느지막이 머리 위로 수도원 탑이 나타나기 시작했다.

이 대목에서 뚱뚱한 백작의 회고록은 이야기를 훌쩍 건너뛴다. 말들이 힘들게 올랐던 헤르싱 뒤편의 가파른 비탈길에 대한 언급이 빠져 있고, 반쯤 허물어진 수도원 건물과 수사들에 대한 언급도 전혀 없다. 물론 그의 기억 속에는 있었다. 하지만 이 대목을 쓸 때 얼른 본론으로 들어가고 싶어 무척 초조했던 모양이다. 이렇게 해서 독자들은 애매한 묘사를 한두 줄 읽고 난 뒤 곧바로 마르틴이 수도원장과 대면하는 장면을 목격하게 된다. 시간은 벌써 이튿날 이른 아침이다.

두 사람은 텅 빈 홀의 작은 간이의자에 앉아 있었다. 가구는 전부 도난당하거나 파괴되거나, 그도 아니면 땔감으로 쓰였다. 수도원장은 이 홀에 원래 벽걸이 양탄자와 은촛대가 있었고 저기 아치형의 문 위에는 커다란 금 십자가도 걸려 있었지만, 지금은 하나도 남지 않아 불을 붙인 소나무 조각에서 나오는 빛이 전부라고 말했다. 프리제네거 신부가 최대한 간략하게 얘기했음에도 마르틴은 몇 번이나 눈이 감겼다. 그러다 화들짝 놀라 정신 차리기를 반복하면서 이 깡마른 남자가 그사이에도 계속 이야기를 이어가고 있었음을 알아차리곤 했다. 당장이라도 침대에 누워 자고 싶은 심정이었다. 하지만 원장은 지난 시절을 들려주고 싶어 했고, 자신의 수도원이 지난 몇 년 동안 어떤 일을 겪었는지 황제의 사자가 반드시 알기를 바랐다. 훗날 뚱뚱한 백작은 회고록을 쓸 때 레오폴트 1세 치하의 수많은 일과 사람과 시간이 머릿속에서 뒤죽박죽 뒤엉키는 경험을 했고 프리제네거 신부의 놀라운 기억력에 새삼 부러움을 느끼며 감탄했다.

뚱뚱한 백작은 회고록에 이렇게 썼다. 그 지난한 시절도 수도원장의 정신에는 전혀 해를 입히지 않은 것 같았다. 원장의 눈은 날카롭게 깨어 있었고, 말을 할 때마다 적절한 단어를 사용했으며, 문장도 길게 잘 짜여 있었다. 하지만 진실성 면에서 볼 때, 모든 이야기가 사실과 부합하는 것은 아니었다. 무수한 사건들이 뒤섞여 있어서 이야기를 따라가기가 쉽지 않았다. 수 년 동안 반복해서 군인들이 수도원으로 쳐들어왔다. 우선 황군이 와서 필요한 것들을 앗아 가더니 다음엔 프로테스탄트군이 와서 앗아 갔다. 프로테스탄트군이 물러가자 다시 황군이 와서 가축과 나무, 신발 같은 것들을 빼앗아 갔다. 그 뒤 황군은 물러갔지만, 수도원을 보호해준다는 명분으로 경비대를 남겨두었다. 이어 어떤 군대에도 속하지 않은 약탈병들이 왔다. 경비대가 그들을 쫓아냈다. 아니, 그 반대로 약탈병들이 경비대를 쫓아냈을지도 모른다. 어쨌든 어느 한쪽이 다른 쪽을 몰아냈든지, 아니면 처음엔 한쪽이 다른 쪽을, 나중엔 다른 한쪽이 상대를 쫓아냈든지 둘 중 하나다. 뚱뚱한 백작으로서는 어느 것이 진실인지 확실하게 알 수 없었다. 하지만 어차피 상관없었다. 경비대가 다시 철수했기 때문이다. 그 뒤 황군 또는 스웨덴군이 들어와서 또다시 필요한 것을 앗아 갔다. 가축과 나무, 옷, 신발 같은 것들이었다. 이듬해 겨울에는 인근 마을 주민들이 수도원으로 피난을 와, 홀이건 방이건 구석진 복도건 누울 수 있는 곳은 사람들로 가득 찼다. 모두가 굶주렸고, 우물은 더러웠으며, 추위는 매서웠다. 게다가 주린 늑대까지 출몰했다.

"늑대요?"

수도원장은 언제부터인가 늑대들이 민가로 내려왔다고 말했다. 처음엔 밤에만 오더니 얼마 뒤부터는 낮에도 모습을 드러냈다. 그럴 만한 이유가 있었다. 전쟁을 피해 숲으로 피신한 사람들이 거기서 작은 짐승을 잡아먹는가 하면 추위를 이기기 위해 나무를 잘랐다. 그러다 보니 늑대들이 배고픔을 못 이겨 인간에 대한 두려움과 경계심을 벗어던지고 살아 있는 악몽처럼 마을로 들어온 것이다. 옛이야기 속의 소름 끼치는 모습 그대로였다. 그들은 굶주린 눈으로 인가와 축사를 얼씬거렸다. 칼이나 갈퀴를 들이대도 전혀 겁을 먹지 않았다. 최악의 겨울

날에는 수도원 안에 출몰하기도 했다. 심지어 갓난아기를 안은 여자를 덮쳐 아기를 물어 가는 일까지 생겼다.

그런데 이건 사실이 아니었다. 수도원장은 그저 늑대들이 자주 출몰하다 보니 어린아이들이 걱정된다는 말만 했을 뿐이다. 그럼에도 어머니의 눈앞에서 갓난아기가 늑대에 잡아먹힐 수 있다는 상상은 뚱뚱한 백작에게 크나큰 충격을 주었다. 게다가 회고록을 쓸 땐 이미 손자가 다섯에다 증손자까지 셋이나 있는 사람 아니었던가! 그래서 그는 수도원장에게 들은 그 끔찍한 이야기를 독자들에게 숨김없이 밝힐 수밖에 없는 점에 대해 현란한 말로 사죄하면서 엄마의 고통스러운 비명과 경악, 늑대의 으르렁거림, 날카로운 이빨, 벌건 피를 잔인하게 묘사했다.

아무튼 수도원장은 차분한 목소리로 그런 세월이 날마다 해마다 이어졌다고 말했다. 사람들은 굶주림과 질병에 시달렸고, 군대와 약탈병들이 번갈아 그들을 찾아왔다. 이제 이 지역에 남은 인구는 얼마 되지 않았다. 숲은 사라졌고, 마을은 불타 없어졌으며, 인간들은 도망쳤다. 어디로 갔는지는 누구도 모른다. 작년에는 심지어 늑대들마저 도망쳤다. 수도원장은 몸을 내밀어 마르틴의 어깨에 손을 올리더니, 이 모든 얘기를 기억할 수 있겠느냐고 물었다.

"물론이지요." 마르틴이 대답했다.

수도원장은 말했다. 궁에서 진실을 아는 것은 무척 중요하다. 황군의 총사령관을 맡은 바이에른 선제후는 큰 그림에서야 지혜로울지 모르겠으나 현실에서 일어나는 자잘한 일에는 관심이 없다. 우리가 여러 차례 도움을 청했지만 응답이 없었다. 진실을 얘기하자면, 그의 군대가 스웨덴군보다 오히려 더 포악했다. 그걸 기억해야만 이 모든 고통에 의미가 생긴다.

마르틴은 고개를 끄덕였다.

수도원장이 그의 얼굴을 유심히 들여다보았다.

그는 마치 상대의 생각을 읽기라도 하듯 평정심과 기율과 내적 욕구를 입에 올리며, 수도원의 안녕과 형제들의 생존이 그의 어깨에 달려 있다고 말했다.

수도원장이 성호를 그리자 마르틴도 따라 했다.

원장은 수도복 안쪽을 들추며 이게 상당히 도움이 된다고 말했다. 마르틴은 고열로 인한 섬망 상태에서나 느낄 법한 경악을 느끼며 황마黃麻로 짠 그의 내의를 보았다. 마른 핏자국으로 얼룩덜룩한 내의 안에는 금속 가시와 유리 조각이 달려 있었다.

수도원장이 말했다. 자신은 이 속죄의 옷에 적응이 됐다. 첫 몇 해는 아주 힘들었다. 간혹 속죄의 옷을 벗고 곪은 상체를 찬물로 식히기도 했다. 그러고 나면 자신의 나약함이 부끄러워졌다. 그럴 때마다 주님께서 그에게 다시 속죄의 옷을 입을 용기를 주셨다. 정말 미칠 듯한 고통과 지독하게 따끔거리고 화끈거리는 아픔에 정신을 잃을 것 같은 순간들도 있었다. 그럴 때 기도가 도움이 되었다. 습관이 도움이 되었다. 살갗은 점점 더 두꺼워졌고, 4년째부터 고통은 익숙한 친구가 되었다.

뚱뚱한 백작은 훗날 이렇게 썼다. 그 순간 나는 수마에 붙들렸던 게 틀림없다. 하품을 하고 눈을 비비고 내가 지금 어디 있는지 기억해냈을 때 다른 남자가 맞은편에 앉아 있었다.

볼이 쑥 들어가고 이마에서 콧부리까지 긴 흉터가 있는 깡마른 남자였다. 수도복을 입고 있었지만, 정확히 어디서 그런 느낌을 받았는지는 말하기 곤란해도 수도사가 아닌 것은 분명했다. 마르틴은 살아오면서 그런 눈을 본 적이 없었다. 훗날 이 장면을 묘사하면서도, 뚱뚱한 백작은 자신이 수년에 걸쳐 친구와 지인뿐 아니라 낯선 사람들에게도 이야기하곤 했던 이 대화가 실제로 있었던 일인지 확신하지 못했다. 하지만 이미 너무 많은 사람들이 들어 이젠 벗어나는 것이 불가능해진 그 버전을 고수하기로 마음먹었다.

남자가 말문을 열었다. "드디어 왔군. 오랫동안 기다렸어."

"당신이 틸 울렌슈피겔인가?"

"우리 중의 한 사람이지. 나를 데리러 왔나?"

"황제 폐하의 명이다."

"어떤 황제? 너무 많아서……."

"너무 많다고? 지금 누굴 조롱했는지 알기나 하나?"

"황제가 아니라 널 조롱하는 거지. 넌 어째서 그렇게 살집이 많지? 어디에도 먹을 게 없는 세상인데. 어쩌다 그렇게 됐지?"

"닥쳐!" 이렇게 내뱉고서, 마르틴은 보다 재치 있는 답을 떠올리지 못한 자신에게 분노를 느꼈다. 그래서 이후 평생 동안 더 나은 대답을 숙고하고 실제로 일련의 답을 찾았지만 어떤 보고에도 그 수치스러운 말에 더 이상 답을 보태지 않았다. 그래봤자 기억의 진실을 확인하는 결과밖에 안 되기 때문이다. 스스로를 곤경에 빠뜨릴 말을 굳이 지어낼 필요는 없었다.

"나를 때리려고? 넌 못 해. 넌 부드러운 사람이거든. 부드럽고 여리고 사랑스럽고. 여긴 너 같은 사람에게 어울리지 않아."

"전쟁이 그렇다는 건가?"

"그렇지. 너한테는."

"당신한테는 어울리고?"

"나한테는 당연히 어울리지."

"아무튼 자발적으로 갈 텐가, 아니면 강제로 끌려갈 텐가?"

"당연히 가지. 여긴 더 이상 먹을 것도 없고 모든 게 무너지는 중이니까. 수도원도 오래 버티지 못할걸. 그래서 내가 널 부른 거야."

"당신이 나를 부른 게 아냐!"

"내가 불렀어, 이 뚱보야!"

"황제 폐하께서 네 이야기를 들으시고……."

"맞아, 근데 뚱보 아저씨, 황제가 그 이야기를 어떻게 들었을까? 황금 보좌에 황금 왕관을 쓰고 앉은 그 머저리 황제가 그걸 어떻게 들었을까? 다 너희를 이리로 부르기 위해 내가 벌인 일이야. 황제를 욕했다고 날 때리지는 마. 나는 그런 말을 해도 되는 사람이니까. 너도 알잖아, 광대의 자유를. 광대가 황제를 머저리라고 부르지 않으면 누가 하겠어? 누군가 한 사람은 해야 돼. 너야 당연히 해서는 안 되지만."

울렌슈피겔이 히죽 웃었다. 비릿한 조롱조의 웃음이었다. 뚱뚱한 백작은 이후의 대화가 더는 기억나지 않아 대여섯 문장으로 그 소름 끼치는 미소만 묘사했고, 이어 다음 날 정오까지 이어진 그 깊고 달콤하고 생기 넘치는 잠을 설명하는 데 한 페이지를 할애했다. 오, 모르페우스여! 평화와 기쁨을 선사하는 휴식의 신이자 밤의 망각을 주관하는 복된 수호자시여, 어느 때보다 당신의 힘이 필요했던 그날 밤 나를 깊은 잠의 세계로 인도하시고 상쾌하고 행복한 열락의 기분으로 깨어나게 해주셨구려!

이 마지막 문장은 청춘의 뜨거운 감흥이라기보다, 그가 다른 대목에서 감동적인 문구로 토로한 바 있는 신앙에 대한 노년의 회의를 반영한 것이었다. 반면 50여 년의 시간이 흘렀음에도 떠올릴 때마다 여전히 낯이 붉어지는 다른 세세한 부분에 대해서는 말을 삼갔다. 즉 울렌슈피겔을 태울 말을 준비해 가지 않은 일 말이다. 그는 정오경 수도원 안뜰에서 뼈만 남아 사람이 아니라 유령처럼 보이는 세 명의 수사와 수도원장과 작별할 때에야 비로소 그 사실을 깨달았다.

실제로 그들 중 누구도 그 남자를 어디다 태워 빈으로 데려갈 것인지 생각하지 못했다. 당연히 생각했어야 할 문제였다. 어디서도 말을 사거나 빌릴 수 없고, 당나귀조차 구하기 어려운 시절이었기 때문이다. 살아 있는 동물은 모두 잡아먹히거나 도망쳤다.

"까짓것, 내 뒤에 태우면 되죠 뭐." 프란츠 케른바우어가 말했다.

"날 뭘로 알고." 울렌슈티겔이 말했다. 밝은 데서 보니 수도복을 입은 그는 한층 더 말라 보였다. 서 있는 품새도 약간 구부정했고, 뺨은 홀쭉했으며, 눈은 쑥 들어가 있었다. "황제가 내 친구야. 내 말을 다오."

"이빨을 뽑아버릴까 보다." 프란츠 케른바우어가 말했다. "네놈 코뼈도 부러질 수 있어. 내가 못 할 것 같아? 나를 봐. 난 당장이라도 그럴 수 있어."

울렌슈피겔은 잠시 묵묵히 그를 올려다보더니 프란츠 뒤에 올라탔다.

카를 폰 도더가 마르틴의 어깨에 한 손을 올리며 나직이 말했다. "저자는 아닙니다."

"뭐?"

"그자가 아니라고요!"

"뭐가 아니라고?"

"내가 봤던 그자가 아닌 것 같아요."

"무슨 소리야?"

"당시 연시年市에서 봤던 자가 아니에요. 내 눈은 정확해요. 그자가 아닌 것 같아요."

마르틴은 재판소 비서를 가만히 바라보았다. "확실한가?"

"100퍼센트 확실한 건 아닙니다. 오랜 세월이 지난 데다 공중에서 밧줄을 타고 있던 모습만 봤으니까요. 하지만……."

"그럼 그 이야기는 그만하게." 마르틴이 말을 잘랐다.

수도원장은 떨리는 손으로 그들에게 축복을 내리고는 되도록 도시를 피해 가라고 조언했다. 왕궁이 있는 뮌헨은 도움을 청하는 사람들이 쇄도하는 바람에 성문을 굳게 닫아걸었다. 이제 그 안으로는 개미 새끼 한 마리 들어갈 수 없다. 거리는 굶주린 사람들로 들끓고, 우물은 오염되었다. 프로테스탄트들이 점령한 뉘른베르크의 상황도 다르지 않다. 게다가 브랑겔과 튀렌의 군사가 북서쪽에서 온 연합군과 함께 도착했다는 소문이 있다. 그러니 북동쪽으로 크게 우회해 아우크스부르크와 잉골슈타트 사이로 지나는 게 가장 좋을 듯하다. 로텐부르크에서는 곧장 동쪽으로 직진해야 한다. 거기서부터 오스트리아 북동쪽으로 가는 길은 열려 있다. 그러고서 수도원장은 잠시 침묵하더니 가슴을 긁었다. 평범한 동작이었지만, 속죄의 옷에 대해 알고 있던 마르틴으로서는 차마 그 모습을 지켜볼 수 없었다. 가톨릭과 신교 진영 모두 대규모 전투를 준비하고 있다는 소문이 파다했다. 베스트팔렌에서 정전이 선포되기 전에 보다 유리한 전세를 확보하려는 속셈이었다.

"고맙습니다." 마르틴은 이렇게 대답했지만 사실 수도원장의 말을 대부분 흘려들었다. 지리학은 그의 관심 분야가 아니었다. 부친의 서재에 꽂혀 있던 마테우스 메리안의 『게르만 지형도Topographia Germaniae』도 그냥 몇 번 뒤적이고 말았을 뿐이다. 그런 책이라면 진저리가 났다. 대체 왜 이 모든 걸 기억해야 한단 말인가? 세상의 중심인 빈에 살고 앞으로도 계속 살 사람이, 왜 다른 지역을 모두 알고 찾아가야 한단 말인가? 도무지 이해가 안 되는 일이었다.

"주님께서 늘 함께하시길!" 수도원장이 울렌슈피겔에게 말했다.

"원장님도요!" 광대가 말 위에서 대답했다. 그는 양팔로 프란츠 케른바우어의 허리를 감고 있었는데, 말에 타고 있는지 모를 정도로 마르고 약해 보였다.

"자네는 어느 날 우리 수도원 문 앞에 서 있었지." 수도원장이 말했다. "우린 자네를 받아들였고, 자네가 어떤 신앙을 갖고 있는지 묻지 않았네. 그렇게 1년이 넘도록 여기 머물다가 이제 다시 떠나는군."

"아름다운 말씀이십니다." 울렌슈피겔이 말했다.

수도원장은 성호를 그었다. 광대도 따라 하려고 했지만 혼란에 빠졌다. 두 팔이 꼬이고 손은 그려야 할 곳을 찾지 못했다. 수도원장은 몸을 돌렸고, 마르틴은 간신히 웃음을 참았다. 두 수사가 문을 열어주었다.

그들은 멀리 가지 못했다. 얼마 안 가 비가 억수같이 쏟아지기 시작했다. 마르틴이 지금껏 경험해보지 못한 호우였다. 그들은 서둘러 말에서 내려 말 밑에 쪼그리고 앉았다. 마치 하늘이 갈라진 듯 빗줄기가 거세게 쏟아졌고, 금세 땅바닥에 물길이 만들어졌다.

"만일 저자가 울렌슈피겔이 아니라면요?" 카를 폰 도더가 속삭였다.

마르틴이 대답했다. 만일 무언가 두 가지가 서로 구분되지 않는다면, 그건 하나나 다름없다. 이 남자는 수도원으로 피신한 진짜 울렌슈피겔이거나, 그자를 사칭한 사기꾼이거나 둘 중 하나다. 진실은 신만이 안다. 신이 개입하지 않는다면 차이는 없다. 진짜건 가짜건 울렌슈피겔이라고 하는 자를 데려가기만 하면 된다.

그때 근처에서 총소리가 들렸다. 그들은 급히 말에 올라 박차를 가하며 들판을 질주했다. 마르틴의 입에서는 숨을 몰아쉬느라 쌕쌕 소리가 났고, 허리에서는 끊어질 듯한 통증이 느껴졌다. 빗방울이 그의 얼굴을 때렸다. 용기병들이 마침내 고삐를 당기며 말을 멈출 때까지 엄청나게 긴 시간이 흐른 느낌이었다.

그는 후들거리며 말에서 내려 말의 목덜미를 쓰다듬었다. 말의 입이 쉴 새 없이 실룩거렸다. 왼편에는 작은 강이 흘렀고, 건너편에는 숲으로 올라가는 비탈이 보였다. 멜크 이후 마르틴이 처음 만난 비탈이었다.

"저건 슈트라이트하임 숲이 분명해." 카를 폰 도더가 말했다.

"그럼 너무 북쪽으로 왔는데요." 프란츠 케른바우어가 말을 받았다.

"맹세컨대 저건 슈트라이트하임 숲이 아냐." 슈테판 푸르너가 말했다.

"무슨 소리, 확실해." 도더가 대꾸했다.

"아니라니까요." 슈테판이 받아쳤다.

그때 음악 소리가 들려왔다. 그들은 숨을 멈추고 귀를 기울였다. 나팔과 북소리였다. 저절로 발을 움직이게 만드는 경쾌한 행진곡이었다. 마르틴은 자신의 어깨가 박자에 맞춰 움찔거리는 것을 알아차렸다.

"여길 떠야 해요." 콘라트 푸르너가 말했다.

"말을 타고는 숲속을 지나갈 수 없어!" 카를 폰 도더가 소리쳤다.

"잠깐, 잠깐!" 마르틴이 말했다. 여기서 결정권자가 자신이라는 사실을 주지시키기 위해서였다. "일단 울렌슈피겔을 보호하는 게 급선무야."

"멍청이들." 깡마른 남자가 부드럽게 말했다. "이 바보 같은 양반들아, 너희가 나를 보호하는 게 아니라 내가 너희를 보호하는 거야."

어느새 그들은 머리 위로 햇빛이 들지 않는 숲에 들어서 있었다. 말들이 불안해했다. 마르틴은 고삐를 단단히 쥐고 녀석의 축축한 콧구멍을 쓰다듬었다. 말은 곧 순응하며 발을 내디뎠다. 얼마 안 가 용기병들이 칼로 길을 내야 할 정도로 덤불이 울창해졌다.

그들은 다시 귀를 기울였다. 음산하게 웅웅대는 소리가 들려왔다. 무슨 소리지? 어디서 오는 소리지? 마르틴은 서서히 그게 무수한 목소리로 이루어진 소리임을 알아차렸다. 노래와 외침, 수다가 뒤섞여 있었다. 말이 두려움에 떨었다. 그가 갈기를 어루만져주었지만 말은 거칠게 숨을 씩씩거렸다.

훗날 마르틴은 그 숲을 얼마나 지나왔는지 기억할 수가 없어 그냥 두어 시간쯤 걸렸다고 주장했다. 그는 이렇게 썼다. 마침내 숲의 목소리는 잦아들었고, 대신 독특하고 시끄러운 정적만이 우리를 감쌌다. 새들은 노래했고, 가지는 부러졌으며, 바람이 나무를 휘감았다가 속삭이듯 우리를 스쳐 지나갔다.

"우린 동쪽으로 가야 합니다." 카를 폰 도더가 말했다. "아우크스부르크로요."

"수도원장이 그러지 않았나? 도시에선 외부인을 들이지 않는다고." 마르틴이 말했다.

"하지만 우린 황제의 사자들입니다."

그제야 마르틴은 어떤 형태의 서류도 준비해 오지 않았다는 사실을 깨달았다. 통행증이건 증명서건 그 어떤 서류도 없었다. 출발하기 전에는 그런 게 필요하리라는 생각조차 하지 못했고, 황궁 행정실에도 그런 걸 발행하는 부서는 따로 없었다.

"동쪽이 어디지?" 프란츠 케른바우어가 물었다.

슈테판 푸르너가 어딘가를 가리켰다.

"거긴 남쪽이야." 그의 동생이 말했다.

"바보 멍청이들." 울렌슈피겔이 피식 웃으며 소리쳤다. "너희 땅딸보는 아는 것도 없구나. 우리가 지금 있는 데가 서쪽이야. 그렇다면 동쪽은 지천에 널려 있다는 뜻이지."

프란츠 케른바우어가 때리려고 팔을 치켜들자 울렌슈피겔은 믿을 수 없을 만큼 빠른 속도로 몸을 숙이더니 나무 뒤로 숨었다. 용기병이 뒤쫓았지만 그는 마치 그림자처럼 이 나무에서 저 나무 뒤로 사라지더니 더 이상 보이지 않았다.

"너희는 나를 잡지 못해." 그가 낄낄거리며 말했다. "나는 숲을 잘 알아. 어릴 때 이미 숲의 정령이 되었거든."

"숲의 정령?" 마르틴이 불안스레 물었다.

"하얀 숲의 정령이지." 울렌슈피겔이 웃으면서 덤불에서 나왔다. "위대한 악마를 받드는."

그들은 잠시 쉬기로 했다. 식량은 거의 바닥나 있었다. 말들은 나무 주변의 풀을 뜯어 먹고 그들은 맥주를 돌려 먹었다. 각자 한 모금씩이었다. 하지만 맥주병이 마르틴에게 도착했을 때 남아 있는 건 없었다.

그들은 지친 몸을 이끌고 계속 나아갔다. 숲이 차츰 밝아지고, 나무의 간격도 점점 벌어졌으며, 덤불도 더 이상 그리 울창하지 않았다. 이제는 말들이 다닐 수 있도록 굳이 길을 낼 필요가 없었다. 마르틴은 어느새 새소리가 들리지 않는다는 것을 알아챘다. 참새도 지빠귀도 까마귀도, 어떤 새도 울지 않았다. 그들은 비탈을 올라 숲에서 나왔다.

"오, 주여!" 카를 폰 도더가 말했다.

"자비로우신 주여!" 슈테판 푸르너가 말했다.

"성모마리아여!" 프란츠 케른바우어가 말했다.

훗날 뚱뚱한 백작은 당시 자신들이 본 것을 묘사하려 했지만 그게 자신의 능력 밖이라는 사실만 확인할 뿐이었다. 그건 작가로서의 능력만이 아니라 이성적 인간으로서의 능력도 뛰어넘는 일이었다. 반세기가 훌쩍 지난 시점에서 실제로 뭔가 의미 있는 것들을 문장으로 담아내기란 불가능했다. 물론 그렇다고 그 광경에 대한 묘사를 빠뜨린 것은 아니었다. 그건 그의 삶에서 가장 중요한 순간 중 하나였기 때문이다. 그가 30년 전쟁의 마지막 전투를 목격했다는 사실은 이제부터 그의 존재와 그에 대한 사람들의 인식을 바꾸어놓을 터였다. 이후로 그가 누군가에게 소개될 때면, 황실 교육 의전관 나리께서는 추스마르스하우젠 전투를 직접 경험하신 분이라는 말이 항상 따라다녔다. 그러면 그는 익숙한 겸손함으로 손을 내저으며 말하곤 했다. "그 이야기는 그만합시다. 그 장면은 설명하기가 쉽지 않아요."

의례적인 표현처럼 들리지만 이 말은 사실이었다. 그런 장면을 설명하기란 쉽지 않다. 어쨌든 마르틴에겐 그랬다. 그가 숲에서 나와 언덕 위에 섰을 때, 골짜기 아래로 흐르는 강 건너편에는 황군이 지평선까지 빼곡하게 진을 치고 있었다. 전열을 구축한 대포 부대, 참호 속에 몸을 숨긴 화승총 부대, 100명씩 열을 맞춰 서 있는 창병 부대가 한눈에 들어왔다. 특히 창병들이 들고 있는 창은 마치 또 다른 숲처럼 보였다. 어쨌든 전체적으로 현실이라는 느낌이 들지 않았다. 저렇게 많은 사람이 한곳에 모여 대형을 유지하고 있다는 사실 자체가 평정심을 무너뜨릴 만큼 압도적이었다. 마르틴은 말에서 떨어지지 않기 위해 말갈기를 꽉 붙잡아야 했다.

그런 다음에야 그는 눈앞에 황군만 있는 것이 아님을 알아차렸다. 그들 오른편에 가파른 비탈이 있었고, 그 밑에는 넓은 길이 이어져 있었다. 그 길로 프랑스와 스웨덴 연합군 기병대가 음악과 함성도 없이 말발굽 소리만 울리며 일사불란하게 대오를 맞춰 접근해 오는 중이었다. 이 강에 단 하나뿐인 작은 다리를 향해.

그때, 조금 전까지 단단하게 서 있던 다리가 작은 연기구름과 함께 해체되는 일이 벌어졌다. 마법과도 같은 그 솜씨에 마르틴은 하마터면 웃음을 터뜨릴 뻔했다. 환한 연기가 피어오르는가 싶더니, 다리가 순식간에 사라졌다. 연기가 바람에 날려간 뒤에야 그들이 있는 곳으로 포성이 도착했다. 아, 얼마나 아름다운지! 마르틴은 부끄러워하며 이 생각을 머릿속에서 지우려 했지만 곧장 똑같은 생각이 다시 떠올랐다. 아, 얼마나 아름다운지!

"빨리 피합시다!" 카를 폰 도더가 소리쳤다.

너무 늦었다. 그들은 급류 같은 전쟁의 시간 속으로 휘말려 들어갔다. 저기 강 건너편에서 작은 구름 수십 개가 피어올랐다. 희고 탁한 연기였다. 마르틴은 우리의 대포, 황군의 포대라고 생각했다. 그런데 그 생각이 채 끝나기도 전에 화승총 사수들이 서 있던 곳에서 더 많은 연기가 피어올랐다. 이 무수하고 미세한 연기들은 처음엔 서로 선명하게 구분되었지만 곧 하나의 구름으로 뒤섞였다. 이어 소음이 대지 위를 구르며 다가왔다. 총성이 채찍처럼 날카롭게 이어졌다. 바로 다음 순간, 마르틴은 여전히 강을 향해 돌진하던 적의 기병대가 선보이는 희한한 기술을 지켜보았다. 그들의 대형에 갑자기 작은 길들이 만들어졌다. 여기에 하나, 바로 그 옆에 하나, 그리고 약간 거리를 두고 또 하나가 생겨났다. 저게 뭔가 싶어 그가 온 신경을 눈에 집중하는 사이, 이제껏 들어본 적 없는 소리가 들렸다. 허공을 가르는 날카로운 굉음이었다. 순간 프란츠 케른바우어가 말에서 뛰어내렸다. 마르틴은 깜짝 놀라 풀밭을 구르는 프란츠의 모습을 지켜보았다. 그러면서 자신도 똑같이 해야 하는 건 아닌지 잠시 고민에 빠졌다. 하지만 높은 말에서 저렇게 뛰어내리기가 쉽지 않았고, 바닥도 딱딱한 돌멩이 천지였다. 그사이 카를 폰 도더가 선수를 쳤다. 그런데 어찌 된 일인지, 도더는 한 방향이 아니라 두 방향으로 뛰어내렸다. 마치 어떤 방향으로 갈지 결정을 내리지 못하다가 두 가능성을 모두 잡으려는 듯이.

처음에 마르틴은 꿈인 줄 알았다. 하지만 바로 다음 순간 카를 폰 도더가 정말로 두 동강 난 채 두 곳에 누워 있는 것이 보였다. 말 오른쪽에 한 부분, 왼쪽에 다른 부분. 오른쪽 몸은 아직도 꿈틀대고 있었다. 마르틴은 말할 수 없는 공포에 휩싸였다. 도저히 눈뜨고 볼 수 없는 광경이었다. 그때 며칠 전 프란츠 케른바우어가 총으로 쏘아 죽인 거위가 쓸데없이 머릿속에 떠올랐다. 거위 대가리가 박살 나는 모습이 지금도 생생했다. 그 사건이 혹시 오늘의 사건을 예고한 건 아닐까 싶어 더더욱 겁이 났다. 그사이 마르틴 역시 말에서 떨어지는 일이 벌어졌다. 그의 말이 벌러덩 자빠지면서 그는 바닥에 나뒹굴었다. 그제야 그는 다시 비가 내리는 것을 알아차렸다. 하지만 평범한 비가 아니었다. 물이 아니라 눈에 보이지 않는 도리깨가 흙을 튀기고 있었다. 프란츠 케른바우어가 기어가는 모습이 보였다. 풀밭에 말편자가 나뒹굴었다. 편자의 주인은 온데간데없었다. 콘라트 푸르너는 말을 탄 채 비탈로 미끄러졌고, 강 건너 황군의 대오는 연기에 감싸였다. 조금 전까지 뚜렷이 보이던 황군들이 더는 보이지 않았다. 그러다 바람이 연기를 휩쓸고 가자 창들 사이에 웅크린 병사들이 모습을 드러냈다. 이제 창병들은 일제히 일어나 창을 세운 채 마치 한 사람이 움직이듯 뒤로 움직이기 시작했다. 어떻게 저렇게 일사불란하게 움직일 수 있을까? 의아한 일이었다. 하지만 곧 그는 알아차렸다. 그들은 강을 건넌 적의 기병들에 밀려 후퇴하고 있었다. 강이 들끓고, 말들은 앞발을 치켜든 채 저항했으며, 기병들은 말에서 떨어지고, 다른 편 기병들은 건너편 강가에 도착했다. 강물이 붉게 물드는 사이, 도망치던 창병들은 연기 속으로 사라졌다.

마르틴은 주위를 둘러보았다. 풀은 움직임이 없었다. 그는 기운을 차리고 일어나 앉았다. 다리는 의지대로 움직였지만 오른손에 감각이 없었다. 손을 눈앞으로 올려 자세히 보니 손가락 하나가 없었다. 혹시나 싶어 손가락을 헤아려보았다. 정말이었다. 네 개뿐이었다. 그렇다면 하나는? 원래 다섯 개여야 하는데 네 개뿐이었다. 그는 바닥에 피를 뱉었다. 숲으로 들어가야 했다. 숨을 곳은 숲밖에 없었다. 오직 숲밖에.

형체들이 서서히 조합되면서 색깔이 보이기 시작했다. 마르틴은 자신이 그새 잠시 기절했다가 막 정신을 차렸음을 깨달았다. 불현듯 고통스러운 기억이 마치 무에서 불쑥 솟아난 듯 그를 사로잡았다. 열아홉 살 때 사랑했던 여자였다. 당시 그녀는 그를 우습게 알았다. 그런 그녀가 지금 여기 나타났다. 두 번 다시 만나지 못할 거라는 생각에 몸속 세포 하나하나가 슬픔으로 가득했었는데……. 하늘을 올려다보았다. 저 멀리 새털처럼 작은 구름들이 떠 있었다. 누군가 그에게 몸을 숙였다. 누군지 알아볼 수 없었다. 상대는 자신을 알아보는 듯했다. 이제 그도 상대를 알아보았다.

"일어나!"

마르틴은 눈을 끔벅거렸다.

울렌슈피겔이 손을 들어 뺨을 때렸다.

마르틴은 벌떡 일어났다. 뺨이 아팠다. 손은 더 아팠다. 특히 떨어져 나간 손가락이 가장 아팠다. 저 건너편에 카를 폰 도더의 두 동강 난 몸뚱이가 있었고, 그 옆에는 말 두 마리가 누워 있었다. 콘라트 푸르너의 시신도 보였다. 이제 대지에 안개가 자욱하게 깔렸다. 안개 사이로 섬광이 실룩거렸다. 기병들은 여전히 접근해 오고 있었다. 기병들 사이로 길이 열렸다가 다시 닫혔다. 이 모든 게 12파운드짜리 대포의 작품이었다. 강변에는 기병들이 우글거리며 서로의 전진을 방해하고 있었다. 그러면서도 그들은 쉼 없이 채찍을 휘둘렀다. 말들은 물속에서 첨벙거렸고, 남자들은 포효했다. 그건 소리를 들어서가 아니라 남자들의 입이 움직이는 것을 보고 알았다. 강은 말과 사람들로 가득했다. 점점 더 많은 사람이 강가에 도착하더니 연기 속으로 사라졌다.

울렌슈피겔이 서둘러 움직였다. 마르틴도 그를 뒤따랐다. 숲은 몇 걸음밖에 떨어져 있지 않았다. 울렌슈피겔이 달리기 시작하자 마르틴도 속도를 냈다.

옆에서 풀들이 튀어 올랐다. 아까 들었던 소리가 다시 들렸다. 대기를 가르는 날카로운 굉음이었다. 옆에서도 들렸다. 무언가 쿵 떨어지더니 야수처럼 울부짖으며 강으로 굴러갔다. 이렇게 포탄이 떨어지는 곳에서 살아남을 수 있을까? 마르틴은 생각했다. 버틸 수 있을까? 순간 울렌슈피겔이 두 팔을 벌리며 풀밭으로 몸을 날렸다.

울렌슈피겔은 계속 풀밭에 엎드린 채였다. 마르틴이 그에게로 몸을 숙였다. 움직임이 없었다. 수도복 등 쪽이 찢어져 있고, 피가 흘러나와 벌써 주위에 고이기 시작했다. 마르틴은 주춤 물러났다가 달리기 시작했다. 그러다 무언가에 걸려 쓰러졌고, 다시 벌떡 일어나 계속 달렸다. 누군가 옆에서 달리고 있었다. 풀이 포탄에 맞아 다시 튀어 올랐다. 저들은 대체 왜 이리로 쏘는 걸까? 왜 적이 아니라 우리에게 쏘는 걸까? 왜 이렇게 멀리까지 쏘는 걸까? 지금 옆에서 달리는 사람은 누구일까? 마르틴은 고개를 돌려보았다. 울렌슈피겔이었다.

"멈추지 마!" 울렌슈피겔이 호통을 쳤다.

그들은 숲으로 들어갔다. 나무들이 천둥소리를 집어삼켰다. 마르틴은 멈추고 싶었다. 심장이 찢어질 듯 아팠다. 하지만 울렌슈피겔이 그를 붙잡고 숲속으로 더 깊숙이 잡아끌었다. 그들은 이제 덤불 속에 웅크리고 앉아 한동안 대포 소리에 귀를 기울였다. 울렌슈피겔이 찢어진 수도복을 조심스럽게 벗었다. 마르틴은 그의 등을 보았다. 셔츠가 피로 물들어 있었지만 상처는 보이지 않았다.

"대체 이게 무슨 일인가? 도무지 이해할 수가 없군." 마르틴이 말했다.

"일단 네 손부터 묶어야 해." 울렌슈피겔이 수도복을 길게 찢더니 마르틴의 손을 감았다.

그때 이미 마르틴은 이 모든 일이 장차 자신의 책에서는 다르게 기술될 것임을 예감하고 있었다. 묘사는 불가능해 보였다. 아무리 뛰어난 묘사도 현실을 그대로 옮길 수 없으며, 어떤 문장도 기억 속의 이미지와 일치할 것 같지 않았다.

그랬다. 실제 일어났던 이 사건은 꿈에서조차 다시 나타나지 않았다. 다만 이따금씩 겉보기엔 완전히 다른 사건들 속에서 그 순간, 그러니까 추스마르스하우젠 인근의 슈트라이트하임 숲 가장자리에서 지옥의 불덩이 속으로 내동댕이쳐졌던 순간들의 메아리만이 멀찌감치 들려올 뿐이었다.

수년 뒤 마르틴은 그날의 패배 직후 바이에른 선제후에 의해 체포된 그론스펠트 백작에게 그때의 상황을 캐물었다. 바이에른군의 총사령관이었던 백작은 이가 빠지고 기력을 잃은 모습으로 기침을 하면서 이름과 지역을 대고, 여러 부대의 병력을 묘사하고, 그날의 작전 계획을 설명했다. 그를 통해 마르틴은 당시 자신이 대략 어느 지점에 있었는지, 자신과 일행들에게 무슨 일이 있었는지 어느 정도 이해하게 되었다. 하지만 그런 상황을 적절히 묘사할 문장이 만들어지지 않아 결국 남의 문장을 도용했다.

마르틴은 한 인기 있는 소설에서 마음에 드는 묘사를 발견했다. 독일 땅에서 일어난 이 큰 전쟁의 마지막 전투에 대해 이야기해달라고 사람들이 채근할 때마다 그는 그리멜스하우젠의 『짐플리치시무스Simplicissimus』에 나오는 표현들을 사용했다. 사실 그건 여러 모로 맞지 않았다. 그 소설은 비트슈토크 전투를 다루고 있기 때문이었다. 하지만 문제 될 건 없었다. 그걸 따지고 드는 사람은 아무도 없었다. 다만 마르틴이 몰랐던 게 있었다. 그리멜스하우젠이 비트슈토크 전투를 직접 체험하기는 했지만 마찬가지로 적절한 묘사를 찾을 수 없어 결국 마르틴 오피츠라는 사람이 번역한 한 영국 소설의 표현을 도용했다는 사실이다. 심지어 이 영국 소설가는 평생 어떤 전투에도 참여한 적이 없는 사람이었다.

뚱뚱한 백작은 회고록에서 그 사건 이후 숲속에서 보낸 밤을 간략하게 보고했다. 갑자기 말이 많아진 광대가 헤이그의 겨울왕 궁전에서 지냈던 시절과 3년 전 브르노가 공격을 당했을 때 갱도에 묻혔던 일을 장황하게 늘어놓았다. 당시 울렌슈피겔은 사령관의 외모에 대한 부박한 농담으로 미움을 사 갱도 작업반에 배치되었다. 그러다 얼마 뒤 굴이 무너지면서 부상을 입었다. 이마의 흉터도 그때 생겼다. 그는 다른 사람들과 함께 땅 밑의 어둠 속에 갇혔다. 출구도 없고 공기도 없었다. 하지만 기적처럼 구출되었다. 뚱뚱한 백작은 믿을 수 없는 모험 같은 이야기라고 썼다. 하지만 그 기적 같은 구조가 어떻게 이루어졌는지에 대해서는 구체적인 설명 없이 돌연 화제를 바꿈으로써 훗날 많은 독자들의 당혹감과 분노를 샀다.

어쨌든 울렌슈피겔은 훌륭한 이야기꾼이었다. 수도원장보다 나았고, 뚱뚱한 백작보다도 나았다. 심지어 마르틴은 그의 이야기를 듣는 동안 화끈거리는 손가락 통증까지 잊을 정도였다. 광대는 오늘 밤에는 늑대 걱정을 안 해도 될 거라고 했다. 먹을 것이 곳곳에 널려 있기 때문이었다.

그들은 동이 틀 무렵 출발했다. 마르틴이 지금껏 살아오면서 상상조차 못 해본 고약한 냄새가 불어오는 전장을 빙 둘러 갔다. 이어 슐리프스하임, 하인호펜, 오트마르스하우젠을 거쳤다. 울렌슈피겔은 지리를 훤히 꿰고 있었다. 그는 차분하고 신중했으며, 더 이상 마르틴을 모욕하는 말이나 행동도 하지 않았다.

텅 빈 풍경 속에 사람들이 점점 늘어나기 시작했다. 농부들은 세간살이가 실린 수레를 끌었고, 낙오병들은 소속 부대와 가족을 찾았으며, 부상자들은 대충 붕대를 감은 채 길가에 앉아 멍하니 허공을 바라보고 있었다. 두 사람은 불타는 오버하우젠을 왼쪽으로 끼고 돌아 아우크스부르크로 향했다. 그곳에 황군의 패잔병들이 모여 있었는데 규모는 그리 크지 않았다.

도시 앞에 진을 친 군영은 전장보다 훨씬 악취가 심했다. 뒤틀린 몸, 곪은 얼굴, 붉은 살이 그대로 드러난 상처와 오물 더미가 마르틴의 머릿속에 지옥의 풍경처럼 깊이 새겨졌다. 그는 성문으로 걸어가면서 생각했다. 나는 이제 이전의 내가 아니다. 눈에 보이는 것들은 모두 이미지일 뿐이다. 이미지는 내게 해를 가할 수 없고, 나를 붙잡을 수도 없다. 그러면서 스스로를 이런 이미지 옆에서 보이지 않게 걸어가며 눈앞의 것들로부터 애써 눈을 돌리는 타인이라고 생각했다.

오후에 그들은 성문에 도착했다. 마르틴은 걱정스레 경비병들에게 자신의 신분을 밝혔다. 그러자 놀랍게도 경비병들은 그의 말을 믿고 주저 없이 들여보내주었다.

겨울왕

1

11월이었다. 비축된 포도주는 다 떨어지고 정원의 우물도 오염되어 그들은 이제 우유만 마셨다. 양초를 구입할 형편도 안 되었기에 궁신들은 햇볕이 남아 있는 저녁 무렵이면 모두 잠자리에 들었다. 상황이 좋지 않았다. 그럼에도 리즈를 위해 죽음을 불사하는 왕자들은 아직 존재했다. 얼마 전 그런 왕자가 하나 여기 헤이그에 왔다. 크리스티안 폰 브라운슈바이크였다. 그는 자신의 군기에 '신과 그녀를 위해'라는 문구를 새기겠다고 그녀에게 약속했다. 그리고 그녀를 위해 승리를 거두거나 기꺼이 죽을 수도 있다고 뜨겁게 맹세했다. 그는 자신의 열정에 스스로 도취되어 눈물을 흘렸다. 프리드리히가 진정하라는 듯 그의 어깨를 토닥였고, 리즈는 손수건을 내주었다. 그러자 그는 재차 눈물을 왈칵 쏟았다. 그녀의 손수건을 받은 데 대한 감동이 가슴속에서 물결쳤던 것이다. 그녀는 그에게 왕가의 축복을 내렸고, 그는 가슴 뭉클한 감정으로 자신의 길을 나섰다.

당연히 그는 신을 위해서건 리즈를 위해서건 승리를 거두거나 죽을 기회가 없는 사람이었다. 이 왕자에겐 병사도 얼마 안 되고, 돈도 없었다. 게다가 똑똑하지도 못했다. 발렌슈타인을 무찌르려면 다른 종류의 인물이 필요했다. 얼마 전 폭풍처럼 제국을 휩쓸며 모든 전투에서 승리를 거둔 스웨덴 왕 같은 인물 말이다. 사실 리즈는 과거 부왕의 설계에 따라 그 남자와 결혼할 뻔했는데 그가 그녀를 원치 않았다.

이후 그녀가 가난한 프리드리히와 결혼한 지 근 스무 해가 지났다. 사건과 사람, 소음, 악천후, 형편없는 식사, 끔찍한 연극의 소용돌이로 이루어진 20년 세월이었다.

괜찮은 연극은 처음부터 없었다. 맛있는 음식도 애초에 없긴 마찬가지였지만 그래도 연극보다는 나았다. 여기 독일 사람들은 제대로 된 연극을 몰랐다. 한심한 배우들이 고함을 지르고, 껑충껑충 뛰고, 방귀를 뀌고, 서로 주먹질을 하는 게 다였다. 조야한 언어 탓이 컸다. 독일어는 연극에 맞는 언어가 아니었다. 끙끙대는 신음과 툴툴대는 불평의 어지러운 잡탕일 뿐이었다. 독일어는 마치 목이 졸릴 때나 소가 발작을 일으키며 기침을 할 때, 혹은 맥주가 코로 넘어갈 때 터져 나오는 소리 같았다. 그런 언어로 시인이 뭘 할 수 있겠는가? 리즈는 독일 문학으로 시선을 돌렸다. 일단 마르틴 오피츠부터 시작해서 나중에는 다른 사람들의 작품을 보았다. 그런데 그런 작품들에 번번이 등장하는 크라우트바허, 엥겔크레머, 카르크홀크슈타인 그륌플 같은 이름은 도저히 기억할 수가 없었다. 초서의 문학을 보며 자란 데다 "어여쁜 불사조 신부여, 그대의 눈에서 모든 작은 새들이 기쁨을 얻네" 같은 존 던의 시구에 익숙한 사람으로서는 아무리 예의를 차린다 하더라도 염소 울음 같은 독일어 시구를 보면서 매력적이라고 말할 수 없었다.

그러다 보니 그녀는 화이트홀의 궁정 극장을 회상할 때가 잦았다. 배우들의 작은 몸짓 하나하나가 생각났고, 음악처럼 끊임없이 리듬이 바뀌는 긴 문장도 떠올랐다. 이 문장들은 어떤 때는 빠르게 찰랑거리다가 어떤 때는 길게 늘어졌고, 어떤 때는 질문하듯이 리듬을 타다가 어떤 때는 날카롭게 명령하듯 어조가 바뀌기도 했다. 부모님을 방문하러 화이트홀에 갈 때마다 늘 연극이 상연되고 있었다. 그녀는 무대 위 배우들의 연기가 단순히 흉내에 그치는 것이 아니라 일종의 가면이라는 사실을 깨달았다. 연극은 가짜가 아니었다. 아니, 오히려 다른 모든 것이 허위이자 가식이었다. 연극이 아닌 모든 것이 가짜였다. 무대 위의 사람들은 바로 그 자신으로, 진실하고 투명했다.

실제 현실에서는 누구도 독백을 하지 않았다. 다들 자신의 생각을 드러내지 않았고, 누구도 남의 속을 읽을 수 없었으며, 모두 자기만의 비밀을 무거운 짐처럼 질질 끌고 다녔다. 혼자 방 안에 서서 자신의 욕망과 두려움을 큰 소리로 말하는 일도 없었다. 하지만 연극배우 버비지가 가느다란 손가락을 눈높이로 올리고 걸걸한 목소리로 독백하는 것을 듣다 보면 다른 모든 사람이 마음속에서 진행되는 일을 숨긴 채 사는 것이 오히려 부자연스럽게 느껴졌다. 게다가 그가 사용하는 단어들은 얼마나 멋진가! 누구도 짜 맞출 수 없을 만큼 완벽한 문장들이었다. 연극은 그래야 한다고 말한다. 그렇게 이야기하고, 그렇게 행동하고, 그렇게 느끼고, 그렇게 진실한 인간이 되어야 한다고 말이다.

공연이 끝나고 박수갈채가 잦아들면 배우들은 원래의 볼품없는 상태로 돌아갔다. 관객에게 절을 할 때의 모습은 불 꺼진 양초나 다름없었다. 이어 그들은, 예를 들어 앨런이나 켐프, 심지어 위대한 버비지 같은 배우조차 군주의 손등에 입을 맞추려고 허리를 깊이 숙인 채 관객석으로 다가왔다. 군주가 무언가를 물으면 그들은 말도 제대로 못 하고 명확한 문장도 떠오르지 않는 사람처럼 어눌하게 대답했다. 버비지의 얼굴은 밀랍처럼 창백하고 고단해 보였다. 이젠 심지어 추해 보이기까지 한 그의 손에서는 어떤 특별한 점도 느껴지지 않았다. 경쾌함과 발랄함의 정신이 그렇게 빨리 사라져버리다니, 도저히 믿기지 않았다.

연극 중에는 정신이 살아 있었다. 성인 대축일마다 그런 연극이 상연되었다. 그중에는 마법의 섬에 사는 한 늙은 공작에 관한 이야기도 있었다. 공작은 적들을 힘들게 사로잡은 뒤 갑자기 관용을 베풀었다. 당시 리즈는 공작이 왜 그렇게 아량을 베푸는지 이해할 수 없었고, 지금 다시 생각해도 여전히 이해가 되지 않았다. 만일 그녀가 발렌슈타인이나 황제를 손아귀에 넣었다면 어떻게 했을까? 당연히 공작처럼은 하지 않을 것이다. 극의 말미에서 공작은 자신의 신실한 정신을 떠나 구름과 공기, 햇빛, 푸른 바다의 세계로 들어갔다. 이제 무대 위엔 주름살투성이의 배우가 낡은 밀가루 포대처럼 덩그러니 남아, 이것으로 대본은 끝이라고 짧게 사과했다. 왕실 극단의 극단주이기도 했던 그가 주인공 역을 직접 맡았다. 하지만 그는 훌륭한 배우가 아니었다. 켐프도 아니었고, 버비지는 더더욱 아니었다. 심지어 자신이 직접 쓴 대본조차 제대로 외우지 못하는 인간이었다. 아무튼 공연이 끝나자 그는 부드러운 입술로 리즈의 손에다 키스를 했고, 그녀는 그런 순간에는 늘 무언가 질문을 던져야 한다는 교육을 받았기에 자식이 몇인지 물었다.

"딸 둘이옵니다. 아들이 하나 있었지만 죽었습니다."

그녀는 기다렸다. 이제 부왕의 차례였다. 그러나 아버지는 침묵했다. 극단주는 리즈를 바라보았고, 리즈는 극단주를 바라보았다. 그녀의 심장이 뛰기 시작했다. 여기 있는 모든 이들이

기다리고 있었다. 비단옷을 입은 조정 대신들과 다이아뎀*을 쓰고 부채를 든 귀부인들이 그녀에게 시선을 고정했다. 그제야 리즈는 자기가 계속 말을 해야 한다는 사실을 알아차렸다. 아버지는 그런 사람이었다. 다들 뭔가를 기대하면 그냥 그대로 내버려둘 뿐 기대하는 일을 하지 않았다. 그녀는 시간을 벌기 위해 헛기침을 했다. 하지만 시간은 많지 않았다. 영원히 헛기침만 하고 있을 수는 없었다. 그건 일을 풀어나가는 데 도움이 되지 않았다.

드디어 리즈가 입을 열었다. 아들이 죽었다니 참으로 마음이 아프구나. 하느님은 주실 때처럼 홀연히 거두어 가시는 법. 주님의 시련은 인간으로서 이해하기 어려울 만큼 신비스럽지만, 그 자체로 지혜롭다. 시련을 품위 있게 극복하면 우리는 더 강해질 것이다.

그녀는 아주 잠시 스스로가 자랑스럽게 느껴졌다. 조정 대신들이 지켜보는 가운데 자신이 뭔가를 해낼 수 있고, 교육을 잘 받았으며, 머리가 빨리 돌아간다는 점을 입증하는 일은 매우 중요했다.

극단주는 미소를 지으며 고개를 숙였다. 그녀는 문득, 설명하기는 곤란하지만 웃음거리가 된 듯한 느낌을 받았다. 얼굴이

---

* 보석으로 치장한 머리띠 모양의 장신구.

빨개졌다. 게다가 빨개지는 것이 부끄러워 더더욱 얼굴이 빨개졌다. 그녀는 재차 헛기침을 하다가 극단주에게 죽은 아들의 이름을 물었다. 정말 궁금해서 물어본 것이 아니라 그것 말고는 딱히 생각나는 말이 없어서였다.

그가 나지막이 아들의 이름을 이야기했다.

"정말인가?" 그녀가 깜짝 놀라 물었다. "이름이 햄릿이라고?"

"햄닛*입니다."

그는 숨을 크게 들이쉬더니 상념에 젖은 표정으로 마치 자기 자신에게 말하듯 입을 열었다. 주님이 주신 이 시련을 공주께서 이르신 것처럼 그렇게 품위 있게 극복했는지는 모르겠으나, 어여쁘신 공주님을 이렇게 직접 대면하는 행복을 누리는 지금 생각해보니 그런 시련의 바다로 자신을 이끈 삶의 강물이 최악은 아닐 수도 있다는 확신을 갖게 되었고, 그 때문에 이런 은총의 순간에 더더욱 고무되어 자신이 지금까지 겪었고 혹시 앞으로 겪을지 모를 모든 고통과 삶의 간난을 감사의 마음으로 받아들이기로 마음먹게 되었다고 그는 말했다.

이제 공주는 더 이상 할 말이 떠오르지 않았다.

부왕이 마침내 말문을 열었다. 좋은 말이다. 하지만 우리의 미래엔 어두운 그림자가 드리워 있다. 마녀들이 전보다 더욱

---

* 셰익스피어의 아들로 열두 살 때 죽었고 이후 「햄릿」의 집필에 영향을 미쳤다.

기승을 부린다. 프랑스인들은 교활하고, 잉글랜드와 스코틀랜드의 신생 통합체는 아직 검증되지 않았으며, 재앙은 곳곳에 도사리고 있다. 하지만 가장 나쁜 것은 마녀들이다.

극단주가 대답했다. 재앙은 항상 도사리고 있다. 그게 재앙의 본질이다. 하지만 위대한 군주의 손길이 그것을 제지한다. 구름이 비로 변하기 전에 공기가 구름을 가볍게 만들듯이.

부왕도 이젠 더 이상 할 말이 떠오르지 않았다. 꽤 흥미로운 일이었다. 자주 있는 일이 아니었다. 부왕은 극단주를 바라보았고, 다른 이들은 모두 부왕을 바라보았다. 입을 여는 이는 없었다. 한참 동안 정적이 이어졌다.

마침내 부왕이 말 한마디 없이 고개를 돌려버렸다. 이건 자주 있는 일이었다. 신하들을 불안에 떨게 하는 그의 여러 술수 중 하나였다. 이런 일이 생기면 보통 신하들은 몇 주 동안 자신이 무엇을 잘못했는지, 혹시 군주의 미움을 받은 건 아닌지 고민에 빠졌다. 하지만 극단주는 부왕의 그런 술수를 꿰뚫고 있는 듯했다. 허리를 숙인 채 뒷걸음질을 치며 물러나는 그의 얼굴에 옅은 웃음이 피어올랐다.

"너는 네가 남들보다 더 나은 존재라고 생각해, 리즈?" 조금 전 리즈가 이런 이야기를 하자 광대가 물었다. "더 많은 것을 보았고, 더 많은 것을 알고, 우리보다 더 나은 나라에서 왔다고 생각해?"

"응, 나는 그렇게 생각해."

"그럼 아버지가 널 구해줄 거라고 믿어? 군대의 선봉에 서서?"

"아니, 그건 믿지 않아."

"아냐, 넌 그렇게 믿고 있어. 어느 날 아버지가 나타나서 널 다시 왕비로 만들어줄 거라고 여전히 믿고 있어."

"나는 지금도 왕비야."

광대가 짓궂게 웃었다. 리즈는 침을 꿀꺽 삼키고 눈물을 참으며, 남들은 감히 꺼내지 못하는 말을 자신에게 하는 것이 그의 임무라는 사실을 떠올렸다. 그것이 바로 궁정에 광대를 두는 이유였다. 원하지 않아도 광대를 들여야 했다. 광대 없는 궁정은 궁정이 아니다. 리즈와 프리드리히는 더 이상 영토가 없음에도 궁정만큼은 최소한의 꼴을 갖추고 싶었다.

이 광대의 내력은 특이했다. 리즈는 평소보다 유난히 춥고 삶이 힘들었던 지난겨울 그가 나타났을 때 곧바로 그것을 느꼈다. 그녀의 문 앞에 갑자기 두 사람이 서 있었다. 얼룩덜룩한 더블릿 차림의 깡마른 젊은 남자와 키 큰 여자였다.

그들은 무척 지치고 고단해 보였다. 오랜 여행과 야생의 거친 위험을 건너온 사람들 같았다. 그런 그들이 춤을 선보인 순간, 리즈는 영국을 떠난 이후 더 이상 본 적이 없던 조화와 균형을 다시 보게 되었다. 목소리와 몸이 만들어내는 아름다운 조화였다. 이어 남자는 저글링을 했고, 여자는 피리를 불었다. 그런 다음 두 사람은 남자 후견인과 여자 피후견인에 관한 연극을 보여주었다. 여자가 죽은 척 연기를 했는데, 남자는 사랑하는 여인이 실제로 죽었다는 생각에 큰 슬픔에 사로잡혀 스스로 목숨을 끊고, 곧이어 깨어난 여자는 죽은 정인의 모습을 보고 또 너무 큰 충격을 받아 그의 칼로 목숨을 끊는다는 내용이었다. 리즈도 아는 이야기였다. 영국 왕실 극단의 연극에서 보았다. 그녀는 한때 자신의 삶에서 큰 의미를 차지했던 것에 대한 기억으로 가슴이 뭉클해져 두 사람에게 혹시 여기 머물러줄 수 없겠는지 물었다. "여긴 아직 궁정 광대가 없다."

그는 궁정에 들어오면서 리즈에게 그림 한 점을 선물했다. 정확하게 말하면 그림이 아니라 아무것도 그려져 있지 않은 흰 아마포였다. "리즈, 여기다 액자를 씌워 사람들에게 보여줘!" 누구도 왕비를 그렇게 부르라고 허용한 적이 없건만, 그는 왕비 이름을 스스럼없이 불렀다. 그것도 마치 바다 건너 살다 온 사람처럼 'Z'를 영국식으로 제대로 발음해서 말이다. "이 아름다운 그림을 당신 남편한테도 보여줘. 불쌍한 왕 말이야. 다른 사람들은 물론이고!"

그녀는 시키는 대로 했다. 애초에 좋아하지도 않던 초록빛 풍경화를 떼어내 액자를 벗긴 뒤 흰 아마포에 바꿔 끼웠다. 그러자 광대는 리즈와 프리드리히가 대전大殿이라고 부르는 넓은 방에 그림을 걸게 했다.

"이 그림엔 마법의 힘이 있어, 리즈. 정식 결혼으로 태어난 사람이 아니면 이 그림을 볼 수 없지. 어리석은 사람한테도 안 보여. 돈을 훔친 사람도 마찬가지고, 뭔가 꿍꿍이가 있는 놈, 신뢰할 수 없는 놈, 악당, 불한당, 몹쓸 놈, 구역질 나는 놈도 마찬가지야. 그런 인간들한테는 이 그림이 보이지 않아!"

리즈는 자기도 모르게 웃음을 터뜨렸다.

"정말이야, 리즈. 다른 사람들한테도 그렇게 말해! 사생아와 바보, 도둑, 음흉한 인간한테는 아무것도 안 보인다고. 파란 하늘도, 멋진 성도, 황금빛 머리를 늘어뜨린 채 발코니에 서 있는 아름다운 여인도, 그 뒤의 천사도 보이지 않는다고 말해. 그런 다음 무슨 일이 일어나는지 지켜보라고!"

그다음 일어난 일은 지금 생각해도 놀라웠다. 그것도 매일 매일 그랬고, 앞으로도 그렇게 놀라운 일은 멈추지 않을 것 같았다. 방문객들은 백지처럼 하얀 그림 앞에 서면 일단 당황했고, 다음엔 무슨 말을 해야 할지 몰랐다. 이건 단순한 문제가 아니었다. 그들은 당연히 거기 아무것도 없다는 것을 알았다. 하지만 왕비도 그것을 알고 있는지는 확신할 수 없었다. 그렇다면 거기 아무것도 없다고 말하는 사람은 그녀에게 얼마든지 사생아나 바보, 도둑으로 간주될 수 있었다. 손님들은 하나같이 안절부절못하며 머리를 쥐어뜯었다. 이게 정말 마법의 그림일까? 왕비가 누군가에게 감쪽같이 속은 건 아닐까? 혹시 왕비가 자신들을 놀리는 걸까? 사실 지금껏 겨울왕의 궁정을 찾은 사람들은 거의 모두 사생아이거나 바보이거나 도둑이거나 나쁜 의도를 가진 이들이었지만, 그렇다고 이 문제가 더 쉬워지는 건 아니었다.

어찌 됐든, 이제는 이곳을 찾는 손님도 많지 않았다. 예전에는 리즈와 프리드리히를 직접 보려고 많은 이들이 찾아왔고, 그중 일부는 도움을 약속하기도 했다. 프리드리히가 보헤미아의 왕으로 복귀하리라 생각하는 사람은 거의 없었지만, 그렇다고 그게 완전히 불가능한 일은 아니었기 때문이다. 어쨌든 말로 하는 약속에는 돈이 들지 않았다. 게다가 상대가 권력을 잃는다면 어차피 약속을 지킬 필요도 없었다. 반대로 그가 다시 권좌에 앉는다면 어려울 때 자신의 편에 섰던 사람들을 기억할 터였다. 그렇다 보니 지금껏 프리드리히 부처가 받은 것이라고는 약속이 전부였고, 돈이 들어가는 실질적인 도움은 누구에게도 받지 못했다.

리즈는 크리스티안 폰 브라운슈바이크도 흰 그림 앞으로 데려가 사생아와 바보, 사기꾼의 눈에는 이 멋진 그림이 보이지 않는다고 무표정한 얼굴로 설명했다. 그러고는 하염없이 눈물을 쏟던 자신의 숭배자가 어쩔 줄 몰라 하며 빈 그림을 바라보는 모습을 묘한 쾌감으로 지켜보았다. 그림은 마치 그의 격정을 비웃듯 덩그러니 그를 바라보고 있었다.

"이건 지금껏 내가 받은 최고의 선물이야." 리즈가 광대에게 말했다.

"별거 아냐, 리즈."

"옛날엔 존 던이 「어여쁜 불사조 신부」라는 송시를 나한테 선물한 적이 있어."

"리즈, 그 친구는 그만한 보상을 받았겠지? 만일 충분한 돈을 받지 못했다면 당신을 악취 풍기는 썩은 생선이라고 불렀을 수도 있어. 만일 내가 더 많은 돈을 받으면 널 뭐라고 부를 것 같아?"

"난 황제한테 루비 목걸이를 받았고, 프랑스 왕한테는 다이아뎀을 받았어."

"볼 수 있을까?"

그녀가 침묵했다.

"팔았어?"

또 침묵했다.

"다이아뎀을 꼭 전당포에 맡겼어야 했어? 황제한테 받은 목걸이는 지금 누가 차고 다녀?"

침묵.

한편 불쌍한 왕도 그 그림을 보고 뭐라 말할 엄두를 내지 못했다. 리즈가 키득거리며 이건 그냥 장난이고, 흰 아마포는 마법의 그림이 아니라고 설명하자 왕은 그저 고개를 끄덕거리며 불안스레 그녀를 바라보았다.

남편이 특출한 사람이 아니라는 건 진작 알고 있었다. 그거야 처음부터 명백했다. 하지만 그런 지위의 남자에게 그런 건 중요하지 않았다. 군주는 아무 일도 하지 않는다. 만일 군주가 특출 나게 똑똑하다면 그건 오히려 신망을 잃는 지름길이다. 똑똑한 건 신하로 충분했다. 군주는 그냥 군주이면 되었다. 더 이상은 필요 없었다.

세상이라는 게 그랬다. 몇몇 힘 있는 인간만 빼면 나머지는 모두 떨거지였다. 그림자 같은 군대, 그 뒤의 인간 무리들, 그리고 지상에 개미처럼 우글거리는, 가진 게 없다는 공통점만을 가진 백성들이 있었다. 그들은 태어나고 죽었다. 마치 불안으로 파르르 떠는 작은 점과도 같았다. 이런 점들이 모여 만들어진 군집은 한 개체가 없어져도 없어진 걸 모르는 무수한 새 떼나 다름없었다. 정말 중요한 인물은 몇 되지 않았다.

불쌍한 프리드리히가 그리 똑똑한 인물이 아니고, 더구나 복통과 귀 염증을 자주 앓는 병약한 체질이라는 사실은 그가 열여섯 살에 족제비 모피 외투를 입고 400여 명의 신하들과 함께 런던으로 왔을 때 이미 드러난 터였다. 그가 온 건 다른 구혼자들이 슬쩍 떠나버렸거나 결정적인 순간에 아무 제안을 하지 않았기 때문이었다. 처음엔 스웨덴의 젊은 왕이 리즈와의 결혼을 거부했고, 이어 네덜란드 오라녀나사우 왕가의 모리츠가, 그다음엔 헤센의 오토가 거부했다. 이후 한동안 아주 대담한 계획이 세워졌다. 이탈리아 피에몬테 왕자와의 결혼이 추진된 것이다. 이 왕자는 돈이 없었지만 대신 스페인 왕의 조카라는 장점이 있었다. 스페인과의 화해는 리즈 아버지의 오랜 꿈이었다. 하지만 스페인 쪽에서 줄곧 부정적인 태도를 거두지 않았고, 그러다 보니 남은 건 장래가 촉망되는 독일 선제후의 아들 프리드리히뿐이었다. 펠츠에서 의전관을 보내 영국 쪽과 몇 달간 협상을 벌인 끝에 마침내 합의에 이르렀다. 리즈의 아버지는 결혼 지참금으로 독일에 4만 파운드를 지급하고, 펠츠에서는 매년 1만 파운드를 런던으로 보낸다는 조건이었다.

합의 문서에 서명이 끝나자 프리드리히가 직접 런던으로 왔다. 환영식 답사에서 그는 너무 긴장해 말을 버벅거렸고, 형편없는 프랑스어 실력도 고스란히 드러냈다. 곤혹스러움이 점점 커지려는 찰나 리즈의 아버지가 다가가 그를 안아주었다. 이어 이 불쌍한 공자는 문서에 규정된 바에 따라 리즈에게 키스했다. 메마른 입술로.

다음 날 그들은 궁정에서 가장 큰 범선을 타고 뱃놀이를 갔다. 리즈의 어머니만 함께 가지 않았다. 그녀는 펠츠 공자가 자신들과 격이 맞지 않는다고 생각했다. 물론 펠츠의 의전관은 궁정 법률가들의 유치한 감정서를 들이밀며 선제후도 왕과 같은 반열이라고 주장했지만, 그게 그냥 그들만의 주장일 뿐이라는 사실을 모르는 사람은 없었다. 선제후는 선제후고, 왕은 왕이었다.

뱃놀이 중에 프리드리히는 난간에 기댄 채 자신이 뱃멀미를 겪는다는 사실을 드러내지 않기 위해 무진 애를 썼다. 눈은 어린애 같았지만 자세만큼은 최고의 왕가 교육을 받은 사람처럼 꼿꼿했다. 리즈는 그가 훌륭한 검술을 갖추었으리라 생각했고, 그에게 이렇게 속삭여주고 싶었다. 당신은 못생기지 않았어요. 걱정 말아요. 이제 당신 곁엔 내가 있어요.

수년이 흐른 지금도 그는 여전히 완벽한 자세를 유지하고 있었다. 세상 사람들로부터 수많은 수모를 받고 곳곳에서 유럽의 조롱거리가 될지언정 그 꼿꼿한 자세는 예나 지금이나 마찬가지였다. 고개를 가볍게 치켜들고, 턱을 살짝 내밀고, 뒷짐을 진 모습이 여전히 당당했다. 게다가 송아지처럼 아름다운 눈도 그대로였다.

리즈는 불쌍한 남편을 좋아했다. 그럴 수밖에 없었다. 모든 세월을 그와 함께 보냈고, 헤아리기 힘들 만큼 많은 아이를 낳았다. 사람들은 남편을 겨울왕으로, 자신을 겨울왕비로 칭했다. 두 사람의 운명은 떼려야 뗄 수가 없었다. 당시 템스강에서 뱃놀이를 할 때만 해도 그녀는 아무것도 예상하지 못했다. 그때는 그냥 자신이 이 불쌍한 젊은 남자에게 이런저런 것들을 가르쳐줘야겠다고만 생각했다. 혼인을 하면 대화를 나누지 않을 수 없을 텐데, 지금 여기 있는 이 남자는 아무것도 모르니 대화가 어려울 것이었기 때문이다.

하이델베르크성에서만 살았던 그는 이제 고향의 암소와 뾰쪽한 집들, 고루한 독일인들에게서 멀리 떨어져 처음 경험하는 대도시의 낯선 분위기에 완전히 압도된 듯했다. 그건 모든 이들에게 두려움을 주는 부왕뿐 아니라 은근한 위압감을 풍기는 영리한 대신이며 귀부인들 앞에서도 마찬가지였다.

뱃놀이가 끝난 저녁 부왕과 리즈는 그녀의 삶에 대해 오랫동안 대화를 나누었다. 그녀는 아버지에 대해 아는 것이 거의 없었다. 부왕이 아니라 쿰 수도원의 해링턴 경 밑에서 자랐기 때문이다. 영국 왕가처럼 지체 높은 가문에서는 자식을 직접 교육시키지 않았다. 리즈에게 아버지는 꿈속의 그림자 같은 존재요, 그림이나 동화 속의 인물이었다. 부왕은 잉글랜드와 스코틀랜드 왕국의 지배자이자 불경한 마녀들의 학살자이며, 스페인엔 공포의 대상이요, 처형된 가톨릭 왕비의 프로테스탄트 아들이었다. 그를 처음 본 사람들은 매번 그의 큰 코와 불룩한 눈두덩에 깜짝 놀랐다. 눈동자는 항상 상대의 마음속을 꿰뚫어 보거나 깊은 생각에 잠긴 듯했고, 그런 눈동자를 마주할 때면 상대는 자신이 무슨 말을 잘못 한 게 아닌가 하는 감정에 빠지곤 했다. 하지만 그건 그의 의도가 아니라 버릇일 뿐이었다.

그날, 처음으로 제대로 된 부녀간의 대화가 오갔다. 그동안은 수도원에서 지내다가 화이트홀로 돌아올 때마다 늘 이런 식이었다. 잘 지냈느냐, 사랑하는 딸아? 감사해요, 사랑하는 아버지. 덕분에 아주 잘 지내고 있습니다. 너를 다시 보니 네 어머니와 나는 참으로 기쁘구나. 저 역시 아버지와 어머니의 건강한 모습을 뵈니 기쁘기 한량없습니다. 그녀는 마음속으로 아버지를 늘 아빠라 불렀지만, 실제로는 단 한 번도 부왕을 그렇게 부르지 못했다.

그날 밤 두 사람은 처음으로 단둘이 되었다. 부왕은 뒷짐을 지고 창가에 선 채 한동안 말이 없었다. 리즈도 무슨 말을 해야 할지 몰라 침묵을 지켰다.

"그 멍청이가 그래도 미래는 밝다." 부왕이 마침내 입을 열었다.

그러고서 다시 침묵했다. 그는 선반에서 대리석 조각 하나를 집어 들더니 가만히 살펴보다가 도로 내려놓았다.

"프로테스탄트 선제후는 세 명이 있다." 그가 나직이 말했다. 워낙 소리가 작아 리즈는 몸을 앞으로 내밀어야 했다. "그 중에서 펠츠 선제후, 그러니까 네 남편의 지위가 가장 높다. 제국 내 프로테스탄트 동맹의 수장이지. 황제는 병들었고, 곧 프랑크푸르트에서 새로운 황제가 선출될 게다. 그때까지 우리 진영의 힘이 한층 커진다면……." 그가 작은 눈으로 리즈를 유심히 살펴보았다. 마치 사람을 보는 게 아니라 리즈의 동공 속으로 깊이 파고드는 듯했다.

"칼뱅교 황제가 나올 수 있다고요?" 리즈가 물었다.

"아니, 그건 불가능해. 하지만 칼뱅교에서 가톨릭으로 개종한 선제후들이 있다. 예를 들면 프랑스의 하인리히나……." 그가 자기 가슴을 부드러운 몸짓으로 톡톡 쳤다. "아니면 프로테스탄트로 개종한 우리도 있고. 합스부르크 왕가는 점점 영향력을 상실하는 중이지. 스페인은 네덜란드를 거의 다 잃었고, 보헤미아 귀족은 황제에게 종교적 관용을 강요하고 있다." 그가 재차 침묵하더니 물었다. "그 친구가 마음에 드느냐?"

예상 밖의 질문에 리즈는 무슨 말을 해야 할지 몰라 그저 입가에 희미한 웃음을 띤 채 고개만 살짝 숙였다. 몸짓은 많은 것을 이야기한다. 특별한 언질 없이도, 사람들은 몸짓만으로 만족하고 넘어가곤 한다. 하지만 부왕에게는 그런 잔꾀가 통하지 않았다.

"살다 보면 항상 위험은 있기 마련이다. 내 이모인 처녀왕,* 이무기같이 노회한 그분에 대해 너는 모를 게다. 내가 어릴 땐 누구도 내가 왕위를 물려받게 되리라 생각하지 못했다. 그분이 내 어머니를 참수했다. 나도 썩 좋아하지는 않으셨지. 다들 그

---

* 잉글랜드의 엘리자베스 1세를 가리킨다.

분이 나도 죽일 거라고 생각했지만 그런 일은 일어나지 않았다. 그분은 너의 대모다. 그래서 네 이름도 그분의 이름을 땄고. 하지만 그분은 네 세례식 때 오시지 않았다. 우리에 대한 반감의 표시였지. 그럼에도 나는 그분의 뒤를 이어 왕위에 올랐다. 누구도 그분이 스튜어트 가문의 왕을 허락하리라고는 예상하지 않았다. 그건 나도 마찬가지였고. 새로운 해가 올 때마다 늘 올해가 가기 전에 죽겠거니 생각했어. 하지만 매년 마지막 날에도 나는 살아 있었고, 지금 이렇게 서 있다. 반면 이모는 무덤 속에서 썩고 있지. 그래, 위험을 두려워하지 마라, 리즈. 그리고 잊지 마라. 그 불쌍한 녀석은 네가 말하는 대로 할 것이다. 그 친구는 너한테 상대가 안 돼." 부왕은 다시 잠깐 생각에 잠겼다가 불쑥 덧붙였다. "의회 밑에 폭약이 있다, 리즈. 우리 모두 언제든 죽을 수 있어. 하지만 우린 아직 살아 있지."

지금껏 부왕에게 들었던 가장 긴 말이었다. 그녀는 뭐라고 대꾸하는 대신 기다렸다. 그러나 부왕은 다시 뒷짐을 지더니 아무 말 없이 방을 나갔다.

혼자 남은 리즈는 방금 전까지 아버지가 서 있던 창가로 다가가 밖을 내다보았다. 그렇게 하면 아버지를 조금이라도 더 잘 이해할 수 있을 것 같았다. 문득 머릿속에 폭약이 떠올랐다. 암살범들이 아버지와 어머니를 죽이고 이 나라를 다시 가톨릭으로 개종시키려 했던 것이 겨우 8년 전이었다. 당시 해링턴 경이 한밤중에 그녀를 흔들어 깨우며 소리쳤다. "저들이 오고 있습니다!"

그때 리즈는 자신이 어디에 있는지, 해링턴 경이 무슨 말을 하는지 얼른 알아차리지 못했다. 그러다 서서히 잠의 안개가 걷히면서 처음 든 생각은 성인 남자가 자신의 침실에 들어온 것이 무척 적절치 못하다는 사실뿐이었다. 다행히 염려했던 일은 일어나지 않았다.

"나를 죽이려고요?"

"그보다 상황이 더 나쁩니다. 저들은 공주님을 가톨릭으로 개종시킨 다음 왕위에 올리려고 합니다."

그들은 즉시 도망쳤다. 그날 밤과 다음 날 낮밤을 달리고 또 달렸다. 리즈는 몸종과 함께 마차에 타고 있었는데, 마차가 어찌나 심하게 덜커덩거리던지 둘이서 여러 차례 창문을 열고 구토를 했다. 대여섯 명의 무장한 남자들이 뒤따랐고, 해링턴 경은 앞장서서 달렸다. 이른 아침이 되어 마침내 휴식을 취할 때, 해링턴 경이 속삭이듯이 공주에게 설명했다. 자신도 아는 것이 거의 없다. 다만 수도원으로 달려온 사자의 말에 따르면, 예수회의 지령을 따르는 암살대가 메리 스튜어트의 손녀를 찾고 있다. 공주를 납치해 왕으로 만들겠다는 속셈이다. 부왕은 죽었을 가능성이 크다. 그건 왕비도 마찬가지다.

"영국엔 예수회가 없어요. 대고모님이 다 몰아냈어요!"

"잔당이 남아 있습니다. 꼭꼭 숨어 드러나지가 않아서 그렇지요. 그중에서도 가장 악질은 테시먼드라는 자입니다. 우리가 벌써 오랫동안 추적해왔지만 번번이 빠져나간 놈이에요. 지금 공주님을 노리는 것도 바로 그놈입니다." 해링턴 경이 끙 하는 신음과 함께 몸을 일으켰다. 그도 더 이상 청춘이 아니라 몇 시간씩 쉬지 않고 달리는 게 힘들었다. "계속 가야 합니다!"

이윽고 그들은 코번트리 인근의 작은 집에 몸을 숨겼다. 리즈는 방 밖으로 나갈 수가 없었다. 달랑 인형 하나뿐, 책 한 권 없는 방이었다. 둘째 날부터 벌써 지루함이 밀려들었다. 어찌나 무료한지 차라리 예수회의 테시먼드가 이 방보다는 나을 것 같다는 생각까지 들었다. 똑같은 서랍장, 똑같은 침대, 똑같은 바닥 타일. 리즈는 바닥의 타일을 벌써 여러 번 헤아렸다. 창문에서 둘째 줄의 세 번째 타일과 여섯째 줄의 일곱 번째 타일에 금이 가 있었다. 요강은 하루에 두 번 경호원이 들어와 비워주었다. 초가 있었지만 켜서는 안 되었다. 밖으로 불빛이 새어 나갈 수 있었기 때문이다. 침대 옆 의자에는 몸종이 지키고 앉아 있었는데, 자신의 내력에 대해 벌써 세 번이나 얘기해서 이제는 더 들을 것이 없었다. 테시먼드에게 잡힌다 해도 이보다 나쁠 것 같지는 않았다. 그는 리즈를 해칠 마음이 없었다. 오히려 왕으로 만들어줄 거라고 하지 않는가!

"공주님께서 잘못 생각하고 계시는 것이 있습니다." 해링턴 경이 말했다. "공주님께서 왕이 되신다 해도 마음대로 하실 수 있는 일은 많지 않습니다. 교황이 시키는 대로 하셔야 될 테니까요."

"알았어요. 경이 하자는 대로 할게요."

"잘 생각하셨습니다. 훗날 소신에게 고마워하실 겁니다."

그 무렵 위험은 이미 사라진 뒤였지만 그들 중 누구도 그 사실을 알지 못했다. 의회 밑의 폭약은 암살범들이 불을 붙이기 전에 발견되었고, 국왕 부처는 무사히 현장을 벗어났으며, 암살범들 중 일부는 체포되고 일부는 쫓기는 신세가 되어 숲속에 숨었다. 하지만 해링턴 일행이 이를 몰랐기에 리즈는 일주일이나 더 하염없이 방에 갇혀 지냈다. 금이 간 타일이 두 개 있고, 몸종은 재미없는 자기 삶이나 이야기해대고, 책 한 권 없고, 사흘째부터는 그 예수회 회원보다 더 꼴 보기 싫어진 인형이 있는 방에.

부왕이 그사이 모반자들 심문에 열을 올리고 있다는 사실도 리즈로서는 알 리 없었다. 부왕은 자신의 두 왕국에서 최고 고문 기술자들을 불렀고, 거기다 페르시아의 전문가 세 명에, 심지어 중국 황실에 자타가 공인하는 탁월한 고신 기술자까지 청했다. 그는 인간이 타인에게 가할 수 있는 온갖 끔찍한 기술을 죄수들에게 모두 사용하라고 명령했으며, 아울러 지옥을 묘사한 유명한 화가들조차 상상하지 못할 만큼 정교하고 지독한

새 고문 방법을 고안해내라고 지시했다. 단, 조건이 있었다. 고문으로 죄수가 죽거나 미쳐버리는 일이 생겨서는 안 된다는 것이었다. 그러니까 죽고 싶어도 죽을 수 없는 상태까지 몰고가 결국 공범들의 이름을 불게 만들고, 그와 함께 신에게 용서를 구하며 회개할 시간까지 주겠다는 심산이었다. 부왕은 선량한 기독교인이었기 때문이다.

동시에 궁정에서는 리즈를 보호하기 위해 정예 백인대百人隊를 급파했다. 그러나 해링턴 일행이 워낙 외진 곳에 은신하고 있어서 모반자 일당이 그러했듯이 이들을 쉽게 찾지 못했다. 이렇게 며칠이 흘렀고, 또 며칠이 흘렀고, 또 며칠이 흘렀다. 그러던 어느 순간, 갑자기 지루함이 수그러들면서 리즈는 그 전까지 전혀 알지 못하던 시간의 본질을 조금 알 것 같은 기분이 들었다. 아무것도 흘러가지 않았고 아무것도 소멸되지 않았다. 모든 것이 그대로였다. 설령 어떤 것이 변한다 해도, 어차피 변함없이 똑같이 이어지는 지금 이 순간에 일어나는 일일 뿐이었다.

훗날 찾아온 여러 차례의 도주 과정에서 그녀는 이 첫 번째 도주를 자주 떠올렸다. 프라하의 백산白山 전투 패배 이후엔 마치 자신이 일찍부터 그것을 대비하고 있었고, 도주가 예전부터 아주 친숙하다는 느낌마저 들었다. 그녀는 하인들에게 소리쳤다. "비단을 잘 개켜서 가져가. 그릇은 놔두고 아마천을 챙겨. 도주할 땐 그게 훨씬 도움이 돼. 그림은 스페인 것만 가져가고 보헤미아 건 그냥 둬. 스페인 사람들이 그림을 더 잘 그리니까!" 불쌍한 프리드리히한테는 이렇게 말했다. "걱정 말아요. 도망쳤다가 한동안 은신처에 숨어 있으면 언젠가 다시 돌아오게 돼요."

코번트리에서 이미 겪은 일이었다. 당시 위험이 사라졌다는 소식이 마침내 흘러들어 그녀는 이후 추수감사절 예배에 맞춰 무사히 런던에 도착했다. 웨스트민스터에서부터 화이트홀까지, 거리는 환호하는 사람들로 가득했다. 이어 왕실 극단에서는 왕실의 안녕을 축하하는 의미로 극단주가 직접 쓴 연극을 무대에 올렸다. 흑심을 품은 한 남자가 마녀의 말에 속아 스코틀랜드 왕을 죽이는 내용이었는데, 이 음울한 연극은 불과 피와 악마의 힘으로 가득 차 있었다. 막이 내렸을 때 리즈는 이게 자신의 삶에서 최고의 연극이 될지라도 다시는 보지 않으리라 마음먹었다.

하지만 프라하에서 도주할 때 불쌍하고 어리석은 남편은 리즈의 말을 들으려 하지 않았다. 그는 군대와 왕위의 상실에 너무나 경악했고, 애초에 보헤미아 왕좌를 받아들인 것이 실수였다는 말만 계속 중얼거렸다. 사실 그 제안이 들어왔을 때 사정을 아는 사람들은 하나같이 만류했었다. 그 제안을 받아들이는 건 실수라고 말이다. 하지만 어리석은 그는 그릇된 사람들의 말을 따랐다.

그 그릇된 사람 중에는 당연히 리즈도 포함되어 있었다.

"내가 그릇된 인간들의 말을 들었어!" 그는 같은 말을 끝없이 되풀이했다. 그것도 마차 안에서, 그녀가 알아들을 수 있도록 크게 말했다. 그들은 초라하기 짝이 없는 마차를 타고 수도를 떠나는 중이었다.

그때 리즈는 알았다. 남편이 자신을 용서하지 않으리라는 것을. 그럼에도 그녀를 사랑하리라는 것을. 그녀가 그를 사랑하듯이 말이다. 결혼의 본질은 자식을 낳아 키우는 데만 있는 게 아니다. 서로에게 입히는 모든 상처, 서로에게 저지르는 모든 잘못, 서로에 대한 영원한 원망까지 전부 결혼 생활의 일부다. 그는 보헤미아의 왕위를 받아들이게 한 것에 대해 그녀를 결코 용서하지 않을 터였다. 그녀 역시 처음부터 그가 자신에게 너무 모자라는 사람이었음을 용서하지 않았듯이 말이다. 만일 그의 머리가 더 빨리 돌아갔더라면 모든 것이 더 간단했을지 몰랐다. 하지만 함께 살면서 그게 마음대로 되는 일이 아님을 그녀는 깨달았다. 그에 대한 실망은 결코 완전히 사라지지 않았다. 교육받은 꼿꼿한 걸음걸이로 방에 들어선 그를 보거나 그의 아름다운 얼굴을 응시할 때마다 리즈는 사랑의 감정과 함께 가슴속에서 따끔거리는 아픔을 느꼈다.

그녀는 커튼을 젖히고 마차 밖을 내다보았다. 프라하였다.

세계의 두 번째 수도이자 학문의 중심지요, 황제의 옛 거처이며 동방의 베네치아였다. 어둠 속에서도 흐라차니 지구의 풍경이 혀를 날름거리는 듯한 무수한 불빛에 반사되어 어른거렸다.

"우리는 다시 돌아올 거예요." 그녀가 말했다. 이젠 자신도 더 이상 믿지 않는 말이었지만, 이런 희망이라도 붙들지 않으면 도주를 견딜 수 없을 것 같았다. "당신은 보헤미아의 왕이에요. 그건 하느님이 원하신 일이에요. 당신은 돌아올 거예요."

아무리 절망적인 상황에서도 이런 말을 하면 마음이 조금 편안해지기 마련이었다. 프리드리히는 그녀에게 연극과도 같은 지난 일을 상기시켰다. 단호한 국가적 조치, 이 사람에게서 저 사람에게로 옮겨 다니는 왕관, 처참하게 패배한 전투……. 이 연극에서 빠진 것은 독백뿐이었다.

하지만 프리드리히는 꼭 필요한 상황에서도 독백이나 적절한 대사를 내뱉지 못했다. 근심과 불안으로 얼굴이 하얗게 질린 조정 대신들과 황급히 작별할 때가 어쩌면 가장 좋은 기회였으리라. 그는 테이블에 올라가 짧지만 가슴 뭉클한 연설을 해야 했다. 그랬다면 누군가는 그 말을 가슴에 새겼을 것이고, 누군가는 글로 썼을 것이며, 누군가는 남들에게 알렸을 것이다. 절체절명의 순간에 남긴 짧고 강렬한 연설은 그를 불멸로 만들어주었을지 모른다. 하지만 그 순간 그의 머릿속에는 아무것도 떠오르지 않았다. 그저 알아들을 수 없는 말만 몇 마디 중얼거리다가 문 쪽으로 걸어 나갔다. 망명길이었다. 그로써 그 자리에 있던 보헤미아의 귀족들, 그러니까 리즈 부부가 한 번도 그 이름을 제대로 발음할 수 없었고, 접견 시엔 체코 통역 담당 궁내관이 귀엣말로 알려주었지만 그래도 결코 따라 할 수 없었던 브르슈비츠키, 프르츠카트르, 츠르카트르 같은 귀족들은 더 이상 새로운 해의 시작을 보지 못할 것이었다.

"괜찮아요." 그녀가 마차 안에서 속삭였다. 속 빈 강정 같은 말이었다. 실제로는 아무것도 괜찮지 않았기 때문이다. "괜찮아요. 잘될 거예요, 괜찮아요!"

"이 빌어먹을 놈의 왕관을 받지 말았어야 했는데!"

"괜찮아요."

"그릇된 사람들의 말을 듣지 말았어야 했어."

"괜찮아요!"

"돌아올 수 있다고?" 그가 속삭였다. "어떻게든 이 상황을 바꿀 수 있다고? 그걸 할 수 있다고? 점성술사도 아닌 우리가? 그건 별들이 도와야 가능해요. 당신도 그렇게 생각하지 않아요?"

"예, 어쩌면." 그녀는 남편이 무슨 말을 하려는지도 정확히 알지 못한 채 대답했다. 눈물 젖은 그의 얼굴을 어루만지는 순간 이상하게도 결혼 첫날밤이 떠올랐다. 그녀는 아무것도 몰랐다. 첫날밤에 어떻게 해야 하는지 알려준 사람은 없었다. 반면에 남편에게는 가르쳐준 사람이 있었다. 아주 간단하다. 그냥 여자를 취하기만 하면 된다. 처음에는 부끄러워하겠지만 조금 지나면 여자도 안다. 전장에서 적을 향해 돌진하듯이 힘과 결단력을 갖고 돌진해야 한다. 그는 이 조언을 따르려고 했다. 하지만 그가 갑자기 덮치는 순간 그녀는 그가 미쳤다고 생각했다. 그녀는 그보다 머리 하나는 더 컸기 때문에 그를 뿌리치며 쓸데없는 짓 하지 말라고 소리쳤다. 그가 재차 시도했지만 이번에도 그녀는 격하게 반발했다. 그 바람에 그는 음식을 차려놓은 테이블에 부딪혀 넘어졌고, 테이블 위의 물병이 떨어져 깨졌다. 그녀는 상감세공을 한 돌바닥 위에 고인 물을 평생 잊지 못했다. 물웅덩이 위에 장미 꽃잎이 작은 배처럼 동동 떠 있었다. 그게 모두 세 장이었던 것도 정확히 기억했다.

그는 몸을 일으켜 다시 시도했다.

그녀는 이제 자신이 그보다 힘이 세다는 것을 확인했기에, 밖에 도움을 청하는 대신 그의 손목을 꽉 움켜잡았다. 그는 그녀의 손아귀에서 벗어나려 했지만 잘되지 않았다. 그는 씩씩거리며 팔을 당겼고, 그녀는 씩씩거리며 놓아주지 않았다. 두 사람은 잔뜩 흥분해서 눈을 치켜뜬 채 서로를 뚫어지게 바라보았다.

"이제 그만해요." 그녀가 말했다.

그는 울기 시작했다.

훗날 프라하를 떠나는 마차 안에서처럼 당시에도 그녀는 이렇게 속삭였다. "괜찮아요, 괜찮아. 괜찮아요!" 그러고는 침대 가장자리에 앉아 그의 머리를 쓰다듬어주었다.

그는 정신을 차리고 마지막으로 시도했다. 그녀의 가슴을 움켜잡은 것이다. 순간 그녀가 그의 뺨을 때렸고, 이로써 그는 깨끗이 포기했다. 본인도 마음이 홀가분해진 듯했다. 그녀는 그의 뺨에 입을 맞추었다. 그는 한숨을 내쉬고 몸을 웅크리더니 머리까지 이불을 뒤집어썼다. 그러고는 곧 잠이 들었다.

그로부터 불과 몇 주 뒤, 그녀는 첫 아들을 잉태했다.

아들은 다정하고 영특하고 빛나는 아이였다. 환한 빛깔의 눈과 맑은 목소리를 갖고 있었고, 아버지처럼 아름다우며 리즈처럼 영리했다. 그녀는 지금도 아이가 타던 흔들 목마와 아이가 나무 블록으로 만든 작은 성을 기억했고, 높고 또렷한 목소리로 영어 노래를 따라 부르던 모습도 기억했다. 그런 아들이 열다섯 살 되던 해 배가 뒤집혀 익사했다. 그 전에도 여러 아이가 죽었지만 이렇게 뒤늦게 죽은 아이는 없었다. 어린 자식을 둔 부모는 늘 아이가 언제든 죽을 수 있다는 각오 속에 산다. 그런데 이 아들과는 15년이나 함께 살았다. 그렇게 긴 세월 동안 그녀는 아이에게 적응했고, 하루하루 크는 것을 지켜보았다. 그러던 어느 날 갑자기 아이가 눈에서 사라진 것이다. 그녀는 항상 아들을 생각했고, 아들이 뒤집힌 배 밑에 갇힌 순간을 늘상 떠올렸다. 한동안 아들을 생각하지 않은 날이면 꿈속에서 더 또렷하게 아들이 보였다.

아무튼 이렇게 살게 되리라고는 그 옛날 결혼식 첫날밤뿐 아니라 나중에 마차를 타고 프라하를 떠날 때도 미처 짐작하지 못했다. 현실을 깨닫게 된 건 헤이그의 이 집에 들어온 뒤였다. 그들은 이 집을 왕궁이라 불렀지만 실제로는 2층짜리 빌라에 지나지 않았다. 아래층에는 접견실이나 집무실로 불리는 거실이 있었고, 안쪽에는 주방과 하인들의 숙소인 행랑채가, 본채 옆에는 마구간이라 부르는 별채가 있었다. 살림채라 부르는 침실은 2층에 있었다. 집 앞에는 다들 공원이라 부르는 정원이 손질되지 않은 거친 산울타리에 둘러싸여 있었다.

리즈는 이 집에 얼마나 되는 사람들이 자신과 함께 사는지 도무지 감을 잡을 수 없었다. 시녀들, 요리사 하나, 프라하에서 자신들과 함께 도주한 뒤 프리드리히로부터 즉석에서 총리대신으로 임명된 늙은 멍청이 후데니츠 백작, 그리고 마구간 관리인을 겸하는 정원사가 하나 있었다. 그런데 사실 마구간 관리인이라는 직책은 별 의미가 없었다. 어차피 축사엔 말이 한 마리도 없었기 때문이다. 이들 외에 큰 소리로 손님의 예방을 알리고 그런 다음 식사 시중을 드는 시종이 하나 더 있었다. 그런데 어느 날 리즈는 이상한 점을 발견했다. 시종과 요리사는 두 사람이 아니라 동일인이었다. 어떻게 지금까지 그걸 모를 수 있었지? 하인들은 행랑채에 기거했다. 다만 요리사는 홀에서 잤고, 정원사는 아내와 함께 거실에서 잤다. 물론 그게 그의 아내인지는 확실치 않았다. 아랫것들 일에 시시콜콜 신경을 쓰는 건 왕비의 품격에 어울리는 일이 아니었다. 여하튼 이 여자는 통통하고 사랑스러웠을 뿐 아니라 아이들을 맡겨도 될 만큼 믿음직스러웠다. 넬레와 광대는 위층 복도에서 잤다. 아니, 어쩌면 거기서 자지 않을 수도 있었다. 자는 걸 한 번도 본 적이 없으니까. 이 집의 살림은 시종이자 요리사에게 전적으로 맡겨졌다. 집안일은 리즈의 장기가 아니었다.

"마인츠로 갈 때 광대를 데려갈까 하는데." 프리드리히가 말했다.

"광대를 데려가 뭘 하게요?"

그는 군주 특유의 허세를 부리며 설명했다. 자신은 군주라는 지위에 어울리게 처신해야 한다. 그런데 일국의 군주 행렬에 광대가 빠질 수는 없다.

"그게 도움이 된다면 그리해요."

이렇게 해서 그들은 출발했다. 프리드리히는 광대와 후데니츠 백작 외에, 군주 행렬이 너무 왜소해 보일까 싶어 요리사까지 데려갔다. 그들은 11월의 잿빛 하늘 아래 떠났다. 리즈는 창가에 선 채 그들의 뒷모습이 시야에서 완전히 사라질 때까지 지켜보았다. 얼마간 시간이 흘렀다. 나무들만 바람 속에 희미하게 움직일 뿐 다른 것들은 미동조차 없었다.

그녀는 평소 자신이 즐겨 앉던 자리에 앉았다. 창문과 벽난로 사이의 의자였다. 벽난로에 불을 때지 않은 지 이미 오래되었다. 그녀는 담요를 한 장 더 갖다달라고 소리치고 싶었지만, 이제는 그런 지시를 따를 이가 없었다. 시녀는 그저께 도망쳤다. 물론 얼마든지 새로 구할 수 있었다. 딸아이를 왕비의 시녀로 보내고 싶어 하는 평민은 수두룩했기 때문이다. 아무리 조롱받고, 시중에 안 좋은 소문이 퍼진 왕비라 하더라도 말이다. 가톨릭 국가들에서는 그녀가 프라하의 모든 귀족과 동침했다는 소문이 공공연히 나돌았다. 그녀도 오래전부터 그 소문에 대해 알고 있었지만, 왕비답게 의연하면서도 품위 있게 처신하는 것 말고는 다른 방법이 없었다. 게다가 그녀와 프리드리히에게는 이미 제국 추방령까지 내려진 상태였다. 이제는 누구든 제국 법정의 처벌을 걱정하지 않고 그들을 죽여도 되었다. 심지어 가톨릭 사제들은 그런 사람에게 축복까지 내려줄 것이다.

눈이 내리기 시작했다. 그녀는 눈을 감고 나직이 휘파람을 불었다. 세간 사람들은 불쌍한 프리드리히를 겨울왕이라 불렀다. 하지만 별칭과 어울리지 않게, 그는 날이 추워지면 지독하게 추위를 타는 사람이었다. 곧 정원에 무릎 높이까지 눈이 쌓일 것 같았다. 이제는 눈을 치워 길을 낼 이도 없었다. 정원사도 도망치고 없었다. 그녀는 주님과 자신을 위해 목숨을 버릴 수도 있다고 했던 크리스티안 폰 브라운슈바이크에게 편지를 써서 눈 치울 사람을 몇 명 보내달라고 할까 생각했다.

문득 모든 것을 바꿔버린 그날이 떠올랐다. 편지와 함께 재앙이 몰아닥친 날이었다. 한 글자 한 글자 읽기 어려울 정도로 휘갈겨 쓴 서명이 줄을 이은, 그녀가 듣도 보도 못 한 귀족들이 프리드리히 선제후에게 보헤미아의 왕위를 받아줄 것을 청하는 편지였다. 그들은 더 이상 예전의 왕을 원치 않았다. 그들의 독립국가 연합에서는 황제이기도 한 자리였다. 그들은 자신들의 새로운 지배자가 프로테스탄트여야 한다고 주장했고, 결의를 다지는 의미에서 황제가 파견한 고위 관리들을 프라하성의 창문 밖으로 던져버렸다고 했다.

하지만 황제의 관리들은 똥 더미에 떨어져 목숨을 구했다. 성의 창문 아래에는 항상 똥이 많았다. 매일 요강을 창밖으로 비웠기 때문이다. 문제는 예수회 회원들이 온 나라를 돌아다니며 천사가 황제의 관리들을 부드럽게 받아 바닥에 내려놓았다고 떠들어댔다는 사실이다.

편지를 받은 프리드리히는 리즈의 아버지에게 곧장 서신을 보냈다.

영국 왕은 파발꾼을 급파해 어떤 일이 있더라도 그 제안을 받아들여선 안 된다고 답했다.

프리드리히는 이번엔 프로테스탄트 동맹의 제후들에게 물었다. 며칠 동안 입김을 토하며 쉼 없이 달려온 파발꾼들이 그의 성에 도착했다. 편지 내용은 모두 동일했다. 그 왕위는 독약과 같은 것이기에 절대 받아서는 안 된다는 것이다.

이어 프리드리히는 이 문제에 도움을 줄 수 있는 전문가들에게 자문했다. 그들은 반복해서 설명했다. 면밀하게 따질 필요가 있다. 보헤미아는 제국 영토가 아니기에, 권위 있는 법학자들의 견해에 따르면 왕위를 받아들이는 것이 곧 황제 폐하에 대한 충성 맹세를 위반하는 것은 아니다.

리즈의 아버지는 그 제안을 받지 말라고 다시 편지를 보냈다.

그제야 프리드리히는 리즈에게 물었다. 그녀는 이미 이 순간을 기다리고 있었고, 답도 준비해놓은 터였다.

늦은 밤, 두 사람은 침실에 있었다. 공중에 움직임 없이 걸린 불꽃들이 그들을 둘러쌌다. 고급 양초들만 조용히 타오르고 있었다.

처음엔 그녀도 어리석은 짓을 하지 않는 게 좋겠다고 말했다. 그러나 한동안 침묵을 지키다가 이렇게 덧붙였다. "왕위를 제안받을 기회가 평생 몇 번이나 올까요?"

그녀의 삶을 바꿔버린 순간이자, 남편이 평생 용서하지 않을 순간이었다. 당시의 장면이 아직도 눈에 선했다. 캐노피에 비텔스바흐 문장이 새겨진 침대, 협탁 위에서 양초 불빛을 반사하는 물병, 작은 개와 귀부인을 그린 커다란 벽화가 걸린 방이었다. 이 그림을 누가 그렸는지 훗날 그녀는 더 이상 기억하지 못했지만 어차피 상관없었다. 프라하로 가져가지 않고 두었는데 그사이 잃어버렸기 때문이다.

"왕위를 제안받을 기회가 평생 몇 번이나 올까요? 게다가 그것을 받아들이는 것이 주님의 뜻에 맞는 일이라면요? 교황청에서는 보헤미아 프로테스탄트들에게 종교적 관용을 베푼다고 약속했다가 다시 거두었죠. 이후 탄압의 올가미는 점점 죄여오고요. 당신만이 그 사람들을 도울 수 있어요."

갑자기 그녀는 캐노피 침대와 벽화와 물병이 있는 그 침실이 무대이며, 무엇에 홀린 듯 침묵하는 청중으로 가득한 홀 안에 있는 것 같다는 느낌이 들었다. 극단주가 떠올랐다. 마법의 힘이 넘쳐흐르던 그의 문장들이 떠올랐다. 자신이 미래 역사가의 그림자에 둘러싸인 듯했다. 말을 하는 사람이 자신이 아니라 훗날 한 연극의 결정적인 순간에 엘리자베스 스튜어트 공주 역을 맡은 배우 같다는 기분이 들었다. 기독교의 미래와 한 왕국, 한 황제의 운명이 걸린 연극이었다. 만일 그녀가 남편을 설득한다면 세계사의 진로는 이 방향으로, 설득하지 못한다면 저 방향으로 나아갈 것이었다.

그녀는 일어나 차분한 걸음걸이로 방 안을 서성이며 독백을 시작했다.

우선 하느님과 의무에 대해 이야기했다. 범인의 믿음과 현자의 믿음에 대해 이야기했다. 삶을 가벼이 여기지 말고 매일 좌절할 수 있는 시험으로 여기라고 가르친 칼뱅에 대해서도 이야기했다. 만일 좌절한다면 영원히 패자에 머물 수밖에 없다. 자부심과 용기로 모험을 감행해야 한다. 그녀는 주사위는 던져졌다는 말과 함께 루비콘강을 건넌 율리우스 카이사르에 대해서도 이야기했다.

"카이사르?"

"끝까지 들어봐요!"

"부인, 난 카이사르가 아니에요. 난 그의 적이라고. 기껏해야 브루투스에 불과하지. 카이사르는 황제잖아요!"

"이 비유에서 카이사르는 당신이에요."

"아니, 황제가 카이사르지, 리즈. 생각해봐요. 카이사르는 황제라는 뜻이잖아!* 그게 그 말이라고."

그녀는 대답했다. 어쩌면 같은 말일 수 있다. 하지만 카이사르가 황제를 뜻한다 하더라도 달라질 건 없다. 이 비유에서 카이사르는 황제가 아니라 운명의 주사위를 던지고 루비콘강을 건넌 그 남자다. 그걸 정확히 이해한다면 바로 프리드리히 당신이 카이사르다. 왜냐하면 결국 적을 물리칠 사람은 당신이기 때문이다. 카이사르라는 칭호를 가진 빈의 황제가 아니라.

"하지만 카이사르는 승리를 거두지 못했어. 오히려 적의 칼

---

* 독일어에서 황제를 뜻하는 '카이저Kaiser'는 로마의 '카이사르Caesar'에서 비롯되었다.

에 맞아 죽었어요!"

"칼에 맞아 죽는 일은 누구에게나 일어날 수 있어요. 그건 아무 의미 없어요! 중요한 건 카이사르를 죽인 사람들은 잊혔지만 카이사르의 이름은 영원히 살아 있다는 거예요!"

"어디에 살아 있는데? 황제라는 말에?"

"당신이 보헤미아의 왕이 되고 내가 왕비가 되면 아버지가 지원군을 보내줄 거예요. 영국이 프라하를 지킨다는 게 알려지면 프로테스탄트 제후 동맹도 우리에게로 몰릴 거고. 그렇다면 보헤미아의 왕은 큰 바다를 넘치게 하는 한 방울의 물이……."

"바다가 아니라 양동이겠지. 물방울 하나가 바다를 넘치게 하지는 못해. 바다에서 물 한 방울은 아무 의미가 없어요. 양동이라면 몰라도!"

"그놈의 좀스러운 독일어!"*

"독일어하고는 상관없어요. 논리적으로 그렇다는 거지."

순간 그녀는 자제력을 잃고, 입 좀 닫고 끝까지 들으라고 소리를 질렀다. 그는 사죄의 말을 중얼거리더니 입을 닫았다. 그녀는 다시 반복했다. 루비콘강, 주사위, 하느님과 우리에 대해. 되풀이하다 보니 말이 훨씬 술술 잘 나오고 문장도 제대로 꼴

* 물 한 방울이 '큰 바다'를 넘치게 한다는 영어의 관용구가 독일어에서는 사리에 맞게 '양동이'로 바뀌었다.

이 갖추어지는 것이 느껴져 내심 뿌듯했다.

"정말 당신 아버지가 군대를 보내줄까?"

그녀는 그의 눈을 빤히 들여다보았다. 결정적인 순간이었다. 모든 게 그녀에게 달려 있었다. 지금부터 일어날 모든 일, 앞으로 수백 년의 미래를 결정할 순간이 지금 그녀의 답변에 달려 있었다.

"내 아버지예요. 나를 곤궁에 빠뜨릴 분이 아니에요."

그녀는 같은 대화가 다음 날, 또 그다음 날도 되풀이되리라는 걸 알았지만, 내면의 결정은 이미 내려졌다고 믿었다. 프라하 대성당에서 왕관을 쓰게 될 날이, 세계에서 가장 훌륭한 배우들을 거느린 궁정 극장을 갖게 될 날이 머지않은 것 같았다.

리즈의 입에서 한숨이 새어 나왔다. 안타깝게도 기대와는 달리 궁정 극장은 갖지 못했다. 그러기엔 시간이 너무 부족했다. 그녀는 창문과 차가운 벽난로 사이에 앉아 눈송이가 떨어지는 모습을 바라보며 생각했다. 한 해 겨울로는 가당치도 않은 일이었다. 궁정 극장을 설립하려면 몇 년이 필요했다. 하지만 두 사람의 대관식만큼은 상상했던 것처럼 장중하고 감격스러웠다. 이후 그녀는 보헤미아와 모라비아, 영국의 유명 화가들을 불러 자기 초상화를 그리게 했고, 황금 접시로 식사를 했으며, 가두행진 때는 천사로 분장한 소녀들이 자신의 긴 드레스를 들고 뒤따르게 했다.

프리드리히는 리즈의 아버지에게 여러 차례 편지를 보냈다. 황군이 들이닥칠 것이다, 그건 의심의 여지가 없다, 그러니 장인어른의 도움이 필요하다는 내용이었다.

리즈의 아버지는 답장을 보내 딸 부부가 끈기와 강인함으로 버텨나갈 것을 소망하면서 주님의 축복을 기원했다. 아울러 건강과 대전의 장식과 현명한 통치에 대해 충고했고, 딸 부부에 대한 자신의 사랑은 영원할 것이며 그들과 늘 함께하겠다고 약속했다.

그러나 군대는 보내지 않았다.

프리드리히가 정말 다급한 상황에서 간절히 도움을 요청했을 때 리즈의 아버지는 이렇게 답했다. 자신은 한순간도 두 사람을 잊은 적이 없고, 늘 희망과 걱정으로 기억하고 있다고.

그러나 영국 왕이 군대를 보내지 않았기에 프로테스탄트 동맹도 군대를 보내지 않았고, 그로써 프리드리히가 기댈 건 화려하고도 강철처럼 단단한 대형으로 도시 앞에 집결한 보헤미아군뿐이었다.

리즈는 흐라차니의 성에서 군대의 행진을 내려다보며 섬뜩한 두려움에 사로잡혔다. 반짝거리는 창과 검과 도끼는 단순히 빛나는 물건이 아니라 오직 인간의 살점을 베고, 살갗을 뚫고, 뼈를 으스러뜨릴 목적으로만 만들어진 날카로운 칼날이다. 저 밑에서 절도 있게 보조를 맞추어 걸어가는 병사들은 그 칼날로 타인의 얼굴을 찌르고, 자신들 역시 배와 목에 칼을 맞을 것이다. 일부는 하늘에서 쏟아지는 포탄에 맞아 머리가 찢어지고 사지가 너덜너덜해지고 배에 구멍이 뚫릴지 모른다. 이 남자들의 몸에서 흐른 수백 양동이의 피는 땅에 뿌려지고 고랑을 흐르다 마침내 땅 밑으로 스며들 것이다. 땅은 이 피로 무엇을 할까? 피는 그냥 빗물에 씻겨 나갈까, 아니면 특수한 식물을 자라게 하는 거름이 될까? 예전에 한 의사가 리즈에게 말했다. 죽어가는 남자들의 마지막 씨는 작은 맨드레이크 씨앗이 되어 줄기를 틔우고, 그래서 그걸 뽑으면 뿌리에서 갓난아이 우는 소리가 들린다고.

문득 이 군대가 패배할 거라는 예감이 들었다. 단순한 생각이 아니라 눈앞이 아찔해질 만큼 또렷한 확신이었다. 이제껏 이렇게까지 미래가 잘 보인 적은 한 번도 없었다. 나중에도 그런 일은 없었다. 오직 그 순간에만, 단순한 예감이 아닌 명료한 확실성으로 미래가 보였다. 저 남자들은 죽을 것이다. 팔다리가 잘리거나 도망친 이들만 빼고 거의 모두 죽을 것이다. 그러면 자신과 남편은 아이들을 데리고 서쪽으로 달아나야 한다. 그들 앞에는 망명의 삶이 기다리고 있다. 하이델베르크로도 돌아갈 수가 없기 때문이다. 황제가 그걸 허락할 리 없다.

일은 정확히 그녀의 예상대로 흘러갔다.

그들은 프로테스탄트 궁정들을 전전했다. 시간이 흐르면서 종자의 수는 점점 줄고 돈은 메말라갔다. 게다가 그들에겐 이미 제국 추방령이 떨어졌고, 프리드리히는 선제후 직위까지 박탈당했다. 가톨릭을 믿는 프리드리히의 사촌이 황제의 뜻에 따라 펠츠 선제후에 책봉되었기 때문이다. 사실 황금칙서*에 따르면 그건 아무리 황제라 하더라도 감히 내릴 수 없는 지시였다. 하지만 황제의 장수들이 모든 전투에서 승리를 거두는 마당에 누가 그를 저지할 수 있겠는가? 리즈의 아버지도 도울 수 있었으면 도왔을 것이다. 실제로 그는 정기적으로 편지를 보내 딸 부부에 대한 애정과 걱정을 아름답게 표현하기도 했다. 하지만 군대는 보내지 않았다. 대신 영국으로 오지 말라는 충고를 덧붙였다. 스페인과의 협상으로 지금은 상황이 좋지 않다. 게다가 스페인군은 지금 네덜란드에 대한 전쟁을 이어가려고 펠츠에 주둔 중이다. 그러니 좀 더 기다려야 한다. 신은 정의로운 자의 편에 서고, 행운은 올바른 자와 함께하게 되어 있다. 용기를 잃지 마라. 너희의 아버지 제임스는 너희를 위해 기도하지 않는 날이 단 하루도 없다.

이후로도 황제는 벌이는 전투마다 승리를 거두었다. 프로테스탄트 동맹을 격파했고, 덴마크 왕을 무릎 꿇렸다. 프로테스

---

* 신성로마제국의 황제 카를 4세가 1356년에 반포한 제국법. 교황이 독일 정치 문제에 간섭하는 것을 막기 위해 일곱 선제후에게 황제의 선거권을 한정할 것과 아울러 선제후의 지위, 권력, 상속권을 명시적으로 적시하였다.

탄티즘을 신의 세계에서 영원히 사라지게 하는 것이 처음으로 가능해 보였다.

그즈음 스웨덴의 왕 구스타프 아돌프가 바다를 건너왔다. 예전에 리즈와의 결혼을 거부했던 이 남자는 대륙에 발을 디디자마자 승리를 거두었고, 파죽지세로 밀고 내려와 지금은 마인츠 앞에 겨울 진영을 꾸리고 있었다. 프리드리히는 오랜 망설임 끝에 우아한 필체로 스웨덴 왕에게 편지를 썼다. 왕실 직인까지 당당하게 찍었다. 그로부터 두 달 뒤, 마찬가지로 커다란 왕실 직인이 찍힌 답장이 헤이그에 도착했다. 전하께서 무사하다는 소식을 들으니 기쁘고, 이리로 방문해주시길 바란다는 내용이었다.

먼 길을 떠나기엔 형편이 좋지 않았다. 프리드리히는 감기에 걸렸고 허리 통증도 심했다. 하지만 그들을 펠츠로 복귀시키고 어쩌면 프라하로까지 되돌려놓을 사람은 현재로서 스웨덴 왕 하나뿐이었다. 그런 사람이 자신에게로 오라고 하면 갈 수밖에 없었다.

"내가 정말 가야 할까?"

"예, 가야 해요, 프리츠."

"그 사람한테는 나보고 오라 가라 할 권리가 없어요."

"당연히 없죠."

"나도 그와 똑같은 왕인데."

"물론이죠, 프리츠."

"그런데도 가야 할까?"

"예, 프리츠."

이렇게 해서 그는 떠났다. 광대와 요리사, 후데니츠와 함께. 참으로 어려운 시절이었다. 그제 점심에는 귀리죽을 먹었고, 저녁에는 빵을, 어제 점심에는 다시 빵을, 저녁에는 아무것도 먹지 못했다. 네덜란드 의회도 그들에게 넌더리가 나서 굶어 죽지 않을 만큼의 돈만 주었다.

그녀는 눈을 끔벅거리며 눈보라를 바라보았다. 추워졌다. 그녀는 생각했다. 보헤미아의 왕비이자, 펠츠의 선제후비이자, 영국 왕의 딸이자, 덴마크 왕의 질녀이자, 처녀왕 엘리자베스의 종손녀이자, 스코틀랜드 메리 여왕의 손녀인 내가 지금 장작 하나 살 돈도 없다니!

그녀는 넬레가 옆에 서 있는 것을 알아채고 흠칫 놀랐다. 왜 자기 남편을 따라가지 않았을까? 광대가 남편이 아닌가?

무릎 인사를 마친 넬레가 한쪽 발을 다른 발 앞에 대더니 두 팔을 벌리고 손가락을 쫙 폈다.

"오늘은 춤을 추지 말고 이야기나 하자." 리즈가 말했다.

넬레는 공손하게 고개를 끄덕였다.

"돌아가며 이야기를 하는 거야. 나는 너한테, 너는 나한테. 뭘 알고 싶으냐?"

"마마에 대해서요?"

넬레는 자기를 꾸미지 않았다. 여자치고 상당히 큰 체격에 얼굴은 미천한 신분답게 투박했다. 그럼에도 예뻤다. 맑고 검은 눈, 비단결 같은 머리, 허리의 우아한 곡선. 다만 턱이 너무 펑퍼짐했고, 입술은 너무 두툼했다.

"무엇을 알고 싶으냐?" 리즈가 반복해 물었다. 갑자기 가슴에 따끔거리는 통증이 느껴졌다. 두려움 때문이기도 했고 분노 때문이기도 했다. "알고 싶은 건 무엇이건 물어봐라."

"제겐 그런 권한이 없습니다, 마마."

"내가 그러라고 하면 그런 권한이 생기는 거야."

"사람들이 저와 틸을 두고 비웃는 건 상관없습니다. 그게 저희의 직업이니까요."

"그건 질문이 아니다."

"그럼 질문을 드리겠습니다. 혹시 마마께서는 가슴이 아프지 않으신지요?"

리즈가 침묵했다.

"남들이 마마를 비웃는 것 때문에요."

"무슨 말을 하는지 모르겠구나."

넬레가 미소를 지었다.

"내가 알아듣지 못하는 질문을 던지기로 마음먹은 모양이구나. 어쨌든 이것으로 너는 질문을 했고, 나는 그에 대해 답을 했다. 이젠 내 차례다. 광대가 네 남편이냐?"

"아닙니다, 마마."

"어째서 아니냐?"

"거기에 무슨 이유가 있겠습니까?"

"무슨 소리, 이유가 있어야지."

"저희는 함께 도망을 쳤습니다. 틸의 아버지는 마법사로 몰려 처형당했고, 저는 마을에 계속 남는 것도, 슈테거라는 사내와 결혼하는 것도 싫어서 틸과 함께 떠났습니다."

"결혼은 왜 싫었더냐?"

"사는 게 늘 끔찍했습니다, 마마. 저녁엔 불을 켤 수가 없었습니다. 초가 너무 비쌌거든요. 다들 어두운 방에 앉아 죽을 먹었습니다. 매일 똑같은 죽이었죠. 게다가 저는 슈테거 집의 아들을 좋아하지 않았습니다."

"그럼 틸은?"

"말씀드렸다시피 틸은 제 남편이 아닙니다."

"이제 다시 네 차례다. 궁금한 걸 물어보아라."

"가진 게 없는 것이 힘드신가요?"

"내가 그걸 어떻게 알겠느냐? 네가 말해보아라!"

"당연히 편치는 않습니다. 고향을 떠나 집도 절도 없이 떠도는 형편이요. 물론 지금은 거처가 있지만요."

"내가 너를 내쫓으면 다시 집이 없겠구나. 아무튼 너희는 함께 도망쳤다고 했는데 왜 틸과 결혼하지 않았지?"

"처음엔 유랑 가수가 저희를 거두어주었습니다. 그러다 연시에서 피르민이라는 이름의 곡예사를 만났습니다. 우리는 그 사람한테서 일을 배웠죠. 그는 천성이 비열한 사람이었습니다. 먹을 것도 충분히 주지 않았고 우리를 때리기까지 했습니다. 우린 전쟁을 피해 북쪽으로 이동해서 거의 바다까지 올라갔습니다. 그러던 어느 날 스웨덴군이 상륙했고, 그래서 우리는 다시 서쪽으로 피신했습니다."

"너와 틸, 피르민, 이렇게 셋이?"

"아뇨, 우리 둘만요."

"피르민한테서 도망쳤느냐?"

"아닙니다. 틸이 그를 죽였습니다. 이제 제가 다시 질문을 드려도 되겠습니까, 마마?"

리즈는 잠시 침묵했다. 넬레의 독일어는 촌스럽고 이상했다. 어쩌면 자신이 잘못 알아들은 것인지도 몰랐다. "그래, 궁금한 게 있으면 물어보아라."

"예전에는 궁인이 총 몇 명이었습니까?"

"결혼 계약서에 따르면 내 밑에만 마흔여섯 명이 있었다. 그 중 귀족 출신의 여관女官이 여섯 명이었는데, 여관에게도 각각 시녀가 넷씩 딸려 있었지."

"지금은요?"

"내 차례다. 너는 왜 틸과 결혼하지 않았느냐? 그를 좋아하지 않느냐?"

"틸은 저한테 오라비나 부모 같은 사람입니다. 제가 가진 전부라고 할 수 있죠. 저 역시 틸에게는 전부이고요."

"남편으로는 원치 않고?"

"이제 제 차례가 아닌지요, 마마?"

"그래, 네 차례다."

"마마께서는 그분을 남편으로 원하셨습니까?"

"누구?"

"전하 말입니다. 전하를 마마의 배필로 원하셔서 결혼하신 건가요?"

"나는 상황이 다르다."

"왜요?"

"내 결혼은 국가 대사였다. 내 아버지와 두 외무대신이 몇 달에 걸쳐 협상해 이루어낸 결과였지. 그래서 난 전하의 얼굴을 보기도 전에 그를 원할 수밖에 없었어."

"전하를 보시고 나서는 어땠습니까?"

"그땐 진정으로 원했지." 리즈는 이맛살을 찌푸리며 말했다. 이 대화가 더 이상 마음에 들지 않았다.

"전하께서도 왕가의 위엄이 넘치는 분이시지요."

리즈가 넬레의 얼굴을 날카롭게 바라보았다.

넬레는 눈을 동그랗게 뜨는 것으로 그녀의 시선에 답했다. 왕비를 놀리려고 한 짓인지는 알 수 없었다.

"이제 춤을 추거라." 리즈가 말했다.

넬레는 무릎 인사를 한 뒤 춤을 추기 시작했다. 신발이 마룻바닥 위에서 또각또각 소리를 냈고, 두 팔은 공중에서 원을 그렸으며, 어깨가 회전하고, 머리카락이 휘날렸다. 최근 유행하는 어려운 춤 중 하나였다. 그 모습이 어찌나 우아한지 리즈는 악사가 없는 것이 안타깝게 느껴졌다.

그녀는 눈을 감고 넬레의 신발이 또각대는 소리를 들으며 머릿속으론 다음에 뭘 팔아야 할지 고민했다. 그림은 아직 몇 점 남아 있었다. 그중에는 델프트 출신의 그 다정한 남자가 그린 자신의 초상화도 있었고, 목에 잔뜩 힘이 들어가고 콧수염을 길게 기른 당대의 거장이 화려한 붓질로 그린 그림도 있었다. 그녀는 이 그림이 별로라고 생각했지만 가격은 꽤 나갈 것 같았다. 패물은 이미 많이 내다 팔았지만, 다이아뎀 하나와 목걸이 두세 개가 아직 남아 있었다. 그렇다면 완전히 절망할 단계는 아니다.

또각대는 소리가 나지 않는다는 것을 깨달은 순간 그녀는 눈을 떴다. 방에 혼자 있었다. 넬레는 언제 나갔지? 어떻게 이런 주제넘은 짓을 할 수 있을까? 군주가 물러가라는 말을 하기 전에는 누구도 마음대로 물러갈 수 없었다.

그녀는 밖을 내다보았다. 잔디밭엔 눈이 두텁게 쌓였고, 나뭇가지도 휘어 있었다. 불과 얼마 전에 눈이 오기 시작한 것 같은데……. 자신이 창문과 차가운 벽난로 사이의 의자에 얼마나 오랫동안 앉아 있었는지 갑자기 확신이 서지 않았다. 무릎 위엔 기운 담요가 놓여 있었다. 넬레는 방금까지 여기 있었던 건가? 아니면 나간 지 한참 됐을까? 프리드리히는 마인츠로 몇 명을 데려갔고, 지금 여기엔 누가 남아 있을까?

리즈는 머릿속으로 한 사람 한 사람 꼽아보기 시작했다. 요리사는 남편과 함께 떠났다. 광대도 마찬가지다. 다른 시녀는 병든 부모를 봐야 한다며 일주일 휴가를 얻어 갔지만, 돌아오지 않을 가능성이 높다. 부엌에 누군가가 있을 수도 있고 없을 수도 있다. 그녀로선 알 수 없는 노릇이었다. 부엌에는 발을 들여놓은 적이 없었기 때문이다. 야간 경비병도 하나 있다. 물론 이것도 추측이었다. 그녀는 밤중에 침실에서 나온 적이 없기에 경비병을 본 일도 없었다. 궁정 음료 담당관은? 포도주에 관한 한 섬세한 미각을 가진 늙은 귀족 말이다. 갑자기 그가 벌써 한참 전부터 보이지 않는다는 생각이 들었다. 프라하에 남았거나, 아니면 망명길에 죽은 모양이었다. 그사이 그녀의 아버지도 죽었다. 생전에 찾아뵙지도 못했는데, 갑자기 얼굴도 잘 모르는 남동생이 런던의 통치자가 되었다는 소식을 전해 들었다. 이 동생에게는 기대할 것이 없어 보였다.

그녀는 귀를 쫑긋 세웠다. 옆방에서 무언가 바스락거리고 달그락거리는 소리가 들렸다. 더 잘 들어보려고 숨을 멈추었지만 더 이상 소리는 나지 않았다. 집 안은 조용했다.

"거기 누구 없느냐?"

대답이 없었다.

어딘가에 종이 있을 것이다. 그녀가 종을 울리면 누군가 나타났다. 항상 그랬다. 그래야 했다. 평생 그래왔다. 그런데 종이 어디 있었지?

어쩌면 곧 모든 것이 바뀔 수도 있다. 구스타프 아돌프와 프리드리히, 그러니까 자신이 결혼할 뻔한 남자와 실제로 결혼한 남자가 원만하게 합의하기만 한다면 프라하에서 다시 축제가 열릴 것이고, 그들은 높은 성으로 돌아갈 수 있을 것이다. 전쟁이 재개될 겨울 끝자락에 말이다. 매년 그랬다. 눈이 내리면 전쟁은 휴지기에 들어갔고, 꽃이 피고 새가 날고 개천의 얼음이 녹기 시작하면 전쟁도 다시 시작되었다.

한 남자가 방 안에 서 있었다.

이상했다. 종을 울리지 않았는데도 나타난 것이 그랬고, 전혀 본 적이 없는 얼굴인 것도 그랬다. 한순간 그녀는 저 남자를 두려워해야 할지 스스로에게 물었다. 자객은 언제든 출몰할 수 있었고, 어디에든 잠입할 수 있었다. 어디도 안전한 곳은 없었다. 하지만 남자는 위험해 보이지 않았다. 오히려 법도에 맞게 허리를 숙이더니, 암살범이라고 하기에는 너무나 생경한 말을 했다.

"마마, 당나귀가 떠났습니다."

"무슨 당나귀? 그런데 누군가?"

"당나귀 말씀입니까?"

"아니, 내 말은……." 그녀가 남자를 가리켰다. 그래도 이 바보는 그녀의 말을 이해하지 못했다. "네가 누구냐고."

남자는 꽤 길게 말했다. 알아듣기 쉽지 않았다. 그녀의 독일어는 아직 서툴렀고, 그의 독일어는 무척 투박했기 때문이다. 그럼에도 그녀는 남자의 설명을 서서히 이해할 수 있었다. 남자는 마구간을 관리하는 사람인데, 광대가 이곳에 돌아오자마자 당나귀를 타고 떠났다는 것이다. 넬레까지 셋이서 말이다.

"당나귀만? 다른 동물들은 아직 있느냐?"

남자가 대답했지만 그녀는 알아듣지 못했다. 남자가 재차 대답하자 그제야 알아들었다. 다른 동물은 어차피 없었고, 이제 마구간은 텅 비었다는 얘기다. 이렇게 찾아온 것도 새로운 일거리가 필요해서였다.

"그런데 광대는 어째서 돌아왔느냐? 전하는 어쩌고? 전하께서도 같이 돌아오셨느냐?"

이제 마구간이 텅 비어 더 이상 마구간 관리인이라 할 수 없는 남자가 대답했다. 광대만 돌아왔다. 그러고는 곧장 떠났다.

여자와 당나귀를 데리고. 대신 편지를 남겨두었다.

"편지를? 이리 줘봐라!"

남자가 처음엔 바지 오른쪽 주머니를, 그다음엔 왼쪽 주머니를 뒤적이더니 다시 오른쪽에 손을 넣고 접힌 종이쪽지를 꺼내며 말했다. 당나귀는 정말 아깝다. 보기 드물게 영특한 당나귀였다. 광대한테는 당나귀를 가져갈 권리가 없다. 그래서 광대를 막아섰지만 그 인간이 일격을 가하는 바람에 어쩔 수가 없었다. 지금도 맞은 자리가 무척 쑤시는데 어쨌든 그 이야기는 더 하고 싶지 않다.

리즈는 쪽지를 펼쳤다. 구겨지고 얼룩진 쪽지에 글자가 검게 번져 있었다. 그녀는 한눈에 이 손 글씨를 알아보았다.

편지를 대충 훑어본 리즈는 당장 이것을 찢어버리고, 받은 것조차 잊고 싶다는 충동에 사로잡혔다. 하지만 물론 그런 건 뜻대로 되는 일이 아니었다. 그녀는 이제 단단히 마음을 먹고 주먹까지 불끈 쥐어가며 처음부터 다시 읽기 시작했다.

2

구스타프 아돌프는 그를 기다리게 할 권리가 없었다. 인간에 대한 기본적인 예의로도 그렇지만 왕가의 법도로도 안 될 말이었다. 왕족이 다른 왕족을 어떻게 대해야 하는지는 엄격한 규칙으로 정해져 있었다. 시정잡배처럼 함부로 할 일이 아니었다. 게다가 보헤미아 왕위는 스웨덴 왕위보다 더 유서 깊을 뿐 아니라 보헤미아라는 나라 자체도 더 오래되고 부유했다. 그러니 보헤미아 군주는 스웨덴 왕보다 상급이었고, 그게 아니더라도 선제후의 지위 역시 왕위와 동급이었다. 그건 펠츠 궁정이 예전에 의뢰한 전문가 판정을 통해 사실로 확인된 바였다. 물론 프리드리히에게는 제국 추방령이 떨어져 있었지만, 어차피 스웨덴 왕은 그런 결정을 내린 황제에게 전쟁을 선포한 데다 프로테스탄트 동맹도 프리드리히의 선제후 직위 박탈을 받아들이지 않은 상태였다. 따라서 스웨덴 왕은 보헤미아의 왕까지는 아니더라도 최소한 선제후로 그를 대우해야 했다. 그러니까, 동급으로서 말이다. 사실 일반적인 제후 서열상 두 사람이 같은 반열에 있다 해도, 가문의 서열로만 따지면 펠츠 가문이 스웨덴의 바사 가문보다 더 격이 높지 않은가. 어느 면에서 보나 구스타프가 그를 기다리게 하는 것은 용납할 수 없는 일이었다.

프리드리히는 머리가 아팠다. 숨조차 쉬기 어려웠다. 스웨덴 군영의 냄새는 미처 예상하지 못했다. 물론 수많은 식구가 딸린 수천의 병사가 한곳에 진을 치고 있으니 당연히 깨끗하지 못하리라는 것은 잘 알고 있었다. 프라하성 앞에서 자신이 지휘했던 군대의 냄새도 아직 생생한 터였다. 군대가 연기처럼 사라지고, 병사들의 피가 땅 밑으로 흘러들기 전에 맡았던 냄새 말이다. 하지만 그 냄새도 이곳의 냄새와는 비교가 되지 않았다. 상상조차 못 한 악취였다. 군영이 시야에 들어오기 전부터 고약한 냄새는 공중에 넓게 퍼져 있었다. 그로 인해 사람 하나 없는 을씨년스러운 풍경에 씁쓸함과 역겨움이 더해졌다.

“무슨 이런 악취가…….” 왕이 말했다.

“고약해.” 광대가 대답했다. “아주 고약해. 이 냄새를 벗겨내려면 몸을 씻어야 하지 않을까, 겨울왕?”

요리사와 네 명의 병사가 웃음을 터뜨렸다. 네덜란드 의회에서 경호를 위해 마지못해 붙여준 병사들이었다. 왕은 이런 버르장머리 없는 소리를 듣고도 참고 넘겨야 할지 잠시 고민에 잠겼다. 하지만 가만히 생각해보면 그게 광대의 역할이었다. 왕에게는 왕에게 맞는 역할이 있듯이 말이다. 세상은 왕을 늘 존경심으로 대하지만, 그런 왕에게도 아무 말이나 할 수 있는 사람이 딱 하나 있다면 그건 광대였다.

"왕이 씻어야 한대." 요리사가 말했다.

"발도 씻어야겠네." 한 병사가 소리쳤다.

왕은 옆에서 말을 타고 가던 후데니츠 백작에게로 시선을 돌렸다. 백작의 얼굴에 미동도 없었기에 왕도 그냥 못 들은 척 넘어갈 수밖에 없었다.

"귀 뒤도!" 다른 병사가 말했다. 다들 다시 웃음을 터뜨렸다. 백작과 광대만 빼고.

왕은 어떻게 해야 할지 알 수가 없었다. 당장이라도 저 뻔뻔한 병사를 매질로 징치하는 것이 군왕의 권위에 맞았다. 하지만 몸이 좋지 않았다. 며칠 전부터 기침이 가라앉질 않았다. 이런 상태에서 저 인간이 반격을 하면 어찌한단 말인가? 저들은 어차피 네덜란드 의회 소속이지 자신의 명령을 따르는 자들이 아니었다. 하지만 궁정 광대가 아닌 다른 인간들에게까지 모욕을 당하는 건 견딜 수 없는 노릇이었다.

이어 그들은 언덕 위에서 군영을 내려다보았다. 이제 왕은 분노를 잊었고, 병사들도 더는 왕을 조롱할 생각을 하지 않았다. 바람에 펄럭이는 하얀 도시가 그들 발아래 놓여 있었다. 도시의 집들이 이리저리 부드럽게 움직이면서 물결을 이루었다. 자세히 살펴보자 그제야 그것이 천막으로 이루어진 도시임을 알 수 있었다.

다가갈수록 냄새는 더 심해졌다. 코를 찌르는 정도를 넘어 눈이 따끔거리고 가슴까지 답답해질 지경이었다. 수건으로 코를 막아보았지만 냄새는 피부를 뚫고 들어가는 듯했다. 왕은 눈을 가늘게 떴다. 속이 메슥거렸다. 숨을 얕게 쉬어보아도 소용이 없었다. 냄새에서 벗어날 길은 없었고, 메슥거림은 점점 심해졌다. 후데니츠 백작도 마찬가지인 듯했다. 병사들은 두 손으로 얼굴을 가렸다. 요리사는 시체처럼 얼굴이 파리했다. 심지어 광대조차 평소의 뻔뻔한 표정이 사라지고 없었다.

땅이 질퍽거렸고, 말들은 깊은 진창 같은 곳을 힘겹게 터벅터벅 나아갔다. 길가에 진갈색 오물이 잔뜩 쌓여 있었다. 왕은 저것들이 자신이 추측하는 그것은 아닐 거라고 스스로를 다독였지만, 그의 추측이 맞았다. 무수한 사람들이 싸질러놓은 똥이었다.

악취는 거기서만 나는 것이 아니었다. 상처와 고름, 땀, 온갖 질병 냄새가 진동했다. 왕은 눈살을 찌푸렸다. 마치 냄새가 눈에 보이는 듯했다. 누르스름하게 농축된 공기의 형태로.

"어디로 가나?"

투구와 흉갑을 착용한 기병 10여 명이 그들을 가로막았다.

프라하에서의 전투 이후로는 본 적이 없는, 절도 있고 건장한 병사들이었다. 왕은 후데니츠 백작을, 백작은 기병들을, 기병들은 왕을 바라보았다. 이쯤에선 누군가 말을 해야 했다. 누군가 입을 열어 왕의 출현을 알려야 했다.

"보헤미아의 군주이자 펠츠의 선제후다." 마침내 왕이 직접 자신을 소개했다. "너희들의 왕을 만나러 왔다."

"보헤미아의 군주는 어디 있소?" 한 기병이 물었다. 작센 사투리를 쓰고 있었다. 순간 왕은 스웨덴군에도 스웨덴인이 별로 없다는 사실을 알아차렸다. 덴마크군에 덴마크인이 소수에 불과하고, 프라하 전투에서도 체코인은 수백 명밖에 안 되었던 것처럼.

"여기 있다." 왕이 말했다.

기병이 재미있다는 듯이 왕을 바라보았다.

"내가 보헤미아의 군주다. 내가 보헤미아의 왕이다."

이젠 다른 기병들도 피식피식 웃었다.

"왜 웃는 것이냐?" 왕이 물었다. "나는 스웨덴 왕의 초청을 받고 왔다. 당장 너희들의 왕에게로 안내하라!"

"알았소이다." 기병이 말했다.

"더 이상의 버릇없는 언동은 참지 않겠다." 왕이 말했다.

"알았다니까요." 기병이 말했다. "자, 같이 가시죠, 전하."

기병이 군영의 외곽 지대를 지나 내부로 그들을 안내했다.

더는 심해질 수 없으리라 생각할 만큼 지독했던 악취가 놀랍게도 더욱 심해졌다. 그들은 군대를 따라다니는 민간인들의 포장마차 옆을 지나갔다. 수레 끌채가 공중으로 치솟고, 병든 말들은 바닥에 누워 있었으며, 아이들은 진창에서 놀고, 여자들은 갓난아이에게 젖을 물리거나 누런 물이 담긴 물통에 옷을 빨고 있었다. 그중에는 몸을 파는 매춘부도 있고 병사들의 아내도 있었다. 가정이 있는 사람은 전쟁터에 가족을 함께 데리고 나갔다. 그러지 않으면 그들을 어디다 두겠는가?

도중에 왕은 무언가 끔찍한 것을 보았다. 그쪽으로 시선을 돌렸지만 처음엔 그게 무엇인지 알아보지 못했다. 흡사 내면에서 차단막을 치는 느낌이었다. 그런데 좀 더 오래 살펴보고 있자니 형체들이 맞춰지면서 그것의 정체가 드러났다. 그는 얼른 시선을 돌렸다. 옆에서 후데니츠 백작의 신음이 들렸다.

죽은 아이들이었다. 모두 다섯 살이 넘지 않아 보였고, 채 한 돌이 지나지 않은 아이들도 많았다. 층층이 쌓인 시체들은 변색되어 있었다. 머리카락은 금빛, 갈색, 붉은색으로 제각각이었다. 자세히 보니 많은 아이들이 눈을 뜬 채 죽어 있었다. 마흔 명이 넘는 듯했다. 죽은 아이들 위에는 파리 떼가 검게 무리를 이루고 있었다. 그 무더기를 지나쳤을 때, 왕은 돌아보고픈 충동을 느꼈다. 끔찍한 장면임에도 다시 한번 보고 싶은 유혹이 일었다. 그는 충동을 이겨냈다.

이제 그들은 군영 깊숙이 들어왔다. 이곳에는 군인들만 보였다. 천막이 다닥다닥 붙어 있었고, 남자들은 불가에 모여 앉아 고기를 굽거나, 카드놀이를 하거나, 바닥에 누워 자거나, 술을 마셨다. 모든 것이 평화로워 보였다. 수많은 환자들만 없다면. 환자들은 진흙 바닥이나 짚 매트나 마차 위에 누워 있었다. 단순히 부상당한 사람들만 있는 게 아니라 살이 썩어 들어가거나, 얼굴에 멍울이 있거나, 눈물을 흘리거나, 입가에 침을 줄줄 흘리는 사람도 많았다. 몸이 굽은 채 미동도 없이 누워 있는 사람도 적지 않았다. 벌써 죽었는지 아니면 죽어가는 중인지 알 수 없었다.

악취는 이제 참을 수 없을 만큼 지독했다. 왕과 수행원들은 양손으로 코를 틀어막았다. 숨을 참고 또 참다가 도저히 더는 안 될 것 같을 때만 손바닥 밑으로 급히 공기를 들이마셨다. 왕은 다시 속이 메슥거렸다. 어떻게든 참아보려고 애썼지만 메슥거림은 점점 심해졌고, 마침내 말 위에서 구토를 할 수밖에 없었다. 후데니츠 백작도 곧 따라 했고, 요리사와 다른 네덜란드 병사 하나도 똑같이 했다.

"끝나셨나?" 그들을 인솔하던 기병이 물었다.

"무슨 말버릇인가? 이분은 보헤미아 국왕이시다." 광대가 말했다.

"예, 전하, 구토가 끝나셨습니까?" 기병이 말했다.

"끝나셨다." 광대가 말했다.

다시 출발하면서 왕은 눈을 감았다. 그게 좀 도움이 되었다. 보이는 것이 없으면 냄새도 덜했다. 냄새는 이미 충분히 맡았다. 누군가 자신을 보며 떠들고 외치는 소리가 들려왔다. 웃음소리도 사방에 요란했다. 상관없었다. 남들의 놀림감이 되든 말든, 지금 그에게 가장 중요한 건 이 악취를 줄이는 일이었다.

이렇게 눈을 감은 채 그는 군영의 한가운데 자리한 스웨덴 왕의 천막에 당도했다. 스웨덴 정예군 복장을 한 왕실 경호원 10여 명이 천막을 지키고 서 있었다. 대우에 불만을 품은 병사들의 진입을 막기 위해서였다. 용병들의 급료와 관련해서 스웨덴군은 다른 곳들보다 열악했다. 아무리 수많은 전투에서 승리하고 정복한 나라를 약탈한다 해도, 전쟁은 벌이가 괜찮은 사업이 아니었다.

"자기가 왕이라고 하는 사람을 데려왔소." 기병이 경호원들에게 말했다.

경호원들은 웃음을 터뜨렸다.

왕은 자신의 병사들도 이 웃음에 장단을 맞추는 소리를 들었다. "후데니츠 백작!" 그가 날카로운 명령조로 소리쳤다. "저 무엄한 언동을 당장 멈추게 하시오!"

"명 받들겠나이다, 전하." 백작이 중얼거렸다. 그런데 희한하게도 이 말이 효과가 있었다. 버릇없는 자들이 일거에 입을 다물었다.

왕은 말에서 내렸다. 현기증이 일었다. 그는 앞으로 몸을 숙인 채 한동안 기침을 했다. 한 경호원이 천막 입구를 젖혔고, 왕은 수행원들과 함께 안으로 들어갔다.

그게 벌써 한참 전의 일이다. 그들은 두 시간, 아니 어쩌면 세 시간 전부터 천막에서 기다렸다. 그것도 등받이 없는 나지막한 벤치에 앉아서. 왕은 지금 이 상황에 어떻게 대처해야 할지 갈피를 잡지 못했다. 계속 이렇게 뭉개고 앉아 있어야 되나? 원래대로 하자면 당장이라도 자리를 박차고 나가야 했다. 하지만 그럴 수는 없었다. 지금의 곤혹스러운 상황을 아무렇지도 않게 넘겨야 했다. 이 스웨덴 남자가 아니면 누가 자신을 다시 프라하의 옛 자리로 복귀시켜주겠는가? 문득 이런 의문이 들었다. 혹시 이건 그 인간이 리즈와 결혼하려고 했던 일과 관련이 있는 게 아닐까? 구스타프는 리즈에게 열 통이 넘는 편지를 보내 사랑의 맹세를 했다. 자신의 초상화도 거듭 보냈다. 하지만 그녀는 그를 받아들이지 않았다. 그 때문일지 몰랐다. 그렇다면 이건 그의 소심한 복수였다.

하지만 어쩌면 복수심도 이제 진정되었을지 모른다. 그러면 이건 좋은 징조일 수 있었다. 애초에 도와줄 마음이 없다면 이렇게 기다리게 하지도 않을 것 같았다. 프리드리히는 눈을 비볐다. 긴장할 때면 언제나 그렇듯 손은 딱딱하게 굳었고, 배는 따끔거렸다. 이런 식의 통증은 허브차로도 진정되지 않았다. 프라하 외곽의 전투 때 그는 극심한 복통을 이기지 못해 전장을 떠나 궁정에서 궁인들에 둘러싸인 채 전투 결과를 기다려야 했다. 정말이지 살이 떨리는 최악의 시간이었다. 하지만 그 뒤에 일어난 일들은 매시 매 순간이 그보다 한층 더 나빴다.

그는 자신의 한숨 소리를 들었다. 머리 위에서는 천막이 바람에 펄럭거렸고, 밖에서는 남자들의 목소리가 들렸다. 어디선가 누가 비명을 질렀다. 부상자이거나 페스트로 죽어가는 남자 같았다. 군영마다 페스트 환자가 없는 곳이 없었다. 하지만 프리드리히 일행 중 누구도 그에 대해 이야기하지 않았다. 그런 생각은 하고 싶지 않았다. 생각한다고 바뀌는 건 없었다.

"틸." 왕이 말했다.

"응?" 광대가 말했다.

"뭐라도 해보아라."

"지루해?"

왕이 침묵했다.

"스웨덴 왕이 널 오래 기다리게 하고, 마치 하찮은 백정이나 이발사, 청소부 취급을 해서 지루해? 그래서 내가 뭔가를 보여주길 바라는 거야?"

왕은 다시 침묵했다.

“얼마든지 보여주지.” 광대가 몸을 내밀었다. “내 눈을 봐.”

왕이 미심쩍은 눈초리로 광대를 바라보았다. 얇은 입술, 뾰족한 턱, 얼룩덜룩한 더블릿, 송아지 가죽으로 만든 모자. 언젠가 왕이 틸에게 물은 적이 있었다. 왜 이런 복장을 하고 다니느냐고. 혹시 동물처럼 변장하려는 거냐고. 그 물음에 광대는 이렇게 답했다. “무슨 소리. 오히려 인간으로 변장한 거지!”

왕은 시키는 대로 광대의 눈을 바라보았다. 편치 않았다. 남의 시선을 마주하는 것에 익숙지 않았기 때문이다. 하지만 스웨덴 왕이 자신을 이렇게 기다리게 하는 것에 대해 생각하니 이게 백번 나았다. 게다가 광대에게 시간을 때울 오락거리를 청한 것은 자신이었다. 이제 광대가 무슨 짓을 하려는지 호기심이 일기도 했다. 그는 눈을 감고 싶은 욕구를 억누르며 광대를 계속 바라보았다.

문득 예의 텅 빈 아마천 그림이 떠올랐다. 대전에 걸려 있던 그림은 처음엔 큰 즐거움을 선사했다. “어리석은 사람들의 눈에는 그림이 보이지 않고, 고결한 집안의 사람들에게만 보인다고 말해요. 그럼 아주 재미있는 일을 보게 될 거예요!” 실제로 포복절도할 일이 벌어졌다. 귀족들은 그림 앞에 서서 저마다 가식을 떨었다. 전문가인 척하는 표정으로 텅 빈 그림을 바라보며 점잖게 고개를 끄떡거리는 것이었다. 물론 이 그림에 실제로 무엇이 그려져 있는지 말하는 법은 없었다. 다들 그 정도로 바보는 아니었다. 이게 하얀 아마천일 뿐이라는 사실은 모두 짐작하고 있었다. 하지만 거기에 정말 어떤 마법이 숨어 있지 않다는 보장이 없었고, 국왕 부처가 그 그림을 실제로 믿는지도 모를 일이었다. 게다가 어리석고 미천한 출신의 왕에게 의심받는 일은 스스로 어리석고 미천한 인간임을 자인하는 것만큼이나 견디기 어려웠다.

리즈조차 아무 말이 없었다. 아름답지만 항상 똑똑하지는 않은 그의 아내마저 그림을 보고 침묵했다. 그녀 역시 스스로 확신하지 못하는 듯했다. 당연한 일이다. 그녀는 한낱 여자일 뿐이니까.

그는 그녀에게 솔직히 말하고 싶었다. 리즈, 그런 터무니없는 소리 말아요. 우리끼리는 솔직히 다 얘기하자고! 하지만 갑자기 그런 말을 할 엄두가 나지 않았다. 만일 아마천에 마법이 있다고 그녀가 정말 조금이라도 믿는다면 그를 어떻게 생각하겠는가?

게다가 혹시 남들에게도 그런 이야기를 한다면? 내 남편은 아마천의 그림이 보이지 않는대요. 그러면 그의 꼴이 뭐가 되겠는가? 그러잖아도 그의 신세는 풍전등화였다. 말만 왕이지, 나라도 없고 암살자들에게 쫓기는 데다 남들의 선의에 기대 살아갈 수밖에 없는 처지 아닌가. 이런 상황에서 고결한 집안

출신의 사람들만 볼 수 있다는 마법의 그림이 그의 눈에 보이지 않는다는 소문이 돌면 그의 처지는 더욱 곤혹스러워질 수밖에 없었다. 아마천에는 당연히 그림이 그려져 있지 않았다. 그건 광대의 짓궂은 장난이었다. 하지만 대전에 걸리는 순간부터 이미 아마천은 사람들의 마음속에 마법을 일으켰다. 이제는 그것을 떼어낼 수도, 그에 대해 말도 꺼낼 수 없는 진퇴양난의 상황이었다. 그로서는 텅 빈 아마천에 그림이 있다고 주장할 수가 없었다. 그건 스스로 줏대 없는 머저리임을 증명하는 확실한 방법이었다. 그렇다고 저게 그냥 흰 아마천일 뿐이라고 말할 수도 없었다. 만일 남들이 저 그림에 미천하고 우둔한 자와 고결한 자를 구분하는 힘이 있다고 믿는다면 그의 마지막 명예조차 완전히 사라질 수 있었다. 따라서 자신의 불쌍하고 사랑스럽고 그러면서도 조금 아둔한 아내에게조차 그림 이야기는 할 수 없었다. 덫에 걸린 느낌이었다. 광대가 놓은 덫에.

광대는 벌써 얼마 동안 자신을 저렇게 빤히 바라보고 있었을까? 왕은 이놈이 무슨 짓을 하려는지 궁금해졌다. 틸의 눈은 새파랬다. 무척 밝고 촉촉했으며, 내면에서 희미한 불빛이 새어 나오는 듯했다. 눈동자 정중앙에는 구멍이 하나 있었다. 그 속에…… 저게 뭐지? 틸이었다. 광대의 영혼이 구멍 속에 있었다. 그의 본모습이.

왕은 다시 눈을 감고 싶었다. 하지만 광대의 시선을 견뎌냈다. 그러다 문득 한쪽에서 일어난 일이 다른 쪽에서도 일어나고 있음을 알아차렸다. 그가 광대의 깊은 내면을 들여다보듯이 광대도 이제 왕의 마음속을 들여다보고 있었다.

이때, 무척 엉뚱한 일이지만, 그가 처음으로 아내의 눈을 보았던 순간이 떠올랐다. 첫날밤이었다. 그녀는 무척 수줍어하고 두려워했다. 그가 코르셋 끈을 풀려고 했을 때 그녀는 두 손으로 가슴을 가렸다. 그러더니 고개를 들었다. 그는 양초 불빛 속에서 그녀의 얼굴을 보았다. 이렇게 가까이서 본 건 처음이었다. 순간 그는 타인과 진실로 하나가 된다는 것이 무엇인지를 예감했다. 그런데 그녀를 안으려고 두 팔을 벌리는 순간, 손이 침대 옆 협탁에 놓인 장미수 물병을 치면서 유리가 쨍그랑 깨졌다. 그와 함께 무언가에 홀린 듯한 마법도 깨졌다. 흑단 마룻바닥에 물이 고였다. 그는 멍하니 그것을 바라보았다. 물 위에는 작은 배처럼 장미 꽃잎이 떠 있었다. 모두 다섯 장이었다. 그건 지금도 생생히 기억났다.

그때 그녀가 울기 시작했다. 첫날밤에 대해 아무도 설명해주지 않은 게 분명했다. 그는 그녀를 놓아주었다. 왕은 강한 존재이지만 동시에 항상 온유하고 관대해야 했다. 이렇게 해서 그날 밤 두 사람은 오누이처럼 나란히 누워 잠이 들었다.

나중에 하이델베르크 궁전의 다른 침실에서 부부는 아주 중요한 결정을 두고 옥신각신했다. 대화는 매일 밤 계속되었는데, 리즈는 여자들의 오랜 습성에 따라 소심하고 망설이는 태도로 그 제안을 받아들이지 말 것을 당부했다. 그때마다 프리드리히는 지치지 않고 설명했다. 그런 제안은 신의 뜻 없이는 받을 수 있는 것이 아니고, 따라서 운명을 따라야 한다고. 그러면 리즈도 지지 않고 소리쳤다. 그럼 황제의 분노는 어쩌려고 그래! 황제에게 맞설 수 있는 사람은 없어요! 그는 인내심을 갖고 다시 설명했다. 법률가들의 확고한 소견에 따르면 보헤미아의 왕위를 받아들이는 것은 결코 제국의 평화를 깨뜨리는 것이 아니다. 보헤미아는 제국의 영토가 아니기 때문이다.

이런 과정을 거쳐 마침내 그는 지금껏 다른 사람들을 설득했듯이 아내도 설득했다. 그는 그녀에게 보헤미아의 왕좌를 받을 자격이 있는 것은 보헤미아 귀족들이 왕으로 원하는 사람뿐이라는 점을 분명히 했다. 이렇게 해서 그들은 하이델베르크를 떠나 프라하에 입성했다. 그는 대관식 날을 결코 잊을 수 없었다. 으리으리한 대성당, 엄청난 규모의 합창단……. 지금도 그의 가슴속에 메아리치는 말이 있었다. 프리츠, 이제 그대는 왕이다. 그것도 위대한 왕이다!

"눈 감지 마." 광대가 말했다.

"감지 않는다." 왕이 말했다.

"조용히 해." 광대가 말했다. 왕은 이 말을 듣고도 가만히 참고 넘겨야 하는지 의문이 들었다. 광대의 자유가 있긴 하지만 이건 너무 나갔다.

"당나귀 일은 어떻게 되어가느냐?" 왕이 광대를 동요시키기 위해 물었다. "당나귀가 뭔가 할 수 있는 게 있느냐?"

"곧 설교사처럼 술술 말을 할 거야." 광대가 말했다.

"벌써 말을 한다고?" 왕이 물었다. "무슨 말을?"

두 달 전 왕은 광대가 있는 자리에서 온전한 문장으로 말을 하는 동방의 신비스러운 새들에 대해 언급한 적이 있었다. 꼭 사람이 말하는 듯한 착각을 불러일으키는 새였다. 왕은 그걸 하느님의 동물 세계를 다룬 아타나시우스 키르허의 책에서 읽었는데, 그때부터 말하는 새에 대한 생각이 머릿속을 떠나지 않는다고 했다.

그러자 광대가 대답했다. 새한테 말을 가르치는 건 어려울 게 없다. 약간의 재주만 있으면 모든 동물을 수다쟁이로 만들 수 있다. 동물은 인간보다 똑똑하다. 그 때문에 말을 하지 않고 살 뿐이다. 쓸데없는 말을 해서 곤경에 빠지는 상황을 경계하는 것이다. 마땅한 동기만 제공하면 동물은 언제든 침묵을 멈출 수 있다. 그 동기로 가장 좋은 게 맛있는 음식이다. 맛있는 음식을 주면 자신의 능력을 증명할 것이다.

"맛있는 음식을 주면 된다고?"

광대는 그게 자신의 입으로 들어갈 것이 아니라 동물을 위한 음식임을 반복해서 설명했다. 방법은 이렇다. 우선 먹을 것을 책 속에 숨긴다. 그런 다음 동물 앞에 책을 계속 놓아둔다. 끈기와 확신을 가져야 한다. 그러면 동물은 음식을 먹기 위해 책장을 넘기고, 그 과정에서 인간의 언어를 하나둘 배우게 된다. 결과는 두 달만 지나면 확인할 수 있다.

"어떤 동물이 가능한가?"

"어떤 동물이든 상관없어. 다만 너무 작으면 곤란하지. 목소리가 들리지 않을 테니까. 벌레는 진도가 잘 안 나가. 곤충은 그 과정이 좀 어렵고. 한 문장이 끝나기 전에 번번이 날아가버리거든. 그리고 고양이는 의심이 너무 많아. 예수회 현자가 책에서 묘사한 그 알록달록한 동방의 새들은 이 땅에 없고. 그렇다면 남은 건 개와 말, 당나귀뿐이네."

"여긴 이제 말도 없고, 개도 도망쳤다."

"아쉽기는 하지만, 그래도 마구간에 당나귀가 아직 있잖아? 1년만 줘봐. 그럼 내가 녀석을 잘……."

"두 달!"

"두 달은 좀 부족한데."

왕이 그때 일을 끄집어낸 데에는 악의가 없지 않았다. 당시 그는 자신의 입으로 분명 두 달의 시간을 주었다. 그렇다면 광대에게 허락된 시간은 두 달뿐이었다. 그걸 넘겨선 안 되었다. 만일 두 달 안에 흡족한 결과를 내놓지 못한다면 군주를 우롱

한 대가로 매타작을 당할 수 있었다.

"그럼 책 속에 넣어둘 음식이 필요해." 그때 광대는 기어들어가는 목소리로 말했다. "양도 너무 적으면 안 되고."

이 궁에 먹을 것이 점점 줄어들고 있다는 건 왕도 잘 아는 바였다. 하지만 이는 왕의 위신과 관련된 일이었다. 그는 벽에 걸린 꼴같잖은 흰 아마천을 바라보았다. 그러곤 음흉한 미소를 지으며, 얼마 전부터 스스로도 도저히 이해가 안 될 정도로 계속 신경이 쓰이는 이 광대에게 약속했다. 당나귀가 두 달 안에 말을 할 수만 있다면 그에 필요한 음식은 충분히 받을 수 있을 거라고.

겉으로 보기에 광대는 열심히 일을 하는 듯했다. 매일 귀리와 버터, 꿀을 넣은 죽 그리고 책 한 권을 들고 마구간 안으로 사라졌다. 한번은 왕이 호기심에 사로잡혀 왕의 체통을 잊고 친히 광대를 보러 마구간에 들어갔다. 광대는 무릎 위에 책을 펼친 채 바닥에 앉아 있었고, 당나귀는 옆에서 멀뚱멀뚱 허공만 쳐다보고 있었다.

왕을 보는 순간 광대는 자신 있게 말했다. 진도가 잘 나가고 있다. 알파벳 I와 A는 벌써 마스터했다. 모레면 다른 모음도 발음할 수 있을 것이다. 그러고는 염소처럼 웃었다. 순간 왕은 이 한심한 일에 관심을 보인 자신을 부끄러워하며 말없이 마구간을 나갔다. 시급한 정사를 보기 위해서였다. 상황이 무척 암울

했다. 그는 재차 영국의 장인에게 군사 지원을, 네덜란드 의회에는 자금 지원을 요청해야 했다. 물론 언제나 그랬듯 큰 기대는 걸지 않았다.

"그래, 당나귀가 이제 무슨 말을 하느냐?" 왕이 광대의 눈을 바라보며 재차 물었다. "무슨 말을 할 줄 아느냐?"

"당나귀는 말을 잘하지. 하지만 그 뜻을 제대로 몰라. 아는 게 별로 없으니까. 세상 구경을 한 적이 없거든. 녀석에게 시간을 좀 더 줘."

"약속한 날짜에서 하루도 더 줄 수 없다!"

광대는 키득거렸다. "왕이여, 내 눈을 봐. 이제 네 눈에 보이는 걸 말해봐."

왕은 대답할 시간을 벌기 위해 헛기침을 했다. 그러나 말이 나오지 않았다. 광대의 눈은 어두웠다. 그 속에서 색깔과 형체가 희미하게 조합되었다. 영국 처가 식구들 앞에 서 있는 자신이 보였다. 항상 두려움의 대상이었던 창백한 얼굴의 장인 제임스, 오만한 자세로 뻣뻣하게 구는 덴마크 출신의 장모 안나, 똑바로 볼 엄두가 나지 않는 신부. 이어 소용돌이에 휩쓸린 듯 어지럼이 심해지다가 이내 누그러들었다. 그러다 어느 순간, 그는 자신이 지금 어디에 있는지 더 이상 알지 못했다.

그는 기침을 했다. 다시 숨을 들이마시며 보니 자기가 바닥에 누워 있었다. 주위에 남자들이 서 있었다. 형체가 몽롱했다. 그들 머리 위에 무언가 희끄무레한 것이 보였다. 천막이었다. 지주에 걸린 천막 포장이 물결처럼 바람에 흔들렸다. 이제 후데니츠 백작이 보였다. 깃털 달린 모자를 가슴에 대고 있는 그의 얼굴에 걱정의 주름이 가득했다. 그 옆에는 광대가, 그 옆에는 요리사가, 또 그 옆에는 네덜란드 병사가 서 있었다. 히죽히죽 웃고 있는 스웨덴 경호원도 보였다. 자신이 졸도한 것일까?

왕은 손을 뻗었다. 후데니츠 백작이 그의 손을 잡고 일어서는 걸 도와주었다. 그런데 두 다리로 바닥을 딛는 순간 다시 힘이 빠지며 몸이 휘청거렸다. 요리사가 얼른 다른 쪽에서 부축했다. 마침내 왕이 일어났다. 그랬다, 그는 정말 기절을 했다. 참으로 적절하지 못한 순간이었다. 두 사람의 운명이 하나로 연결되어 있음을 굳은 결기와 조리 있는 말로 설득해야 할 구스타프 아돌프의 천막에서, 마치 꽉 끼는 코르셋을 더 이상 견디지 못해 쓰러진 여자처럼 졸도를 하다니.

"다들 뭣들 하고 있나!" 왕이 말했다. 그런데 그게 그의 귀엔 꼭 남이 말하는 소리처럼 들렸다. "광대한테 박수를 보내지 않고!"

왕은 자신의 상의가 엉망인 것을 알아챘다. 목깃, 재킷, 가슴의 훈장까지 오물로 더럽혀져 있었다. 또다시 이런 누추한 꼴을 보이다니!

"틸 울렌슈피겔에게 박수를!" 그가 소리쳤다. "정말 대단한 마술이었다! 아주 멋졌어!" 왕이 광대의 귀를 잡았다. 뾰쪽하고 말랑말랑한 것이 불쾌했다. 그는 다시 귀를 놓았다. "하지만 자네, 우리가 자넬 예수회에 넘기지 않도록 조심해야겠군. 방금 그것은 마법의 경계에 있는 사술 아니었는가!"

광대는 침묵했다. 다만 입가에 삐딱한 미소가 걸렸다. 늘 그랬듯이 왕은 이 표정을 도무지 해석할 수가 없었다.

"내 광대는 정말 뛰어난 마술사라니까! 물을 가져와라. 옷을 씻어야겠다. 그리고 이제 다들 그렇게 서 있을 필요 없다." 왕이 웃었다. 괴로운 웃음이었다.

후데니츠 백작이 수건으로 왕의 상의를 닦고 문질렀다. 그의 주름진 얼굴이 왕의 얼굴과 아주 가까워졌다.

"저놈을 조심해야 해!" 왕이 소리쳤다. "얼른 닦게나, 후데니츠. 조심하게! 광대가 내 눈을 보자마자 난 쓰러졌다고. 이 얼마나 무서운 마술사이고, 얼마나 탁월한 요술인가!"

"넌 혼자 쓰러졌는데." 광대가 말했다.

"나한테도 그 요술을 가르쳐다오!" 왕이 소리쳤다. "당나귀가 사람의 말을 배우듯 나도 그 요술을 배우겠다."

"네가 당나귀에게 말을 가르쳤다고?" 한 네덜란드 병사가 물었다.

"너 같은 인간도 말을 하고 멍청한 왕도 저렇게 계속 말을 하는데, 당나귀가 말을 못 할 이유가 어디 있어?" 광대가 대꾸했다.

왕은 당장에라도 광대의 귀싸대기를 올려붙이고 싶었지만, 지금은 힘이 너무 없었다. 그래서 병사들의 폭소에 같이 휩쓸릴 수밖에 없었다. 순간 다시 현기증이 일었고, 요리사가 그를 부축했다.

그때, 정말이지 부적절한 이 순간에 천막 안 옆방의 포장이 젖히면서 한 남자가 걸어 나왔다. 붉은 의전관 제복 차림의 남자는 호기심과 멸시가 섞인 눈으로 왕을 가만히 훑어보았다.

"폐하께서 들어오라 하십니다."

"드디어 왔군." 왕이 말했다.

"예?" 의전관이 물었다. "그게 무슨 말입니까?"

"이제야 왔다는 말이다." 왕이 말했다.

"폐하를 알현할 사람이 할 소리가 아닙니다."

"일국의 군주에게 할 소리도 아니다!" 왕이 그를 밀치며 뚜벅뚜벅 옆방으로 들어갔다.

침구 없는 침대와 넓은 테이블이 보였다. 바닥엔 살점이 뜯긴 뼈와 먹다 만 사과가 흩어져 있었다. 눈앞에 작고 통통한 남자가 서 있었다. 뭉툭한 코에 동글동글한 얼굴, 둥그런 배, 무성한 수염, 성긴 머리, 영리해 보이는 작은 눈. 남자가 성큼성큼 프리드리히에게로 다가오더니 한 손으로는 그의 팔을 잡고 다른 손으로는 그의 가슴을 쳤다. 바로 다음 순간 남자가 끌어당겨 포옹하지만 않았다면 프리드리히는 그 충격으로 곧장 쓰러졌을 것이다.

"벗님!" 구스타프가 말했다. "오랜 벗님!"

"형제님!" 프리드리히가 숨을 헐떡거리며 응했다.

구스타프는 냄새가 지독했고, 힘은 놀랄 만큼 셌다. 이제 그가 프리드리히를 떼어놓더니 찬찬히 살펴보았다.

"드디어 이렇게 만나게 돼서 기쁩니다, 형제여." 프리드리히가 말했다.

순간 그는 구스타프가 이 호칭을 마음에 들어 하지 않는다는 것을 눈치챘다. 그로써 이리로 올 때 품었던 염려가 사실로 확인되었다. 스웨덴 왕이 자신을 동급으로 보지 않을지 모른다는 염려였다.

프리드리히는 최대한 기품 있게 같은 말을 반복했다. "수많은 편지와 사신이 오간 끝에 마침내 이렇게 대면하게 되니 참으로 반갑습니다."

"나도 반갑소." 구스타프가 말했다. "그래, 당신 몸은 어떻소? 견딜 만하신가? 돈은 어떻게 조달하시고? 먹을 건 충분하시고?"

그제야 프리드리히는 이 스웨덴인이 지금 자신에게 하대하고 있음을 깨달았다. 잘못 들은 것이 아니었다. 틀림없었다. 하지만 다른 한편으론 이 남자가 독일어를 잘 못해서 그럴 수도 있고, 아니면 스웨덴의 독특한 궁정 문화 때문일 수도 있겠거니 생각했다.

"기독교 세계에 대한 걱정이 무겁게 제 어깨를 누르고 있습니다." 프리드리히가 말했다. "그건……." 그가 침을 꿀꺽 삼켰다. "당신도 마찬가지겠지만요."

"맞소, 왜 아니겠소?" 구스타프가 말했다. "한잔하시겠소?"

프리드리히는 잠시 고민에 빠졌다. 지금 상태로는 도저히 포도주가 넘어갈 것 같지 않았다. 하지만 상대의 호의를 거절하는 건 현명한 짓이 아니었다. "그리하시지요."

"좋구먼!" 구스타프가 이렇게 소리치더니 주먹을 쥐었다. 프리드리히는 제발 이번에는 자기 가슴을 치지 말라고 속으로 빌었지만 헛된 바람이었다. 구스타프가 그의 가슴을 퍽 쳤다.

프리드리히는 숨이 막혀 헉헉거렸다. 구스타프가 그에게 잔을 건넸고, 프리드리히는 잔을 받아 마셨다. 포도주 맛은 형편없었다.

"끔찍한 포도주군." 구스타프가 말했다. "하긴, 뭐 어쩌겠소? 전쟁 중이니 이것저것 따질 계제가 아니지."

"제 생각에도 맛이 변한 것 같습니다." 프리드리히가 말했다.

"그래도 없는 것보다 낫지 않겠소? 그래, 친구, 무얼 원하시오? 여긴 왜 온 거요?"

프리드리히는 상대의 동그란 얼굴을 빤히 바라보았다. 무성한 수염에 영리해 보이는 얼굴이었다. 이 남자는 지금 프로테스탄트들의 희망이자 구원이다. 예전에는 자신이 바로 그런 존재였는데, 수염에 음식물 찌꺼기나 묻히고 다니는 이런 뚱보가 어쩌다 그런 존재가 되었을까?

"우리가 이겼다고 이리로 온 거요? 저들을 만날 때마다 물리쳤다고? 물론 그렇긴 하지. 우린 저 북방에서부터 이겼고, 남하하면서도 계속 이겼고, 저 밑의 바이에른에서도 이겼소. 싸웠다 하면 이겼지. 저들은 군기가 잡히지 않은 오합지졸이오. 병사들을 어떻게 훈련시켜야 하는지를 몰라. 하지만 난 알아요. 당신 병사들은 어떻소? 내 말은, 그러니까 당신한테 그런 군대가 있었을 땐 어땠느냐는 말이오. 병사들이 당신을 좋아했소? 프라하 외곽에서 황군에 죄다 죽임을 당하기 전에 말이오. 어제 나는 금고를 들고 도망치려던 놈을 붙잡아 내 손으로 직접 귀를 잘라버렸소."

프리드리히는 불안하게 웃었다.

"정말이오. 내가 직접 했소. 그리 어렵지 않아요. 귀를 잡고 그냥 잘라버리면 되지. 그러면 금방 영내에 소문이 돌거든. 병사들은 그걸 재미있어해요. 자기들 일이 아니니까. 하지만 그러면서도 그때부터는 그 비슷한 짓을 조심하게 돼 있소. 내 휘하에 스웨덴인은 별로 없소. 저 밖에 있는 병사들은 대부분 독일인이지. 물론 핀란드인도 더러 있고, 스코틀랜드나 아일랜드 사람도 섞여 있소. 그런데도 모두 나를 사랑하오. 우리가 승리하는 것도 그 때문이지. 어떻소, 나와 같이 다니겠소? 그러려고 온 게 아닌가?"

프리드리히는 헛기침을 했다. "프라하 때문에요."

"프라하라니? 일단 마시시고!"

프리드리히는 역겨운 얼굴로 잔을 바라보았다. "형제님의 지원이 필요합니다. 나에게 군대를 주시지오. 그러면 프라하를 함락시키겠습니다."

"나는 프라하가 필요 없소."

"거긴 황제의 옛 도읍입니다. 신앙을 바로 세우는 데 그만큼 좋은 상징은 없습니다."

"나는 상징이 필요 없소. 우리한테는 언제나 좋은 상징과 좋은 말과 좋은 책과 좋은 노래가 있었소. 그럼에도 우리 프로테스탄트는 전투에서 패했지. 전쟁에서 지면 모든 게 소용없소. 내게 필요한 건 승리요. 발렌슈타인을 상대로 나는 반드시 승리를 거두어야 하오. 혹시 놈을 만난 적이 있소? 놈을 아시오?"

프리드리히는 고개를 저었다.

"정보가 필요하오. 나는 항상 놈을 생각한다오. 가끔 꿈에 나타날 정도로." 구스타프는 구석으로 걸어가더니 허리를 숙여 궤짝을 뒤적거렸다. 그러고는 잠시 후 밀랍 인형을 하나 들어 올렸다. "놈은 이렇게 생겼소! 프리틀란트의 공작이지. 나는 시간 날 때마다 놈을 바라보면서 다짐하오. 나는 너에게 승리를 거둘 것이다. 너는 영리하다. 하지만 나는 더 영리하다. 너는 강하다. 하지만 나는 더 강하다. 너의 군대는 너를 사랑한다. 하지만 나의 군대는 나를 더 사랑한다. 네 옆에는 악마가 있지만 내 옆에는 하느님이 있다. 매일 이렇게 말하는 거요. 그러면 놈도 가끔 답을 하지."

"뭐라고 합니까?"

"뭐라고 하겠소? 당연히 자기는 악마의 힘을 갖고 있다고 하지." 구스타프가 갑자기 언짢은 표정으로 밀랍 인형의 희끄무레한 얼굴을 가리켰다. "놈은 입을 움직이면서 나를 비웃소. 몸이 작아 목소리도 작지만 난 놈의 말을 다 알아듣소. 놈은 나를 스웨덴 바보라느니, 스웨덴 미친놈이라느니, 고트족 개잡놈이라고 부르오. 게다가 내가 글도 모른다고 비웃지. 하지만 난 글을 아오! 당신한데 보여줄 수도 있소. 그것도 세 개 국어나 안다고. 나는 그 짐승 같은 놈한테서 반드시 승리를 거둘 것이오. 놈의 귀와 손가락을 내 손으로 자르고, 몸뚱이를 불태워버릴 것이야."

"이 전쟁은 프라하에서 시작되었습니다. 프라하를 되찾기만 하면……."

"그건 하지 않을 거요." 구스타프가 말했다. "이미 결정 났으니 그 이야긴 다시 꺼내지 말자고." 그가 의자에 앉아 포도주를 들이켰다. 그러고는 물기가 어른거리는 눈으로 프리드리히를 바라보았다. "하지만 펠츠는 할 거요."

"펠츠라니요?"

"당신이 되찾을 거라는 말이오."

프리드리히가 자신이 들은 말을 이해하기까지는 잠깐의 시간이 걸렸다. "사랑하는 형제님, 내가 세습 영토를 되찾도록 도와주시겠다고요?"

"펠츠에 스페인 군대가 주둔하는 건 안 될 말이오. 물러가야 해. 발렌슈타인이 불러내지 않으면 내가 죽이든지 할 생각이오. 저들은 무적의 보병 방진方陣을 갖고 있다고 착각하는 모양인데, 그거 아시오? 저들의 방진도 그렇게 무적은 아니오. 나는 얼마든지 그걸 깰 수 있소."

"사랑하는 형제님!" 프리드리히가 구스타프의 손을 덥석 잡았다.

구스타프도 얼른 일어나 프리드리히의 손가락을 꾹 눌렀다. 얼마나 세게 눌렀는지 프리드리히는 터져 나오려는 비명을 간신히 참아야 했다. 구스타프가 프리드리히의 어깨에 손을 올리더니 끌어안았다. 두 사람은 한참을 그러고 있었다. 프리드리히의 감동이 가라앉을 때까지. 이윽고 구스타프가 그를 떼어놓더니 천막 안을 서성거리기 시작했다.

"눈이 녹으면 우리는 바이에른을 지나는 한편 동시에 위쪽에서 협공하며 저들에게 압박을 가할 거요. 그런 다음 하이델베르크로 진격해서 저들을 몰아내는 거요. 계획대로만 된다면 큰 전투 한 번 없이 선제후령 펠츠를 되찾을 수 있소. 그러면 그 땅을 당신에게 봉토로 내리겠소. 황제는 자신의 실수를 땅을 치고 후회하겠지."

"봉토로 내린다고요?"

"그렇소. 뭐 문제 있소?"

"당신이 내게 펠츠를 봉토로 내린다고요? 내 세습 영토를?"

"그렇소."

"그럴 수는 없습니다."

"그럴 수가 없다니?"

"펠츠는 당신 것이 아니니까요."

"내가 정복하면 내 거요."

"나는 당신이 하느님과 신앙을 위해 제국으로 왔다고 생각했습니다."

"당연하지. 장담컨대 난 그걸 위해 왔소. 하지만 세상 물정 모르는 이 돌대가리 같은 양반아, 당신을 도와주면 나도 뭔가 대가를 얻어야 하지 않겠소? 당신한테 펠츠를 그냥 주면 나는 뭘 얻지?"

"돈을 원하는 겁니까?"

"물론 돈도 원하지. 하지만 돈만은 아니오."

"내가 영국의 지원군을 받아다 드리겠습니다."

"당신 아내를 통해? 이보쇼, 세상 돌아가는 걸 제대로 좀 보시오. 지금껏 어찌 되었소? 당신이 그렇게 지원을 요청했는데도 저들은 뭘 했소? 당신 혼자 비를 맞도록 내버려두지 않았소? 누굴 바보로 아시나. 당신이 부르면 영국군이 바로 달려올 거라고 믿는 그런 멍청이로 보이는 거요?"

"펠츠 땅만 되찾으면 나는 다시 프로테스탄트 동맹의 수장이 될 수 있습니다. 그러면 여러 제후들이 달려올 겁니다."

"당신은 절대 그 동맹의 수장이 될 수 없소."

"어떻게 그런 말을……."

"조용히 하고 내 얘기 좀 들어봐요, 이 한심한 양반아. 당신은 판돈을 아주 크게 걸고 도박을 벌였소. 뭐, 그건 나쁘지 않지. 그런 건 나도 좋아하니까. 그런데 당신은 졌단 말이지. 게다가 이 거대한 미친 전쟁을 일으킨 것도 당신이오. 뭐, 그것도 그럴 수 있다고 칩시다. 그렇게 일을 크게 벌인 와중에 이기면 되니까. 나처럼. 나를 좀 보시오. 나라도 작고 군대도 작소. 그런데 바다 건너에서 보아하니 제국 내의 프로테스탄트 동맹이 진 것 같더란 말이오. 그런 상황에서 모든 것을 단 한 판에 걸라고, 군대를 모아 독일로 진격하라고 조언할 사람이 있겠소? 다들 말렸지. 하지 말라고, 그만두라고, 당신은 이길 수 없다고 말이오. 하지만 난 해버렸거든. 그리고 승리를 거두었지. 나는 곧 빈으로 쳐들어갈 것이고, 발렌슈타인의 귀를 베어버릴 것이오. 나는 내 앞에 무릎을 꿇은 황제에게 이렇게 말할 것이오. 앞으로도 계속 황제이고 싶은가? 그럼 이 구스타프 아돌프가 말하는 대로 하라! 물론 일이 정반대로 흘러갈 수도 있소. 내가 죽거나, 아니면 작은 배에 몸을 싣고 비통의 눈물을 흘리며 북해를 건널 수도 있겠지. 아무리 강하고 현명하고 두려움 없는 남자라도 일단 지면 모든 게 끝장이오. 반면에 당신처럼 허약한 인간도 승리만 한다면 만사 해결이지. 모든 가능성이 열려 있다는 거요. 그런 상황에서 나는 과감하게 이 판에 뛰어들어 승리했소. 똑같이 판돈을 크게 걸고 뛰어들었지만 당신은 패배했고. 그렇다면 이제 어째야 하겠소? 원통해서 스스로 목숨을 끊을 수도 있겠지. 하지만 모든 사람이 그러지는 않소. 그건 죄악이니까. 아무튼 당신은 여기저기 편지를 보내 애원하고 요구했소. 필요한 경우에는 직접 알현해 대화하고 협상하기도 했지. 마치 당신한테 아직 뭔가가 남아 있다는 듯이. 하지만 모두 소용없었소! 영국은 군대를 보내지 않았고, 프로테스탄트 동맹은 당신을 도우러 오지 않았소. 제국 내의 모든 형제가 당신을 버렸소. 이제 당신에게 펠츠를 되찾아줄 사람은 한 사람뿐이오. 바로 나! 내가 당신에게 펠츠를 봉토로 내리겠소. 만일 당신이 무릎을 꿇고 나를 주군으로 모시겠다는 충성 맹세를 한다면 말이지. 어떻소, 프리드리히? 그리하겠소?"

구스타프는 팔짱을 낀 채 프리드리히의 얼굴을 응시했다. 그의 곤두선 수염이 파르르 떨렸고, 가슴이 아래위로 일렁거렸다. 그의 숨소리조차 또렷이 들리는 듯했다.

"생각할 시간이 필요합니다." 프리드리히가 간신히 내뱉었다.

구스타프가 웃음을 터뜨렸다.

"그런 결정을 내 마음대로……." 프리드리히가 헛기침을 했다. 다음 말을 어떻게 이어가야 할지 몰라 이마를 문질렀다. 그러면서 속으로 제발 기절은 하지 말자고 다짐하고 또 다짐했다. 지금은 그럴 때가 아니었다. 절대 기절해서는 안 된다고 마음먹었다. 그는 처음부터 반복했다. "그런 결정을 내 마음대로 내릴 수 있을 거라고는 기대하지 마십시오. 가신들과 아내와 상의를……."

"내가 기대하는 건 당신의 결정이오. 저 바다 건너에서 내가 휘하 장군들을 불러 모아놓고 이 전쟁에 뛰어들어야 할지 말지 조언을 구했을까? 설마 아내와 상의를 했을 거라고 믿는 거요? 아니면 하늘에 일단 기도부터 올렸을까? 아니, 난 당당하게 말했소. 짐이 이제 결정을 내린다. 모두 나를 따르라. 이유

같은 건 나도 알지 못했소. 하지만 그런 건 어차피 상관없지. 이미 내가 결정을 내렸으니까! 내 앞에 있던 장군들은 만세를 부르더군. 그래서 난 이렇게 말했소. 나는 심야의 사자다! 이건 머릿속에 불쑥 떠오른 말이었소." 구스타프가 자기 이마를 톡톡 쳤다. "이런 말은 그냥 찾아오는 거거든. 미리 생각하는 게 아니라 갑자기 떠오르는 거란 말이오. 심야의 사자! 그게 나요. 자, 이제 이 사자에게 말해보시오. 내 말대로 하겠소, 아니면 거절하겠소? 더 이상 내 시간 빼앗을 생각은 하지 마시고!"

"내 가문은 예부터 선제후령 펠츠에 대한 통치권뿐 아니라 오직 황제에게만 복속된 특별 자치권을 갖고 있습니다."

"그래서? 스웨덴으로부터 펠츠를 봉토로 받은 당신 가문의 첫 번째 사람이 될 수 없다는 뜻이오? 차차 알게 되겠지만 난 나쁜 사람이 아니오. 내 약속하지. 세금은 관대하게 부과할 것이고, 내 탄신일 때 스웨덴으로 직접 오고 싶지 않으면 총리를 보내도 상관없소. 당신에게 어떤 해도 가하지 않을 것이오. 자, 이 손을 잡고 내 호의를 받아들이시게. 신발이 되지 말고!"

"신발이 되지 말라고요?" 프리드리히는 자기가 제대로 들은 건지 확신이 서지 않았다. 이자는 대체 어디서 독일어를 배웠을까?

구스타프가 팔을 뻗었다. 작고 포동포동한 손이 프리드리히의 가슴 앞에 멈추어 있었다. 이 손을 잡기만 하면 되었다. 그러면 그는 다시 하이델베르크성으로 돌아갈 수 있었다. 언덕과 강을 다시 보고, 열주의 담쟁이덩굴 사이로 쏟아지는 부드러운 햇살을 느끼고, 자신이 자랐던 홀을 거닐 수 있었다. 리즈도 품격에 맞는 예전의 삶으로 돌아갈 수 있었다. 시녀들의 시중을 받고, 비단옷을 걸치고, 바람에 흔들리지 않는 양초를 켜고, 군주에게 공손하게 말하는 신하들 사이에서 살아갈 수 있었다. 이 손만 잡는다면 모든 것을 되돌릴 수 있었다.

"그럴 순 없습니다." 프리드리히가 말했다.

구스타프는 잘못 들었나 싶어 고개를 갸우뚱했다.

"나는 보헤미아의 왕이자 펠츠의 선제후요. 원래 내 것이었던 것을 다른 사람에게 봉토로 받을 순 없어요. 내 가문은 당신 가문보다 오래되었습니다. 당신, 구스타프 아돌프 바사는 나에게 이런 식으로 말할 자격이 없고, 이런 굴욕적인 제안을 할 권리도 없습니다."

"허, 이 무슨……!" 구스타프의 입에서 탄식이 터져 나왔다.

프리드리히는 등을 돌렸다.

"잠깐!"

벌써 출구 쪽으로 걸어가던 프리드리히는 걸음을 멈추었다. 이것으로 모든 효과를 망칠 수도 있다는 생각이 들었지만 어쩔 수가 없었다. 마음속에서 작은 희망의 불꽃이 타오르더니 꺼지지 않았다. 어쩌면 저 남자가 자신의 강인하고 단호한 모습에 감동해 새로운 제안을 내놓을 수도 있었다. 당신은 진짜 사내대장부라고, 내가 사람을 잘못 봤다고 하면서 말이다. 하지만 다른 한편으론 그럴 리 없다는, 터무니없는 기대라는 생각이 불쑥 치솟았다. 어쨌든 그럼에도 그는 걸음을 멈추고 다시 몸을 돌렸다. 그러는 자신을 증오하면서.

"당신, 진짜 사내대장부구먼." 구스타프가 말했다.

프리드리히는 침을 꿀꺽 삼켰다.

"내가 사람을 잘못 봤소." 구스타프의 말이 이어졌다.

프리드리히는 기침이 나오려는 걸 꾹 참았다. 가슴이 따끔거리고 머리가 어지러웠다.

"그럼 주님과 함께 잘 가시오."

"뭐요?"

구스타프가 프리드리히의 위팔을 툭 쳤다. "말을 아주 잘하시는구려. 자부심을 가져도 돼요. 이제 가시오. 나는 전쟁에서 이겨야 하니까."

"그게 답입니까?" 프리드리히가 잠긴 목소리로 물었다. "주님과 함께 잘 가라는 말이 마지막 말입니까?"

"당신이 필요 없으니까. 난 어떻게든 펠츠를 손에 넣을 거요. 당신이 내 곁에 없어야 영국도 아마 내 편에 더 빨리 서지 않을까 싶군. 영국인들 입장에서 당신은 과거의 수모나 프라하 전투의 패배만 기억나게 하는 사람일 뿐이니. 우리가 같이 있지 않는 게 나한테도 좋고 당신한테도 좋소. 당신은 그런 식으로라도 품위를 지킬 수 있게 되었으니 잘됐지. 잘 가시오!" 그가 프리드리히의 어깨에 팔을 두르며 출구 쪽으로 인도하더니 천막을 옆으로 젖혔다.

두 사람이 대기실에 들어서자 다들 자리에서 일어났다. 후데니츠 백작이 모자를 벗고 깊이 허리를 숙였다. 병사들은 부동자세로 서 있었다.

"저건 누군가?" 구스타프가 물었다.

프리드리히는 그게 광대를 보고 하는 말이라는 걸 잠시 후에야 이해했다.

"저건 누군가?" 광대가 따라 했다.

"마음에 드는군." 구스타프가 말했다.

"내 마음에는 안 드는군." 광대가 말했다.

"재미있는 친구군. 저런 인간이 필요해." 구스타프가 말했다.

"너도 재미있는 사람이네." 광대가 말했다.

"내가 뭘 주면 저놈을 내주겠소?" 구스타프가 프리드리히에게 물었다.

"나는 추천하지 않는다." 광대가 말했다. "나는 불행을 가져다주니까."

"정말이냐?"

"내가 누구와 함께 여기 왔고, 그 사람이 지금 어떤 꼴인지만 봐도 알 수 있잖아."

구스타프가 프리드리히를 한동안 바라보았다. 프리드리히는 그를 마주 보고 있다가 내내 참았던 기침을 발작적으로 쏟아냈다.

"가시오." 구스타프가 말했다. "빨리 떠나시오. 내 눈앞에서 냉큼 사라져요. 당신들이 내 군영에 있는 꼴을 더는 보고 싶지 않군." 갑자기 불안이 밀려온 듯 그가 주춤 물러났다. 천막이 팔락거리며 닫혔고, 그는 사라졌다.

프리드리히는 기침을 하느라 고인 눈물을 닦았다. 목이 아팠다. 모자를 벗고 머리를 긁적거리며 여기서 무슨 일이 있었는지 이해해보려 했다.

분명한 건 이제 모든 게 끝났다는 것이다. 다시는 고향 땅을 밟지 못할 것이고, 프라하로의 귀환도 무망한 일이 되었다. 그는 이제 망명지에서 죽을 운명이었다.

"가자." 왕이 말했다.

"안에서 무슨 일이 있었습니까?" 후데니츠 백작이 물었다. "어떻게 결론이 났습니까?"

"나중에." 왕이 말했다.

이 모든 것에도 불구하고 군영을 벗어나자 그는 마음이 홀가분해졌다. 공기는 맑았고, 하늘은 높고 푸르렀다. 저 멀리 언덕이 아름다운 곡선을 그리며 펼쳐져 있었다. 후데니츠 백작은 스웨덴 왕과의 협의가 잘됐는지, 프라하로 돌아갈 희망은 보이는지 두 번이나 더 물었지만 돌아오는 대답이 없자 결국 포기하고 말았다.

왕은 기침을 했다. 문득 이 모든 게 정말 현실인지 의문이 들었다. 포동포동한 손을 가진 비만한 남자, 그의 끔찍한 말들, 그리고 사실 받아들이고 싶은 마음이 굴뚝같았지만 결국엔 거부할 수밖에 없었던 제안. 그는 갑자기 궁금해졌다. 자신은 왜 거절했을까? 이유는 기억나지 않았다. 조금 전까지만 해도 그토록 강력한 이유였건만, 이제는 안개 속으로 흩어져 흔적조차 남아 있지 않았다. 아닌 게 아니라 눈앞이 온통 안개였다. 안개가 대기를 푸르스름한 빛깔로 채우고 언덕의 윤곽을 흐릿하게 만들고 있었다.

왕은 자기 삶에 대해 이야기하는 광대의 목소리에 귀를 기울였다. 그러다 문득 광대가 마치 자신의 마음속에서 말하는 것 같다는 느낌이 들었다. 그가 지금 옆에서 말을 타고 가는 사람이 아니라, 자기 머릿속의 뜨거운 목소리이자 자신이 지금껏 알려 하지 않았던 내면의 일부인 듯했다. 왕은 눈을 감았다.

광대는 여동생과 함께 도망친 이야기를 했다. 아버지는 마법사로 몰려 화형을 당했고, 어머니는 한 기사와 함께 동방으로 떠났다. 예루살렘이나 머나먼 페르시아인 것 같은데, 그걸 정확하게 아는 사람은 없다고 했다.

"그 여자는 네 여동생이 아냐." 왕은 요리사가 말하는 소리를 들었다.

광대가 말했다. 자신과 여동생은 처음엔 유랑 가수와 함께 돌아다녔다. 재주는 없지만 자신들에게는 잘해준 사람이었다. 나중에는 곡예사와 함께 다녔다. 틸이 지금 갖고 있는 모든 재주를 가르쳐준 사람으로서 수준 높은 재담꾼이자, 훌륭한 저글링 기술자이자, 누구에게도 뒤지지 않는 배우였다. 하지만 나쁜 놈이었다. 넬레가 악마라고 부를 정도로 비열한 놈이었다. 나중에야 그들은 곡예사 같은 재주꾼에게는 약간의 악마와 약간의 짐승과 약간의 천진난만함이 한데 뒤섞여 있어야 한다는 사실을 깨달았다. 그때쯤 그들에게는 피르민이라는 곡예사가 더 이상 필요 없어졌다. 그래서 피르민이 두 사람에게 다시 못되게 굴자 넬레는 그에게 버섯 요리를 해주었다. 그것을 먹었다는 사실조차 금방 잊게 만드는, 그러니까 곧바로 숨통을 끊어버리는 요리였다. 여기엔 살구버섯 두 움큼, 광대버섯 하나, 검은 달걀파리버섯 한 조각이면 충분했다. 더 이상은 필요 없었다. 기술의 핵심은 광대버섯과 달걀파리버섯을 함께 넣는 데 있었다. 둘 다 사람을 죽이는 독버섯이지만 그 하나하나는 맛이 써서 금방 탄로 난다. 하지만 같이 넣고 끓이면 달콤한 향에 맛까지 좋아 전혀 의심을 불러일으키지 않는다.

"그러니까 너희 둘이 곡예사를 죽였다는 거야?" 한 병사가 물었다.

광대는 자신이 아니라 여동생이 죽였다고 대답했다. 자신은 파리 새끼 한 마리 죽이지 못하는 사람이라는 것이다. 그가 쾌활하게 웃으며 말을 이어갔다. 선택의 여지가 없었다. 곡예사는 지독하게 사악한 놈이라 죽어서도 자신들에게서 떨어지지를 않았다. 한동안 놈의 유령이 그들을 쫓아다녔다. 밤중의 숲속에서는 낄낄거리며 뒤를 쫓았다. 꿈속에도 나타나 이런저런 거래를 제안했다.

"무슨 거래?"

광대는 침묵했다. 눈을 떴을 때 왕은 주변에 떨어지는 눈송이를 보았다. 숨을 깊이 들이쉬었다. 스웨덴 군영에 짙게 밴 페스트 악취에 대한 기억은 벌써 흩어지고 없었다. 그는 깊은 생각에 잠긴 듯 입술을 핥으며 구스타프 아돌프를 떠올렸고, 또 다시 기침을 했다. 지금이라도 그에게 다시 돌아가야 할까? 그게 그리 이상한 일은 아니었다. 하지만 그냥 돌아가기 싫었다. 냄새나는 군영으로, 버릇없는 병사들에게로, 자신을 경멸 어린 비웃음으로 내려다볼 게 분명한 스웨덴 왕에게로 돌아가고 싶지 않았다. 주변의 초원은 이미 흰색으로 얇게 덮여 있었고, 군대가 진격하면서 모조리 베어낸 나무 그루터기에도 야트막이 눈이 쌓여 있었다. 그는 고개를 젖혀 하늘을 올려다보았다. 눈송이가 반짝거리며 떨어지고 있었다. 자신의 대관식 장면이 떠올랐다. 500명의 가수들, 팔성부八聲部 찬미가, 휘황찬란한 보석 외투를 입은 리즈…….

왕이 현재의 순간으로 돌아온 것은 몇 시간이 지난 뒤였다. 아니, 며칠이 지났을 수도 있었다. 어쨌든 대지가 바뀌어 있었다. 이제는 말이 제대로 걸을 수 없을 만큼 눈이 많이 쌓였다. 말들은 조심스레 발굽을 들었다가 깊은 눈 속으로 신중하게 내려놓았다. 찬바람이 채찍처럼 왕의 얼굴을 후려쳤다. 기침을 하며 둘러보니 네덜란드 병사들이 보이지 않았다. 후데니츠 백작과 요리사, 광대만 옆에서 말을 타고 가고 있었다.

"병사들은 어디 갔느냐?" 왕이 물었다. 다른 사람들은 그의 말에 주의를 기울이지 않았다. 왕이 좀 더 큰 목소리로 질문을 반복하자 그제야 후데니츠 백작은 영문을 모르겠다는 듯 눈을 가늘게 뜨고 그를 바라보더니 다시 바람이 부는 정면 쪽으로 시선을 돌렸다.

병사들은 도망을 친 게 분명했다. "이제 온전히 내 몫의 군대만 남았구나." 왕은 기침을 하며 덧붙였다. "나의 궁정 광대, 나의 요리사, 비록 조정은 없으나 내 옆을 지키는 나의 총리대신. 나의 마지막 충신들이여!"

"명 받잡습니다." 거센 바람에도 왕의 말을 알아들은 광대가 말했다. "지금도 앞으로도 영원히. 전하, 아파?"

순간 왕은 그 말이 맞는다는 사실을 깨달으며 안도감을 느꼈다. 기침을 하는 것도, 스웨덴 왕 앞에서 그렇게 못나게 군 것도, 정신이 혼미한 것도 모두 몸이 아파서였다. 웃음이 터져 나올 만큼 논리적이었다.

"그래, 나는 아프다!" 그가 쾌활하게 소리쳤다.

그러고서 몸을 숙여 기침을 하는 동안, 이유는 모르겠으나 영국의 장인과 장모가 떠올랐다. 그들이 자신을 좋아하지 않는다는 건 처음부터 알고 있었다. 하지만 그는 우아함과 기사다운 태도, 독일식 명료함, 내면의 힘으로 그들을 사로잡았다.

첫아들도 떠올랐다. 모두가 사랑하던 아름다운 아이였다. 그는 아이에게 말했다. 만일 내가 돌아오지 않으면 네가 우리 제후국과 우리 가문의 높은 자리에 올라 나의 일을 해야 한다. 그 뒤 배가 뒤집혀 물에 빠져 죽은 아이는 주님 곁으로 올라갔다.

어디에 있건 나는 영원히 영광과 함께할 것이야. 왕은 이렇게 생각하며 불덩이 같은 자신의 이마를 만졌다.

그는 고개를 옆으로 돌리며 베개를 똑바로 했다. 숨결이 뜨겁게 느껴졌다. 그는 이불을 끌어 머리까지 덮었다. 이불은 더럽고 고약한 냄새를 풍겼다. 얼마나 많은 사람이 이 침대에서 잤을까?

그는 이불을 걷어차고 두리번거렸다. 여관방이 분명했다. 테이블 위에 커다란 잔이 놓여 있고 바닥엔 짚이 깔려 있었다. 두꺼운 유리를 끼운 창문이 하나 있는데, 밖에서는 눈보라가 몰아쳤다. 의자에 요리사가 앉아 있었다.

"우린 계속 가야 한다." 왕이 말했다.

"안 됩니다, 전하." 요리사가 말했다. "병이 너무 깊습니다. 그 몸으로는 떠나실 수……."

"쓸데없는 소리 집어치워라! 모조리 쓸데없다. 어서 가야 해. 리즈가 날 기다리고 있다!"

왕은 요리사가 대답하는 소리를 들었지만, 무슨 말인지 알아듣기 전에 재차 잠이 들었다. 이제 그가 있는 곳은 다시 프라하의 대성당이었다. 그는 높은 제단이 정면으로 보이는 왕좌에 앉아 있었다. 합창 소리가 들렸다. 옛날에 어머니가 들려줬던 물렛가락 동화가 떠올랐다. 갑자기 이 이야기가 자신에게 중요한 의미로 다가왔다. 오래전에 들은 이야기라 온전히 기억나지는 않았다. 그래도 이야기는 대충 이랬다. 물렛가락에 감긴 실을 풀면 인생의 실도 풀리기 시작한다. 가락을 더 빨리 돌리면, 그러니까 아주 급한 일이 있거나, 뭔가 고통스럽거나, 아니면 뜻대로 일이 풀리지 않아 가락을 더 빨리 돌리게 되면 인생도 그만큼 더 빨리 흘러간다. 동화 속 남자는 아직 제대로 시작조차 하지 않았는데 벌써 가락의 끝에 서 있다. 중간에 무슨 일이 있었는지는 더 이상 기억나지 않는다. 그래서 왕은 눈을 뜨고 이제 떠나야 한다고 명령했다. 네덜란드로 가야 한다. 거기에 자신의 궁정이 있고, 조정 대신과 아내가 자신을 기다리고 있다. 비단옷을 입고 다이아뎀을 쓴 리즈가. 궁정에서는 축제가 끊이지 않고, 매일 아내가 좋아하는 연극이 상연된다. 세계 각지에서 온 최고의 배우들이 상연하는 연극이.

놀랍게도 그는 다시 말 위에 앉아 있었다. 누군가 그의 어깨에다 외투를 둘러주었다. 그럼에도 여전히 찬바람이 느껴졌다. 온 세상이 하얬다. 하늘도 땅도 양쪽 길가의 오두막들까지.

"후데니츠는 어디 있느냐?" 왕이 물었다.

"백작은 떠났습니다!" 요리사가 소리쳤다.

"우리는 쫓겨났고!" 광대가 말했다. "돈이 없는 걸 알고 여관 주인이 쫓아냈지. 왕이건 뭐건 돈이 없는 놈은 받을 수 없대."

"그래." 왕이 말했다. "어쨌든 후데니츠는 어디 있느냐?"

그는 자신의 군대가 얼마나 남았는지 헤아려보았다. 광대가 있었고, 요리사가 있었고, 그 자신이 있었고, 또 광대가 있었다. 그렇다면 총 네 명이었다. 그런데 혹시 몰라 다시 헤아려보니 광대와 요리사 둘뿐이었다. 그럴 수는 없었기에 그는 재차 헤아렸고, 그러자 셋이 나왔고, 다시 헤아리니 넷이었다. 보헤미아 왕, 요리사, 광대, 그리고 자기 자신. 어느 순간 그는 헤아리기를 포기했다.

"말에서 내려야 합니다." 요리사가 말했다.

그의 말이 맞았다. 눈이 너무 많이 쌓여 말은 사람을 태운 상태로 더 이상 나아갈 수 없었다.

"왕은 걸을 수가 없어." 왕은 광대가 말하는 소리를 들었다. 그의 목소리가 짓궂게 느껴지지 않고 보통 사람의 음성처럼 들린 것은 처음이었다.

"그래도 내려야 돼." 요리사가 말했다. "어쩔 수가 없어. 말을 타고는 못 가."

"그래." 광대가 말했다. "그건 나도 알아."

요리사가 고삐를 잡고 있는 동안 왕은 광대의 부축을 받으며 내렸다. 눈이 무릎까지 빠졌다. 말은 등이 가벼워져 기분이 좋은지 코를 씩씩거렸고, 그러자 따뜻한 콧김이 뿜어져 나왔다. 왕이 말의 주둥이를 쓰다듬었다. 말은 그런 그를 슬픈 눈으로 바라보았다.

"말을 이대로 두고 갈 수는 없다." 왕이 말했다.

"걱정 마요." 광대가 말했다. "얼어 죽기 전에 누군가 잡아먹을 테니까."

왕은 기침을 했고, 그들은 이제 발이 푹푹 빠지는 눈길을 걷기 시작했다. 광대가 왼쪽에서, 요리사가 오른쪽에서 왕을 부축했다.

"우린 어디로 가느냐?" 왕이 물었다.

"집으로요." 요리사가 대답했다.

"그건 안다. 다만 이런 추위에 지금 어디로 가는 중이냐고."

"여기서 서쪽으로 반나절만 가면 사람이 사는 마을이 나올 겁니다." 요리사가 대답했다.

"그걸 정확하게 아는 사람은 없어." 광대가 말했다.

"반나절이라지만 물론 이런 눈 속에서는 한나절 이상 잡아야 합니다." 요리사가 말했다.

왕이 기침을 했다. 그는 기침을 하면서 걸었고, 걸으면서 기침을 했다. 걷고 또 걸었고, 기침을 하고 또 기침을 했다. 그런데도 가슴에 통증이 거의 느껴지지 않는 것이 신기했다.

"나는 건강해질 것 같다." 왕이 말했다.

"그렇고말고." 광대가 말했다. "그래 보여. 건강해질 거야, 전하."

두 사람이 부축하지 않으면 금방이라도 쓰러질 것 같았다. 눈보라가 점점 거세졌고, 찬바람 속에서 눈을 뜨기가 점점 힘들어졌다. "후데니츠는 어디 있느냐?" 그는 세 번째로 묻는 자신의 목소리를 들었다. 사방 천지가 눈송이였다. 눈을 감아도 눈송이는 여전히 보였다. 반짝이는 하얀 점들이 공중에서 미친 듯이 어지럽게 춤을 추었다. 왕이 한숨을 내쉬었고, 그와 동시에 무릎이 풀썩 꺾였다. 붙잡을 시간도 없었다. 대신 쌓인 눈이 부드럽게 그를 받아주었다.

"왕을 이대로 둘 수는 없어." 왕은 위에서 누군가 말하는 소리를 들었다.

"그럼 어떡하지?"

두 사람이 쓰러진 왕을 붙잡아 일으켰다. 한 손이 왕의 머리를 사랑스럽게 어루만졌다. 순간 하이델베르크 시절 자신을 자상하게 돌봐주던 유모가 떠올랐다. 자신이 아직 왕이 아니라 왕자였고, 모든 것이 좋았던 시절이었다. 그의 발이 다시 눈에 푹푹 빠졌다. 잠시 눈을 뜨자 박살 난 지붕, 유리가 깨진 창문, 망가진 우물이 흐릿하게 보였다. 사람의 모습은 어디에도 보이지 않았다.

"어떤 집에도 들어갈 수가 없겠군." 왕은 누군가 말하는 소리를 들었다. "지붕은 다 날아갔고, 늑대들까지 득실거려."

"하지만 밖에선 얼어 죽어." 왕이 말했다.

"우리 둘은 얼어 죽지 않아." 광대가 말했다.

둘이라고? 왕은 두리번거렸다. 정말이었다. 요리사가 없었다. 이제는 단둘뿐이었다.

"요리사는 제 갈 길을 갔어." 광대가 말했다. "나쁘게 생각하지 마. 이런 악천후에서는 제 몸뚱이 하나 챙기는 게 제일 중요하니까."

"우리는 왜 얼어 죽지 않지?" 왕이 물었다.

"넌 지금 너무 뜨거워. 열이 심하거든. 추위도 널 어쩌지 못해. 그 전에 죽을 테니까."

"어째서?" 왕이 물었다.

"넌 페스트에 걸렸어."

왕은 잠시 침묵했다가 물었다. "페스트라고?"

"불쌍한 인간, 불쌍한 겨울왕! 그래, 넌 페스트에 걸렸어. 그것도 며칠 전부터. 목에 멍울 잡힌 거 몰라? 숨을 들이쉴 때 느껴지지 않았어?"

왕은 숨을 들이쉬었다. 공기가 얼음처럼 차가웠다. 기침이 나왔다. "내가 페스트에 걸렸다면 너한테도 전염되었을 텐데."

"그러기엔 날이 너무 추워."

"좀 누울 수 있을까?"

"넌 왕이야. 원하는 건 뭐든 할 수 있어. 언제 어디서건. 명령만 해."

"그럼 좀 도와줘! 누워야겠어."

"예, 전하." 광대는 목덜미를 받친 채 왕을 바닥에 뉘었다.

이렇게 푹신한 침대는 처음이었다. 눈보라는 눈에 띄게 잦아든 듯했다. 하늘은 어두웠지만, 눈송이는 여전히 환하게 반짝거렸다. 불쌍한 말들이 아직 살아 있을지 궁금했다. 문득 리즈가 떠올랐다. "왕비에게 내 메시지를 전해줄 수 있겠나?"

"물론입니다, 전하."

그는 광대가 이렇게 예의를 갖춰 말하는 것이 마음에 들지 않았다. 광대의 본분에도 어긋나는 일이었다. 만인의 공경에 취해 왕이 이성을 잃거나 교만에 빠지지 않도록 하려고 궁정에 광대를 두는 것 아닌가. 그런 만큼 광대는 뻔뻔해야 했다.

왕은 광대를 야단치려고 헛기침을 했다. 하지만 다시 진짜 기침이 나왔다. 말하는 것이 너무 어려웠다.

뭔가 할 일이 있었는데……. 맞아, 리즈에게 메시지를 보내기로 했지! 리즈는 연극을 사랑했다. 그는 그런 아내를 잘 이해할 수 없었다. 무대에 선 인간들은 마치 자신이 다른 사람이라도 된 듯이 행동했다. 웃음이 나왔다. 땅뙈기 하나 없는 왕이 이런 눈보라 속에서 광대와 단둘이 있는 꼴이라니! 이런 건 어떤 연극에도 나오지 않을 것이다. 있을 수도 없고 당치도 않은 일이었다. 그는 일어나 앉으려고 했다. 그러나 손이 눈 속에 빠지면서 몸이 도로 넘어갔다. 뭘 하려고 했지? 아, 그래, 리즈에게 메시지를 보내기로 했지!

"왕비에게……." 왕이 말했다.

"예, 말씀하십시오."

"왕비에게 내 말을 전해줄 텐가?"

"그리하겠습니다."

왕은 기다렸다. 그러나 광대의 얼굴에서는 여전히 조롱 섞인 표정을 찾아볼 수 없었다. 이럴 땐 그런 표정을 짓는 것이 광대의 임무인데 말이다. 왕은 화가 나서 눈을 감았다. 그런데 희한하게도 바뀌는 것이 없었다. 그는 여전히 광대를 보고 있었고, 하늘에서 떨어지는 눈도 보였다. 자신의 손에 종이가 느껴졌다. 광대가 손가락 사이에 끼워준 게 분명했다. 무언가 딱딱한 것도 만져졌다. 숯 조각인 듯했다. 왕은 이렇게 쓰고 싶었다. *부인, 하느님 앞에서 우리 다시 만납시다. 나는 평생 당신만 사랑했소.* 그런데 모든 것이 혼란스러워졌다. 자신이 이 말을 벌써 썼는지 아니면 이제 쓰려는 참인지 확신이 서지 않았다. 이게 누구에게 보내려고 하는 메시지인지도 종잡을 수 없었다. 그는 떨리는 손으로 이렇게 썼다. *구스타프 아돌프는 곧 죽을 것이다. 나는 그걸 안다. 하지만 나는 그 전에 죽는다.* 이건 아내에게 보내는 메시지가 아니었다. 중요한 것도 아니었다. 따라서 그는 덧붙였다. *당나귀를 잘 돌봐줘. 당나귀는 내가 주는 선물이야.* 이것도 아니었다. 이건 리즈가 아니라 광대에게 하려고 했던 말이다. 광대는 여기 있다. 그렇다면 이 말은 광대에게 직접 하면 되었다. 반면에 리즈에게는 메시지를 보내야 했다. 결국 그는 다시 쓰려고 했다. 하지만 이미 너무 늦었다. 더 이상 써지지 않았다. 그의 손이 맥없이 아래로 풀썩 떨어졌다.

이제 그는 중요한 내용을 빠뜨리지 않고 다 썼기만 바랄 뿐이었다.

그가 가볍게 일어나 걸어갔다. 고개를 돌렸을 때 그들은 다시 셋이었다. 가죽 외투를 입고 무릎을 꿇은 광대, 몸이 흰 눈에 반쯤 덮인 채 바닥에 누워 있는 왕, 그리고 그 자신. 광대가 고개를 들었다. 둘의 시선이 마주쳤다. 광대는 이마에 손을 대고 마지막 인사를 했다.

왕은 감사의 뜻으로 고개를 숙이고는 등을 돌려 걸어갔다. 이제 더는 눈에 발이 빠지지 않았다. 그는 그렇게 흰 눈 속으로 총총 사라졌다.

굶주림

"옛날 옛적에." 넬레가 이야기한다.

그들이 숲속에 들어온 지도 벌써 사흘째다. 지붕처럼 하늘을 뒤덮은 무성한 나뭇잎 사이로 간신히 빛이 새어 들어오는 울창한 숲이지만 그들은 비에 쫄딱 젖어 있다. 숲이 언제 끝날지는 감조차 오지 않는다. 앞장서 걸어가면서 이따금씩 반쯤 벗어진 머리를 긁적거리는 피르민은 한 번도 그들을 돌아보지 않는다. 간간이 뭐라고 중얼거리거나 낯선 말로 노래를 부르는 게 전부다. 그들은 이제 피르민을 잘 알기에 말을 걸지 않는다. 그러면 화를 내기 때문이다. 화가 나도 오래가지는 않았지만 그들을 아프게 할 때가 많았다.

"엄마한테 세 딸이 있었어." 넬레가 이야기를 이어간다. "거위도 한 마리 있었는데, 어느 날 누런 알을 하나 낳았어."

"어떤 알이라고?"

"황금 알."

"누런 알이라고 했잖아."

"같은 거야. 아무튼 딸들은 서로 무척 달랐어. 둘은 심보가 아주 못되고 고약했어. 하지만 둘 다 예뻤지. 반면에 막내는 착했고, 마음씨가 눈처럼 하얬어."

"걔도 예뻤어?"

"셋 중에서 제일 예뻤어. 아침처럼 예뻤어."

"아침처럼?"

"그래." 넬레가 퉁명스럽게 말한다.

"아침이 예쁘다고?"

"아주."

"그게 뭐가 예뻐?"

"아주 예뻐. 알지도 못하면서! 아무튼 못된 언니들은 하루도 쉬지 않고 막내를 부려먹었어. 손가락에 피가 나고 발이 퉁퉁 부을 정도였지. 시간이 가면서 머리카락도 세었어. 그러던 어느 날 황금 알에서 엄지가 나와 물었어. 이봐, 소원이 뭐야?"

"알은 그사이 어디 있었는데?"

"나도 몰라. 어딘가에 있었겠지."

"내내?"

"그래, 어딘가에 내내."

"황금으로 된 알을 아무도 안 가져갔다고?"

"옛날이야기잖아!"

"네가 지어낸 건 아니고?"

넬레는 침묵한다. 쓸데없는 질문이다. 어스름한 숲속에서 소년의 실루엣은 매우 말라 보인다. 소년은 약간 구부정하게 걷는다. 얼굴을 가슴 위로 내밀고 있다. 몸뚱이는 마치 생명을 불어넣은 나무 인형처럼 앙상하다. 넬레는 잠시 생각에 잠긴다. 이게 정말 내가 지어낸 이야기일까? 그건 자신도 모른다. 지금껏 옛날이야기를 무척 많이 들었다. 어머니와 이모 둘, 그리고 할머니한테서. 그중에는 엄지 왕자 이야기도 있고, 황금 알 이야기도 있고, 늑대 이야기와 기사 이야기, 마녀 이야기, 못된 언니와 착한 동생 이야기도 있었다. 그러다 보니 이야기를 할 때 고민할 필요가 없었다. 일단 시작만 하면 이야기가 저절로 술술 나왔다. 세세한 부분은 여러 이야기들에서 가져온 조각들로 짜 맞추었다. 어떤 때는 이렇게, 어떤 때는 저렇게. 그런 식으로 새롭게 조합하면 하나의 이야기가 완성되었다.

"계속 이야기해." 소년이 말한다.

넬레가 이야기를 이어간다. 엄지는 예쁜 막내의 소원에 따라 막내를 제비로 변신시킨다. 아무 걱정도 없고, 누구도 굶주리지 않는 무위도식의 나라로 날아갈 수 있도록. 이야기가 이 대목에 이른 순간 넬레는 숲이 한층 울창해진 것을 알아챈다. 원래 그들은 아우크스부르크로 가는 중이었는데 아무리 봐도 길을 잘못 든 것 같다.

피르민이 걸음을 멈추더니 코를 킁킁거리며 주변을 둘러본다. 뭔가가 그의 주의를 끈 게 분명하다. 그는 몸을 내밀고 자작나무를 살펴본다. 희고 검은 껍질과 옹이구멍을.

"뭘 보는 거예요?" 넬레는 이렇게 묻고는 자신의 경솔함에 화들짝 놀란다. 옆에 서 있던 소년도 몸이 뻣뻣하게 굳는다.

피르민이 커다랗고 기형적인 민머리를 천천히 그들에게로 돌린다. 눈이 적의로 반짝거린다.

"이야기 계속해." 피르민이 말한다.

넬레는 그에게 꼬집혔던 팔다리의 몇몇 지점이 여전히 정확히 느껴진다. 어깨도 그가 너댓새 전 능숙한 솜씨로 팔을 꺾어 돌렸을 때와 똑같이 욱신거린다. 그날 소년은 넬레를 도우려 했다가 피르민에게 배를 걷어차여 하루 종일 몸을 제대로 펴지 못했다.

하지만 지금까지 피르민이 너무 나간 적은 없다. 그들을 아프게 해도 너무 아프게 하지는 않았다. 넬레의 몸을 건드려도 무릎 위에서 배꼽 아래까지는 건드리지 않았다. 그는 두 아이가 언제든 도망칠 수 있다는 걸 안다. 그렇다면 이들을 붙잡아 두는 방법은 하나뿐이다. 그들이 배우고 싶어 하는 것을 가르치는 것.

"계속 이야기하라니까." 피르민이 재차 말한다. "두 번 말하게 하지 마."

넬레는 피르민이 옹이구멍에서 본 것이 무엇인지 여전히 궁금하지만, 시키는 대로 이야기를 계속해나간다. 엄지와 제비는 무위도식의 나라에 도착한다. 성문 앞에 탑처럼 거대한 경비병이 지키고 서 있다. 그가 말한다. 이 나라에서는 아무도 굶주리지 않고 목말라하지도 않는다. 하지만 너희는 들어갈 수 없다! 그들은 애원하고 간청하고 애걸한다. 하지만 그는 관용을 모른다. 경비병의 심장은 돌로 만들어져 있다. 커다란 바윗덩어리처럼 무거운 심장은 뛰지 않는다. 그는 계속 이렇게만 말한다. 너희는 들어갈 수 없다! 너희는 들어갈 수 없다!

넬레는 이 대목에서 말을 멈춘다. 나머지 두 사람이 그녀를 바라보며 기다린다.

"그래서?" 피르민이 묻는다.

"그들은 들어가지 못했어요." 넬레가 대답한다.

"끝까지?"

"경비병의 심장은 돌로 만들어졌거든요."

피르민이 잠시 꼿꼿이 서서 넬레를 바라보더니 웃음을 터뜨린다. 그러고는 다시 걸음을 옮긴다. 두 아이도 뒤따른다. 곧 밤이다. 피르민은 아이들에게 먹을 것을 거의 주지 않는다. 두 아이에게 굶주림은 일상이다.

보통 굶주림을 더 잘 참는 쪽은 넬레다. 허기로 인한 고통과 허약함이 자신과는 아무 상관 없는 다른 세계의 것이라고 상상함으로써 이겨낸다. 그런데 오늘은 소년이 더 잘 견딘다. 소년에게 굶주림은 마치 새털처럼 가볍고 두근거리고 공중을 떠다니는 무언가처럼 다가온다. 심지어 금방이라도 하늘로 날아오를 수 있을 것 같은 느낌마저 든다. 소년은 피르민을 뒤따라가며 오전에 배웠던 것을 떠올려본다. 어떻게 다른 사람 속으로 들어갈 수 있을까? 타인의 얼굴을 잠시 들여다보는 것만으로 그 사람이 될 수 있을까? 타인이 나의 몸을 자기 몸처럼 느끼고, 나의 목소리를 자기 목소리처럼 듣고, 나의 시선을 자기 시선으로 여기게 하려면 어떻게 해야 할까?

사람들이 그만큼 좋아하는 것은 없고, 그만큼 웃는 것도 없다. 하지만 잘해내야 한다. 잘 못하면 웃음거리가 된다. 이 바보 멍청이, 이 고집불통, 이 모자란 돌대가리야, 누군가를 흉내 내려면 그 사람과 그냥 비슷해서는 안 돼. 그 사람보다 더 그 사람과 비슷해야 해. 타인은 언제든 이런저런 모습으로 바뀔 수 있으니까. 너는 온전히 그 사람 자신이 되어야 해. 그걸 할 수 없다면 포기해라. 그만둬. 이 피르민의 시간을 빼앗지 말고 당장 아버지의 방앗간으로 돌아가라고!

중요한 건 상대의 내면을 들여다보는 거야. 무슨 말인지 알겠어? 그게 가장 중요해. 마음을 들여다보고 그 사람을 이해해야 해! 그건 그렇게 어렵지 않다. 사람들은 사실 그리 복잡하지 않으니까. 사람들은 무슨 특별한 걸 욕망하는 것이 아니다. 소년 자신이 욕망하는 걸 약간씩 다른 방식으로 욕망할 뿐이다. 타인이 무엇을 어떤 방식으로 욕망하는지만 이해하고 그 사람처럼 욕망하기만 하면 된다. 그러면 몸이 저절로 따라가고, 목소리는 저절로 바뀌고, 시선도 제대로 된 곳으로 향하게 된다.

당연히 연습을 해야 한다. 부단히 연습해야 한다. 매일 연습하고 또 연습하고 또 연습해야 한다. 밧줄 위에서 춤을 추거나, 물구나무로 서서 걷거나, 공 여섯 개로 능숙하게 저글링을 할 수 있을 때까지 그랬던 것처럼 정말 쉬지 않고 연습해야 한다. 그것도 사소한 잘못도 쉽게 넘기지 않는 스승과 함께 연습해야 한다. 인간은 스스로에게 엄격하지 못하고 늘 실수를 너그럽게 넘기려는 경향이 있기 때문이다. 그래서 스승이 필요하다. 나를 걷어차고 때리고 비웃고 욕하는 스승이 있어야 한다.

소년은 사람들 속으로 들어가는 방법에 대해 깊이 생각하느라 배고픔도 거의 잊어버렸다. 우선 슈테거 가족을 떠올린다. 이어 대장장이와 신부, 그리고 그로서는 마녀인 줄 몰랐던 하나 크렐 노파까지 차례로 떠올린다. 그 노파가 마녀임을 아는 지금은 많은 것들이 새로운 의미로 다가온다. 그는 한 사람씩 불러내어 각자의 행동과 말을 상상한다. 소년은 어깨를 구부리고 가슴을 당긴 채 소리 없이 입술을 움직인다. 망치를 들고 나를 도와라, 아이야. 못을 박아. 소년의 손이 살짝 떨린다. 망치를 들자 류머티즘이 도진다.

피르민은 걸음을 멈추고 아이들에게 마른 가지를 모아 오라고 명령한다. 아이들은 그게 불가능한 일이라는 걸 안다. 사흘 내리 쏟아부은 비로 숲속의 모든 것이 물기를 머금고 있을 것이다. 마른 가지가 있을 리 없다. 하지만 피르민이 노해 길길이 날뛰는 것을 원치 않기에 이리저리 덤불 속을 기어다니며 열심히 마른 가지를 찾는 척한다.

"그 이야기의 진짜 끝은 뭐야?" 소년이 속삭이듯 묻는다. "무위도식의 나라로 들어가?"

"아니." 넬레가 나직이 대답한다. "대신 나쁜 왕이 다스리는 성을 발견하고 왕을 죽인 다음 그 여자애가 여왕이 돼."

"엄지랑 결혼해?"

넬레가 웃는다.

"왜 안 해?" 소년은 이렇게 물으면서 그것을 궁금해하는 자신에게 깜짝 놀란다. 하지만 동화의 끝에는 항상 결혼이 나와야 한다. 그렇지 않으면 끝이 아니고, 어쩐지 뭔가 중요한 것이 빠진 느낌이다.

"엄지하고 어떻게 결혼을 해?"

"왜 못 해?"

"너무 쪼그맣잖아!"

"마술을 부려서 커지면 되잖아."

"알았어. 엄지는 스스로에게 마술을 걸어 의젓한 왕자로 변했고, 둘은 결혼을 했고, 지금까지도 잘 살고 있어. 됐어?"

"훨씬 낫네."

아이들이 모아 온 젖은 가지를 보는 순간 피르민은 고함을 지르고 때리고 꼬집기 시작한다. 그의 손은 무척 빠르고 강하다. 한 손에서 잽싸게 빠져나갔다고 생각하는 순간 바로 다른 손이 목덜미를 낚아챈다.

"이 쥐새끼 같은 놈들! 아무짝에도 쓸모없는 쓰레기 같은 것들! 너희 부모가 너희를 쫓아낸 이유를 알겠다!"

"아니에요!" 넬레가 소리친다. "우린 쫓겨난 게 아니라 우리 발로 도망쳤어요!"

"뭐 그렇다 치자. 저놈은 아버지가 화형을 당했으니 그럴 만도 하지. 나도 알아. 그 이야긴 숱하게 들었어!"

"교수형이에요." 소년이 말한다. "화형이 아니라."

"네가 봤어?"

소년은 입을 열지 못한다.

"애쓰는 꼴이라니!" 피르민이 웃는다. "넌 아무것도 몰라. 멋대로 상상할 뿐이지. 마법사로 판정받은 사람은 일단 교수형에 처한 다음 시체를 불태워. 원래 그렇게 하게 돼 있어. 그러니 결국 교수형에다 화형까지 당한 거지."

피르민은 쪼그리고 앉아 투덜거리며 나무를 뒤적거린다. 이어 작대기를 비비며 나직이 뭐라고 읊조린다. 그중에는 소년이 아는 주문도 더러 있다. 불, 주님의 불, 천사, 불타오르라, 내려 붙으라, 내 나무에 불이 붙으라, 불꽃을 가져오라, 이 작대기에 불이 붙으라. 클라우스도 사용하던 오래된 주문이다. 실제로 얼마 지나지 않아 익숙한 나무 타는 냄새가 난다. 소년은 눈을 동그랗게 뜨고 박수를 친다. 피르민은 싱긋 웃으며 고개를 살짝 끄덕인다. 이어 입안에 바람을 가득 넣고 불을 향해 후 분다. 그의 얼굴에 반사된 불꽃이 일렁인다. 뒤쪽의 나무줄기에서는 피르민의 그림자가 커다란 괴물처럼 춤을 춘다.

"자, 이제 너희들의 재주를 보여봐라!"

"피곤해요." 넬레가 말한다.

"뭐라도 얻어먹으려면 놀아줘야지. 어쩔 수 없어. 그건 뒈질 때까지 너희 운명이야. 이제 너흰 유랑 족속이다. 누구도 너희를 보호하지 않아. 비가 내려도 막아줄 지붕이 없고, 비를 피할 집도 없지. 게다가 친구도 없어. 너희와 똑같은 처지의 유랑 족속 말고는. 그렇다고 그 인간들이 너희를 좋아할까? 천만의 말씀. 그럴 리가 없지. 먹을 게 부족하거든. 대신 너희는 자유로워. 누구에게도 복종할 필요 없어. 하지만 위험하다 싶으면 재빨리 도망쳐야 해. 배가 고프면 사람들 앞에서 한바탕 놀아줘야 하고."

"먹을 걸 주실 거예요?"

"이런 빌어먹을 것들이 있나! 누구한테 감히 먹을 걸 달래!"

피르민이 웃으며 고개를 흔들더니 불가에 주저앉는다. "먹을 건 없어. 빵 부스러기도 없어. 여기선 너무 크게 떠들면 안 돼. 숲속에 용병들이 있거든. 이 시간쯤이면 술에 취한 데다 잔뜩 뿔이 나 있을 거야. 뉘른베르크에서 농민들이 폭동을 일으켰거든. 그게 아니더라도 용병들한테 걸려서 좋을 게 없지."

두 아이는 잠시 망설인다. 정말 너무나 피곤하다. 하지만 여기까지 온 것도, 피르민을 따라나선 것도 모두 공연을 위해서였다. 그에 필요한 재주를 배우고 익히기 위해서였다.

먼저 소년은 줄타기 기술을 선보인다. 이제 더는 밧줄 위에서 떨어지는 일이 없음에도 밧줄을 너무 높이 설치하지는 않는다. 피르민이 중간에 무슨 짓을 할지 누가 알겠는가? 갑자기 무언가를 던질 수도 있고, 밧줄을 흔들 수도 있다. 어쨌든 소년은 처음 몇 걸음을 조심스럽게 내디딘다. 해 질 녘의 어둠 속에서 매어놓은 밧줄이 얼마나 팽팽한지 감을 잡기 위해서다. 밧줄이 팽팽하다는 확신이 서자 소년은 더 빨리 걷고, 제자리에서 달리고, 뛰어오르고, 공중회전을 하고, 다시 밧줄에 착지해 뒷걸음질로 끝까지 갔다가 돌아와서는 몸을 구부리더니 갑자기 물구나무를 서서 반대편 끝까지 간다. 이어 몸을 뒤집어 다시 두 발로 서고, 잠시 두 팔을 휘저어 균형을 잡은 뒤 인사를 하고 바닥으로 뛰어내린다.

넬레가 열심히 박수를 친다.

피르민은 침을 퉤 뱉는다. "마지막 부분은 별로야."

소년은 몸을 숙여 바닥에서 돌멩이 하나를 집더니 공중으로 던지고, 보지도 않고 받아 다시 공중으로 던진다. 이어 돌이 허공에 떠 있는 동안 두 번째 돌을 집어 위로 던지고, 첫 번째 돌을 받아 다시 던지고, 번개처럼 세 번째 돌을 집어서는 두 번째 돌을 받아 다시 던지고, 세 번째 돌을 바로 이어 던지고, 다시 첫 번째 돌을 받아 던지고, 네 번째 돌을 집으려고 무릎을 굽힌다. 그러곤 또 다섯 번째 돌이 손에 들어오자마자 머리 위로 휘 던진다. 석양빛 속에서 돌멩이들이 어지럽게 날아다닌다. 넬레는 숨조차 쉬지 못한다. 피르민 역시 미동도 없이 꼿꼿이 바라보기만 한다. 눈을 가늘게 뜬 채.

이 기술의 난점은 돌멩이들의 생김새가 제각기 다르고 무게도 다르다는 것이다. 그렇다면 손은 돌멩이 하나하나에 빨리 적응하고 그 성질을 파악해 매번 다른 식으로 잡고 던져야 한다. 예를 들어 무거운 돌멩이는 좀 더 탄력적으로 받아서 던지고, 가벼운 돌멩이는 약간 힘을 빼고 던지는 식이다. 그래야 모든 돌멩이가 똑같은 속도와 똑같은 궤도로 움직인다. 엄청난 연습을 요하는 일이다. 한편으론 자기 자신이 돌을 던지고 있다는 사실을 잊어야만 한다. 어떤 의미에선 날아다니는 돌멩이와 하나가 되어야만 가능한 일이다. 지나치게 의식하면 그 순간 리듬을 잃고 모든 게 뒤죽박죽이 되어버린다.

소년은 한동안 저글링을 한다. 한계에 이르렀다는 생각은 들지 않는다. 계속 고개를 젖힌 채 머리 위의 돌들을 주시한다. 나뭇잎 사이로 마지막 석양빛이 어렴풋이 보이고, 이마에 송골송골 맺힌 땀방울이 느껴지고, 모닥불에서 불꽃이 튀는 소리가 들린다. 그러다 더는 계속할 수 없을 것 같은, 곧 모든 것이 순조롭게 되지 않을 것 같은 순간이 찾아온다. 그런 일을 피하기 위해 소년은 첫 번째 돌멩이를 뒤쪽 덤불 속으로 휙 던지고, 이어 두 번째, 세 번째, 네 번째, 마지막 돌멩이까지 연이어 던져버린다. 그러고는 자신의 텅 빈 손을 깜짝 놀란 얼굴로 살펴본다. 이것들이 다 어디 갔지? 소년은 짐짓 의아한 표정을 지으며 인사를 한다.

넬레는 다시 박수를 치고, 피르민은 부정적인 뜻으로 손을 내젓는다. 하지만 대놓고 험담을 하지 않는 걸 보며 소년은 자신이 잘했나 보다 생각한다. 피르민이 저글링 공을 빌려주었다면 당연히 더 잘했을 것이다. 피르민에게는 저글링 공이 여섯 개 있다. 두툼한 가죽으로 만든 미끈하고 손에 쏙 들어오는 공으로, 각각 색깔이 달라 공중으로 빨리 던지면 마치 다채롭게 반짝이는 분수처럼 보인다. 피르민은 저글링 공을 항상 어깨에 걸치고 다니는 황마 자루에 넣어두는데, 아이들은 이 자루에 손을 댈 엄두조차 내지 못한다. 피르민의 경고는 무척 위협적이다. 여기에 손만 대봐, 손가락을 부러뜨려버릴 테니까!

소년은 이곳저곳의 장터에서 피르민이 저글링 하는 것을 보았다. 능숙하게 잘했지만 더 이상 전만큼 민첩하지 못했다. 그사이 독한 맥주를 너무 많이 마셔 균형 감각을 잃어버린 것 같았다. 소년이 피르민의 공으로 저글링을 하면 분명 훨씬 더 잘할 것이다. 피르민이 소년에게 절대 공을 빌려주지 않는 것은 바로 그 때문이다.

이제 연극의 시간이다. 소년이 고갯짓을 하자 넬레는 냉큼 쫄랑쫄랑 뛰어나와 이야기를 시작한다. 두 군대가 황금 도시 프라하 앞에 모였다. 나팔 소리가 하늘을 울리고, 전사들의 갑옷이 번쩍거린다. 이쪽엔 용맹스러운 젊은 왕이 영국 출신의 왕비와 함께 서 있다. 그러나 황제의 장군들은 성스러움을 모른다. 황군이 북을 두드린다. 이로써 기독교의 파멸적 운명이 막을 올린다.

두 아이는 서로 역할을 바꾸어가며 연기한다. 상황에 따라 목소리와 어조를 바꾸고, 언어도 바꾼다. 하지만 체코어와 프랑스어, 라틴어를 모르기에 그냥 아무 말이나 아름답게 내뱉는다. 소년은 황제의 사령관으로서 전투를 총지휘한다. 뒤에서 대포가 불을 뿜는 소리가 들린다. 보헤미아의 화승총 사수들이 이쪽을 겨냥하고 있다. 어디선가 후퇴 명령이 들려온다. 그러나 그는 그 말을 귓등으로 흘린다. 후퇴로는 승리를 거둘 수 없다! 그는 돌진한다. 위험은 크다. 그러나 행운의 여신이 그와 함께한다. 총알이 그를 비켜 가고, 적군은 밀려난다. 승리의 팡파르가 울린다. 그 소리가 빗소리보다 더 또렷이 들린다. 이제 그는 황제의 휘황찬란한 대전에 서 있다. 자애로운 미소를 지으며 보좌에 앉아 있던 황제가 일어나 부드러운 손길로 어깨부터 반대편 허리까지 영광의 현장懸章을 둘러준다. 오늘 그대가 제국을 구했소, 총사령관! 그는 제국의 위인들에게 고개를 숙이고, 위인들은 그에게 존경의 예를 올린다. 그때 한 고귀한 부인이 다가와 말한다. 한 가지 부탁이 있어요! 그가 차분히 답한다. 어떤 분부이건 간에, 설령 제 목숨을 바쳐야 하는 분부일지라도 따르겠습니다. 당신을 사랑하니까요. 여자가 답한다. 알아요, 고결하신 장군님. 하지만 그 감정은 잊어야 해요. 내 명령을 들어요. 나는 장군이…….

그때 무언가가 날아와 소년의 머리를 때린다. 눈앞에 불꽃이 튀고 무릎이 꺾인다. 피르민이 던진 무언가에 맞았다는 사실을 깨닫기까지 오래 걸리지 않는다. 소년은 이마를 만지면서 몸을 숙인다. 발밑에 돌멩이가 하나 떨어져 있다. 피르민이 얼마나 정확하게 목표물을 명중하는지 다시 한번 감탄한다.

"쥐새끼들 같으니." 피르민이 말한다. "어떻게 제대로 할 줄 아는 게 없어! 그따위 걸 누가 본다고 그래? 애들 장난 같은 걸 누가 보냐고! 연극을 왜 해? 너희 자신을 위해 하는 거야? 그렇다면 당장 고향으로 돌아가! 너희 부모가 아직 화형당하지 않았다면 말이지만. 관객들을 위해 연극을 하는 거라면 훨씬 잘 해야 해. 이야기도 더 훌륭해야 하고, 연기도 더 좋아야 하고, 더 빠르면서도 힘이 넘쳐야 하고, 재밌는 농담도 섞어야 해. 그 모든 걸 갖춘 다음에야 무대에 설 수 있다고!"

"피가 나!" 넬레가 소리친다. "이마에!"

"그 정도는 약과야. 더 많이 나야 돼. 일을 제대로 못하는 놈은 하루 종일 피를 흘려야 돼."

"개새끼!" 넬레가 소리친다.

피르민이 묵묵히 돌멩이를 하나 더 집어 든다.

넬레는 자기도 모르게 목을 움츠린다.

"다시 해볼게요." 소년이 말한다.

"오늘은 더 보고 싶지 않다." 피르민이 말한다.

"한 번만 더 해볼게요. 제발요." 소년이 말한다.

"그만해. 오늘은 됐어."

결국 아이들은 모닥불가에 앉는다. 활활 타오르던 불길이 힘없는 불덩이로 가라앉았다. 소년의 머릿속에 문득 한 가지 기억이 떠오른다. 직접 겪었는지 꿈인지 알 수 없는 아리송한 기억이다. 울창한 덤불 속에서 들려오는 밤의 소음들, 윙윙, 딱딱, 쏴르르……. 거대한 짐승, 눈을 부릅뜬 당나귀 머리, 그때껏 들어본 적 없는 괴성, 줄줄 흐르던 뜨거운 핏줄기. 소년은 고개를 흔들어 기억을 떨쳐낸다. 그러고는 넬레의 손을 잡는다. 넬레의 손이 소년의 손을 꼭 눌러준다.

피르민이 키득거린다. 소년은 이 남자가 자신의 생각을 읽은 건 아닌지 또다시 궁금해진다. 예전에 클라우스도 그런 이야기를 했다. 올바른 주문만 알면 남의 생각을 읽는 건 그리 어려운 일이 아니라고.

사실 피르민이 타고난 악인은 아니다. 적어도 첫인상만큼 그렇게 못돼먹었거나 사악하지는 않다는 말이다. 가끔은 부드러운 면도 보여준다. 이런 유랑의 삶을 살지 않았더라면 온화함으로 자리 잡았을지 모를 부드러운 구석이다. 이곳저곳을 떠돌기에 그는 나이가 너무 들었다. 비를 맞으며 길을 걷고 나무 밑에서 잠을 자는 것도 이제는 힘겹다. 지금껏 숙식을 제공하는 고정적인 일자리를 얻을 기회가 없지는 않았지만 그때마다 불운과 사고가 겹쳐 번번이 놓치고 말았다. 이제 와서 새로운 일자리를 구하는 건 무망해 보인다. 그사이 무릎 통증은 점점 심해지고 있다. 몇 년 뒤면 유랑을 하고 싶어도 할 수 없는 순간이 찾아올 것이다. 그러면 아무 마을에나 정착해야 한다. 그를 날품팔이로 쓸 만큼 마음씨 좋은 농부를 만난다면 말이다. 하지만 그건 정말 운이 좋아야 가능하다. 유랑 족속을 거두어 주는 사람은 없다. 그런 인간은 불행과 악천후를 가져오고 마을 사람들을 이간질한다는 편견이 세간에 널리 퍼져 있어서다. 아무튼 마음씨 좋은 농부를 만나지 못한다면 남은 건 뉘른베르크나 아우크스부르크, 뮌헨의 성문 앞에서 구걸을 하며 살아가는 길뿐이다. 거지들은 성안으로 들어갈 수 없기 때문이다. 지나가는 사람들이 거지에게 먹을 것을 던져주긴 하지만 모두에게 공평하게 돌아가지는 않는다. 그중에서도 힘 있는 거지가 항상 먼저 차지한다. 그렇다면 피르민은 거지로 살아도 굶어 죽을 수밖에 없다.

사실 가장 가능성이 높아 보이는 미래는 노상에서의 객사다. 예를 들어 발을 헛디디거나, 젖은 나무뿌리를 밟거나, 혹은 암벽을 오르다 보기만큼 단단하지 않은 돌을 디뎌 미끄러지면서 다리가 부러지거나 어딘가 잘못되는 경우다. 그러면 그는 꼼짝없이 길가에 누워 있을 수밖에 없고, 행인들은 눈살을 찌푸리며 그를 피해 갈 것이다. 왜 아니겠는가? 부상까지 입은 더러운 유랑 족속을 누가 집으로 데려가 형제처럼 따뜻하게 먹여주고 재워주고 보살펴주겠는가? 그런 일은 성담에나 나오지 현실에서는 일어나지 않는다.

그렇다면 피르민에게 일어날 수 있는 최선은 무엇일까? 심장이 갑자기 멈추는 것이다. 장터에서 공연 중에 문득 가슴을 찌르는 듯한 통증과 함께 정신이 아득해지고, 공중에 떠 있는 저글링 공들을 보면서 쓰러지는 것. 고통스러울 테지만 어쩌면 그의 인생에서 가장 아름다운 순간일지 모른다.

스스로 목숨을 끊는 방법도 있다. 그건 어렵지 않다. 사실 많은 유랑 족속이 그렇게 한다. 영원한 잠 속으로 부드럽게 이끌어주는 버섯을 알기 때문이다. 다만 피르민은 차마 그럴 용기가 나지 않는다고 언젠가 고백했다. 하느님은 그런 사람들을 징치하는 무시무시한 계명을 정해놓았다. 자살하는 사람은 이 세상의 고통으로부터 도망칠 수 있지만 내세에서 고문을 당하는 대가를 치러야 한다. 그것도 영원히. 여기서 영원하다는 건 단순히 긴 시간이 아니라 상상으로만 가능한 무한한 시간을 의미한다. 비유하자면 작은 새가 거대한 바위산을 부리로 쪼아 없애는 데 걸리는 시간의 수천수만 배에 이른다. 게다가 그렇게 긴 시간이 지나도 고문의 공포와 고독과 고통에는 영원히 적응할 수 없다. 주님의 뜻이 그렇다고 한다. 그러니 피르민이 지금처럼 살아간다고 누가 뭐라 할 수 있을까?

어쩌면 그의 인생은 다르게 흘러갈 수도 있었다. 그에게도 좋은 시절이 있었고, 한때는 장밋빛 미래도 보였다. 런던에 갔을 때가 인생의 절정기였다. 그는 술에 취할 때마다 그 이야기를 한다. 석양빛에 물든 넓은 템스강, 근사한 술집들, 거리의 북적거리는 인파, 몇 날 며칠을 걸어도 끝이 나오지 않는 큰 도시……. 극장도 발에 차일 정도로 많았다. 그는 그 나라의 말을 알아들을 수 없었지만 배우들의 우아함과 진실성에 깊은 감동을 받았다. 나중의 그 무엇과도 비교가 안 될 정도로.

당시 그는 젊었다. 젊은 선제후 왕자 프리드리히의 수행원으로 해협을 건넌 많은 배우들 가운데 하나였다. 프리드리히는 엘리자베스 공주와 결혼하기 위해 영국으로 갔다. 영국인들은 배우를 무척 높이 평가했기에 왕자는 자신의 나라에 있는 공연 기술자들을 모조리 데려갔다. 복화술사, 불을 삼키는 차력사, 인형극 전문가, 격투기 선수, 물구나무 전문가, 꼽추, 절름발이 그리고 피르민까지. 축제 셋째 날 피르민은 무슨 베이컨이라는 사람의 집에서 저글링 공연을 했다. 고상하게 차려입은 신사 숙녀들이 빼곡했고, 테이블마다 꽃이 가득했으며, 집주인은 홀 입구에 미소를 지으며 서 있었다.

"아직도 눈에 선해." 피르민이 말한다. "뻣뻣한 공주와 어색하게 서 있던 신랑이. 우린 신랑을 찾아야 해!"

"누굴 찾는다고요?"

"프리드리히를 찾아야 한다고! 이 나라 저 나라 떠돌며 프로테스탄트 귀족들을 등쳐먹는다고 하더군. 자기가 아직도 왕인 줄 알고 궁인들도 데리고 다닌다지. 어쨌든 명색이 궁정이라면 궁정 광대도 필요하지 않겠어? 땅떼기 하나 없는 왕이니 나 같은 늙은 광대가 어울릴 거야."

피르민은 이 이야기를 자주 했다. 취기가 오르면 같은 이야기를 하고 또 했다. 지금은 모닥불가에서 마지막 육포를 씹으며 그 이야기를 하고 있다. 반면에 두 아이는 주린 배를 부여잡고 숲의 소리에 귀를 기울인다. 서로 손을 꼭 잡은 채 배고픔을 잊기 위해 생각을 다른 데로 돌리려 한다.

이건 약간만 연습하면 가능하다. 굶주림이 무엇인지 제대로 아는 사람은 굶주림을 얼마간 멈추게 하는 방법도 안다. 일단 먹을 수 있는 것들에 대한 이미지를 모두 버린다. 그다음엔 두 주먹을 불끈 쥐고 그것이 다시 들어오지 않도록 집중해야 한다. 소년은 저글링을 생각한다. 그건 머릿속으로도 얼마든지 연습할 수 있고, 실제로도 도움이 된다. 아니면 밧줄 타는 모습을 상상할 수도 있다. 나무 꼭대기와 구름 위처럼 굉장히 높은 곳에서 밧줄을 타는 상상이다. 소년은 발갛게 달아오른 모닥불을 바라본다. 굶주림은 사람을 가볍게 만들어준다. 붉은 불덩이를 들여다보면서 소년은 자기 밑에 밝고 드넓은 한낮의 세상이 열리는 느낌, 햇빛에 눈이 부신 느낌을 받는다.

넬레는 소년의 어깨에 머리를 기댄다. 이제 이 사람은 나의 오빠다. 내게 남은 전부다. 다시는 볼 수 없을 고향 집이 떠오른다. 늘 슬픈 표정을 짓고 있던 어머니, 피르민보다 더 심하게 매타작을 하던 아버지, 형제자매와 종들까지. 자기 앞에 놓여 있던 미래의 삶도 생각난다. 슈테거네 아들과의 결혼, 빵집에서의 노동……. 순간 머릿속에 경고음이 울린다. 빵을 생각해서는 안 돼. 안 된다고! 그러나 빵을 생각해서는 안 된다는 생각을 하는 순간 갓 구운 빵이 눈앞에 스르르 떠오르고, 고소한 냄새가 나고, 입안에서 부드럽게 녹는 빵의 촉감이 느껴진다.

"그만해!" 소년이 말한다.

넬레는 쑥스럽게 배시시 웃는다. 소년이 어떻게 자신의 생각을 읽어냈는지 궁금하다. 아무튼 효과는 있었다. 눈앞에 있던 빵이 금방 사라졌다.

피르민의 몸이 쏟아질 듯 앞으로 기울더니 결국 무거운 자루처럼 바닥에 쓰러진다. 등이 위아래로 파도를 타고, 곧 그는 짐승처럼 코를 곤다.

아이들이 걱정스레 주위를 두리번거린다.

날이 차다.

모닥불은 곧 꺼질 것이다.

빛과 그림자의 위대한 예술

고토르프성의 궁정 수학자이자, 공작 박물관의 관장이자, 러시아와 페르시아 사절로 떠났다가 몇 년 전에야 천신만고 끝에 돌아와 여행서를 쓴 아담 올레아리우스는 원래도 말수가 많지 않은 사람이었지만, 오늘은 유난히 가슴이 떨려 말이 잘 나오지 않았다. 지금 그의 눈앞에는 다름 아닌 교황청 직속의 콜레지움 로마눔 교수인 아타나시우스 키르허 신부가 높은 산처럼 버티고 서 있었기 때문이다. 게다가 풍부한 교양의 오라가 물씬 풍기는 대여섯 명의 신중하고 사려 깊은 비서들이 그를 에워싸고 있었다. 모두 검은 수도복 차림이었다.

첫 만남이었는데도 두 사람은 벌써 반평생을 알고 지낸 사이처럼 서로를 대했다. 학자들이 대개 그랬다. 올레아리우스는 존귀하신 동료께서 어쩐 일로 이곳을 친히 찾았는지 물었다. 그때 이곳이 신성로마제국의 독일령을 뜻하는지, 아니면 홀슈타인 지방을 가리키는지, 아니면 그들 뒤에 우뚝 솟은 고토르프성을 의미하는지는 일부러 애매하게 남겨두었다.

키르허는 마치 깊은 기억 속에서 대답을 끄집어내려는 듯 한동안 생각에 잠기더니 나직하지만 맑은 목소리로, 자신이 영원한 도시를 떠난 이유는 여러 가지가 있지만 그중에서 가장 중요한 것은 페스트 치료제를 찾는 일이라고 대답했다.

"주여, 저희를 긍휼히 여기소서!" 올레아리우스가 말했다. "페스트가 홀슈타인 땅에 다시 발을 디뎠다는 말씀입니까?"

키르허는 침묵했다.

올레아리우스는 상대가 이렇게 젊을 줄 몰랐다. 어떻게 이런 부드러운 표정의 남자가 자기력의 비밀과 빛의 비밀, 음악의 비밀, 심지어 고대 이집트 문자의 비밀까지 풀 수 있었단 말인가? 도저히 상상이 되지 않았다. 올레아리우스도 나름 자부심이 대단하고 겸손을 모르는 사람이었지만, 이 남자 앞에서는 목소리가 잘 나오지 않았다.

학자들 사이에는 종교적 적대감이 없는 것이 당연했다. 그러다가 근 25년 전 이 큰 전쟁이 시작되면서 사정이 약간 바뀌었다. 물론 프로테스탄트인 올레아리우스는 러시아에 있을 때 프랑스 수사들과도 잘 어울렸다. 키르허가 수많은 칼뱅교 학자들과 서신을 교환하는 것도 비밀이 아니었다. 다만 키르허가 조금 전에 뤼첸 전투에서 스웨덴 왕이 죽은 일을 지나가듯이 언급하고 그와 관련해 선한 주님의 은총이라느니 운운했을 때,

올레아리우스는 구스타프 아돌프의 죽음이 모든 이성적인 사람에겐 악마의 개입으로 인식될 만한 재앙이라고 대답하지 않기 위해 무던히 애를 써야 했다.

"선생께선 페스트를 치료하고자 한다고 말씀하셨습니다." 올레아리우스가 헛기침을 했다. 질문에 대한 답은 여전히 듣지 못한 상태였다. "그리고 그럴 목적으로 홀슈타인으로 오셨다고 하셨지요. 그렇다면 페스트가 이 지방에 다시 번졌다는 말씀이신가요?"

키르허는 또 잠깐 뜸을 들였고, 평소 습관인 듯 자신의 손톱을 가만히 내려다보다가 마침내 입을 열었다. 페스트가 이 지역에 창궐했다면 자신은 페스트 치료제를 구하러 이리로 오지 않았을 것이다. 페스트가 창궐한 곳에는 확산을 막을 치료제가 없다. 여기에도 선한 주님의 뜻이 담겨 있다. 구제책을 찾는 사람의 목숨을 위험에 빠뜨리지 않겠다는 뜻이다. 따라서 그분은 병이 확산되지 않은 곳으로 그를 인도하신다. 자연의 힘과 주님의 뜻에 따르면 바로 그런 곳에 페스트를 막을 수 있는 약이 있다.

두 사람은 궁전 정원에서 유일하게 손상되지 않은 돌 벤치에 앉아 묽은 포도주에 막대 설탕을 담갔다. 여섯 명의 비서는 적당히 거리를 두고 홀린 듯이 그들을 바라보았다.

좋은 포도주는 아니었다. 정원과 성도 그렇게 인상적이지는 않았다. 약탈자들이 오래된 나무를 죄다 베어버렸고, 잔디는 불에 탄 자국으로 덮여 있었으며, 덤불은 지붕 일부가 날아간 건물 외관처럼 곳곳이 손상된 채였다. 올레아리우스는 이 성이 대대로 내려오는 유틀란트 공작들의 자부심이자 북방의 자랑거리였던 시절을 기억할 만큼 나이가 많았다. 물론 당시엔 아직 어린아이였다. 부친은 일개 수공업자였지만 그의 재능을 알아본 공작이 그를 공부시켰고, 나중에는 러시아와 찬란한 문명을 자랑하는 머나먼 페르시아에 사절로 보냈다. 거기서 그는 낙타와 그리핀,* 비취로 만든 탑, 말하는 뱀을 보았다. 페르시아에 주저앉고 싶은 마음이 굴뚝같았지만, 이미 공작에게 충성을 맹세한 데다 고향에서 자신을 기다리는 아내를 생각하면 차마 그럴 수 없었다. 물론 그사이 아내는 이 세상 사람이 아니게 되었지만 그는 그 사실을 모르고 있었다. 어쨌든 그리하여 그는 다시 추운 제국과 전쟁 속으로 돌아와 홀아비의 외로운 삶을 이어가는 중이었다.

키르허는 입술을 살짝 내밀어 포도주를 한 모금 마시더니 거의 티가 나지 않게 얼굴을 찌푸렸다. 이어 붉은 반점이 있는 손수건으로 입술을 닦고는 자신이 이곳에 온 이유를 계속 설명해나갔다.

---

* 사자의 몸에 독수리의 머리와 날개가 달린 전설 속의 동물.

"나는 실험 때문에 왔습니다." 그가 말한다. "실험은 확신을 얻기 위한 새로운 방법입니다. 그 때문에 우리는 실험을 하지요. 예를 들어 유황과 역청, 석탄으로 만든 둥근 물체에다 불을 붙이면 그 불꽃을 보는 것만으로도 우리는 분노가 이는 것을 느낍니다. 같은 공간에 있다 보면 분노를 이기지 못해 몸이 마비될 정도예요. 그런 현상이 생기는 건 그 둥근 물체가 붉은 행성인 화성의 속성을 띠고 있기 때문입니다. 비슷한 방식으로 해왕성의 수성水性은 흥분한 감정을 가라앉히고, 기만적인 달의 혼란스러운 속성은 감정에 독을 일으키는 데 이용됩니다. 멀쩡한 사람도 달과 비슷한 자철광 근처에 잠시라도 머물면 마치 포도주 한 통을 다 마신 것처럼 취하게 되죠."

"자철광이 사람을 취하게 한다고요?"

"내 책을 읽어보세요. 최근에 나온 책에는 그에 대해 좀 더 상세히 적혀 있습니다. 『빛과 그림자의 위대한 예술』이라는 책인데, 해결되지 않은 문제들에 대한 답이 담겨 있죠."

"어떤 문제들 말이오?"

"모든 문제요. 가령 나는 앞서 말한 유황 실험을 토대로 페스트 환자에게 유황과 달팽이 피를 넣고 끓인 즙을 복용하게 했습니다. 유황은 환자에게 있는 화성의 속성을 몰아내고, 달팽이 피는 용의 신비 동물학적 대체물로서 체액을 산성화하는 요소를 달콤하게 만들기 때문이죠."

"예?"

키르허는 다시 손톱을 내려다보았다.

"달팽이 피가 용의 피를 대체한다고요?" 올레아리우스가 물었다.

"아뇨." 키르허가 참을성 있게 대답했다. "용의 담즙을 대체하죠."

"그렇다면 여긴 어쩐 일로 오신 겁니까?"

"대체에도 한계가 있더군요. 실험 삼아 그 즙을 마신 페스트 환자도 죽었으니까요. 어쨌든 그로써 진정한 용의 피만이 페스트 환자를 치료할 수 있다는 사실이 명확히 증명된 셈입니다. 그렇다면 이제 진짜 용이 필요합니다. 홀슈타인에 북방의 마지막 용이 아직 살고 있습니다."

키르허가 다시 손톱을 내려다보았다. 숨을 내뱉을 때마다 그의 입에서 입김이 구름처럼 뿜어져 나왔다. 올레아리우스는 오한이 들었다. 성이라고 따뜻한 건 아니었다. 여기에선 저 멀리까지 나무가 보이지 않았다. 얼마 남지 않은 장작은 공작의 침실용이었다.

"그게 발견되었나요?"

"뭐가요?"

"용."

"당연히 아니죠. 사람이 봤다고들 하는 용은 진정한 용의 속성을 지닌 용이 아닐 겁니다. 그런 속성은 겉으로 드러나는 게 아니니까요. 그런 이유에서 나는 용을 보았다고 하는 사람들의 보고를 믿지 않습니다. 근본적으로 사람들의 눈에 띄는 용은 진정한 용이 아닌 다른 용입니다."

올레아리우스는 이마를 문질렀다.

"이 지방에서는 용을 목격했다는 증언이 없었습니다. 그래서 나는 여기에 한 마리가 살고 있다고 확신합니다."

"용이 발견되지 않은 지역은 많을 텐데 왜 하필 여기죠?"

"첫째, 이 지역에서 페스트가 물러갔습니다. 아주 강력한 증거죠. 둘째, 내가 진자를 이용해 확인했습니다."

"그건 요사한 마술 아닙니까?"

"아뇨, 자기磁氣 진자를 사용하면 가능합니다." 키르허는 눈을 반짝이며 올레아리우스를 바라보았다. 순간적으로 경멸 어린 미소가 살짝 피어올랐다가 사라졌다. 이어 그는 몸을 내밀고서 순박한 표정으로 물었다. 이 남자의 얼굴에 어떻게 저런 순박한 표정이 숨어 있을까 의아할 정도였다. "나를 도와주시겠습니까?"

"뭘요?"

"용을 찾는 일요."

올레아리우스는 고민하는 척했다. 사실 어려운 결정은 아니었다. 그는 더 이상 젊지 않고, 자식도 없고, 아내도 죽었다. 낮이면 매일 아내의 무덤을 찾았으며, 밤이면 자다가 깨어나 우는 날이 허다했다. 그만큼 아내가 그리웠고, 외로움이 가슴에 사무쳤다. 이곳에 미련은 없었다. 그러니 세상에서 가장 유명한 학자가 권하는 진귀한 모험으로의 초대를 마다할 이유가 없었다. 그는 대답하기 전에 숨을 깊이 들이쉬었다.

키르허가 선수를 쳤다. 자리에서 일어나더니 수도복에 묻은 먼지를 툭툭 털며 말했다. "좋습니다. 그럼 내일 새벽에 출발하시죠."

"내 조교를 데려가도 될까요?" 올레아리우스가 약간 기분이 상한 표정으로 말했다. "마기스터 플레밍은 이것저것 아는 게 많아서 도움이 될 겁니다."

"얼마든지요." 키르허가 말했다. 머릿속으로는 벌써 무언가 다른 생각을 하고 있는 것 같았다. "그럼 내일 새벽, 좋군요. 자, 그럼 이제 공작께 인도해주시겠습니까?"

"요즘은 접견을 받지 않으십니다."

"걱정 마세요. 내가 왔다고 하면 기뻐하실 겁니다."

마차 네 대가 덜커덩거리며 달려가고 있었다. 날은 싸늘했다. 아침 안개가 초원에서 파리하게 피어올랐다. 마지막 마차에는 키르허가 얼마 전 함부르크에서 구입한 책들이 바닥부터 천장까지 쌓여 있었고, 그 앞의 마차에는 비서 세 명이 앉아 원고를 필사하고 있었다. 마차가 달리는 중에도 흐트러짐 없이 필사하는 게 신기했다. 그 앞의 마차에는 비서 둘이 잠을 자고 있었고, 맨 앞의 마차에서는 아타나시우스 키르허, 아담 올레아리우스, 그리고 그와 오랫동안 여행을 함께해온 마기스터 플레밍이 대화를 나누고 있었다. 나머지 한 비서는 무릎에 펜과 종이를 올려놓은 채 주의 깊게 대화를 듣고 있었다.

"실제로 그걸 만나면 어떻게 해야 하죠?" 올레아리우스가 물었다.

"용을요?" 키르허가 물었다.

순간 올레아리우스는 존경심도 잊은 채 이렇게 반문하는 상대가 지긋지긋하다는 생각을 했다. "예, 용을요."

키르허는 대답 없이 마기스터 플레밍에게로 고개를 돌렸다. "내가 제대로 알고 있는지 모르겠지만, 혹시 음악가이신가요?"

"의사입니다. 시도 쓰고요. 음악은 라이프치히에서 공부했습니다."

"라틴어 시, 아니면 프랑스어 시?"

"독일어 시요."

"왜 독일어로 시를 쓰시죠?"

"그걸 만나면 어떡해야 하죠?" 올레아리우스가 재차 물었다.

"용을요?" 키르허가 되물었다. 순간 올레아리우스는 상대의 귀싸대기라도 한 대 올려붙이고 싶은 마음이었다.

"예." 올레아리우스가 말했다. "용을요!"

"우리는 음악으로 용을 진정시킬 겁니다. 혹시 두 분도 제 책을 공부했다고 전제해도 될까요? 『무수르기아 우니베르살리스Musurgia universalis』*라는 책인데."

"무시카Musica가 아니고요?" 올레아리우스가 물었다.

"무수르기아입니다."

"왜 무시카가 아니죠?"

키르허는 올레아리우스를 못마땅하게 바라보았다.

"물론 공부했습니다." 플레밍이 대답했다. "제가 화성和聲에 대해 아는 내용은 모두 선생님의 책에서 읽은 것들입니다."

"그런 얘기 자주 듣지요. 거의 모든 음악가들이 그러더군요. 어쨌든 중요한 작품입니다. 물론 내 책 중에서 가장 중요한 건 아니지만 매우 중요한 건 분명하죠. 내가 설계한 워터 오르간을 여러 제후가 실제로 만들어보려 했고, 심지어 브라운슈바이크에서는 내 고양이 피아노까지 제작할 계획까지 세웠다고 하더군요. 그 이야기를 듣고 사실 난 적잖이 당황스러웠습니다. 고양이 피아노는 단순한 사고 유희였거든요. 실제로 그게 사람들의 귀를 즐겁게 해줄 것인가에 대해서는 회의적입니다."

"고양이 피아노가 뭔가요?" 올레아리우스가 물었다.

---

* 보편 음악론.

"내 책을 안 읽으셨나요?"

"기억이……. 이제 젊은 나이가 아니라……. 게다가 오랫동안 힘든 여행을 다녀온 뒤로는 기억력이 영 예전 같지 않군요."

"저런!" 플레밍이 말했다. "설마 리가에서 늑대들에게 에워싸였던 기억도 나지 않으세요?"

"동물을 학대해서 음을 만들어내는 피아노죠." 키르허가 설명했다. "건반이 현 대신 작은 동물과 연결되어 있어서 건반을 치면 동물이 고통을 받습니다. 나는 고양이를 추천하지만 들쥐도 가능하죠. 개는 너무 크고 귀뚜라미는 너무 작습니다. 적당한 정도의 고통을 가하면 동물이 비명을 지르고, 건반을 놓으면 고통과 함께 소리도 그칩니다. 음높이에 따라 동물들을 배열하면 특이한 음악을 만들어낼 수 있지요."

잠시 침묵이 흘렀다. 올레아리우스는 키르허의 얼굴을 들여다보았고, 플레밍은 아랫입술을 깨물었다.

"시를 왜 독일어로 쓰시죠?" 키르허가 마침내 입을 열었다.

"좀 이상한 소리라는 건 저도 압니다." 이 질문을 기다리고 있던 플레밍이 대답했다. "하지만 독일어로도 충분히 시를 쓸 수 있어요! 우리의 언어는 막 태동한 셈입니다. 지금 여기 있는 우리 세 사람은 모두 독일에서 태어났지만 라틴어로 이야기하고 있지요. 왜 그래야 할까요? 지금은 독일어가 어설프고, 끓는 죽 같고, 성장기의 아이 같아도, 언젠가는 어른이 될 겁니다."

“용 이야기로 돌아가시죠.” 올레아리우스가 화제를 바꾸고자 했다. 이미 숱하게 경험한 바, 플레밍이 일단 자기 전공 분야에 대해 말을 꺼내기 시작하면 다른 사람은 발언할 기회를 잡지 못했다. 그러다 마지막에는 상기된 표정으로 시를 낭송하며 이야기를 마쳤다. 물론 그의 시는 나쁘지 않았다. 율동적이고 힘이 넘쳤다. 하지만 사전에 일언반구도 없이 다짜고짜 시를 낭송하는 사람을 누가 반기겠는가? 그것도 독일어 시를!

“독일어는 아직 방언들이 어지럽게 뒤섞인 언어라고 할 수 있습니다.” 플레밍이 말을 이었다. “지금 우리는 문장이 제대로 만들어지지 않으면 적절한 단어를 라틴어나 이탈리아어, 또는 프랑스어에서 가져옵니다. 그런 다음 라틴어의 방식에 따라 문장들을 정돈해나가지요. 하지만 이런 방식은 앞으로 바뀔 겁니다. 그러려면 독일어를 계속 가꾸고 키워나가야 함은 물론, 독일어가 번성할 수 있게끔 노력해야 합니다. 이때 가장 큰 도움이 되는 일이 바로 독일어로 시를 쓰는 것이지요.” 플레밍의 뺨이 발갛게 달아올랐고, 콧수염은 약간 일어섰으며, 시선은 흔들림 없이 꼿꼿했다. “독일어로 문장을 시작하는 사람은 어떻게든 독일어로 끝을 맺겠다고 다짐해야 합니다.”

“동물에게 고통을 가하는 건 주님의 뜻에 반하는 일 아닐까요?” 올레아리우스가 물었다.

“왜죠?” 키르허가 이맛살을 찌푸렸다. “주님의 뜻에 따르면 동물은 물건이나 다름없습니다. 동물은 정교하게 짜 맞춘 기계에 불과하고, 이 기계는 훨씬 더 정교하게 조립된 기계들로 이루어져 있지요. 내가 물기둥 파이프로 소리를 내든, 고양이로 소리를 내든 무슨 차이가 있습니까? 설마 동물에게도 불멸의 영혼이 있다고 주장하시는 건 아니겠죠? 그리 되면 우리의 천국이 어떤 꼴이 되겠습니까? 온갖 더럽고 추하고 징그러운 것들이 우글대지 않겠습니까? 아마 벌레를 밟지 않고는 몸을 돌릴 수조차 없을 겁니다."

"저는 라이프치히 소년 합창단에 있었습니다." 플레밍이 말했다. "우리는 매일 아침 5시에 성 토마스 교회에서 노래를 불렀습니다. 각자의 성부에 따라서요. 틀리는 사람은 회초리를 맞았죠. 쉬운 일이 아니었습니다. 그러던 어느 날 아침, 지금도 생생히 기억나는데, 저는 처음으로 음악이 무엇인지 알겠더군요. 나중에 대위법을 배웠을 때는 언어가 무엇인지도 깨달았습니다. 언어로 시를 짓는 법도 알겠고, 시의 규칙도 이해하겠더군요. 독일어 시에도 운율이 있습니다. 음의 강약과 장단, 리듬, 규칙적인 음조 같은 것들 말입니다. 운율은 언어적인 우연이 아니라 생각의 어우러짐을 의미합니다."

"음악을 잘 아시는 것 같아 다행입니다." 키르허가 말했다. "제게 용의 피를 식히고 용의 감정을 진정시킬 악보가 있습니다. 혹시 호른을 연주할 줄 아십니까?"

"잘 못합니다."

"바이올린은요?"

"웬만큼 합니다. 그런데 그런 악보는 어디서 구하신 겁니까?"

"내가 작곡했습니다. 엄격한 과학적 기준에 따라서요. 걱정하실 필요 없습니다. 용 앞에서 바이올린을 켤 사람은 당신이 아니니까. 악사는 따로 구할 겁니다. 우리 중 누군가가 악기를 연주하는 건 신분상의 이유로도 적절치 않습니다."

올레아리우스는 눈을 감았다. 순간 머릿속에 거대한 머리를 쳐들고 들판에서 하늘로 치솟는 도마뱀 한 마리가 보였다. 지금껏 숱한 위험에서 살아남았지만, 이제 이렇게 삶이 끝날 수도 있다는 생각이 들었다.

"당신의 열정에는 박수를 보냅니다, 젊은이." 키르허가 말했다. "하지만 독일어엔 미래가 없어요. 첫째, 독일어는 추하고 걸쭉하고 불결한 언어이기 때문이죠. 씻지도 않고 배우지도 못한 인간들이나 쓰는 상스러운 말에 지나지 않아요. 둘째, 독일어를 잘 보살피고 키우면 성숙한 언어로 자랄 수 있다고 했는데, 그렇게 되기까지 시간이 없어요. 앞으로 76년 뒤면 철의 시대가 끝나고 불이 세상을 뒤덮으면서 우리 주님께서 영광의 팡파르와 함께 돌아오실 겁니다. 그걸 예측하는 데 굳이 점성술까지 끌어들일 필요도 없어요. 간단한 수학만으로도 충분하니까.”

“어떤 용인가요?” 올레아리우스가 물었다.

“추정컨대 매우 늙은 타첼부름이 아닐까 싶습니다. 신비 동물학에 관한 제 지식이야 돌아가신 테시먼드 스승님에 비하면 한참 모자라지만, 하루 짬을 내어 함부르크에 들렀다가 하늘의 말려 들어간 파리 구름을 보고 유용한 힌트를 얻었지요. 혹시 함부르크에 가보신 적이 있습니까? 도시에 파괴된 흔적이 없는 게 놀랍더군요.”

“구름이라고요?” 플레밍이 물었다. “어떻게 용이 구름을 일으킬 수…….”

“실제로 일으켰다는 게 아니라 유사성에 기초한 유추입니다. 그 구름은 파리를 닮았어요. 파리 구름이라는 이름이 붙은 것도 그 때문이고. 타첼부름은 지렁이와 비슷하게 생겼습니다. 그래서 타첼부름이죠.* 벌레와 파리는 둘 다 곤충이고요! 아시겠어요?”

올레아리우스는 두 손으로 얼굴을 감쌌다. 속이 울렁거렸다. 러시아에서 수천 시간이나 마차를 타고 돌아다닌 내가 지금 고작 얼마나 마차를 탔다고……. 혹시 나이가 들어서 이러나?

---

* 타첼부름Tatzelwurm은 알프스에 사는 전설의 괴물로 '타첼'은 두 다리, '부름'은 벌레를 뜻한다. 지렁이는 레겐부름Regenwurm, 즉 비가 오면 땅속에서 나오는 벌레라는 뜻이다. 어쨌든 둘 다 벌레라는 공통점이 있다.

그것도 완전히 배제할 수 없었지만, 아무튼 분명한 건 키르허와 관련이 있다는 사실이었다. 이 남자는 뭐라 딱히 설명하기 어려운 방식으로 사람을 자극했다.

"그래서 용이 진정되면요?" 플레밍이 물었다. "용을 잡으면 어떻게 하실 건가요?"

"피를 뽑아야죠. 가죽 주머니 가득요. 그런 다음 로마로 가져가 내 조수들과 함께 흑사병 치료제를 만들어 교황과 황제, 가톨릭 제후들, 그리고……." 이 대목에서 그는 잠시 망설였다. "……그걸 받을 자격이 있는 프로테스탄트 제후들에게 보낼 겁니다. 정확히 누구에게 보낼지는 협상을 해봐야겠지만요. 어쨌든 그것으로 우리는 전쟁을 끝낼 수도 있습니다. 만일 주님께서 이 전쟁에 종지부를 찍어야 하는 사람으로 저를 선택하신 거라면 그렇게 해야지요. 두 분도 당연히 내 책에 언급할 것입니다. 아니, 정확하게 말하자면 이미 언급했습니다."

"벌써 언급하셨다고요?"

"시간 절약 차원에서 로마에 있을 때 이미 그 장을 써놓았습니다. 구글리엘모, 갖고 왔나?"

비서는 몸을 숙이더니 끙 소리와 함께 좌석 밑을 뒤졌다.

올레아리우스가 말했다. "악사와 관련해서 말씀을 좀 드리자면, 현재 홀슈타인의 하이데에서 공연 중인 유랑 서커스단을 방문할 것을 추천합니다. 소문이 자자한 서커스단인데, 멀리서도 사람들이 찾아온다더군요. 거기 가면 적당한 악사들이 있을 겁니다."

비서는 벌게진 얼굴로 종이 뭉치를 들고 몸을 일으켰다. 이어 종이를 들췄다가, 잠시 깨끗해 보이지 않는 손수건으로 코를 풀더니 대머리까지 닦았다. 그런 뒤 작은 목소리로 양해를 구하고서 그 내용을 읽기 시작했다. 그의 라틴어에는 이탈리아 억양이 강했는데, 펜으로 톡톡 박자까지 맞추는 것이 마치 노래를 부르는 듯했다. "그리하여 나는 그럴 만한 자격이 있는 독일 학자들과 함께 용을 찾으러 나섰다. 상황은 좋지 않았고, 날은 거칠었다. 전쟁은 이 지역에서 물러간 뒤에도 여전히 이런 저런 위험한 돌풍을 보냈으니, 약탈자와 강도단뿐 아니라 패악스러운 짐승들에도 대비해야 했다. 나는 이 충직한 종을 늘 자상하게 보살펴주신 전능한 주님께 내 영혼을 맡겼고, 얼마 뒤 용을 찾아내어 적절한 조처 끝에 진정시키고 사로잡을 수 있었다. 용의 따뜻한 피는 내가 이 책의 다른 곳에서 썼던 여러 실험들을 위한 토대로 쓰였다. 이로써 오랫동안 모든 기독교인들을 근심으로 몰아넣었던 끔찍한 전염병도 위대하고 강력하며 그럴 만한 자격이 있는 사람들에게는 위해를 끼치지 못하고, 그저 평범한 백성들에게만 고통을 줄 수 있을 것이다. 그리고 예전에 나는……."

"수고했네, 구글리엘모, 거기까지만 하게. 나는 당연히 '그럴 만한 자격이 있는 독일 학자들'이라는 말 다음에 당신들의 이름을 적어 넣을 것입니다. 고마워할 것 없어요. 마땅히 해야 할 일이니까. 제가 할 수 있는 최소한의 배려입니다."

올레아리우스는 생각했다. 아타나시우스 키르허의 책에 언급된다는 건 불멸의 이름을 남기는 것이나 다름없다. 자신의 여행서나 가련한 플레밍이 가끔 출간하는 시는 사람들의 뇌리에서 금방 잊히고 만다. 탐욕스러운 시간은 하찮은 것들을 모두 집어삼키기 때문이다. 하지만 그런 시간도 키르허에게는 힘을 쓰지 못할 게 분명하다. 세상이 남아 있는 한 키르허의 책은 영원히 읽힐 것이다.

다음 날 아침 그들은 서커스단을 찾았다. 그들이 묵었던 여관의 주인은 서쪽을 가리켰다. 들길을 따라 쭉 가다 보면 놓치려야 놓칠 수가 없을 거라고 했다. 이곳엔 언덕이 없고 나무라는 나무는 모조리 베여 나갔기 때문에 얼마 안 있어 멀리서도 알록달록한 천이 펄럭거리는 깃대가 보이리라는 얘기였다.

이내 그들은 나무로 제작한 반원 형태의 관객석과 천막들을 보았다. 관객석 위에는 두 개의 기둥이 설치되어 있었고, 그 사이에 가느다란 밧줄이 팽팽하게 매여 있었다. 서커스단 사람들은 목재를 직접 갖고 다니는 모양이었다. 천막들 사이에 포장마차가 서 있었고, 말과 당나귀는 한가롭게 풀을 뜯었으며, 여기저기서 아이들이 뛰놀고 있었다. 한 남자가 해먹에서 잠을 잤고, 한 노파는 양동이를 갖다 놓고 빨래를 했다.

키르허는 눈을 끔벅거렸다. 속이 좋지 않았다. 마차가 심하게 흔들려서일 수도 있었고, 저 두 독일인 때문일 수도 있었다. 저 두 인간은 불친절하고, 지나치게 진지하고, 편협하고, 완고했다. 하지만 무엇보다 참기 어려웠던 것은 그들에게서 나는 고약한 냄새였다. 키르허가 이 제국 땅에 발을 들여놓지 않은 지도 벌써 오래되었기에, 그는 독일인들과 함께 있는 것이 얼마나 골치 아픈 일인지 거의 잊고 있었다.

두 독일인은 그를 깔보았다. 그건 분명했다. 사실 그의 삶에서 이런 종류의 무시는 익숙했다. 어릴 때부터 그랬다. 처음엔 부모에게, 나중에는 마을 학교 교사들에게 무시를 받았다. 그러다 신부의 추천으로 예수회에 들어갔다. 예수회 사람들은 그에게 대학 공부를 시켰지만, 대학에 들어가보니 동료 형제들이 그를 깔보았다. 그를 그저 열심히 애만 쓰는 노력파 정도로 여길 뿐 그의 잠재력을 알아주는 사람은 없었다. 다만 스승 테시먼드만이 그의 내면에 숨어 있는 무언가를 알아보고 머리가 빨리 돌아가지 않는 많은 수사들 가운데 그만 콕 집어내어 자기 밑에 두었다. 이후 두 사람은 전국을 떠돌았다. 그는 많은 것을 배웠지만, 기본적으로 무시를 당한 건 스승한테서도 마찬가지였다. 스승은 키르허에게 조수 이상의 능력을 기대하지 않았다. 그렇다면 스승에게서 벗어날 수밖에 없었다. 하지만 눈에 띄지 않게, 서서히, 조심조심 멀어져야 했다. 그런 사람과 척을 지는 건 위험한 일이었다. 그래서 그는 자신이 쓴 책들조차 스스로의 무해하고 엉뚱한 상상 정도로 치부하는 척했다. 그러면서 몰래 바티칸의 고위 인사들에게 헌사와 함께 그 책들을 보냈다. 어쨌든 스승은 자기 비서가 갑자기 로마로 불려 가는 것을 불쾌하게 생각하지 않았다. 다만 떠나는 제자에게 축복의 기도는 해주지 않았다. 키르허는 그날의 광경이 아직도 눈에 선했다. 빈의 어느 방이었다. 테시먼드는 병석에서 이불을 돌돌 감고 있었다. 난파선처럼 늙고 병든 이 남자는 혼자 뭐라고 중얼거리며 제자를 이해하지 못하겠다는 듯 굴었다. 이렇게 해서 키르허는 스승의 축복도 받지 못한 채 로마로 떠났다. 로마의 거대한 도서관 동료들은 처음엔 그를 뜨겁게 환영하다가, 얼마 안 가 깔보았다. 책을 보관하고 관리하고 연구하는 데 필요한 사람 정도로만 판단한 것이다. 그가 남들이 책을 읽는 시간보다 더 빨리 책을 쓸 수 있는 능력을 가졌다는 사실은 누구도 간파하지 못했다. 이렇게 해서 그는 책을 쓰고 또 쓰고 또 써서 자신의 능력을 증명할 수밖에 없었고, 그러다 보니 마침내 교황이 그를 대학의 가장 중요한 교수직에 앉히며 특별 전권까지 부여하게 되었다.

늘 그런 식이었다. 예전과 같은 심리적 혼란은 이미 사라졌고 더 이상 시간 속에 매몰되는 존재도 아니었건만, 그의 내면에 어떤 힘이 숨어 있고 어떤 단호함과 기억이 있는지 사람들은 여전히 알아보지 못했다. 이미 유럽의 모든 궁정에서 유명 인사로 부상하고, 아타나시우스 키르허의 작품을 읽지 않고는 학문을 해나갈 수 없다는 말이 도는 지금도 그는 여전히 깔보듯이 자신을 재단하는 동포들의 시선과 마주쳐야 했다. 이 여행을 떠난 건 실수였다. 로마에 계속 머물며 연구에 매진하고 책을 쓰는 데 힘을 쏟아야 했다. 권위는 사람의 몸에서 나오는 것이 아니었다. 아무도 그 인물이 누군지 몰라야 했다. 목소리가 흘러나오는 몸이 어떻게 생겼는지 모른 채 책 속의 목소리에만 귀를 기울이게 해야 했다.

하지만 그는 또다시 자신의 약점에 굴복했다. 사실 그에게 페스트는 그리 중요하지 않았다. 용을 찾을 명분을 얻기 위한 핑곗거리일 뿐이었다. 테시먼드는 말했다. 용은 세상에서 가장 오래되고 현명한 존재다. 만일 용 앞에 서면 너는 다른 인간이 될 것이고, 용의 목소리를 들으면 모든 것이 바뀔 것이다. 키르허는 세상에 대해 많은 것을 알아냈지만 용과 관련해서는 구체적으로 밝혀낸 것이 없었다. 용 없이는 자신의 책도 완벽하지 않았다. 용을 만나는 것이 정말 위험하다면 가장 강력한 최후의 방어 수단도 있었다. 평생 단 한 번만 사용할 수 있는 마법이었다. 테시먼드는 단단히 일렀다. 정말 크나큰 위험에 처했을 때, 용 앞에서 더 이상 어찌해볼 도리가 없을 때 딱 한 번, 정말 딱 한 번만 사용해야 하는 주문이 있다. 주술적 정사각형 문구 중에서도 가장 강력한 주문이다.

S A T O R
A R E P O
T E N E T
O P E R A
R O T A S

이는 매우 강력한 힘을 품은, 매우 비밀스럽고 매우 오래된 글귀다. 이것을 눈앞에 떠올려라. 눈을 감은 채 또렷이 보면서 입을 닫고 말해라. 밖으로 내뱉어선 안 된다. 철자 하나하나를 속으로 말해라. 그런 다음 용이 들을 수 있을 만큼 크고 또렷하게 네가 지금껏 한 번도 고백한 적 없는 진실을, 가까운 친구에게도, 심지어 고해성사 때도 털어놓은 적이 없는 진실을 이야기해라. 한 번도 발설하지 않은 진실이어야 한다는 것이 가장 중요하다. 그러면 안개가 내리고, 너는 도망칠 수 있다. 갑자기 용의 사지에 힘이 빠지고 용의 이성에 나른한 망각이 스며드는 틈을 타서 도망쳐야 한다. 다시 정신이 돌아와도 용은 너를 기억하지 못한다. 하지만 잊지 마라. 이 주문은 평생 단 한 번만 사용할 수 있다!

키르허는 손톱을 내려다보며 생각에 잠겼다. 음악이 용을 진정시키지 못한다면 자신은 이 최후의 수단을 사용한 다음 마차를 끄는 말들 가운데 하나를 집어타고 도망칠 작정이었다. 그러면 용은 비서들을 잡아먹을 것이다. 안타까운 일이었다. 특히 영특하기 그지없는 구글리엘모를 생각하면 더욱 가슴이 아팠다. 물론 두 독일인도 용의 제물이 될 것이다. 오직 그만이 과학의 도움으로 무사히 도망치리라. 그러니 두려워할 것이 없었다.

이번이 마지막 여행이 될 것 같았다. 두 번 다시 이런 여행을 떠날 자신도 없거니와, 그냥 이런 생고생을 하는 것이 싫었다. 이리로 오는 내내 속이 안 좋았다. 음식은 끔찍했고 날씨는 추웠다. 곳곳에 도사린 위험도 무시할 수 없었다. 전쟁이 남쪽으로 물러갔다고는 하지만, 그렇다고 여기 북방 지역이 평화로운 것은 결코 아니었다. 모든 것이 황폐했고 인간들은 타락했다. 물론 함부르크에서 자신이 오랫동안 찾던 책을 구한 게 그나마 성과라면 성과였다. 하르트무트 엘리아스 바르니크의 『오르가니콘Organicon』, 고트프리트 폰 로젠슈타인의 『멜루시나 미네랄리아Melusina mineralia』, 그리고 지몬 폰 투린의 것으로 보이는 육필 원고 몇 장이었다. 하지만 그 정도로는 모든 게 깔끔하게 정리된 로마의 연구실을 떠나 이렇게 혼란스러운 곳을 몇 주째 돌아다니는 것에 대한 보상이 될 수 없었다.

신의 피조물들은 어째서 이리도 반항적일까? 이런 반항과 혼란의 성향은 대체 어디서 오는 것일까? 정신의 눈으로 보면 저 바깥세상은 어지러운 덤불이었다. 키르허는 현실의 괴벽과 변덕에 동요되지 말고 자신의 이성을 따라야 함을 일찍부터 깨달았다. 어떤 실험이 어떻게 끝날지 알고 있다면 그것은 그렇게 끝나야 했고, 사물에 대한 명료한 관념을 갖고 있다면 눈에 보이는 것이 아니라 그 관념에 따라 기술해야 했다.

키르허가 자신의 가장 위대한 업적인 상형문자 해독에 성공할 수 있었던 것은 하느님의 영을 온전히 믿었기에 가능했다. 그는 예전에 벰보 추기경이 구입한 고대 문자판을 가지고 그 수수께끼의 근원을 파고들어 작은 그림들 속에 깊이 침잠한 끝에 마침내 그 문자를 이해하게 되었다. 만일 늑대와 뱀이 조합되어 있다면 그건 위험을 의미했다. 하지만 그 밑에 점선으로 된 물결 모양이 있다면 주님이 오셔서 보호를 받을 자격이 있는 사람들을 보호해 주신다는 뜻이었고, 이 세 기호가 나란히 있으면 은총을 의미했다. 키르허는 무릎을 꿇고 이런 영감을 주신 하늘에 감사했다. 왼쪽으로 치우친 타원형은 심판의 상징이었고, 거기에 태양이 있으면 심판의 날을 의미했다. 반면에 달이 있으면 밤중에 기도하는 남자의 고통과 죄인의 영혼, 또는 가끔은 지옥을 뜻했다. 작은 남자는 인간을 가리키는 듯했다. 이 남자가 작대기를 들고 있으면 일하는 인간이나 노동을 뜻했다. 그 사람이 무슨 일을 하는지는 그다음에 나오는 기호가 보여주었다. 점이 있으면 씨를 뿌리는 사람이었고, 선이 있으면 뱃사공이었으며, 원이 있으면 성직자였다. 그런데 성직자는 글도 썼기 때문에 그 사람은 어쩌면 서기일 수도 있었다. 그건 원이 줄의 첫머리에 있는지 맨 마지막에 있는지에 따라 달랐다. 맨 앞에 있으면 성직자였고, 맨 뒤에 있으면 서기였다. 서기는 사건이 끝난 뒤에 기록하는 사람이기 때문이다. 문자판을 연구하던 몇 주 동안 키르허는 황홀경을 경험했다. 그러다 얼마 지나지 않아 더 이상 문자판이 필요 없어졌다. 그는 이제 다른 문자로는 글을 쓸 수 없는 사람처럼 상형문자로만 글을 썼다. 밤에도 잠을 이루지 못했다. 그 상징들로 꿈을 꾸었기 때문이다. 생각도 점과 선, 모서리, 물결로 했다. 마치 하늘의 은총을 받은 느낌이었다. 머잖아 '오이디푸스 아이기프티아쿠스Oedipus Aegyptiacus'라는 제목으로 출간하게 될 책은 그의 최대 업적이 될 것이다. 수천 년 동안 사람들이 어찌할 바 몰라 발만 동동 구르던 수수께끼를 이제 그가 풀어낸 것이다.

다만 그는 사람들의 우둔함에 짜증이 났다. 동방의 형제들이 그에게 편지를 보내왔는데, 거기엔 그가 기술한 체계와는 다른 체계의 기호들이 나열되어 있었다. 그는 이런 답장을 보낼 수밖에 없었다. 1만 년 전 어떤 멍청이가 돌에다 무엇을 새겼는지는 중요하지 않다. 이 문자와 관련해서 권위를 인정받은 자신보다 아는 게 없는 고대의 일개 서기가 쓴 것이 뭐가 중요한가? 그자가 잘못 쓴 걸 왜 따라야 하는가? 그놈의 서기가 카이사르로부터 감사의 편지라도 받았던가? 키르허 자신은 그런 편지를 받았다. 황제에게 상형문자로 찬가를 써서 보냈더니 빈에서 감사의 편지가 도착했다. 그는 그것을 고이 접어 비단 주머니에 넣고 바느질로 밀봉까지 해서 늘 품에 지니고 다닌다.

자기도 모르게 손이 가슴으로 올라갔다. 더블릿 아래로 양피지가 느껴지는 순간 속이 한결 나아졌다.

마차가 멈추었다.

"몸이 안 좋으십니까?" 올레아리우스가 물었다. "얼굴이 창백하군요."

"아뇨, 아주 좋아요." 키르허가 날 선 말투로 대답했다.

그는 마차 문을 열고 내렸다. 말의 몸에서 김이 모락모락 피어올랐다. 초원도 축축했다. 그는 눈을 끔벅거리며 마차에 몸을 기댔다. 머리가 어지러웠다.

"높은 양반들이 오셨네." 어떤 목소리가 말했다. "이런 누추한 곳까지!"

주변에 이런 목소리를 낼 만한 사람은 보이지 않았다. 사람들은 저 건너 천막 옆에 있었다. 좀 더 가까운 곳에 빨래를 하는 노파가 있었지만, 들릴 만한 거리가 아니었다. 아무리 둘러봐도 그들 옆에는 당나귀밖에 없었다. 녀석은 고개를 들었다가 다시 내리더니 풀줄기를 뜯었다.

"선생님도 들으셨죠?" 플레밍이 물었다.

그를 따라 내린 올레아리우스가 고개를 끄덕였다.

"나야." 당나귀가 말했다.

"가능한 설명이 있죠." 키르허가 말했다.

"무슨 설명?" 당나귀가 물었다.

"복화술." 키르허가 대답했다.

"맞아, 난 오리게네스야."

"복화술사는 어디 숨어 있지?" 올레아리우스가 물었다.

"자고 있어." 당나귀가 대답했다.

그들 뒤로 비서들이 따라 내렸다.

"원래는 잘 안 자." 당나귀가 말했다. "하지만 지금은 너희들 꿈을 꾸고 있어." 당나귀의 목소리는 마치 사람의 목구멍에서 나오는 소리가 아닌 듯 깊고 이상하게 들렸다. "공연 보러 왔어? 안됐네. 공연은 모레야. 여기엔 불을 삼키는 차력사도 있고, 물구나무 곡예사도 있고, 동전을 삼키는 사람도 있어. 그건 나야. 궁금하면 동전을 던져봐. 삼켜줄 테니까. 나는 뭐든 다 삼켜. 여기엔 여자 무용수도 있고, 여자 극단장도 있고, 동정녀도 있어. 동정녀는 땅에 묻혀 있는데, 묻힌 지 한 시간 정도 됐어. 지금 파보면 아직 신선하고 질식하지도 않았을 거야. 여기엔 여자 무용수도 있어. 이건 아까 말했나? 아무튼 극단장과 무용수, 동정녀는 모두 같은 사람이야. 여기엔 최고의 밧줄 타기 곡예사도 있어. 우리 서커스단장이기도 하고. 근데 막 잠들었어. 여기엔 불구자도 있어. 그 사람을 보면 이상한 기분이 들 거야. 머리가 어디 달렸는지도 잘 몰라. 그 사람도 자기 팔을 잘 못 찾아."

"복화술사도 있겠군." 올레아리우스가 말했다.

"아주 영리한 남자네." 당나귀가 말했다.

"여기 악사도 있나?" 키르허가 딴청을 부리듯 물었다. 당나귀와 대화한다는 것이 알려지면 명성에 금이 갈 수도 있음을 의식한 태도였다.

"물론이지." 당나귀가 말했다. "대여섯 명 있어. 서커스단장과 극단장은 춤을 춰. 그게 우리 공연의 절정이야. 악사 없이 그게 가능하겠어?"

"됐으니까 그만해." 키르허가 말했다. "복화술사는 이제 모습을 드러내게."

"나라니까." 당나귀가 말했다.

키르허는 눈을 감더니 숨을 깊이 내뱉었다가 다시 들이쉬었다. 실수다. 이 여행을 떠난 것도, 이곳을 방문한 것도 모두 실수였다. 로마의 조용한 연구실이 떠올랐다. 석조 책상, 서가의 책들, 그리고 매일 오후 3시면 조수가 껍질을 벗겨서 대령하는 사과, 자신이 제일 아끼는 베네치아산 크리스털 잔에 담긴 적포도주가 떠올랐다. 그는 눈을 비비며 고개를 돌렸다.

"의사가 필요해?" 당나귀가 물었다. "우린 약도 팔아. 말만 해!"

이런 하찮은 당나귀 따위가 감히……. 이런 생각이 치미는 것을 느끼며 키르허는 분노로 주먹을 불끈 쥐었다. 이제는 독일 짐승들까지 나를 우롱하다니!

"당신이 정리하시죠." 그가 올레아리우스에게 말했다. "당신이 이 인간들하고 얘기해요."

올레아리우스는 깜짝 놀란 얼굴로 그를 바라보았다.

키르허는 벌써 당나귀 똥거름 더미를 넘어 마차에 올라타고 있었다. 올레아리우스에게는 눈길 한 번 주지 않고서. 그는 문을 쾅 닫고 커튼을 쳤다. 밖에서 올레아리우스와 플레밍이 당나귀와 얘기하는 소리가 들렸다. 다들 자신을 비웃고 있는 게 분명했다. 하지만 관심 없었다. 알고 싶지도 않았다. 그는 마음을 진정시키려고 이집트 상형문자를 떠올리기 시작했다.

빨래를 하던 노파는 자신을 향해 걸어오는 올레아리우스와 플레밍을 물끄러미 바라보더니 입안에 손가락 두 개를 넣어 삐익 하고 길게 휘파람을 불었다. 즉시 한 천막에서 남자 셋과 여자 하나가 나왔다. 남자들은 하나같이 몸이 다부졌고, 여자는 갈색 머리였다. 아주 젊지는 않았지만 눈은 밝고 활기가 넘쳤다.

"높으신 분들이 오셨군요." 여자가 말했다. "이런 기회는 흔치 않은데, 영광입니다. 혹시 저희 공연을 보러 오셨나요?"

올레아리우스는 대답을 하려고 했지만 목소리가 나오지 않았다.

"제 오라비는 최고의 밧줄 타기 곡예사입니다. 한때 겨울왕의 궁정 광대를 지내기도 했죠. 오라비를 만나러 오신 건가요?"

올레아리우스는 여전히 목소리가 나오지 않았다.

"말을 못 하시나요?"

올레아리우스는 헛기침을 했다. 지금 자기 꼴이 몹시 우스꽝스럽다는 것은 잘 알았지만, 아무리 애를 써도 목소리가 나오지 않았다.

"물론 공연을 보고 싶기도 하지." 플레밍이 말했다.

"그럼 우리의 곡예를 보시지요." 여자가 말했다. "자, 양갓집 신사분들께 너희의 재주를 보여드려라!"

이 말과 동시에 한 남자가 물구나무를 섰고, 두 번째 남자는 초인적인 속도로 첫 번째 남자의 몸을 타고 올라가더니 그의 발 위에 또 물구나무를 섰다. 세 번째 남자도 곧 두 사람을 타고 올라갔지만, 물구나무는 서지 않고 두 번째 남자의 발 위에 똑바로 섰다. 두 팔을 하늘로 쭉 뻗은 채였다. 이어 눈 깜짝할 사이에 여자가 그들의 몸을 타고 올라갔고, 그러자 세 번째 남자가 여자를 끌어 올려 머리 위로 들었다. 올레아리우스는 멍하니 쳐다보았다. 여자가 머리 위의 공중에 떠 있었다.

"더 보시겠습니까?" 여자가 아래를 향해 소리쳤다.

"더 보고 싶네만, 우린 그 때문에 온 게 아니야." 플레밍이 말했다. "악사가 필요해서 왔네. 보수는 두둑이 지불할 것이네."

"같이 오신 양갓집 신사분은 벙어리이신가요?"

"아냐." 올레아리우스가 말했다. "아니라고, 아냐. 벙어리가 아니라고!"

여자가 웃었다. "제 이름은 넬레예요!"

"난 마기스터 플레밍이네."

"난 올레아리우스. 고토르프성의 궁정 수학자네."

"이제 그만 내려오게." 플레밍이 소리쳤다. "그 상태로는 대화를 하기가 어렵군!"

그 말과 동시에 인간 탑이 순식간에 무너졌다. 중간에 있던 남자는 펄쩍 뛰어내렸고, 맨 위의 남자는 공중으로 몸을 날리더니 한 바퀴 휙 돌아 내려왔으며, 맨 밑의 남자는 공중제비를 했다. 공중에 떠 있던 여자는 추락할 것 같았지만 비행 중에 가뿐히 균형을 잡으며 착지했다. 이제 그들 모두 땅 위에 나란히 서 있었다. 플레밍은 박수를 쳤고, 올레아리우스는 멍하니 선 채 미동도 않았다.

"박수를 치면 안 돼요." 넬레가 말했다. "공연이 아니니까요. 이게 공연이라면 여러분은 돈을 내셔야 하고요."

"돈도 지불하겠네." 올레아리우스가 말했다. "자네들의 악사를 데려가는 대가로."

"그건 악사들한테 직접 물어보셔야 합니다. 여기 있는 사람들은 어디에도 구속되지 않은 자유로운 신분이니까요. 악사들이 여러분과 같이 갈 마음이 있다면 떠나면 됩니다. 우리와 함께 다니고 싶다면 남으면 되고요. 울렌슈피겔 서커스단 사람들은 모두 스스로 원해서 남아 있는 이들입니다. 이보다 나은 서커스단은 없으니까요. 심지어 불구자조차 자발적으로 남아 있지요. 다른 곳에 가면 여러모로 힘들거든요."

"여기 틸 울렌슈피겔이 있단 말인가?" 플레밍이 물었다.

"그를 보려고 도처에서 사람들이 몰려오죠." 한 곡예사가 말했다. "아무튼 나라면 떠나지 않겠소. 다만 악사들 생각은 모르니 직접 물어보쇼."

"여기엔 피리 연주자, 나팔 연주자, 고수 그리고 바이올린 두 대를 동시에 연주하는 남자가 하나 있습니다. 그 사람들한테 물어보세요. 같이 간다고 하면 우리는 친구의 마음으로 흔쾌히 보내주고 다른 악사를 구할 겁니다. 그건 어렵지 않아요. 울렌슈피겔 서커스단에 들어오려는 사람은 많으니까."

"틸 울렌슈피겔이 정말 여기 있단 말인가?" 플레밍이 재차 물었다.

"그럼 누구겠어요?"

"당신은 울렌슈피겔의 여동생?"

그녀가 고개를 저었다.

"조금 전에 그랬잖아, 내 오라비라고."

"제가 그런 말을 하긴 했죠, 나리. 아무튼 틸이 제 오라비일 수는 있지만, 전 틸의 동생이 아니에요."

"그게 무슨 말인가?" 올레아리우스가 물었다.

"나리한테는 이상하게 들리시겠죠!"

그녀가 올레아리우스의 얼굴을 빤히 바라보았다. 눈이 반짝거리고, 머리카락은 바람에 가볍게 휘날렸다. 올레아리우스는 입안이 바짝바짝 타들어가고 사지에 힘이 쭉 빠지는 걸 느꼈다. 마치 병이라도 걸린 것 같았다.

"이해가 안 되실 겁니다." 그녀는 이렇게 말하며 한 곡예사의 가슴을 툭 쳤다. "가서 악사들 데려와."

그는 고개를 끄덕이더니 앞으로 몸을 날려 물구나무를 서서는 사라졌다.

"질문이 하나 있네." 플레밍이 건너편에서 얌전히 풀을 뜯으며 가끔 초점 없는 눈으로 그들을 건너다보는 당나귀를 가리켰다. "누가 저 당나귀한테……."

"복화술을 가르쳤냐고요?"

"복화술사는 어디 숨어 있지?"

"당나귀한테 물어봐요." 노파가 말했다.

"자네는 누군가?" 플레밍이 물었다. "이 여자의 엄마인가?"

"가당치도 않습니다." 노파가 대답했다. "저는 한낱 늙은이일 뿐입니다. 누구의 엄마도 누구의 딸도 아닙니다."

"자네도 누군가의 딸 아닌가!"

"한때는 누군가의 딸이었겠지만, 그 누군가가 땅에 묻혔다면 이제 누구의 딸이겠어요? 저는 슈탕겐리트 출신의 엘제 코른파스예요. 언젠가 집 앞에 쪼그리고 앉아 아무 생각 없이 밭을 매고 있는데 울렌슈피겔과 넬레가 왔어요. 마차를 끄는 오리게네스도 함께요. 그때 저는 너무 반가워서, 틸이다! 주여 감사합니다! 하고 소리쳤죠. 저는 틸을 금방 알아보았어요. 사실 틸을 모르는 사람이 어디 있겠어요? 누구나 알아보죠. 어쨌든 틸이 고삐를 당겨 마차를 세우더니 말했어요. 신에게 감사할 것 없다. 신한테는 당신 같은 사람이 필요 없으니까. 그러니 같이 가자. 나는 틸이 뭘 원하는지 몰라 이렇게 말했어요. 늙은 여자에게 농을 해서는 안 된다. 난 가난하고 노쇠한 노파다. 그러자 틸이 말했어요. 당신은 여기 어울리는 사람이 아니다. 우리와 같은 족속이다. 그래서 내가 말했죠. 예전에는 그랬을지 모르지만 지금은 너무 늙었다. 그러자 틸이 말을 받았어요. 우리 모두 늙는다. 내가 말했죠. 나는 곧 죽어서 쓰러질 거다. 틸이 말했어요. 그건 우리 모두가 마찬가지다. 내가 말했죠. 내가 길에서 쓰러지면 어떻게 할 거냐. 틸이 대답했어요. 우린 당신을 버려두고 갈 것이다. 죽은 사람은 더 이상 나의 친구가 아니니까. 나는 더 이상 할 말이 없었고, 그래서 지금 여기 있는 거랍니다, 나리."

"잘 왔지 뭐. 우리한테 빌붙어 살 수 있게 되었으니까." 넬레가 말했다. "일은 별로 안 하고, 잠은 늘어지게 자고, 그러면서도 할 말 다 하고 사니까 얼마나 좋아!"

"맞는 말이야." 노파가 인정했다.

"이 할멈, 기억력 하나는 기가 막혀요." 넬레가 말했다. "그 긴 발라드를 단 한 줄도 빼먹지 않고 다 외운다고요."

"독일 발라드를?" 플레밍이 물었다.

"물론이죠." 노파가 대답했다. "스페인어는 배운 적이 없어서요."

"한번 들려주겠나?" 플레밍이 말했다.

"돈만 주신다면야 얼마든지 들려드리죠."

플레밍이 주머니에 손을 넣고 뒤적거렸다. 그사이 올레아리우스는 공중에 걸린 밧줄을 올려다보았다. 그때 순간적으로, 정말 빛의 속도로 누군가 밧줄 위를 지나가는 듯한 느낌이 들었다. 그러나 아무도 없었다. 밧줄만 바람에 살짝 흔들릴 뿐이었다. 악사를 데리러 갔던 곡예사가 악기를 든 세 남자와 함께 돌아왔다.

"비용이 들어요." 첫 번째 악사가 말했다.

"함께 가겠습니다." 두 번째 악사가 말했다. "하지만 돈을 원해요."

"돈과 황금을." 첫 번째 악사가 말했다.

"그것도 많이." 세 번째 악사가 말했다. "연주를 한번 들어보시겠습니까?"

올레아리우스가 지시를 내리지도 않았는데 악사들은 벌써 자세를 잡고 연주를 시작했다. 한 사람은 류트를 켰고, 다른 한 사람은 뺨을 부풀리며 백파이프를 불었고, 세 번째 남자는 북채 두 개로 신나게 북을 두드렸다. 넬레는 고개를 뒤로 젖히고 춤을 추기 시작했다. 노파는 음악에 맞춰 발라드를 낭송했다. 노래처럼 부르지는 않고 한 음조로 읊조렸지만, 리듬은 음악에 맞추었다. 바다가 갈라놓아 하나가 되지 못하는 두 연인의 애절한 사랑 이야기였다. 플레밍은 단 한 마디도 놓치지 않겠다는 듯 노파 옆의 풀밭에 웅크리고 앉아 귀를 기울였다.

마차 안에 있던 키르허는 대체 저 끔찍한 소음이 언제 그칠지 머리를 쥐어뜯었다. 중요한 음악서를 집필했던 그로서는 귀가 워낙 고급스러워 저런 천박한 대중음악이 거슬릴 수밖에 없었다. 갑자기 마차 안이 좁게 느껴지면서 엉덩이 밑의 좌석이 딱딱해졌다. 자기만 빼고 온 세상이 바깥의 저 저속한 음악이 뿜어내는 쾌활함에 공감하는 듯했다.

그는 한숨을 쉬었다. 커튼 사이로 햇빛이 가느다랗게 새어 들어오고 있었다. 그때였다. 마차 안에서 순간적으로 무언가가 보였다. 처음엔 두통과 아픈 눈 때문이라고 생각했다. 하지만 아니었다. 잘못 본 것이 아니었다. 맞은편에 정말 누군가 앉아 있었다.

드디어 그날이 온 것일까? 키르허는 사탄이 자기 앞에 직접 나타나는 날이 오리라고 늘 예상하던 터였다. 그런데 이상하게도 징후가 없었다. 유황 냄새가 나지 않았고, 남자의 발은 인간의 발이었으며, 키르허가 목에 걸고 있던 십자가도 따뜻해지지 않았다. 어떻게 소리 없이 이리로 들어왔는지는 알 수 없지만 맞은편 남자가 인간인 건 분명했다. 남자는 뼈만 남을 정도로 앙상했고, 눈은 끝이 보이지 않는 동굴처럼 깊었다. 모피 목깃이 달린 더블릿 차림에 뾰쪽한 신발을 신은 두 발을 맞은편 좌석에 올려놓은 모양새가 지극히 불손하고 도발적이었다. 키르허는 문을 향해 몸을 돌렸다.

순간 남자가 몸을 내밀더니 아주 부드러운 몸짓으로 키르허의 어깨에 한 손을 올려놓고 다른 손으로는 문의 잠금장치를 걸었다.

"물어볼 게 있다." 남자가 말했다.

"난 돈이 없어." 키르허가 말했다. "이 마차 안에는 없어. 돈은 저기 바깥에 있는 비서가 갖고 있어."

"네가 여기 와서 얼마나 기쁜지 몰라. 오랫동안 기다렸다. 이대로 영영 기회가 오지 않는 건 아닌지 걱정했지. 하지만 역시 기회는 오게 돼 있군. 그게 세상 이치야. 너를 보는 순간 드디어 그 이야기를 들을 수 있겠다고 생각했어. 네가 병을 치료한다고들 하더군. 그건 나도 마찬가지야. 마인츠의 빈민 구호소 알지? 죽어가는 사람을 돌보는 곳. 그곳엔 페스트 환자들이 득실거리고, 기침과 신음, 울부짖음이 끊이지 않지. 그들에게 내가 그랬어. 약이 있다고. 그 약을 너희들에게 팔겠다고. 그러면 다시 건강해질 거라고. 그 불쌍한 것들이 희망에 젖어 소리치더군. 약을 달라고, 제발 자신들에게 약을 달라고! 나는 일단 약부터 만들어야 한다고 했지. 그러자 그들은 소리쳤어. 약을 만들어달라고. 제발 그 약을 만들어달라고! 내가 말했어. 그게 그리 쉽지는 않다. 중요한 첨가물이 딱 하나 빠져 있다. 그걸 만들려면 너희들 가운데 하나가 죽어야 한다. 그러자 조용해졌어. 무척 놀란 눈치더군. 누구도 감히 입을 열지 못했어. 그래서 내가 그랬지. 안된 말이지만 내가 너희 중 하나를 죽여야 한다. 그러지 않고는 약을 만들지 못한다. 그래, 나도 너와 마찬가지로 연금술사야. 알겠어? 나는 비밀스러운 힘을 알고, 치료의 영들도 내 말을 들어."

남자가 웃었다. 키르허는 그를 빤히 바라보다가 다시 문 쪽으로 손을 뻗었다.

"그러지 마." 남자가 말했다. 키르허는 즉시 손을 거두었다. 남자의 목소리에는 거역할 수 없는 위엄이 서려 있었다. "내가 그랬어. 한 사람은 죽어야 한다고. 누가 죽을지는 내가 아니라 너희가 결정해야 한다고. 그러자 그들은 자신들이 그걸 어떻게 결정할 수 있느냐고 물었지. 나는 대답했어. 정말 유감스러운 일이지만 여기서 가장 많이 아픈 사람이 죽어야 한다. 자, 이제 걸을 수 있는 사람은 모두 목발을 들고 도망쳐라. 내가 이곳에 마지막으로 남은 사람의 배를 갈라 내장을 꺼낼 것이다. 너는 못 봤겠지만 순식간에 그곳이 텅 비어버렸어. 죽은 사람 셋만 누워 있을 뿐 산 사람은 없었지. 그래서 나는 말했어. 그래, 너희는 걸을 수 있어. 여기 가만히 누워 죽어가지 않아도 돼. 내가 너희를 치료했어. 아타나시우스, 나 기억 안 나?"

키르허가 남자를 응시했다.

"세월이 많이 지나긴 했지." 남자가 말했다. "내 얼굴에 세월의 흔적이 묻어 있을 거야. 바람과 햇빛, 추위, 굶주림이 새겨놓은 흔적이야. 그때와는 달라 보이겠지. 하지만 넌 아직도 빨이 발그레한 게 그때나 똑같군."

"네가 누군지 알겠다." 키르허가 말했다.

밖에서는 여전히 음악 소리가 크게 울리고 있었다. 키르허는 소리를 질러 도움을 청할지 잠시 고민했다. 하지만 마차 문이 잠겨 있다. 그럴 리 없지만 만일 밖에서 그의 목소리를 듣는다고 해도 일단 문부터 부수어야 한다. 그사이 이놈이 자신에게 무슨 짓을 할지는 상상하고 싶지 않았다.

"그 책에 뭐가 적혀 있었지? 내 아버지는 그걸 알고 싶어 했어. 그걸 위해서라면 목숨까지 바쳤을 거야. 하지만 끝내 알아내지 못하고 죽었지. 이제 나라도 알아내야겠다. 나는 그때의 그 젊은 박사를 언젠가 다시 만나 반드시 그걸 알아내리라는 기대 속에 살아왔어. 이제 드디어 네가 여기 나타났다. 자, 말해봐. 그 라틴어 책에 뭐라고 적혀 있었지?"

키르허는 소리 없이 기도하기 시작했다.

"그 책엔 표지가 없었다. 대신 그림이 있었지. 한 페이지엔 귀뚜라미가 있었고, 다른 한 페이지엔 존재하지 않는 동물이 있었다. 머리 둘에 날개가 달린 동물이었는데, 어쩌면 실제로 존재하는 동물인지도 모르지. 나야 모르지만. 또 다른 페이지에는 한 남자가 교회에 있는 그림이 있었어. 교회엔 지붕이 없고, 대신 그 위에 기둥이 있었지. 그건 생생히 기억나. 기둥 위에는 또 다른 기둥이 있었고. 아버지는 내게 그것을 보여주며 말했어. 봐라, 이게 세계다. 나는 그걸 이해하지 못했어. 그건 아버지도 마찬가지였을 거고. 아무튼 아버지는 그걸 알아내지 못한 채 돌아가셨지만 나는 알고 싶다. 너는 아버지의 책을 보았고 라틴어도 안다. 그렇다면 이제 말해봐. 그게 어떤 책이었고, 누가 썼으며, 거기 뭐라고 적혀 있었는지."

키르허의 손이 떨렸다. 당시의 소년은 그의 기억 속에 또렷이 저장되어 있었다. 교수대에서 마지막 비명을 토하며 숨이 끊겼던 방앗간 주인도 절대 잊을 수 없었고, 울면서 고백하던 방앗간 아낙도 생생히 떠올랐다. 하지만 그는 평생 수많은 책을 보고, 무수한 책장을 넘기고, 셀 수 없을 만큼 많은 인쇄물을 손에 쥐었다. 그 라틴어 책만 따로 구분해내는 것은 불가능했다. 방앗간 주인이 갖고 있던 책인 건 분명했다. 하지만 그뿐이었다. 더 이상 기억이 나지 않았다.

"그날의 심문 과정은 기억하겠지?" 깡마른 남자가 부드럽게 물었다. "나이 든 남자, 그러니까 네 스승이라는 신부가 나한테 반복해서 말했지. 걱정하지 마라. 네가 진실을 말하면 우리는 너를 아프게 하지 않을 거야."

"그래서 넌 진실을 말했지."

"그래서 그 남자도 고문은 하지 않았어. 하지만 내가 도망치지 않았다면 나를 고문했겠지."

"맞아." 키르허가 말했다. "그건 네가 잘한 짓이다."

"나는 내 어머니가 어떻게 되었는지 모른다. 어머니가 떠나는 걸 봤다는 사람이 더러 있지만 어머니가 다른 곳에 도착한 걸 봤다는 사람은 없어."

"우리가 너를 구했어." 키르허가 말했다. "우리가 아니었더라면 악마가 너에게까지 손을 뻗쳤을 것이다. 악마와 함께 살면서 무사한 사람은 못 봤다. 네가 아버지에 대한 진실을 털어놓음으로써 네 아버지는 너에 대한 힘을 잃었어. 네 아버지는 고백하고 회개했다. 주님은 자비로우시지."

"내가 알고 싶은 건 그 책이다. 너는 그 책에 대해 말해야 해. 거짓말할 생각은 하지 마. 나는 금방 알아채니까. 너의 스승이라는 자도 계속 그렇게 말했지. 거짓말하지 마라. 나는 금방 알 수 있다. 하지만 너는 계속 그자에게 거짓말을 했고, 그자는 그걸 알아채지 못했지."

남자가 몸을 앞으로 쑥 내밀었다. 이제 그의 코는 키르허의 얼굴에서 반 뼘 정도밖에 떨어져 있지 않았다. 남자는 그를 바라본다기보다는 냄새를 맡는 듯했다. 그의 눈이 반쯤 감겼다. 남자가 코를 킁킁대며 공기를 들이마시는 소리가 키르허의 귀에 들리는 것 같았다.

"그 책에 대해서는 기억나지 않아." 키르허가 말했다.

"난 그 말 믿지 않아."

"그 책은 다 잊어버렸어."

"내가 그 말을 믿지 않는다면?"

순간 키르허는 헛기침을 하고는 그 옛날 스승이 가르쳐준 마법의 주문을 속으로 읊조렸다. SATOR……. 그의 눈이 감겼다. 그런데 눈꺼풀이 움찔거리는 것이 마치 눈을 감은 채로 여기저기를 보는 듯했다. 키르허는 다시 눈을 떴다. 두 뼘 위로 눈물이 흘러내렸다. “네 말이 맞아.” 그가 나직이 말했다. “나는 거짓말을 많이 해. 테시먼드 박사에게 거짓말을 했지. 하지만 그건 아무것도 아냐. 나는 황제 폐하에게도 거짓말을 했고, 심지어 하느님에게도 거짓말을 했어. 책에서도 남을 많이 속였어. 나는 늘 거짓말을 해.”

키르허는 갈라진 목소리로 말을 이어갔다. 틸은 그가 무슨 소리를 하는 건지 이해할 수 없었다. 그런데 갑자기 몸이 이상하게 천근만근 무거워지면서 나른해지기 시작했다. 그는 이마를 훔쳤다. 얼굴 위로 차가운 땀이 흘렀다. 그러다 어느 순간 맞은편 좌석이 텅 비어 있는 것을 알아챘다. 이제 마차에는 틸 혼자뿐이었다. 문은 열려 있었다. 그는 하품을 하면서 내렸다.

바깥엔 안개가 짙게 깔려 있었다. 대기는 흠뻑 젖어 희뿌옜고, 이따금 안개가 하얀 구름처럼 몰려갔다. 악사들의 연주는 들리지 않았다. 도깨비 같은 형체만 눈앞에 어른거렸다. 저건 키르허와 함께 온 사람들이고, 저건 넬레가 분명했다. 어디선가 말이 히힝 울었다.

틸은 땅바닥에 주저앉았다. 안개가 점점 옅어지면서 햇살이 간간이 비쳐 들었다. 마차와 천막과 관객석의 윤곽이 서서히 드러나는가 싶더니 곧 세상이 환해지며 젖은 풀밭에서 아지랑이 같은 김이 희미하게 피어올랐다. 안개는 사라졌다.

비서들은 혼란스러운 표정으로 서로를 바라보았다. 마차를 끄는 두 마리 말 중 한 마리가 보이지 않았고, 마차 끌채는 공중을 향해 있었다. 다들 이 안개가 갑자기 어디서 나타났다 사라졌는지 영문을 모르는 눈치였다. 하지만 잠시도 가만있지 못하는 곡예사들이 재주넘기를 시작했고, 당나귀는 여전히 아무 일도 없다는 듯이 풀을 뜯었으며, 노파는 플레밍을 위해 다시 발라드를 낭송했다. 올레아리우스와 넬레는 무언가 대화를 나누고 있었다. 틸은 눈을 가늘게 뜨고 바람 속으로 코를 살짝 든 채 미동도 없이 앉아 있었다. 그때 한 비서가 다가와 올레아리우스에게 자신들의 존경하는 스승 키르허 교수가 말도 없이 별안간 떠나버렸고, 남겨놓은 메시지도 없다고 말했다.

"키르허 교수 없이는 용을 찾을 수 없는데……." 올레아리우스가 중얼거렸다.

"기다려볼까요?" 비서가 말했다. "어쩌면 다시 돌아오실지도 모릅니다."

올레아리우스는 넬레 쪽으로 시선을 돌리며 대답했다. "지금으로선 그게 최선이겠군요."

"무슨 일 있어?" 넬레가 틸에게 다가가 물었다.

틸이 눈을 들었다. "나도 모르겠어."

"무슨 일인데?"

"잊어버렸어."

"우리를 위해 저글링을 해줘. 그럼 괜찮아질 거야."

틸은 바닥에서 일어나 늘 옆구리에 차고 다니는 작은 자루를 뒤적거렸다. 이어 노란 가죽 공을 시작으로 빨간 공, 파란 공, 녹색 공을 차례로 꺼내 공중으로 설렁설렁 던지기 시작했다. 그러고도 자루에서 공을 더 꺼내 던졌다. 하나, 또 하나, 또 하나, 마침내 공이 열두어 개는 되어 보였다. 공들은 양쪽으로 펼쳐진 그의 두 팔 위에서 널뛰기를 했다. 다들 서로 부딪치거나 떨어지는 일 없이 조화롭게 오르내리는 공들의 조화를 신기하게 바라보았다. 심지어 비서들의 얼굴에도 미소가 피어올랐다.

다음 날 이른 아침이었다. 넬레는 천막 앞에서 한참을 미적거렸다. 생각에 잠겨 이리저리 서성이고, 기도를 하고, 괜히 아무 풀이나 뽑고, 나직이 울고, 손을 주무르고, 그러다 마침내 마음을 정리했다.

이윽고 그녀는 천막으로 들어갔다. 틸은 자고 있었다. 하지만 그녀가 어깨에 손을 올리자 화들짝 놀라며 깼다.

넬레는 고토르프성의 궁정 수학자인 올레아리우스와 들판에서 함께 밤을 보냈다고 말했다.

“그래? 근데?”

“이번엔 달라.”

“자고 나서 그 양반이 아무것도 주지 않았어?”

“아니, 줬어.”

"그럼 됐네. 늘 그랬잖아."

"내가 자기랑 같이 갔으면 좋겠대."

틸은 짐짓 놀란 듯 눈썹을 치올렸다.

"나랑 결혼하고 싶대."

"안 돼."

"돼."

"결혼을 하겠다고?"

"응."

"너랑?"

"나랑."

"왜?"

"그 사람 진지해. 그냥 하는 소리가 아니었어. 자기는 성에 산대. 멋진 성은 아니래. 겨울에는 춥대. 하지만 먹을 건 충분하고, 자기를 아끼는 공작이 있대. 자기가 거기서 하는 일이라고는 공작의 자녀를 가르치고, 가끔 계산을 하고, 책을 관리하는 일뿐이래."

"그 사람이 없으면 도망이라도 간대, 책이?"

"나는 생각해보겠다고 했고, 그 사람도 알았다고 했어."

틸은 짚 매트에서 몸을 굴려 자리에서 일어났다. "그럼 가."

"나는 그 사람이 아주 좋지는 않아. 하지만 괜찮은 사람인 것 같아. 가족도 없고. 자기가 러시아에 있을 때 부인이 죽었대. 러시아가 어딘지는 모르지만."

"영국 근처야."

"우린 영국에 간 적 없잖아."

"영국도 사는 건 여기랑 비슷해."

"그 사람이 러시아에서 돌아왔을 때 부인은 이미 세상을 떠난 뒤였어. 자식은 없고. 그때부터 무척 슬펐대. 그 사람은 아직 건강해 보여. 그건 보면 알아. 게다가 믿을 수 있는 사람 같아. 그런 사람이 나한테 또 올 것 같지는 않아."

틸은 넬레 옆에 앉아 그녀의 어깨에 팔을 둘렀다. 밖에서 노파가 발라드를 낭송하는 소리가 들려왔다. 플레밍이 노파 옆에 앉아 반복해서 발라드를 낭송해달라고 조른 게 분명했다. 머릿속에 단단히 넣어두고 싶은 모양이었다.

"슈테거보다는 백번 나은 사람이야." 그녀가 말했다.

"그래, 때리지도 않을 것 같고."

"그건 몰라." 넬레가 신중하게 말했다. "만약 때리면 나도 같이 때릴 거야. 그러면 무척 놀라겠지."

"넌 아이도 가질 수 있고."

"난 아이를 가지고 싶지 않아. 그 사람 나이도 많고. 아무튼, 아이가 있든 없든 그 사람은 고마워할 거야."

그녀는 잠시 침묵했다. 천막이 바람에 펄럭거렸고, 노파는 처음부터 다시 낭송을 시작했다.

"사실 떠나고 싶지 않아."

"떠나야 돼."

"왜?"

"우린 더 이상 젊지 않으니까. 젊어질 수는 없어. 단 하루도. 늙어서 정처 없이 떠도는 건 좋지 않아. 너도 이제 정착해서 편하게 살 때가 됐어."

"하지만 우린 한식구잖아."

"맞아."

"어쩌면 그 사람이 너도 데려갈지 몰라."

"그건 안 돼. 난 그런 곳에 정착할 수 없는 사람이야. 내가 견디질 못해. 설사 견딘다고 해도 저들이 날 못 견뎌. 그렇다면 결과는 뻔해. 저들이 나를 내쫓든지 내가 성을 불태우든지 둘 중 하나겠지. 하지만 그건 너의 성이기도 해. 그럼 불태워버릴 수 없어. 그럴 순 없지."

한동안 침묵이 흘렀다.

"맞아, 그럴 순 없지." 이윽고 넬레가 말했다.

"근데 그 사람은 왜 너를 원하는 거야?" 틸이 물었다. "너는 그렇게 예쁘지 않잖아."

"그 입을 때려줄까 보다."

그가 웃었다.

"나를 사랑하는 것 같아."

"뭐?"

"알아, 알아."

"너를 사랑한다고?"

"그런 게 있어."

밖에서 당나귀가 울었고, 노파는 다른 발라드를 낭송하기 시작했다.

"그때 그 숲속 약탈자들만 아니었더라면……." 넬레가 입을 열었다.

"그 이야긴 그만둬."

그녀가 입을 다물었다.

"올레아리우스 같은 사람이 너 같은 사람을 원하는 경우는 거의 없어." 틸이 말했다. "좋은 사람이 분명해. 설령 좋은 사람이 아니더라도 집이 있고, 돈이 있지. 그 양반한테 가서 말해. 같이 가겠다고. 그 양반 마음이 바뀌기 전에 어서 가서 말해."

넬레는 울기 시작했다. 틸은 그녀의 어깨에 손을 올리고는 얼굴을 빤히 들여다보았다. 곧 그녀는 진정되었다.

"가끔 들를 거지?" 그녀가 물었다.

"그러지 않을 거야."

"왜?"

"생각해봐. 그 양반은 네 출신을 떠올리게 하는 사람을 보고 싶어 하지 않을 거야. 성의 누구도 그걸 몰랐으면 하고 바라겠지. 너도 남들이 그걸 아는 게 싫을 테고. 그렇게 세월이 흐르다 보면 모든 게 묻히게 돼. 다만 네 아이들은 엄마가 어떻게 저렇게 춤을 잘 추고, 노래를 잘 부르고, 모든 걸 잘 받아내는지 신기하게 생각하겠지."

넬레는 그의 이마에 입을 맞추더니 망설이듯 천막에서 빠져나가 건너편 마차로 향했다. 제안을 받아들여 고토르프성으로 함께 가겠다고 궁정 수학자에게 전하기 위해서였다.

그녀가 다시 돌아왔을 때 틸의 천막은 텅 비어 있었다. 그는 번개처럼 잽싸게 떠났다. 저글링 공과 긴 밧줄, 당나귀를 빼고는 아무것도 가져가지 않았다. 바깥 풀밭에서 그를 만난 마기스터 플레밍이 마지막으로 그와 대화를 나누었지만, 틸이 무슨 말을 했는지는 누설하지 않았다.

서커스단은 사방으로 뿔뿔이 흩어졌다. 악사들은 곡예사들과 함께 남쪽으로 떠났고, 차력사는 노파와 함께 서쪽으로 갔으며, 나머지는 북동쪽으로 향했다. 전쟁과 굶주림에서 벗어날 희망을 안고서. 그 밖에 불구자는 바이에른 선제후 궁정의 진기명기실에 들어갔다. 비서들은 석 달 뒤 아타나시우스 키르허가 초조하게 기다리고 있던 로마에 도착했다. 이후 키르허는 로마를 결코 벗어나지 않으면서 수천 번의 실험을 했고, 수십 권의 책을 썼으며, 그러다 40년 뒤 세상의 존경을 받으며 숨을 거두었다.

넬레 올레아리우스는 키르허보다 3년을 더 살았다. 그사이 자식을 낳고 남편을 땅에 묻었다. 사랑하지는 않았지만, 자신에게 잘해주는 데다 우정 이상의 것을 기대하지 않았기에 항상 존중했던 남편이었다. 살아생전에 그녀는 고토르프성의 새로운 영화를 맛보았고, 손자들이 자라는 것을 지켜보았으며, 첫 증손자까지 품에 안았다. 누구도 그녀가 한때 틸 울렌슈피겔과 함께 전국을 떠돌던 여자였다고는 꿈에도 상상하지 못했다. 다만 틸이 예언한 대로 손자들은 고령임에도 자신들이 던지는 것을 쉽게 받아내는 할머니를 신기해했다. 넬레는 인기가 많았고 명성도 높았다. 과거의 그녀가 지금의 음전한 모습과는 완전히 거리가 먼 사람이었으리라 생각하는 이는 아무도 없었다. 그러나 그녀의 가슴속에는 남들에게 털어놓을 수 없는 소망이 여전히 숨어 있었다. 오랜 옛날 부모의 마을에서 함께 도망친 소년이 돌아와 자신을 데려갔으면 하는 소망이었다.

죽음의 징조와 함께 정신이 혼미하던 어느 날 넬레의 눈앞에 틸이 나타났다. 그는 마른 얼굴에 웃음을 띤 채 창가에 서 있다가 방으로 들어왔다. 그녀도 웃으며 일어나 앉았다. "드디어 왔네. 너무 오래 걸렸어!"

죽어가는 그녀를 찾아온 건 공작이었다. 오래전 그녀의 남편을 궁정에 고용한 선대 공작의 아들이었다. 이 궁전의 가장 오랜 구성원이자 역사의 산증인인 그녀에게 마지막 작별 인사를 하려고 들른 그는 지금은 넬레의 착각을 바로잡을 적절한 순간이 아님을 본능적으로 깨달았다. 그리하여 그녀가 내민 작고 뻣뻣한 손을 잡고 본능이 시키는 대로 답했다. "그래, 내가 왔어. 이제야."

같은 해 홀슈타인 평원에서 북방의 마지막 용이 죽었다. 무려 1만 7000년 동안이나 사람들의 눈을 피해 다녔으니 지칠 만도 했다.

이제 용은 에리카 덤불을 베개 삼아 베고, 땅에 완벽히 적응해 독수리의 눈에도 띄지 않던 몸을 부드러운 풀숲에 평평하게 뉘었다. 이어 한숨을 내쉬더니 이로써 향기와 꽃, 바람이 모두 끝난 것을 잠시 애석해했고, 더 이상 폭풍 구름과 떠오르는 태양, 그리고 자신이 특히 사랑했던 파리한 달 위에 비친 지구의 그림자를 볼 수 없음에 안타까움을 표했다.

용은 네 개의 눈을 감았다. 참새 한 마리가 코에 내려앉자 나직이 가르랑거리는 소리를 냈다. 잘 살았다는 생각이 들었다. 많은 것을 보았고 많은 일을 겪었다. 다만 자신과 같은 존재에겐 죽음 뒤에 어떤 일이 기다리고 있을지 여전히 알 수 없었다. 용은 한숨을 쉬며 잠 속으로 빨려 들어갔다. 오랜 삶이었다. 이제는 변할 때가 되었다.

갱도

"전능하신 주여, 예수그리스도여, 저희와 함께하소서." 마티아스의 말에 코르프가 대답했다. "여기엔 하느님이 없어!" 그러자 아이젠쿠르트가 받아쳤다. "하느님은 어디에든 있어, 이 돼지 새끼야!" 마티아스도 가만있지 않았다. "여기 땅 밑엔 없어." 다들 웃음을 터뜨렸다. 하지만 곧 쾅 하는 폭발음과 함께 매캐하고 뜨거운 공기가 돌풍처럼 훅 밀려왔고, 그들은 모두 바닥에 쓰러졌다. 틸은 코르프 위에, 마티아스는 아이젠쿠르트 위에. 이어 칠흑 같은 어둠이 찾아왔다. 한동안 아무도 움직이지 않았다. 다들 숨을 멈춘 채 자기가 죽은 건 아닌지 생각하고 있었다. 그러다 서서히 갱도가 무너졌음을 깨달았다. 그런 일은 곧바로 깨달을 수 있는 게 아니었기 때문이다. 그들은 이제 소리를 내서는 안 된다는 걸 안다. 스웨덴 병사들이 밀고 들어왔다면, 그래서 자기들 머리 위에 칼을 번쩍이며 서 있다면 투덜거림뿐 아니라 그 어떤 말도 입 밖에 내지 말아야 하고, 숨소리조차 죽여야 하며, 코를 킁킁대거나 헐떡거리거나 기침을 해서도 안 된다.

어둡다. 땅 밑의 어둠은 저 위의 어둠과 밀도가 다르다. 위에서는 아무리 어두워도 여전히 뭔가가 보인다. 그 뭔가가 뭔지 확실히 알 수는 없지만, 어쨌든 아무것도 없는 게 아니라는 건 안다. 예를 들어 누군가 머리를 움직이면 느껴진다. 이처럼 위에서의 어둠은 평등하지 않다. 게다가 어둠에 적응되면 형체의 윤곽도 약간 드러난다. 하지만 밑에서의 어둠은 다르다. 어둠은 똑같고 일정하다. 그냥 아무것도 보이지 않는다. 시간이 흐르고, 더 많은 시간이 흐르고, 그들이 더는 숨을 참을 수 없어 다시 조심스럽게 호흡을 시작할 때도 그들 앞에는 시커먼 어둠밖에 없다. 마치 신이 세상의 모든 빛을 거두어 간 것처럼.

마침내 머리 위에 칼을 든 스웨덴군이 없다는 걸 확인하는 순간 코르프가 입을 연다. "각자 생존 신고해!"

"네가 언제부터 대장이었다고 큰소리야, 주정뱅이 똥구멍 같은 놈!" 마티아스가 쏘아붙인다.

"개자식, 어제 소위가 돼졌으니까 짬밥으로 따지면 이제 내가 대장이지!" 코르프가 지지 않고 받아친다.

"위에서는 그럴지 몰라도 여기선 아냐." 마티아스가 말한다.

"신고 안 하면 죽을 줄 알아. 난 누가 살아 있는지 확인해야 해." 코르프가 말한다.

"나는 아직 살아 있는 것 같아." 틸의 말이다.

하지만 사실 자신이 살아 있다고 완전히 확신하는 건 아니다. 이렇게 시커먼 어둠 속에 납작 엎드린 채로 그걸 판단하기란 쉽지 않다. 하지만 자신의 목소리를 듣는 순간 살아 있는 게 분명한 것 같다는 생각이 든다.

"그럼 내 몸에서 좀 내려가." 코르프가 말한다. "너 지금 내 몸 위에 있어, 이 해골 빼다귀야!"

틸은 밑에 깔린 인간이 그렇다고 말한다면 자기가 그 위에 있는 게 맞을 거라고 생각한다. 코르프의 몸 위에 누워 있다니 정말 못 볼 꼴이다. 틸은 옆으로 데구루루 굴러 내려온다.

"마티아스도 신고해봐." 코르프가 말한다.

"신고합니다."

"쿠르트는?"

그들은 기다린다. 오른손에 인조 철갑을 끼고 있다고 해서 다들 아이젠쿠르트라고 부르는 친구다.* 아니, 어쩌면 오른손이 아니라 왼손일 수도 있다. 그건 누구도 정확히 기억하지 못한다. 그렇다고 이렇게 어두운 데서 확인할 수도 없다. 아무튼 그의 목소리는 들리지 않는다.

"쿠르트?"

---

* 독일어 아이젠Eisen은 '쇠붙이', '철'을 뜻한다.

조용하다. 이제는 더 이상 폭발음도 들리지 않는다. 방금 전까지는 그 소리가 들렸다. 멀리서 천둥이 치는 듯한 소리였다. 소리가 날 때마다 돌이 파르르 떨렸다. 요새를 폭파한 건 토르스텐손이 이끄는 스웨덴군이다. 그러다가 이젠 숨소리만 들린다. 틸의 숨소리, 코르프와 마티아스의 숨소리다. 그러나 쿠르트의 숨소리는 들리지 않는다.

"야, 쿠르트, 너 죽었어?" 코르프가 소리친다. "뒈졌냐고!"

여전히 답이 없다. 원래 그럴 인간이 아니다. 평소에는 잠시도 가만있지 못하고 입을 놀리는 녀석이다. 마티아스가 쿠르트의 몸을 더듬는 소리가 들린다. 지금은 쿠르트의 목을 찾아 맥을 짚는 듯하다. 이어 손을 잡는다. 처음에는 철갑 손을, 이어 진짜 손을. 틸은 기침을 한다. 여긴 먼지투성이다. 통풍도 되지 않는다. 공기가 죽처럼 걸쭉하다.

"맞아, 뒈졌어." 마티아스가 말한다.

"확실해?" 코르프가 묻는다. 그의 목소리에 짜증이 묻어난다. 그는 소위가 죽는 바람에 어제부터 여기 최고참이 되었는데, 이제 부하라고는 달랑 두 명밖에 남지 않았으니 그럴 만도 하다.

"숨을 쉬지 않아." 마티아스가 말한다. "심장도 뛰지 않고, 말도 하려 하질 않아. 게다가 이건 너도 봐야 하는데, 머리통 절반이 날아갔어."

"빌어먹을!" 코르프가 말한다.

"맞아." 마티아스가 말한다. "빌어먹을 놈이야. 난 원래 녀석이 맘에 안 들었어. 어제는 내 칼을 가져가놓고는 내가 돌려달라니까 뭐랬는지 알아? 얼마든지, 하지만 네 갈비뼈 사이에 박아서 돌려주지, 그러더라고. 원래 그런 놈이야. 벌을 받아도 싸."

"그러네. 하지만 그래도……." 코르프가 말한다. "주여, 쿠르트의 영혼에 자비를 베푸소서!"

"쿠르트의 영혼은 여기서 나가지 못해." 틸이 말한다. "이렇게 꽉 막힌 데서 어떻게 나가겠어?"

한동안 그들은 불안의 침묵에 잠긴다. 다들 같은 생각을 하는 중이다. 쿠르트의 혼이 여기 자기들과 함께 있다고. 그것도 차갑고 미끌미끌하고, 어쩌면 화가 난 채로 함께 있다고. 잠시 후 긁고 밀고 문지르는 소리가 들린다.

"거기서 뭐 해?" 코르프가 묻는다.

"내 칼 찾아." 마티아스가 대답한다. "이 빌어먹을 놈한테 칼을 맡겨둘 순 없잖아."

틸은 다시 기침을 한다. 그러곤 묻는다. "이게 무슨 일이지? 여기 온 지 얼마 안 돼서 그러는데, 왜 이렇게 어두운 거야?"

"햇빛이 안 들어와서 그래." 코르프가 말한다. "해와 우리 사이에 흙이 잔뜩 쌓여 있어서 그렇다고."

코르프의 말이 조롱처럼 들린다. 그랬다. 그는 너무 뻔한 걸 물었다. 이제 좀 더 나은 질문을 던져본다. "우린 죽게 될까?"

"물론이지." 코르프가 말한다. "우리뿐 아니라 다른 모든 사람도."

이번에도 코르프의 말이 맞는다고 틸은 생각한다. 지금껏 숱한 고비에서 용케 살아남은 자신이지만 여기선 살아 나갈 수 없을 거라는 예감이 든다. 어둠은 인간을 매우 혼란스럽게 하기에, 그는 이 갱도까지 어떻게 흘러 들어오게 되었는지 기억해보려 애쓴다.

이렇게 된 건 일단 브르노로 왔기 때문이다. 얼마든지 다른 데로 갈 수도 있었건만 이리로 왔던 것이 첫 번째 실착이었다. 사실 사람은 항상 뒤늦게야 더 나은 선택을 떠올리는 법이다. 어쨌든 그는 이 도시가 부유하고 안전하다는 소문을 듣고 왔다. 토르스텐손이 스웨덴군의 절반을 이끌고 이리로 오리라고는 아무도 예상하지 못했다. 세간에는 황제가 웅크리고 있는 빈으로 갈 거라는 소문이 파다했다. 하지만 범부들이 높으신 양반들의 속내를 어떻게 짐작하겠는가!

두 번째는 도시 사령관 때문이었다. 눈썹이 무성하고, 콧수염이 뾰쪽하고, 두 뺨이 홀쭉하고, 손가락 마디 하나하나에 자부심이 넘치는 남자였다. 그는 도시의 중앙 광장에서 틸의 공연을 지켜보았다. 겉으로는 그리 편치 않은 표정이었다. 기품 있게 축 처진 눈꺼풀 때문이기도 했고, 또 자신과 같은 사람은 얼룩덜룩한 더블릿을 입은 광대에게서 좀 더 나은 구경거리를 즐길 자격이 있다고 믿기 때문이기도 했다.

"어이, 광대, 그것 가지고 되겠어? 좀 더 괜찮은 재주를 부려 봐." 그가 호통을 쳤다.

틸이 화를 내는 일은 드물었지만 일단 화를 내면 누구보다 무례했다. 심지어 상대가 절대 잊을 수 없는 말을 스스럼없이 내뱉기도 했다. 그런데 그때 자신이 무슨 말을 했는지 기억이 나지 않는다. 어둠은 기억마저 혼란스럽게 만든다. 어쨌든 문제는, 이 도시에서 마침 브르노 요새의 방어를 위해 남자들을 징집하고 있었다는 사실이었다.

"건방진 놈! 저놈을 군대에 처넣어라! 놀고먹으니 고생이 그리운가 보군. 근무지는 네가 선택할 수 있게 해주마. 다만 도망칠 생각은 않는 게 좋아. 도망칠 데도 없으니까!"

이 말과 함께 도시 사령관은 웃음을 터뜨렸다. 자신이 꽤 괜찮은 농담을 했다는 듯한 표정이었다. 사실 그게 시시껄렁한 농담이 아니었다는 건 인정할 수밖에 없다. 도시가 이렇게 포위 공격을 당하는 상황에서는 그 누구도 도망치려야 도망칠 수가 없기 때문이다. 만일 도망을 칠 수 있다면 그건 포위 공격이 아닐 것이다.

"이제 어떡하지?" 마티아스가 묻는다.

"곡괭이를 찾아야지." 코르프가 대답한다. "여기 어딘가에 있을 거야. 곡괭이 없이는 아무것도 못 해. 모두 끝장이야."

"쿠르트가 갖고 있었어." 틸이 말한다. "쿠르트의 몸 밑에 깔려 있을 거야."

곧이어 어둠 속에서 두 사람이 긁고 밀고 더듬고 욕하는 소리가 들린다. 틸은 제자리에서 움직이지 않는다. 그들을 방해하고 싶지 않아서이기도 하지만, 무엇보다 곡괭이를 갖고 있던 사람이 쿠르트가 아니라 자신이라는 사실을 그들이 기억해내는 것을 원치 않기 때문이다. 물론 자신에게 곡괭이가 있었다고 100퍼센트 확신하는 건 아니다. 여기 있으니 머릿속이 점점 복잡하게 엉킨다. 먼 사건에 대한 기억은 또렷한 데 비해, 폭발에 가까운 사건일수록 더 꼬이고 헝클어진다. 다만 자신이 곡괭이를 갖고 있었던 건 어느 정도 사실인 것 같다. 무거워서 쭉 두 다리 사이에 끼우고 있었던 기억이 나니까 말이다. 그렇다면 곡괭이는 이 갱도 어딘가에 있을 것이다. 어쨌든 그런 이야기는 일절 꺼내지 않는다. 쿠르트가 곡괭이를 갖고 있었다고 믿게 하는 편이 더 낫다. 곡괭이를 찾지 못하더라도 쿠르트에게 화를 낼 수는 없고, 화를 내더라도 죽은 사람에게는 어차피 상관없는 일이기 때문이다.

"넌 뭐 해? 안 거들어, 빼다귀?" 마티아스가 묻는다.

"거들고 있어." 틸이 대답한다. 실제로는 손가락 하나 까닥하지 않는다. "찾고, 또 찾고 있어. 두더지처럼 미친 듯이 여기저기 찾고 있어. 소리 안 들려?"

워낙 능청맞게 거짓말을 잘하는 틸인지라 두 사람도 홀랑 넘어간다. 그가 움직이지 않는 건 공기 때문이다. 이곳의 공기는 숨이 턱턱 막힌다. 공기가 빠져나갈 구멍도, 들어올 구멍도 없다. 이런 데서는 정신을 잃기 십상이고, 그러면 다시 깨어나지 못한다. 최대한 움직이지 않으면서 꼭 필요한 만큼만 숨을 쉬는 게 중요하다.

갱도 작업반을 선택하지 말았어야 했다. 실수였다. 땅 위에서는 총알이 빗발치듯 날아다니지만 갱도 작업반은 땅 밑에서 일하니 안전할 거라고 생각했다. 상대편도 갱도 작업반을 운영했다. 우리의 성벽을 폭파하기 위해서다. 반면에 우리 작업반의 목표는 성벽 밑을 파고드는 상대 작업반의 갱도를 폭파하는 것이다. 저 위에서 베고 찌르는 동안 자신은 땅만 파면 되겠거니 싶었다. 그러다 기회가 오면 따로 굴을 파서 요새 바깥의 어딘가로 나가 곧장 흔적 없이 사라질 작정이었다. 그런 생각으로 틸은 자신의 목깃을 세워주던 장교에게 갱도 작업반에 들어가고 싶다고 말했다.

장교가 말했다. "뭐?"

"사령관님이 말씀하셨습니다. 근무지는 제가 고를 수 있다고요."

"그래? 알았어. 근데 정말 갱도 작업반으로 가겠다고?"

"네, 그렇습니다."

멍청한 짓이었다. 갱도에서 일하면 살아 나가는 일이 거의 없다는 이야기를 땅 밑에 들어가서야 들었다. 다섯이면 넷이 죽고, 열이면 여덟이 죽고, 스물이면 열여섯이 죽고, 쉰이면 마흔 일곱이 죽고, 또 백이면 백이 다 죽는 일도 있었다.

어쨌든 오리게네스가 도망친 건 다행이다. 둘이 싸워서 벌어진 일이다. 지난달 브르노로 가던 중이었다.

"숲에 늑대가 있어." 당나귀가 말했다. "잔뜩 굶주려 있어. 나를 여기 두지 마."

"걱정 마. 늑대는 멀리 있으니까."

"늑대 냄새가 나. 그것도 가까이서. 넌 나무에 올라가면 그만이지만 난 밑에 있어야 돼. 늑대가 오면 나보고 어쩌라고?"

"내 말 좀 들어!"

"네 말이 멍청한 소리면?"

"그래도 들어. 난 인간이니까. 너한테 말을 가르쳐주지 말았어야 했는데."

"너한테도 사람들이 말을 가르쳐주지 말았어야 했어. 너는 의미 있는 말을 거의 안 해. 저글링도 예전만 못하고. 얼마 안 있으면 밧줄을 타다가 미끄러질지도 몰라. 그런 사람이 무슨 자격으로 나보고 이래라저래라야?"

틸은 화가 난 채로 나무 위에 올라갔고, 당나귀는 화가 난 채로 밑에 남았다. 나무 위에서 자는 건 이골이 난 터라 더는 어렵지 않다. 굵은 나뭇가지와 몸을 동여맬 밧줄, 그리고 훌륭한 균형 감각만 있으면 된다. 다른 모든 일이 그렇듯 인생에는 연습이 필요하다.

틸은 당나귀가 밤새도록 욕하는 소리를 들었다. 달이 뜰 때까지 계속 쫑알대고 투덜거렸다. 미안한 마음이 들었지만 시각이 너무 늦었다. 이런 밤중에 이동하는 게 불가능하다면 자신이 할 수 있는 일은 없었다. 그러다 잠이 들었다. 다시 눈을 떴을 때 당나귀는 보이지 않았다. 늑대들 짓이 아니었다. 늑대가 왔다면 그는 금방 알아차렸을 것이다. 그렇다면 이건 당나귀 자신의 결정이 분명했다. 복화술사 없이 혼자서도 충분히 살아갈 수 있다고 생각한 것이다.

저글링과 관련해서는 오리게네스의 지적이 옳았다. 틸은 브르노 대성당 광장에서 저글링을 하다가 공 하나를 떨어뜨렸다. 순간 일부러 실수를 한 척 연기함으로써 관객들의 웃음을 이끌어냈지만, 사실 웃을 일이 아니었다. 앞으로 얼마든지 다시 그런 일이 일어날 수 있었다. 게다가 다음번엔 밧줄을 타다가 발이 미끄러지지 말라는 보장도 없었다. 그리 되면 정말 어떤 일이 벌어질까?

이곳에 있어서 좋은 게 있다면, 이제 그런 걱정 따윈 안 해도 된다는 점이다. 어차피 여기서 나갈 길은 없어 보이니까.

"여기서 나갈 길은 없어." 마티아스가 말한다.

이건 사실 틸의 말이다. 어둠 속에서 마티아스의 머릿속을 떠돌던 틸의 생각이 마티아스의 입을 통해 뱉어져 나온 것이다. 아니, 어쩌면 그 반대일지도 모른다. 이런 상황에서는 뭘 분간하기가 어렵다. 게다가 이젠 작은 불빛까지 보인다. 반딧불이 같은 불빛이다. 틸은 안다. 그건 실재하는 불빛이 아니다. 불빛이 보이는데도 그의 눈앞엔 여전히 칠흑 같은 어둠밖에 없기 때문이다.

마티아스가 신음한다. 틸은 누군가 주먹으로 벽을 치는 듯한 소리를 듣는다. 이어 마티아스가 욕을 쏟아낸다. 틸이 한 번도 들어본 적 없는 멋진 욕이다. 저걸 머릿속에 넣어두어야 할까? 틸은 잠시 고민하지만 곧 잊어버린다. 그러고는 혹시 자신이 그 욕을 생각해낸 건 아닌지 궁금해한다. 하지만 자신이 무슨 생각을 했는지 더는 떠오르지 않는다.

"우린 여기서 나갈 수 없어." 마티아스가 재차 말한다.

"주둥이 닥쳐, 재수 없게!" 코르프가 소리친다. "곡괭이만 찾으면 나갈 수 있어. 주님이 도와주실 거야."

"주님이 왜?" 마티아스가 묻는다.

"주님은 소위도 도와주지 않았어." 틸이 말한다.

"네놈들의 머리통을 박살 내버릴까 보다." 코르프가 말한다.

“그럼 너희 둘은 정말 여기서 못 나가겠지.”

“근데 넌 여기 왜 들어왔어?” 마티아스가 묻는다. “넌 울렌슈피겔이잖아!”

“저들이 강제로 집어넣었지. 설마 내가 내 발로 걸어 들어왔으리라 생각하는 건 아니겠지? 그러는 너는?”

“나도 강제로. 빵을 훔쳤거든. 감옥에 있다가 금세 이리로 옮겨졌어. 하지만 넌 대체 어떻게 된 거야? 유명한 사람이잖아! 너 같은 사람을 왜 이런 데 집어넣어?”

“유명해봤자 땅 밑에선 소용없어.” 코르프가 말한다.

“넌 누가 강제로 넣었어?” 틸이 코르프에게 묻는다.

“나는 누가 강제로 시킨다고 할 사람이 아냐. 이 코르프에게 뭔가를 강요하려면 먼저 코르프를 죽여야 하지. 난 크리스티안 폰 할버슈타트 부대에서 고수로 일하다가 프랑스 화승총 부대에 들어갔고, 그다음엔 스웨덴군으로 넘어갔어. 그런데 이것들이 돈을 제대로 주지 않는 거야. 그래서 다시 프랑스 포병 부대에 들어갔지. 그러다 우리 포대가 포격을 당했어. 아마 너도 그런 구경은 해본 적이 없을 거야. 무거운 포탄이 떨어지고, 화약이 폭발하고, 세계가 멸망이라도 하듯 불이 났어. 하지만 이 코르프가 누구야? 재빨리 덤불 속으로 몸을 날려 목숨을 구했지. 이후 난 황군으로 넘어갔어. 하지만 거긴 포병이 필요 없었고, 그렇다고 창병 노릇도 하기 싫어 결국 여기 브르노로 온 거야.

수중에 돈이 떨어진 상태였는데 갱도 작업반이 제일 돈을 많이 준다기에 땅 밑으로 내려왔지. 여기 온 지도 벌써 3주가 지났어. 보통은 그렇게 오래 살아남지 못해. 세상이라는 게 참 묘한 게, 얼마 전까지 스웨덴군에 있던 내가 이젠 스웨덴군을 죽이고 있다니까. 아무튼 너희 두 놈은 이 코르프랑 같이 있는 걸 행운으로 알아야 해. 난 그렇게 쉽게 뒈지는 인간이 아니거든." 그는 말을 이어가려 하지만 숨이 차는지 기침을 하고는 한동안 침묵한다. "어이, 뼈다귀." 마침내 그가 다시 입을 연다. "돈 있어?"

"한 푼도 없어." 틸이 말한다.

"유명하다면서? 유명한 놈한테 돈이 없다는 게 말이 돼?"

"멍청하면 그럴 수 있지."

"네가 멍청하다고?"

"어이 형제, 내가 영리하다면 여기 있겠어?"

코르프가 웃음을 터뜨린다. 틸은 여기선 누구도 볼 수 없다는 것을 알기에 자신의 더블릿을 더듬거린다. 목깃의 금 조각, 단추 섶의 은, 소맷부리에 단단히 꿰매놓은 진주 두 개가 만져진다. 모두 그대로 있다. "가진 게 있으면 너한테 다 주고 싶은 게 내 솔직한 심정이야."

"너도 참 불쌍한 인간이구나." 코르프가 말한다.

"영원히, 아멘."

셋 다 웃음을 터뜨린다.

틸과 코르프는 웃음을 멈춘다. 그런데 마티아스는 계속 웃는다.

그들은 기다린다. 하지만 마티아스의 웃음은 그치지 않는다.

"저놈이 미쳤나, 왜 계속 웃어?" 코르프가 말한다.

"진짜 미쳐서 그래." 틸이 말한다.

그들은 기다린다. 마티아스는 계속 웃는다.

"예전에 마그데부르크성 앞에 있었던 적이 있어." 코르프가 말문을 연다. "황군에 있을 땐데, 난 포위 공격을 하는 쪽이었지. 도시가 함락되었을 때 우리는 닥치는 대로 약탈하고 불태우고 죽였어. 장군이 그랬거든, 우리 하고 싶은 대로 다 하라고. 하지만 그러라고 해서 바로 그렇게 하지는 못해. 너도 알지 모르지만, 어쨌든 그러려면 어느 정도 익숙해져야 하거든. 이래도 되는구나, 이렇게도 할 수 있구나, 그런 식으로 적응이 돼야 한다는 말이지. 다른 사람을 내 맘대로 하려면 말이야."

틸은 갑자기 자신들이 밖으로 나와 초원 위에 앉아 있는 듯한 느낌이 든다. 머리 위로 푸른 하늘이 보인다. 햇살이 얼마나 환한지 눈을 제대로 뜰 수가 없다. 그러다 눈을 몇 번 끔벅거리면서 이게 현실이 아님을 깨닫는다. 하지만 현실이 아니라고 깨달은 게 무엇인지 곧 기억나지 않는다. 다시 기침이 나온다. 나쁜 공기 때문이다. 초원이 눈앞에서 사라진다.

"쿠르트가 무슨 말을 한 것 같아." 마티아스가 말한다.

"말은 무슨! 아무 말도 안 했어." 코르프의 말이다.

코르프의 말이 맞는다. 틸도 듣지 못했다. 마티아스의 착각이 분명하다. 쿠르트는 말을 하지 않았다.

"그래, 맞아, 나도 들었어." 틸이 말한다. "쿠르트가 뭐라고 말을 했어."

순간 마티아스가 죽은 아이젠쿠르트를 흔드는 소리가 들린다. "아직 살아 있어?" 마티아스가 소리친다. "정신이 들어?"

틸은 어제 일이 떠오른다. 아니 그제 일일 수도 있었다. 적의 공격으로 소위가 죽은 날이었다. 별안간 갱도의 벽에 구멍이 생기더니 칼이 보이고, 곧이어 괴성과 총소리와 비명이 난무했다. 틸은 즉시 더러운 바닥에 납작 엎드렸고, 누군가 그의 등을 밟았다. 다시 고개를 들었을 때는 이미 상황이 끝나 있었다. 한 스웨덴 병사가 소위의 눈을 칼로 찔렀고, 코르프는 그 병사의 목을 잘랐으며, 마티아스는 두 번째 스웨덴 병사의 배에 총을 쏘았고, 그 병사는 돼지 멱따는 소리를 내며 쓰러졌다. 배에 총알이 꽂히는 것만큼 고통스러운 건 없다. 세 번째 스웨덴 병사는 우리 중 한 사람의 머리를 군도로 잘랐다. 쓰러진 자의 목에서 피가 붉은 물처럼 콸콸 쏟아졌다. 신입이어서 틸이 이름조차 모르던 동료였는데, 어차피 이젠 상관없다. 이 세상 사람이 아니기 때문이다. 아무튼 그 스웨덴 병사도 오래 기뻐하지는 못했다. 코르프가 쏜 총에 머리통이 날아갔다. 혈투는 오래 가지 않았다.

원래 이런 일은 오래 지속되지 않는다. 그 옛날 숲속에서도 모든 게 빠르게 진행되었다. 이놈의 어둠 때문에 틸은 당시 일을 생각하는 것 말고는 달리 할 수 있는 게 없다. 어둠 속에서는 모든 것이 뒤죽박죽이다. 그래서 잊고 있던 일이 갑자기 떠오른다. 당시 숲속에서 틸은 대부代父 격의 남자와 가장 가까이 있었고, 그의 손을 느꼈다. 그래서 그 손의 촉감을 알았고, 지금도 그 손이 떠오른다. 하지만 그건 누구에게도 말하지 않았다. 더는 생각도 하지 않았다. 생각하지 않으면 일어난 일도 일어나지 않은 일이 될 수 있다.

그런데 지금 이 어둠 속에서 모든 기억이 솟구친다. 눈을 감아도 눈을 크게 뜨는 것만큼이나 도움이 안 된다. 결국 그걸 막으려고 틸이 말한다. "우리 노래나 할까? 밖에서 누군가 들을 수도 있잖아!"

"난 노래 못해." 코르프가 말한다.

그러면서도 코르프는 노래하기 시작한다. *죽음의 사신이 칼을 갈아.* 마티아스가 따라 하고 곧 틸도 함께 부른다. 나머지 두 사람은 즉시 노래를 멈추고 그의 노래에 귀를 기울인다. 틸의 목소리는 높고 맑고 힘차다. *저 높은 곳의 신만큼 강력한 힘으로, 오늘 칼을 갈아, 칼은 벌써 잘 들고, 곧 깨끗하게 베어버*

리겠지, 우리는 참아야 해.

"함께 불러!" 틸이 말한다.

두 사람은 틸의 말대로 한다. 그런데 마티아스가 다시 노래를 멈추더니 웃기 시작한다. *조심해, 아리따운 꽃들아, 오늘은 이렇게 푸르고 생기 넘치지만 내일이면 베여 나갈 수 있어.* 이제는 쿠르트도 함께 부르는 소리가 들린다. 크지는 않다. 갈라진 목소리에 음도 맞지 않는다. 하지만 죽은 자에게 이것저것 엄격하게 요구할 수는 없다. 죽은 자는 노래를 부르는 것이 어려울 수 있다. *너 고결한 수선화여, 초원의 장식이여, 너 아름다운 히아신스여, 너 어여쁜 마르타곤 백합이여, 조심해, 모든 아리따운 꽃들이여!*

"와우, 브라보!" 코르프가 탄성을 지른다.

"내가 뭐랬어, 유명하다고 했잖아!" 마티아스가 말한다. "이렇게 존경받는 사람과 함께 뒈지는 것도 영광이야."

"내가 유명한 건 맞지만 존경받은 적은 한 번도 없어." 틸이 말한다. "그건 그렇고, 우리 노래를 들은 사람이 있을까? 혹시 누가 오지 않을까?"

그들은 귀를 기울인다. 다시 폭발이 시작된다. 천둥소리, 땅의 흔들림, 정적. 또다시 천둥소리, 땅의 흔들림, 정적.

"토르스텐손이 성벽을 반쯤 날려 보내는 중인가 봐." 마티아스가 말한다.

"못 해." 코르프가 말한다. "우리 갱도 작업반이 스웨덴 작업반보다 더 세. 놈들이 파놓은 갱도를 발견하는 즉시 쫓아버릴걸. 게다가 카를 그놈이 얼마나 사납게 적을 죽이는지 못 봤지? 그 거구 말이야."

"카를 그놈이야 항상 사납지. 하지만 늘 술에 취해 있잖아." 마티아스가 말한다. "그런 녀석은 내가 한 손으로도 목 졸라 죽일 수 있어."

"이 자식이 돌았나!"

"보여줘? 마그데부르크에 있었다고 무슨 대단한 용사라도 된 줄 아나 본데, 네가 정말 거기 있었는지 내가 어떻게 알아?"

코르프는 잠시 조용하더니 나직이 입을 연다. "말조심해. 네놈 대가리가 박살 날 수 있어."

"엥?"

"난 한다면 해."

이어 두 사람은 한동안 침묵한다. 위에서 폭발물이 떨어지고 돌이 구르는 소리가 들린다. 마티아스는 아무 말도 하지 않는다. 코르프의 말이 진심임을 느꼈기 때문이다. 말이 없기는 코르프도 마찬가지다. 다만 이유는 다르다. 그의 가슴속에 불현듯 그리움이 밀려든다. 틸은 그걸 정확히 안다. 이런 어둠 속에서는 생각이 한 사람에게만 머물지 않고 남들에게도 흐르기 때문이다. 본인이 원하든 원치 않든 그렇게 된다. 코르프는 공기와 햇빛을 그리워한다. 어디든 원하는 곳으로 움직일 수 있는 자유도 그리워한다. 또한 앞의 것들과는 차원이 다른 그리움도 떠오른다. "아, 통통한 하나!"

"오, 예!" 마티아스가 추임새를 넣는다.

"육덕 좋은 허벅지에 푹신한 엉덩이!"

"맙소사." 마티아스가 말한다. "엉덩이, 똥구멍. 뒤에서 그걸……."

"너도 그 여자랑 했어?"

"아니." 마티아스가 말한다. "알지도 못해."

"가슴은 또 어떤지 알아?" 코르프가 말한다. "너도 봤어야 됐는데. 아무튼 튀빙겐에서도 그런 가슴을 가진 여자를 만났는데, 그 여자는 남자가 원하는 대로 다 해줘. 마치 하느님이 내려다보지 않는다는 듯이 말이야."

"어이, 울렌슈피겔, 넌 여자랑 많이 자봤겠지?" 마티아스가 묻는다. "돈도 있고 재주도 있으니까 여자들이 많이 따랐을 거 아냐. 이야기 좀 해줘."

틸이 막 대답하려는 순간 갑자기 마티아스가 사라지고, 대신 예수회 신부가 의자에 앉아 있는 것이 보인다. 당시처럼 아주 또렷한 모습이다. 너는 진실을 말해야 해. 네 아버지가 악마를 어떻게 불러냈는지 얘기해야 해. 그걸 보면서 무서웠다고 얘기해야 해. 왜 그래야 하는지 알겠니? 그게 진실이니까. 우린 이미 다 알고 있어. 만일 거짓말을 하면, 저기 보이지? 마이스터 틸만 말이야. 손에 뭘 들고 있는지도 보이지? 거짓말을 하면 틸만이 저걸 사용할 거야. 그러니 말해. 네 어머니는 벌써 다 얘기했어. 물론 처음에는 말을 안 하려고 했지만, 틸만이 손에 뭘 들고 있는지 알아챈 거지. 그래서 다 말했어. 항상 그래. 그걸 알아채면 누구든 진실을 얘기하게 돼 있어. 우린 네가 무슨 말을 할지 알아. 왜 그런지 아니? 우린 진실이 무엇인지 알고 있으니까. 하지만 네 입으로 직접 듣고 싶어. 이 말 끝에 예수회 신부는 몸을 내밀고, 거의 다정한 느낌이 들 정도로, 속삭이듯이 이야기한다. 네 아버지는 졌어. 아버지를 구할 방법은 없어. 그럼 너 자신이라도 구해야 하지 않겠니? 네 아버지도 그걸 원할 거야.

예수회 신부는 여기 없다. 그건 틸도 안다. 여긴 작업반 동료 둘뿐이다. 그런데 이번에는 틸과 넬레가 숲속에 방치하고 돌아선 피르민이 나타난다. 쓰러져 있던 그가 소리친다. 거기 서, 잡히면 혼쭐이 날 줄 알아! 이건 그의 실수다. 그가 협박할수록 그를 도울 이유는 사라지니까. 소년은 다시 한번 그에게로 돌아가 저글링 공이 들어 있는 자루를 가져간다. 피르민은 고래고래 고함을 지르고 욕을 한다. 그저 저글링 공이 그의 가장 소중한 재산이기 때문만은 아니다. 소년이 그것을 가져간다는 것이 무슨 뜻인지 알기 때문이다. 너희에게 저주를 퍼부을 거야.

너희를 꼭 찾아낼 거야. 이대로 죽지 않아. 꼭 살아서 너희를 찾아낼 거야! 저렇게 누워 있는 사람을 보는 건 불안을 자아낸다. 마음이 불편하다. 소년은 뛴다. 멀리서도 피르민의 목소리가 들린다. 소년은 뛰고 또 뛴다. 옆에 넬레가 있다. 그들의 귀에 여전히 피르민의 목소리가 들린다. 모두 피르민 본인이 자초한 일이다. 넬레는 헐떡거린다. 소년은 피르민의 저주가 효과를 발휘해 무언가 나쁜 일이 다가옴을 느낀다. 이 환한 오전에, 도와줘, 왕이여, 나를 꺼내줘, 일어나지 않은 일처럼 해줘, 그때 숲에서 있었던 일을.

"어서 얘기해봐." 누군가 말한다. 아는 목소리다. 틸은 기억을 더듬는다. 마티아스다. "엉덩이 얘기 좀 해줘. 가슴 얘기도 좋고. 어차피 여기서 죽을 거면 가슴 이야기라도 들으면서 죽고 싶어."

"우린 죽지 않아." 코르프가 말한다.

"어서 얘기하라니까." 마티아스가 조른다.

얘기해. 겨울왕도 말한다. 당시 숲에서 무슨 일이 있었지? 기억나? 무슨 일이 있었는지?

그러나 소년은 말하지 않는다. 겨울왕뿐 아니라 다른 누구에게도. 심지어 자기 자신에게도. 생각하지 않으면 잊어버리고, 잊어버리면 일어나지 않은 일이 되기 때문이다.

얘기해. 겨울왕이 말한다.

"이 난쟁이 자식." 틸이 말한다. 서서히 화가 치민다. "땅뙈기 하나 없고 다른 재산도 없는 왕. 게다가 넌 죽었어. 나를 내버려둬. 꺼져!"

"너나 꺼져." 마티아스가 말한다. "나는 죽지 않았어. 죽은 건 쿠르트야. 얘기해줘!"

소년은 얘기할 수 없다. 잊어버렸다. 숲속의 그 길을 잊었다. 그 길을 걷던 넬레와 자기 자신도 잊었다. 나뭇잎의 속삭임도 잊었다. 물론 그건 사실이 아니기도 하다. 나뭇잎은 속삭이지 않았으니까. 속삭였다면 넬레와 틸이 들었을 것이다. 갑자기 그들 앞에 세 남자가 나타났다. 소년은 그 남자들을 더는 기억할 수 없다. 눈앞에 떠오르지도 않는다. 소년은 그들을 잊었다. 자신들 앞에 어떻게 서 있었는지도 잊었다.

약탈자들이다. 엉망으로 헝클어진 모습에 잔뜩 화가 나 있다. 무엇 때문에 화가 났는지는 모른다. 한 남자가 말한다. 어이, 얘들아!

다행히 넬레는 소년이 해준 말을 기억한다. 우리가 더 빠르면 안전해. 남들보다 더 빨리 달리면 아무 일도 일어나지 않아! 넬레는 급히 방향을 틀어 달린다. 소년은 자신이 그때 왜 같이 달아나지 않았는지 더는 기억하지 못한다. 모든 것을 잊었는데 어떻게 알겠는가? 어쨌든 그건 실수다. 상황 파악을 못 하고 한참 동안 바보같이 멍하니 바라보기만 했다. 한 남자가 소년의 어깨에 손을 올리고 몸을 숙인다. 독한 브랜디와 버섯 냄새가 난다. 그제야 소년은 달아나려고 한다. 이미 너무 늦었다. 남자의 손이 소년의 어깨를 누르고, 옆에는 다른 남자가 버티고 서 있다. 넬레를 쫓아간 세 번째 남자는 금방 돌아온다. 숨을 헐떡거리고 있다. 당연히 넬레를 잡지 못했다.

소년은 세 남자를 웃기려고 애쓴다. 그건 여기서 한 시간쯤 떨어진 곳에 누워 있는 피르민에게 배웠다. 어쩌면 그는 아직 살아 있을지 모른다. 문득 그라면 자신들을 더 안전한 곳으로 안내했을 거라는 생각이 든다. 지금껏 그와 함께 다닐 때는 숲에서 늑대나 나쁜 인간을 만난 적이 단 한 번도 없었으니까. 어쨌든 소년은 남자들을 웃기려 애쓴다. 하지만 통하지 않는다. 그들은 웃으려 하지 않는다. 너무 화가 나 있기 때문이다. 다들 몸이 성치 않다. 한 사람은 부상의 흔적이 역력하다. 한 남자가 묻는다. 돈 있어? 소년은 얼마 되지 않는 돈이지만 모두 꺼내서 준다. 그러고는 자신이 그들을 위해 춤을 추고, 물구나무로 걷고, 저글링을 해줄 수 있다고 말한다. 그 말에 그들은 잠시 호기심을 보이지만 금방 표정이 바뀐다. 공연을 보고 자신을 놓아달라는 소년의 뜻을 눈치챈 것이다. 털을 붙잡고 있던 남자가 말한다. 우리가 바본 줄 알아?

소년은 자신이 할 수 있는 게 아무것도 없다는 사실을 깨닫는다. 그렇다면 지금 일어나는 일을 잊는 수밖에 없다. 일이 끝까지 벌어지기 전에 잊어야 한다. 남자들의 손을 잊고, 얼굴을 잊고, 모든 것을 잊어버리는 것이다. 이제 소년 옆에는 넬레가 쪼그리고 앉아 있다. 그 전에 넬레는 달리고 또 달리다가 마침내 걸음을 멈추고 나무에 기대서서 호흡을 가다듬었다. 그러고는 왔던 길을 살금살금 되돌아왔다. 바닥의 나뭇가지를 밟지 않도록 조심하면서. 넬레는 덤불 속에 몸을 낮추고 숨었다. 저 앞에서 다가오던 세 남자가 넬레 옆을 비틀거리며 지나쳤다. 넬레가 덤불 속에 숨어 있으리라고는 생각조차 못 하는 눈치였다. 그들이 눈앞에서 사라진 뒤에도 넬레는 한참을 기다리다가 덤불에서 나와 다시 숲길을 걸었다. 저 앞에 있는 소년을 발견하고 그의 옆에 쪼그리고 앉았다. 둘은 이 일을 잊어야 한다는 걸 안다. 출혈이 멈출 거라는 것도 안다. 소년과 같은 사람은 죽지 않기 때문이다. 나는 공기로 만들어졌어. 소년이 말한다. 나한테는 어떤 일도 일어나지 않아. 울먹일 이유가 없어. 이만하면 다행이야. 더 나쁜 일이 생길 수도 있었어.

예를 들면 여기 갱도가 그렇다. 지금은 그때보다 더 나쁘다. 여기서는 닥친 상황을 잊는 것도 어렵다. 갱도에 갇혀 있다는 사실을 아무리 잊으려 해도 여전히 갱도 안이다.

"여기서 나가면 난 수도원으로 갈 거야." 틸이 말한다. "진심이야."

"멜크 수도원?" 마티아스가 묻는다. "거긴 나도 가봤어. 인심 좋은 곳이더라고."

"안덱스 수도원으로 갈 거야. 거긴 성벽이 튼튼해. 안전한 곳이 있다면 바로 거기야."

"나도 데려가줄래?"

물론. 틸은 생각한다. 네가 우리를 여기서 내보내주면 데려가주지. 하지만 그는 말한다. "너 같은 무뢰한은 받아주지 않을걸."

순간 틸은 그게 자기 이야기라는 걸 깨닫는다. 모두 어둠 때문이다. 그는 생각한다. 농담으로 한 말이야. 당연히 그들은 너를 들여보내줄 거야. 그가 마티아스에게 말한다. "난 거짓말을 잘해."

틸은 일어난다. 입을 다물고 있는 게 나을 듯하다. 허리가 아프다. 왼쪽 다리로 설 수가 없다. 발을 보호해야 한다. 발은 두 개뿐이다. 만일 한쪽이라도 다치면 다시는 밧줄을 탈 수 없다.

"우린 암소를 두 마리 키웠어." 코르프가 말한다. "그중 늙은 녀석이 젖이 많았지." 그 역시 자기만의 기억 속에 빠진 듯하다. 문득 틸의 눈앞에 집과 초원, 굴뚝 연기, 어떤 아버지와 어머니가 떠오른다. 다들 가난하고 누추하다. 코르프도 다르지 않은 어린 시절을 보냈을 것이다.

틸은 더듬거리며 벽을 따라 걷는다. 벽에는 나무틀이 끼여 있다. 저기 위쪽 일부가 무너진 걸까? 아니, 저긴 아래쪽인가?

코르프의 나직한 울음소리가 들린다.

"암소가 떠나버렸어." 코르프가 울먹인다. "떠났어, 떠났다고! 그 좋은 젖도 다 떠났어!"

틸은 천장의 바위를 밀어본다. 바위는 헐렁하니 쉽게 흔들린다. 자잘한 돌들이 흘러내린다.

"그만해!" 마티아스가 소리친다.

"내가 그런 거 아냐." 틸이 말한다. "맹세해."

"난 마그데부르크에서 동생을 잃었어." 코르프가 말한다. "머리통에 총을 맞았지."

"난 마누라를 잃었어." 마티아스가 말한다. "브라운슈바이크 근처에서. 우리 부대와 같이 움직였는데 페스트에 걸려 죽었어. 두 아이도."

"마누라 이름이 뭔데?"

"요하나." 마티아스가 말한다. "내 마누라. 아이들 이름은 기억나지 않아."

"나는 여동생을 잃었어." 틸이 말한다.

틸은 코르프가 조심조심 다가오는 소리를 듣고 얼른 뒤로 물러난다. 이런 인간이랑 부딪쳐서 좋을 게 없다. 어깨라도 부딪치는 순간 바로 주먹을 날릴 녀석이다. 다시 폭발 소리가 들리고 돌멩이가 흘러내린다. 천장은 오래 버티지 못할 것 같다.

피르민이 말한다. 너도 알게 될 거야. 죽는 게 그리 나쁘지 않다는 걸. 익숙해질 거야.

"난 죽지 않아." 틸이 말한다.

"암, 그래야지." 코르프가 말한다. "좋은 자세야, 뼈다귀!"

발밑에 무언가 물컹한 것이 밟힌다. 쿠르트인 것 같다. 틸은 비틀거리다 돌 더미에 부딪힌다. 갱도가 무너진 자리가 여기인 듯하다. 그는 두 손으로 돌 더미를 파보려 한다. 이제는 상관없다. 더 이상 공기를 아낄 필요가 없다. 즉시 기침이 나온다. 돌 더미는 움직일 생각을 않는다. 코르프의 말이 맞았다. 곡괭이 없이는 될 일이 아니다.

겁먹지 마. 피르민이 말한다. 의식도 못 하는 사이에 끝날 테니까. 이성의 반쪽은 마비되고, 나머지 반쪽은 너를 절망으로 몰아넣을 거야. 그러다 정신을 잃겠지. 다시 깨어나면 넌 죽어 있어.

네가 생각날 거야. 오리게네스가 말한다. 난 할 일이 있어. 다음엔 글쓰기를 배울 거야. 너만 좋다면 너에 대한 책을 쓸 생각이야. 아이들과 늙은이들을 위해서. 어떻게 생각해?

넌 내가 어떻게 됐는지 궁금하지 않니? 어머니가 묻는다. 너와 나, 나와 너, 헤어진 지 벌써 얼마나 됐지? 그러고 보니 너는 내가 살았는지 죽었는지도 모르는구나, 아들아.

"알고 싶지 않아요." 틸이 말한다.

어머니도 나처럼 아버지를 배신했어요. 그러니 나를 나쁘게 생각하지 말아요. 내가 그런 것처럼 어머니도 아버지를 악마의 종이라고, 마법사라고 불렀어요. 내가 말한 건 어머니도 다 말했어요.

네 어머니가 잘한 거다. 아버지가 말한다.

"곡괭이만 있으면……." 마티아스가 신음한다. "곡괭이만 있으면 벽을 파고 나갈 수 있을지 모르는데……."

죽음과 삶, 너는 그 차이에 너무 큰 의미를 부여하고 있어. 아버지가 말한다. 그 둘 사이에는 방들이 많아. 게다가 살아 있는 것도 죽은 것도 아닌 상태의 먼지투성이 구석도 많고, 네가 깨어날 수 없는 꿈들도 많아. 나는 뜨거운 불 위에서 펄펄 끓는 피의 가마솥을 보았다. 그 주위에서 그림자들이 춤을 추고 있었지. 이건 1000년에 한 번 있는 일인데, 검은 거구가 그중 하나를 가리키자 울부짖음이 끝없이 이어졌고 검은 거구는 피 속에 머리를 박은 채 피를 마셨어. 이것도 아직 지옥이 아니었어. 지옥 입구도 못 갔지. 나는 영혼이 횃불처럼 불타는 장소들을 보았다. 더 뜨겁고 더 환하게, 영원히 불타는 횃불이었어. 영혼들은 비명을 그치지 않았어. 고통이 멈추지 않았거든. 이마저도 아직 지옥이 아니었어. 아들아, 너는 지옥을 예상할 수 있다고 생각하겠지. 하지만 예상할 수 없어. 갱 속에 갇혀 있는 것이 죽음과 비슷하고, 참혹한 지옥이나 다름없다고 생각할 수는 있어. 하지만 아니야. 이 모든 건 지옥보다 나아. 그게 진실이야. 여기 갱 속이, 저 바깥의 피 웅덩이가, 고문 의자가 지옥보다는 차라리 나아. 그러니 생명을 내려놓지 마. 어떻게든 목숨 줄을 붙들고 있어야 해.

틸은 웃음을 터뜨린다.

"왜 웃어?" 코르프가 묻는다.

"그럼 주문이라도 하나 가르쳐주든가." 틸이 말한다. "당신은 좋은 마술사가 아니었지만, 혹시 알아요? 그새 새로운 걸 배웠는지."

너 지금 누구랑 얘기해? 피르민이 묻는다. 여기 귀신은 나밖에 없어.

다시 천둥 같은 폭발음이 들린다. 마티아스가 비명을 지른다. 천장 일부가 내려앉은 게 분명하다.

기도해라. 아이젠쿠르트가 말한다. 죽음이 처음엔 나를 덮치더니, 이젠 마티아스 차례다.

틸은 쪼그리고 앉는다. 코르프의 외침이 들린다. 마티아스의 목소리는 들리지 않는다. 뺨으로, 목으로, 어깨로, 뭔가가 기어가는 것 같다. 거미가 기어가는 느낌이지만 여긴 동물이 없다. 그렇다면 피가 분명하다. 틸은 얼굴을 더듬다가 이마에서 상처를 찾아낸다. 상처는 머리 저 위에서 시작해 코가 시작되는 부분까지 이어져 있는데, 촉감이 무척 부드럽다. 핏줄기가 점점 커지지만 이제 아무 느낌이 없다.

"주여, 저를 용서하소서!" 코르프가 말한다. "예수그리스도여, 성령이여, 저를 용서하소서! 저는 장화 때문에 동료를 죽였습니다. 제 장화는 구멍이 났고, 동료는 깊이 잠들었습니다. 뮌헨의 군영에서 있었던 일입니다. 다른 방법이 없었습니다. 장화가 필요한 상황에서 제가 뭘 할 수 있었겠습니까? 그래서 동료의 장화에 손을 댔고, 그 친구의 목을 졸랐습니다. 동료는 눈을 떴지만, 비명을 지르지 못했습니다. 저는 장화가 필요했습니다. 동료에겐 총알을 막아주는 메달도 있었습니다. 저는 그것도 필요했습니다. 제가 지금껏 총에 맞지 않은 게 그것 덕분입니다. 하지만 그런 메달도 그 친구가 목 졸려 죽는 것까지 막아주진 못했습니다."

"내가 신부 나부랭이처럼 보여?" 틸이 묻는다. "네 할머니한테나 고백해. 나는 내버려두고."

"사랑의 주 예수여." 코르프가 말한다. "브라운슈바이크에서 저는 마녀로 몰려 기둥에 묶인 여자를 풀어주었습니다. 새벽녘이었습니다. 정오에 여자를 불태워 죽이기로 되어 있었습니다. 아주 젊은 여자였습니다. 저는 그 앞을 지나갔습니다. 아직 어두웠고 아무도 보는 사람이 없었습니다. 저는 밧줄을 끊고 말했습니다. 어서, 도망쳐! 여자는 그렇게 했습니다. 저한테 고마워했습니다. 그 뒤 저는 여자를 가졌습니다. 원할 때마다요. 자주 원했습니다. 그러다 칼로 여자의 목을 긋고는 땅에 묻어버렸습니다."

"내가 너를 용서하노라. 오늘 너는 나와 함께 천국에 들어갈 것이다."

다시 폭발음이 들린다.

"왜 웃어?" 코르프가 묻는다.

"너는 천국에 가지 못해. 오늘뿐 아니라 나중에도. 너처럼 나쁜 놈은 사탄도 건드리지 않아. 그리고 나는 죽지 않아. 그래서 웃었어."

"죽어." 코르프가 말한다. "나도 믿고 싶진 않지만 우린 여기서 나갈 수 없어. 이 코르프도 이젠 끝이야."

다시 쾅 소리가 나고, 모든 것이 흔들린다. 틸은 두 손으로 머리를 감싼다. 그러면 도움이 된다는 듯이.

"코르프는 끝일 수 있지만, 난 아냐. 나는 오늘 죽지 않아."

틸은 마치 밧줄 위에 서 있는 양 제자리에서 펄쩍 뛰어오른다. 다리가 아프다. 하지만 두 발을 바닥에 단단히 디딜 수는 있다. 돌멩이 하나가 그의 어깨에 떨어진다. 뺨 위로 더 많은 피가 흐른다. 다시 폭발음이 들리고, 돌들이 떨어진다. "나는 내일도 죽지 않아. 다른 날에도 죽지 않아. 죽지 않을 거야! 죽을 생각이 없어! 내 말 듣고 있어?"

코르프는 대답이 없다. 하지만 어쩌면 아직 듣고 있을 수도 있다.

그래서 틸은 소리친다. “죽을 생각이 없다고. 난 이제 간다. 여기가 더는 마음에 안 들어.”

쾅, 흔들림. 돌 하나가 그의 어깨를 스치며 떨어진다.

“난 이제 간다. 항상 그래왔어. 어떤 곳이 비좁게 느껴지면 난 떠나. 난 여기서 죽지 않아. 오늘은 죽지 않아. 죽지 않을 거야!”

베스트팔렌

1

그녀는 여전히 전처럼 허리를 쭉 펴고 걸었다. 허리가 아파도 그런 티는 내지 않았다. 지팡이에 의지하지 않으면 걷기가 힘들었지만, 지팡이도 마치 패션 액세서리처럼 사용했다. 겉모습은 예전의 초상화와 비슷했다. 미모도 갑자기 마주한 사람들이 깜짝 놀랄 만큼 충분히 남아 있었다. 예를 들어 그녀가 옷에 달린 후드를 뒤로 젖히고 꼿꼿한 시선으로 주위를 둘러보는 지금 이 대기실에서처럼 말이다. 뒤에 서 있던 시녀가 약속된 신호에 따라 보헤미아의 왕비께서 황실 대사와의 면담을 청한다고 통보했다.

그녀는 하인들이 서로 시선을 주고받는 모습을 지켜보았다. 이번에는 첩자들의 활동이 실패로 돌아간 게 분명했다. 누구도 그녀의 방문을 예상하지 못한 듯했다. 그녀는 신분을 속인 채 헤이그의 집을 떠났다. 네덜란드 연맹 의회에서 발행한 통행증에는 쿠르누아유 부인이라는 이름이 적혀 있었다. 그녀는 시녀와 마부만 데리고 벤트하임, 올덴잘, 이벤뷔렌을 지나 동쪽으로 달렸다. 휑한 들판과 불타는 마을, 나무 한 그루 없는 숲이 줄지어 나타났다. 한결같은 전쟁의 풍광이었다. 어디에도 여관이 없어 마차 안에서 밤을 보냈다. 위험한 일이었다. 하지만 늑대도 약탈자들도 늙은 왕비의 마차에는 관심이 없었다. 이렇게 해서 그들은 뮌스터와 오스나브뤼크를 잇는 도로에 무사히 닿았다.

도로에 들어서자 풍경이 완전히 달라졌다. 초원에는 풀이 무성했고, 가옥의 지붕은 무탈했으며, 물레방아도 아무 일 없다는 듯 열심히 돌아가고 있었다. 도로변에 설치된 초소에는 잘 먹어 혈색이 좋은 남자들이 도끼 창을 들고 있었다. 중립지대였다. 여기선 전쟁이 없었다.

오스나브뤼크 성문 앞에 이르자 경비병이 마차 창문으로 다가와 용건을 물었다. 시녀 크바트가 통행증을 내밀었다. 경비병은 심드렁하게 살펴보더니 지나가라고 손짓했다. 도로변에서 맨 처음 만난 주민이 황실 대사의 거처를 가르쳐주었다. 말쑥한 차림에 수염까지 다듬은 모습이 이곳의 상황을 보여주고 있었다. 대사 거처에 이르자 마부는 그녀와 시녀를 마차에서 들어 올려 오물투성이 바닥을 건너 정문까지 무사히 데려다주었다. 도끼 창을 든 두 경비병이 문을 열어주었다. 그녀는 마치 이 집의 거주권을 가진 사람처럼 당당하게 대기실로 들어섰다.

사실 유럽에서 통용되는 법도에 따르면 일국의 왕비는 어디서건 거주권이 있었다. 대기실에 들어서자 시녀가 대사와의 면담을 요청했다.

하인들이 수군거리며 신호를 주고받았다. 리즈는 이들이 당황한 틈을 노려야 한다고 판단했다. 이들 중 누구의 머릿속에서도 그녀를 쫓아내는 것이 가능하다는 생각이 들게 해서는 안 되었다.

그동안은 왕비로서 기품 있게 처신할 기회가 별로 없었다. 코딱지만 한 집에 살면서 기껏해야 돈을 갚으라고 독촉하는 빚쟁이들이나 맞이하는 사람에게 어떻게 왕비의 체통을 지킬 기회가 있었겠는가? 그러나 그녀는 처녀왕 엘리자베스의 종손녀이며, 스코틀랜드 메리 여왕의 손녀이자 두 왕국의 지배자인 제임스의 딸이었다. 어릴 때부터 왕비의 위신에 맞는 자세와 걸음걸이와 눈길을 충분히 교육받았다. 이것도 하나의 습관이다. 일단 몸에 배면 시간이 지나도 자연스럽게 우러나온다.

가장 중요한 것은 묻지도 망설이지도 말아야 한다는 것이다. 초조해하거나 동요하거나 자신감 없는 태도를 보이는 건 금물이었다. 부모님은 물론이고 오래전에 세상을 떠나 이제는 얼굴을 떠올리려면 초상화를 봐야 하는 불쌍한 프리드리히조차 사람들 앞에서는 류머티즘을 앓는 티를 내지 않았고, 어떤 약점과 걱정도 없는 사람처럼 굴었다.

그녀는 주변의 수군거림과 야릇한 시선을 의식하며 잠시 우뚝 섰다가 금으로 장식된 문을 향해 당당하게 한 걸음, 또 한 걸음을 내디뎠다. 베스트팔렌 지방에서는 처음 보는 문이었다. 그렇다면 멀리서 가져온 것이 틀림없었다. 그건 벽에 걸린 회화나 바닥에 깔린 카펫, 다마스크 커튼, 비단 벽지, 그리고 대낮임에도 많은 초를 켜놓은 천장의 육중한 크리스털 샹들리에도 마찬가지였다. 어떤 공작과 제후도, 심지어 리즈의 부왕조차 일반 시민의 저택을 이런 궁전으로 바꾸지는 못할 것이다. 이건 프랑스 왕이나 황제만이 할 수 있는 일이었다.

그녀는 멈추지 않고 곧장 문으로 향했다. 이제 망설여서는 안 된다. 조금이라도 주저하는 기색을 보이면 문 양쪽에 선 두 하인이 그녀에게 문을 열어주지 않을 수 있다. 그런 일이 일어나면 결과는 불을 보듯 뻔했다. 그녀는 진격을 저지당한 채 플러시 의자에 앉아 기다려야 하고, 곧 누군가 나타나 안타깝지만 지금 대사님이 시간이 없어서 두 시간 뒤 비서 면담만 가능하다고 통보하고, 그녀는 항의하고, 그러면 하인은 싸늘한 얼굴로 미안하다고 대답하고, 그녀의 목소리는 커지고, 그래도 하인은 무덤덤하게 같은 말을 반복하고, 그녀의 목소리는 더 커지고, 더 많은 하인들이 몰려오고, 그러다 갑자기 그녀는 더 이상 왕비가 아니라 대기실에서 소란을 피우는 일개 늙은이로 전락하고 말 것이다.

그러니 이 일은 한 번에 성공해야 했다. 두 번의 기회는 없었다. 마치 눈앞에 문이 없는 것처럼 행동하는 것이 관건이었다. 속도를 늦춰서는 안 되었다. 만일 문을 열어주지 않으면 자신은 전진하는 힘 그대로 문에 부딪히고, 두 걸음 뒤에서 따르던 시녀까지 리즈의 등에 부딪칠 수 있었다. 실제로 그런 일이 생기면 참으로 당혹스러운 상황이 연출되는 셈이다. 바로 그 때문에 그들은 문을 열어줄 것이다. 그것이 핵심 전략이었다.

전략은 맞아떨어졌다. 하인들은 저돌적으로 밀고 들어오는 리즈를 보더니 당혹스러운 표정으로 문손잡이를 잡고는 양쪽으로 문을 힘차게 열어젖혔다. 리즈는 접견실에 들어섰다. 이어 곧장 몸을 돌려 시녀에게 더 이상 따라오지 말라고 손짓했다. 이례적인 일이었다. 왕비는 수행원 없이 타인을 만나지 않는 게 왕가의 법도였다. 하지만 지금은 일반적인 상황이 아니었다. 시녀는 당황한 표정으로 걸음을 멈추었고, 하인들은 문을 닫았다.

공간은 엄청나게 컸다. 교묘하게 배치된 거울들 때문에 커 보이기도 했지만, 빈의 궁정 건축가가 직접 손을 쓴 것일 수도 있었다. 어쨌든 한낱 사저에 어떻게 이런 공간이 나올 수 있을까 싶게 넓었다. 방은 마치 궁전의 홀처럼 시원하게 뻗어 있었다. 저 멀리 책상까지 카펫이 무수히 깔리고, 안쪽의 젖힌 다마스크 커튼 사이로 또 다른 방들이 쭉 연결되어 있는데, 거기 더 많은 카펫과 황금 촛대, 샹들리에, 회화가 보였다.

책상 뒤에서 잿빛 콧수염을 기른 왜소한 체구의 남자가 일어났다. 리즈가 알아보기까지 잠깐 시간이 걸릴 정도로 눈에 띌 것이 없는 외모였다. 남자는 모자를 벗고 공손하게 허리를 숙였다.

"환영합니다." 그가 말했다. "여기까지 오시느라 힘들지는 않으셨는지 모르겠습니다, 마마."

"나는 엘리자베스예요. 보헤미아의 왕비……."

"말을 끊어서 죄송합니다만, 마마의 수고를 덜어드리고 싶군요. 굳이 설명하실 필요 없습니다. 저도 알고 있으니까요."

그녀는 잠시 뒤에야 상대의 말을 이해하고는 자신이 누구인지 어떻게 알았느냐고 묻기에 앞서 일단 숨을 깊이 한 번 들이쉬었다. 하지만 그가 빨랐다.

"사람을 알아보고 상황을 빨리 간파하는 게 제 직책이자 본분이지요."

자기도 모르게 그녀의 이맛살이 찌푸려지고 얼굴이 화끈 달아올랐다. 두꺼운 모피 외투 때문이기도 했고, 자신의 말이 중간에 잘려 나가는 상황이 익숙하지 않기 때문이기도 했다. 그는 등을 굽히고 서 있었다. 요통이라도 찾아온 듯 한쪽 손으로 책상을 짚고 다른 손은 허리에 올린 채였다. 그녀는 책상 앞에 놓인 의자로 빠르게 걸어갔다. 그런데 이 공간이 워낙 꿈속처럼 넓어, 책상까지의 거리도 제법 시간이 걸릴 정도로 멀었다.

그가 리즈를 마마라고 부른 건 영국 왕실의 일원으로 존중하기는 하지만 보헤미아의 왕비로는 인정하지 않겠다는 뜻이었다. 그게 아니라면 당연히 폐하라는 호칭을 사용해야 했다. 심지어 거기엔 선제후비로도 인정하지 않겠다는 강력한 뜻이 담겨 있었다. 그게 아니라면 그녀에게 선제후비 전하라는 호칭을 사용했을 것이다. 사실 리즈의 고향 영국에서 선제후비는 별것 아니었지만 여기 제국에서는 왕실 공주보다 더 높게 인정받았다. 이 남자는 왕실의 이런 법도를 속속들이 꿰고 있는 게 분명했다. 그렇다면 그가 의자를 권하기 전에 먼저 앉는 것이 중요했다. 왜냐하면 의자를 권하는 건 일국의 공주에게나 가능할 뿐 왕비에게는 무례한 짓이기 때문이었다. 군주는 남의 권유 없이 본인이 알아서 자리에 앉았고, 나머지 사람들은 군주가 허락하기 전까지 서 있어야 했다.

"마마, 이리로……."

그러나 의자가 아직 멀리 떨어져 있었기에 이번엔 그녀가 말을 잘랐다. "귀하는 내가 짐작하는 분이 맞습니까?"

이 말에 그는 일순 침묵에 빠졌다. 일단 그녀가 이렇게 독일어를 잘할 줄 예상하지 못한 터였다. 사실 그녀는 지난 시절 한가하게 집에서 놀고먹지만은 않았다. 한 사랑스러운 독일 청년과 자주 만나 대화를 나누었다. 하마터면 사랑에 빠질 뻔할 정도로 마음에 드는 청년이었다. 청년이 나오는 꿈도 종종 꾸었고, 심지어 직접 편지를 써 보내기도 했다. 하지만 안 될 말이었다. 스캔들이 나서 사람들의 입에 오르내리는 일이 있어서는 안 되었다. 황실 대사가 침묵에 빠진 또 다른 이유는 모욕감 때문이었다. 황실 대사에게는 누구든 당연히 각하라는 호칭을 붙여야 했다. 왕만 제외하고 말이다. 그러니 각하라고 부르라고 요구하는 것이 옳았다. 하지만 상대는 결코 그 요구에 따를 사람으로 보이지 않았다. 이 문제의 유일한 해결책은 하나뿐이었다. 그녀 같은 사람과 그 같은 사람은 애초에 만나지 말았어야 했다.

그가 다시 말문을 여는 순간, 그녀는 갑자기 방향을 틀어 서둘러 벽 쪽에 붙은 의자에 앉았다. 선수를 친 것이다. 그녀는 이 작은 승리에 내심 기뻐하며 지팡이를 벽에 기대고는 깍지 낀 손을 무릎에 올려놓았다. 그런 다음 남자에게로 시선을 돌렸다.

다음 순간 그녀의 온몸이 얼음처럼 차가워졌다. 어떻게 이런 실수를 할 수 있을까? 오랫동안 연습을 안 해서 그런 게 분명했다. 그녀는 당연히 가만히 서 있을 수도 없었고, 남자가 의자를 권하도록 허용할 수도 없었다. 그렇다고 등받이와 팔걸이도 없는 스툴에 앉다니! 있을 수 없는 일이었다. 왕비는 황제 앞에서도 등받이와 팔걸이가 있는 의자에 앉을 자격이 있었다.

등받이만 있는 의자에 앉는 것도 격이 떨어지는데, 아무리 급했기로서니 이런 스툴에 앉아버리다니. 남자가 접견실 곳곳에 스툴만 비치해둔 탓이다. 치밀한 계산이었다. 책상 뒤 그의 의자만 빼고는 등받이와 팔걸이가 있는 의자는 보이지 않았다.

이제 어떻게 해야 할까? 미소를 지으며 별일 아니라는 듯 굴 수밖에 없었다. 하지만 주도권은 이미 남자에게로 넘어갔다. 그는 대기실에 있는 사람들을 부르기만 하면 되었다. 그러면 그녀가 자기 앞에서 스툴에 앉았다는 소문이 들불처럼 유럽 전역으로 퍼져나갈 테고, 심지어 영국의 고향에서도 그녀를 수치스러워할 것이다.

"그건 마마께서 어떤 짐작을 하셨는지에 달려 있겠지요." 그가 말했다. "하지만 마마 같은 분이 잘못 짐작하셨을 리는 없을 터이니 마마의 질문에 감히 그렇다고 대답하는 것조차 저에게는 적절치 않는 일로 보입니다. 저는 황실 대사 요한 폰 람베르크입니다. 시원한 음료를 드시겠습니까? 아니면 포도주를 드릴까요?"

이 역시 왕가의 법도에 대한 교묘한 위반이었다. 군주에게 먹을 것을 먼저 권해서는 안 되었다. 군주는 모든 집의 주인으로서 자신이 원하는 건 오직 자신이 결정했다. 이런 법도를 지키는 건 결코 하찮은 일이 아니었다. 지난 3년 동안 여기 모인 각국 대사들이 한 일도 누가 누구 앞에서 허리를 숙이고, 누가 누구 앞에서 먼저 모자를 벗어야 하는지에 관한 협의뿐이었다. 이런 예절에서 실수를 범하는 사람은 승자가 될 수 없었다. 따라서 리즈는 그의 제안을 무시했다. 물론 쉽지는 않았다. 무척 목이 마른 상태였기 때문이다. 그녀는 미동도 없이 의자에 앉아 남자를 주시했다. 이것만큼은 그녀가 아주 잘했다. 가만히 앉아 남들을 주시하는 건 오랜 훈련을 통해 이미 몸에 배어 있었다. 최소한 이것만큼은 그녀를 따라올 사람이 없었다.

람베르크는 여전히 한 손으로 책상을 짚고 다른 손은 허리에 올린 채 구부정하게 서 있었다. 앉아야 할지 이대로 서 있어야 할지 결정을 내리지 못하는 게 분명했다. 왕비 앞에서 앉아서는 안 되었다. 반면에 상대가 공주라면 황실 대사가 이대로 서 있는 것도 예절에 맞지 않았다. 그렇다면 리즈 앞에서는 앉는 것이 타당했다. 그녀를 군주로 인정하지 않으니까. 하지만 그건 노골적인 모욕이 될 수도 있었다. 대놓고 모욕을 주는 건 예의에 맞지 않는 데다 그녀가 어떤 무기와 제안을 들고 왔는지 모르니 일단은 선불리 행동하지 않는 편이 좋아 보였다.

"황송하오나 한 가지 여쭙겠습니다."

갑자기 그의 이 말투가 그녀에겐 그의 오스트리아 억양만큼이나 비위에 거슬렸다.

"마마께서도 잘 아시겠지만 지금 여기선 각국 사절들이 모여 회의를 하고 있습니다. 협상 시작부터 지금까지 뮌스터와 오스나브뤼크 제후는 오신 적이 없지요. 마마께서 친히 이 충실한 종복의 거처를 찾아주신 것은 참으로 영광스러운 일이나……." 그는 이 대목에서 한숨을 내쉬었다. 이런 말을 꺼낼 수밖에 없는 게 무척 안타깝다는 듯이. "적절치 못한 일로 비칠까 저어됩니다."

"그러니까 나도 직접 올 것이 아니라 사절을 보냈어야 했다, 그 말이군요."

그가 다시 미소를 지었다. 리즈는 그가 무슨 생각을 하는지 알고 있었다. 게다가 자신이 그걸 안다는 것까지 그가 꿰고 있다는 것도 알았다. 당신은 이제 아무것도 아냐. 빚더미에 앉아 작은 집에서 근근이 연명하는 사람이 이런 회의에 사절을 파견할 돈이 어디 있겠어?

"나는 회의에 참석하려고 온 게 아니에요." 리즈가 말했다. "그러니 우리가 대화를 나눌 수는 있지 않겠어요? 자기와의 대화라고 생각하세요. 귀하는 머릿속으로 말하고, 그러면 나는 귀하의 머릿속에서 답을 하는 거죠."

그녀는 묘한 기분을 느꼈다. 미처 예상하지 못한 일이었다. 이미 오랫동안 이 만남을 준비하고, 숙고하고, 또 걱정해왔다. 그런데 막상 닥치고 보니 이상한 일이 일어났다. 이 상황이 재미있는 것이다. 오랫동안 그녀는 세상의 모든 중요한 사건이나 유명한 사람들에게서 동떨어져 살아온 터였다. 그런데 지금 갑자기 자신이 다시 무대에 선 것 같은 기분이 들었다. 금은보화와 카펫으로 둘러싸인 무대에 서서 말 한 마디 한 마디 조심해서 뱉어야 하는 영악한 인간과 대화를 나누고 있다니 말이다.

"펠츠가 영원한 쟁점이라는 건 우린 모두 알고 있지요." 그녀가 말했다. "서거한 내 남편이 갖고 있던 펠츠의 선제후직을 포함해서요."

그가 나직이 웃었다.

그 모습을 보는 순간 그녀는 혼란스러워졌다. 그가 노린 것도 이게 분명했다. 그렇다면 흔들려서는 안 되었다. 끝까지 심지를 지켜야 했다.

그녀가 말을 이어갔다. "제국의 선제후들은 황제가 내 남편에게서 불법으로 박탈한 펠츠 선제후직을 바이에른의 비텔스바흐 가문이 가져가는 것을 결코 수긍하지 않을 겁니다. 아무리 황제라 해도 선제후직을 마음대로 몰수해 간다면 다들 어떻게 생각할까요? 다른 일도 못 할 게 없다고 생각하지 않겠어요? 우리가 만일……."

"마마, 황송하오나 선제후들은 이미 오래전에 받아들였습니다. 마마도 마찬가지지만 마마의 부군에게는 제국 추방령이 내려진 상태입니다. 그렇다면 저는 어디서건 마마를 체포할 의무가 있습니다."

"그래서 다른 곳이 아니라 귀하를 찾아온 것이지요."

"황송하오나……."

"황송은 그만하시고, 일단 내 말부터 들어요. 바이에른 공작이 스스로 선제후라 칭하며 내 남편의 칭호를 쓰는 것은 불법이에요. 황제도 선제후직을 박탈할 권한이 없어요. 선제후들이 황제를 뽑지, 황제가 선제후를 뽑는 게 아니니까. 물론 속사정은 충분히 짐작이 갑니다. 황제는 바이에른에 막대한 빚을 지고 있고, 바이에른은 가톨릭 성직자들이 장악하고 있죠. 따라서 우리는 이렇게 제안합니다. 남편과 나는 보헤미아의 군주예요. 이제 그 왕위를……."

"황송하오나 두 분께서는 30년 전 겨울 한철 동안만……."

"내 아들에게 넘길 생각이에요."

"보헤미아 왕위는 세습이 되지 않습니다. 만일 세습이 되었다면 보헤미아 귀족들이 마마의 부군이신 프리드리히 펠츠 백작께 왕위를 받아달라고 청할 수 없었을 겁니다. 부군께서 왕위를 받아들이셨다는 것은 곧 마마의 아드님에게도 그에 대한 권리가 없음을 알고 계셨다는 뜻입니다."

"그럴 수도 있지만, 꼭 그렇게만 생각해야 할까요? 영국은 아마 그렇게 보지 않을 겁니다. 만일 내 아들이 왕위에 대한 권리를 요구한다면 영국은 지지할 거예요."

"영국은 한창 내전 중입니다."

"맞아요. 만일 내 동생이 의회에 의해 폐위된다면 영국 왕위는 내 아들에게 돌아갈 가능성이 있고요."

"그럴 리가요."

그때 밖에서 트롬본 소리가 울려 퍼졌다. 금속성 소리가 기세 좋게 하늘로 치솟더니 한동안 공중에 머물다가 차츰 잦아들었다. 리즈는 무슨 일이냐는 듯 눈썹을 치올렸다.

"롱그빌입니다. 프랑스 대사죠." 람베르크가 말했다. "그는 식사할 때면 꼭 팡파르를 연주하게 합니다. 하루도 빼놓지 않고요. 수행원을 무려 600명이나 데리고 이리로 왔더군요. 끊임없이 자신의 초상화를 그리는 화가만 넷이고, 흉상을 제작하는 목조각공도 셋이나 됩니다. 물론 그런 건 다 국가 기밀에 속하지요."

"귀하가 그 사람한테 물어봤나요?"

"그와 나는 대화를 나누는 게 금지되어 있습니다."

"협상할 때 걸림돌이 돼서요?"

"우린 여기 친구로 온 것이 아니고, 친구가 되려고 온 것도 아닙니다. 바티칸 대사가 우리를 중재하지요. 프로테스탄트 대표를 상대할 땐 베네치아 대사가 중재하고요. 바티칸 대사는 프로테스탄트 대표와 대화를 나누어서는 안 되거든요. 아무튼 이제 작별 인사를 드릴 시간이 되었습니다, 마마. 오늘 대화를 나누게 되어 영광이었습니다. 급한 일이 있어 더는 시간을 내기 어렵군요."

"여덟 번째 선제후직."

순간 람베르크가 고개를 들었다. 그의 시선이 잠시 그녀의 시선과 마주쳤다. 이어 그는 다시 책상을 내려다보았다.

"바이에른이 선제후직을 받는 것에 동의하겠어요." 리즈가 말했다. "보헤미아와 왕위도 공식적으로 포기할 거고요. 만일……."

"황송하오나 마마께서는 포기하실 수가 없습니다. 원래 마마의 것이 아니니까요."

"스웨덴군이 프라하 앞에 있어요. 도시는 곧 프로테스탄트의 손에 다시 들어갈 거예요."

"스웨덴이 프라하를 손에 넣는다 해도 그들이 프라하를 마마께 바치는 일은 결코 없을 것입니다."

"전쟁은 곧 끝나요. 그러면 사면이 있을 테고, 그러면 소위 제국의 평화를…… 깨뜨렸다는 내 남편의 혐의도 용서받을 수 있지 않을까요?"

"사면 문제는 오래전에 합의가 끝났습니다. 전쟁 중의 모든 행위는 사면을 받을 겁니다. 단 한 사람만 빼고요."

"그게 누군지 짐작이 가는군요."

"이 끝없는 전쟁은 마마의 부군이 시작했습니다. 분에 넘치게 야망이 컸던 펠츠 백작과 함께 시작되었다는 말이지요. 마마께도 책임이 있다고 단정적으로 말씀드릴 수는 없으나, 위대한 제임스 왕의 따님이 야심만만한 부군을 자제시키려 하지 않았다는 건 충분히 짐작할 수 있지요." 람베르크가 의자를 천천히 뒤로 밀더니 허리를 꼿꼿이 폈다. "전쟁은 오늘날 지상에 사는 대부분의 사람이 평화를 구경한 적이 없을 만큼 오래 지속되었습니다. 이제는 늙은이들만 평화로운 시절을 기억할 정도예요. 이 전쟁을 종식시킬 사람이 있다면 저를 비롯해 여기 와 있는 각국 대사들뿐입니다. 식사 시간에 늘 팡파르를 울리게 하는 저 멍청한 프랑스 대사까지 포함해서요. 하지만 쉽지 않은 일입니다. 다들 남이 내주려 하지 않는 영토를 원하고, 재정 지원을 바라고, 남이 취소할 수 없는 것으로 여기는 지원 계약을 취소시키려 하고, 남이 받아들일 수 없는 새로운 계약을 맺으려 합니다. 이 모든 문제의 원만한 해결이란 여기 있는 사람들의 능력을 훌쩍 뛰어넘는 일입니다. 그럼에도 우리는 해내야 하고요. 두 분이 시작한 전쟁을 이제 제가 끝내는 겁니다, 부인."

람베르크가 책상 위의 비단 줄을 당겼다. 옆방에서 종소리가 들렸다. 비서를 부른 모양이다. 이제 곧 잿빛 난쟁이 같은 아무개 비서가 나타나 정중하게 그녀를 밖으로 안내할 것이다. 그녀는 현기증이 일었다. 마치 배를 탄 것처럼 공간이 아래위로 일렁이는 듯했다. 이런 식의 대화는 처음이었다. 일평생 자신에게 이런 식으로 말하는 사람은 단 한 명도 없었다.

빛이 그녀의 주의를 사로잡았다. 커튼 사이의 작은 틈으로 새어 들어온 빛줄기 속에 미세 알갱이 같은 먼지가 어지럽게 날아다녔다. 맞은편 벽에 걸린 거울이 빛을 붙잡아 건너편 벽으로 반사하면서 그림 액자의 한 지점이 반짝거렸다. 루벤스였다. 키 큰 부인과 창을 든 남자의 머리 위로 파란 하늘을 나는 새 한 마리가 그려진 그림. 파란 하늘이 전체적으로 명랑한 분위기를 자아냈다. 그녀는 루벤스를 또렷이 기억하고 있었다. 숨 쉬는 것조차 힘들어하던 슬픈 남자였다. 그림을 한 점 사고 싶었지만 그녀에겐 너무 비쌌다. 게다가 그는 돈밖에 모르는 화가로 보였다. 그런 사람이 어떻게 저런 그림을 그렸을까?

"프라하는 원래 우리 것이 아니었어요." 그녀가 말했다. "프라하는 실수였어요. 하지만 펠츠는 달라요. 제국법에 따라 마땅히 내 아들에게 돌아가야 해요. 황제는 우리의 선제후직을 박탈할 권한이 없어요. 동생이 계속 돌아오라고 하는데도 영국으로 가지 않은 것도 그 때문이에요. 네덜란드는 공식적으로 여전히 제국의 일부예요. 내가 거기 사는 한 우리의 요구는 계속될 거예요."

문이 열리더니 다정한 얼굴에 영리한 눈을 가진 뚱뚱한 남자가 들어왔다. 그는 모자를 벗고 인사를 했다. 젊은 나이임에도 머리카락이 거의 없었다.

"볼켄슈타인 백작입니다." 람베르크가 말했다. "사절단의 실무를 책임지고 있죠. 마마께 숙소를 마련해드릴 겁니다. 여긴 여관방이 없어요. 사절단과 수행원들 때문에 변변찮은 방까지 모두 꽉 찼습니다."

"보헤미아를 달라는 게 아니에요." 리즈가 말했다. "하지만 선제후는 포기할 수 없어요. 내 큰아들은 무척 영리하고 사랑스러운 아이였어요. 다들 기대가 컸죠. 나중에 왕이 되면 모두를 통합시킬 수 있을 거라고들 했어요. 그런 아이가 배가 전복되어 익사하고 말았어요."

"저런, 참으로 애석한 일입니다." 볼켄슈타인이 말했다. 그의 꾸밈없는 태도에 리즈는 힘을 얻었다.

"다음 왕위 계승자인 둘째 아들은 영리하지도 사랑스럽지도 않아요. 하지만 펠츠의 선제후직은 내 아들에게 돌아가는 게 마땅해요. 만일 바이에른이 내놓으려 하지 않는다면 선제후직을 하나 더 늘려 여덟 번째 선제후에 봉하면 되지 않겠어요? 그러지 않으면 프로테스탄트들이 가만있지 않을 거예요. 영국 의회가 내 동생을 퇴위시키고 내 아들을 왕으로 올린다면 아들은 영국 왕의 이름으로 프라하를 요구할 거예요. 그러면 전쟁은 끝나지 않아요. 내가 막겠어요. 그런 일이 일어나지 않도록 전력을 다해 막겠어요."

"진정하시지요." 람베르크가 말했다. "마마의 뜻은 제가 황제 폐하께 잘 전해드리겠습니다."

"그리고 내 남편도 사면 대상에 포함되어야 합니다. 전쟁의 모든 행위가 용서받는다면 남편의 행위도 당연히 용서받아야 하지 않겠어요?"

"이번 생에는 그럴 일이 없을 겁니다." 람베르크가 대답했다.

그녀가 벌떡 일어났다. 속에서 분노가 들끓었다. 얼굴이 발갛게 달아오르는 것이 느껴졌다. 그러나 입꼬리만 비쭉 올리고는 지팡이를 짚으며 문으로 향했다.

"누추한 곳까지 찾아주시다니, 참으로 기대치 않은 큰 영광이었습니다." 람베르크가 모자를 벗어 인사를 했다. 조롱기는 전혀 찾아볼 수 없는 목소리였다.

그녀는 왕비의 도도함으로 됐다는 듯 손을 슬쩍 휘젓고는 말 한 마디 없이 계속 걸어갔다.

그녀를 얼른 따라잡은 볼켄슈타인이 문에 도착해 노크로 신호를 하자 밖에 서 있던 하인들이 즉시 날개 문을 활짝 열어젖혔다. 리즈가 대기실에 들어서자 볼켄슈타인이 뒤따랐다. 그녀는 시녀보다 먼저 출구 쪽으로 걸어갔다.

"마마의 거처와 관련해서 말씀드리자면, 저희가 제공해드릴 수 있는 건……." 볼켄슈타인이 입을 열었다.

"괜한 수고 말아요."

"수고가 아니라 저희에겐 크나큰 영광……."

"내가 황실 첩자들이 득실거리는 곳에 묵을 것 같아요?"

"솔직히 말씀드리면 어디에 묵으시건 밀정들이 득실거릴 겁니다. 그만큼 우리 밀정이 많다는 뜻이죠. 우리는 전장에서 패했습니다. 더는 기밀이랄 것도 별로 남아 있지 않아요. 그러니 우리의 불쌍한 밀정들이 하루 종일 뭘 하겠습니까?"

"황제가 졌다고요?"

"제가 직접 저 아래 바이에른에 있다가 돌아왔습니다. 손가락 하나도 거기 두고 왔고요!" 그가 장갑 낀 손을 흔들었다. 오른쪽 새끼손가락 자리가 비어서 덜렁거렸다. "우리는 군대의 절반을 잃었습니다. 마마께서 오신 시기가 그리 나쁘지 않습니다. 우리는 힘이 강할 땐 양보를 하지 않으니까요."

"지금이 적기다?"

"제대로만 대처한다면 언제나 적기죠. 자신에게 만족하고, 삶을 고통으로 여기지 말라. 행운과 장소, 시간이 결탁해 너를 배반할지라도."

"뭐라고요?"

"독일 시인의 시에 나오는 대목입니다. 요즘은 이런 시들이 종종 나옵니다. 독일어 시가요. 그 시를 쓴 사람은 파울 플레밍이라는 시인입니다. 그의 시들은 슬픔이 북받칠 정도로 감동적이죠. 하지만 시인은 이른 나이에 죽었습니다. 폐병으로요. 어떤 훌륭한 시를 더 썼을지 생각하면 정말 안타까운 일이죠. 아무튼 그 시인 때문에 저도 독일어로 글을 씁니다."

그녀가 싱긋 웃는다. "시를요?"

"산문입니다."

"정말 독일어로요? 나는 예전에 오피츠를 읽은 적이 있어요."

"아, 오피츠!"

"예, 오피츠요."

두 사람은 웃었다.

"제 말이 좀 가소롭게 들릴 수 있다는 건 저도 압니다." 볼켄슈타인이 말했다. "하지만 저는 그게 가능하다고 봅니다. 그래서 언젠가 독일어로 제 생애를 기록하기로 마음먹었습니다. 여기 온 것도 그 때문이고요. 먼 훗날 사람들은 여기 이 회의에서 무슨 일이 있었는지 알고 싶어 할 겁니다. 제가 예전에 안덱스에서 한 광대를 빈으로 데려간 적이 있습니다. 아니, 광대가 저를 빈으로 데려다주었다는 말이 더 정확할 겁니다. 그가 아니었으면 저는 죽었을 테니까요. 아무튼 황제 폐하께서 사절단을 위무하려고 광대를 이리 보내셨을 때 저 역시 기회를 잡아 함께 오게 되었습니다."

리즈가 손짓을 하자 시녀가 마차를 대령하려고 얼른 뛰어나갔다. 꽤 괜찮은 마차였다. 빠르고, 신분에도 웬만큼 어울렸다. 리즈는 마지막 남은 돈으로 튼튼한 말 두 필과 믿음직한 마부를 두 주간 빌렸다. 그렇다면 앞으로 오스나브뤼크에 사흘은 더 머물 수 있었다.

그녀는 밖으로 나와 모피 외투의 후드를 머리 쪽으로 당겼다. 이 정도면 잘한 것일까? 모르겠다. 아직 못 한 말이 많았고, 미처 떠올리지 못한 반박도 많았다. 하지만 그건 어쩔 수 없다. 아버지가 언젠가 이런 말을 했다. 사람은 항상 자기가 가진 무기의 일부만을 사용할 수밖에 없다고.

마차가 덜커덩거리며 다가왔다. 마부가 내렸다. 그녀는 주위를 두리번거리며 그 뚱뚱한 백작이 더 이상 자신을 뒤따르지 않은 것에 묘한 아쉬움을 느꼈다. 그와는 좀 더 대화를 나누고 싶었는데.

마부가 그녀를 번쩍 안아 올려 마차로 옮겼다.

2

이튿날 오전 리즈는 스웨덴 대사를 찾아갔다. 이번에는 방문 사실을 미리 알렸다. 스웨덴은 우군이기에 굳이 기습적으로 찾아갈 필요가 없었다. 스웨덴 대사라면 그녀의 방문을 기뻐할 것이었다.

지난밤은 아주 끔찍했다. 그들은 오랫동안 헤맨 끝에 더럽기 그지없는 여관에서 간신히 빈방을 찾아냈다. 창문 하나 없고, 바닥엔 잔가지가 깔려 있었다. 침대 대신 짚을 넣은 매트만 하나 덜렁 있었는데, 그조차도 시녀와 나누어야 했다. 몇 시간 동안 뒤척이다가 마침내 옅은 잠에 빠졌을 때 그녀는 프리드리히 꿈을 꾸었다. 발음하기도 힘든 이름의 보헤미아 귀족들이 왕관을 들고 와 받아달라고 청원하기 전의 하이델베르크 시절이었다. 두 사람은 성의 석조 복도를 나란히 걷고 있었다. 그때 그녀는 둘이 하나가 된다는 게 어떤 것인지 정말 마음속 깊이 느꼈다. 잠에서 깬 뒤, 리즈는 문 바깥에 있는 마부의 코 고는 소리를 들으며 남편 없이 살아온 세월이 얼마나 되었는지 생각했다. 남편과의 결혼 생활만큼 긴 시간이었다.

대사의 대기실에 들어섰을 때 리즈는 하품이 나오려는 걸 가까스로 참았다. 간밤에 잠을 너무 못 잤다. 여기도 카펫이 깔려 있었지만, 벽은 프로테스탄트풍에 맞게 휑했다. 길쭉한 벽에 진주로 장식된 십자가만 하나 걸려 있었다. 방 안은 사람들로 북적였다. 몇 사람은 서류를 들여다보았고, 나머지 사람들은 부지런히 여기저기 오갔다. 람베르크의 대기실은 어째서 그렇게 텅 비어 있었을까? 혹시 황실 대사의 관저에는 따로 하나 또는 몇 개의 대기실이 더 있는 게 아니었을까?

모든 눈이 그녀에게로 향했다. 조용했다. 전날처럼 그녀는 문 쪽으로 단호하게 걸어갔다. 그사이 뒤에 선 시녀는 크지만 약간 날카로운 목소리로 여기 보헤미아 왕비님이 납셨다고 소리쳤다. 리즈는 문득 불안감이 엄습하는 것을 느꼈다. 어쩐지 이번에는 잘되지 않을 것 같은 느낌이었다.

실제로 하인은 문손잡이를 잡지 않았다.

문까지 반걸음을 남겨둔 상태에서 그녀는 멈춰 섰다. 부딪히지 않으려고 문에 손을 짚어야 할 정도로 급작스럽게. 뒤에서 시녀가 넘어질 뻔하는 소리가 들렸다. 낯이 붉어졌다. 중얼거림과 수군거림이 들려왔다. 키득거리는 소리도 섞여 있었다.

그녀는 천천히 두 걸음을 물러났다. 다행히 시녀도 냉정을 되찾고 마찬가지로 물러났다. 지팡이를 쥐고 있던 왼손이 파르르 떨렸다. 그녀는 무척 관대한 미소를 지으며 하인을 노려보았다.

하인 놈은 멀뚱멀뚱 바라보기만 했다. 당연했다. 누구도 보헤미아 왕비가 올 거라는 이야기를 그에게 해주지 않았다. 하인은 젊었고, 아무것도 몰랐다. 괜히 문을 함부로 열어주는 실수를 범하고 싶지 않았다. 누가 그런 그를 욕할 수 있을까?

그렇다고 그녀 역시 이대로 대기실에 그냥 앉을 수는 없었다. 왕비는 누군가 자신을 위해 시간을 내줄 때까지 대기실에서 기다리는 사람이 아니었다. 왕관을 쓴 사람들이 이런 사절단 회의에 오지 않는 건 다 그만한 이유가 있어서다. 물론 그녀는 입장이 좀 다르긴 했다. 직접 찾아오는 것 말고 다른 무엇을 할 수 있었겠는가? 자신이 선제후직을 위해 이렇게 열심히 뛰는 건 모두 아들 때문이었다. 하지만 아들은 미숙한 데다 터무니없이 콧대만 높고 고압적이라 직접 이리로 보냈더라면 분명 일을 완전히 망쳐놓았을 것이다. 그렇다고 그녀에게 외교관이 있는 것도 아니었다.

그녀는 하인처럼 미동도 없이 서 있었다. 수군거림이 점점 커졌다. 이제는 대놓고 웃는 소리도 들렸다. 낯이 붉어져서는 안 돼. 그녀는 생각했다. 그것만은 안 돼. 절대 얼굴을 붉혀선 안 돼!

그때 다른 쪽 문이 살짝 열리는 순간 그녀는 진심으로 감사하는 마음이 들었다. 문틈으로 한 얼굴이 빠끔 나타났다. 한쪽 눈이 다른 쪽 눈보다 높이 달리고, 코는 이상하게 비틀려 있고, 두툼한 입술은 하나로 접합되지 않을 것 같고, 턱에는 실타래 같은 뾰쪽한 수염이 매달린 얼굴이었다.

"전하, 이리로 드시지요." 그 얼굴이 말했다.

리즈는 들어섰다. 삐뚜름한 얼굴은 혹시 누군가 뒤따라 들어올까 봐 염려라도 되는 듯 얼른 문을 닫았다.

"뵙게 되어 영광입니다. 베네치아공화국 대사 알비세 콘타리니입니다." 그가 프랑스어로 말했다. "저는 여기 중재자로 와 있습니다. 같이 가시지요."

남자는 그녀를 길쭉한 복도로 안내했다. 여기 벽들도 휑하니 비어 있었다. 다만 바닥에 깔린 카펫은 값으로 따질 수 없을 만큼 귀하고 고급스러웠다. 리즈는 대번에 그걸 알아보았다. 두 개 궁정의 안주인을 지낸 사람으로서 내부 설비나 장식에는 일가견이 있었다.

"미리 한 말씀 드리자면……." 콘타리니가 입을 열었다. "여전히 가장 큰 난관은 프랑스입니다. 프랑스는 오스트리아 황가에 속하는 나라들이 더는 스페인 왕가 계통의 나라들을 지원해서는 안 된다고 요구하고 있습니다. 스웨덴은 어찌 되든 상관없다는 입장이지만, 프랑스로부터 받은 막대한 보조금 때문에 프랑스 측 요구를 무시할 수 없는 처지고요. 반면에 황제는 그에 대해 반대 입장이 단호합니다. 이 문제가 해결되지 않는 한 세 왕실 중 한 곳은 합의안에 서명을 하지 않을 겁니다."

리즈는 고개를 갸우뚱거리며 알 수 없는 미소를 지었다. 뭔가 이해할 수 없는 말을 들을 때면 늘 해오던 습관이었다. 그러면서 이런 생각을 했다. 이 남자는 자신에게 무언가 반응을 바라고 이런 말을 하는 것이 아니라 그냥 말하기를 좋아하는 사람인 게 분명해. 어느 궁정에나 이런 사람은 있기 마련이었다.

복도 끝에 다다르자 콘타리니가 문을 열더니 허리를 숙이며 그녀를 먼저 들였다. "스웨덴 대사들입니다. 옥센스티에르나 백작과 아들레르 살비우스 박사입니다."

그녀는 혼란스러운 표정으로 방 안을 둘러보았다. 두 남자는 마치 화가가 그림을 그리기 위해 자리를 정해주기라도 한 듯, 한 사람은 접견실 오른쪽 구석, 다른 사람은 반대편 구석에 놓인 똑같은 크기의 커다란 소파에 대칭으로 앉아 있었다. 중앙에는 또 다른 팔걸이의자가 놓여 있었다. 리즈가 그리로 향하자 두 남자는 자리에서 일어나 깊이 허리를 숙였다. 그녀는 의자에 앉았고, 남자들은 서 있었다. 옥센스티에르나 백작은 볼이 통통하고 육중한 몸을 가진 남자였으며, 살비우스는 크고 마른 몸에 얼굴은 무척 피곤해 보였다.

"전하께서 람베르크를 만나셨다면서요?" 살비우스가 프랑스어로 물었다.

"그걸 어떻게 아나요?"

"오스나브뤼크는 좁습니다." 옥센스티에르나가 말했다. "여기가 각국 사절들의 회의장이라는 건 전하께서도 아시겠지요? 제후나 군주는 오시지 않는……."

"걱정 말아요." 그녀가 말했다. "회의 때문에 온 게 아니니까. 내가 여기 온 건 내 가족에게 마땅히 돌아가야 할 선제후직 때문이에요. 내 정보가 정확하다면 스웨덴은 칭호를 돌려달라는 우리의 요구를 지지한다고 들었어요." 그녀의 프랑스어 실력은 훌륭했다. 단어 선택은 적절했고, 말의 흐름도 물 흐르듯 했다. 마치 그녀의 입에서 말이 저절로 만들어져 나오는 것 같았다. 물론 그녀는 영어로 말하고 싶었다. 노래하듯이 이어지는 풍성하고 부드러운 모국어이자 연극과 시의 언어로. 하지만 여기선 영어를 할 줄 아는 사람이 거의 없었다. 게다가 영국 대사도 없었다. 이제 보니 아버지는 자신의 나라가 전쟁에 휘말리는 것을 막기 위해 딸과 사위를 희생시킨 셈이다.

그녀는 잠시 기다렸다. 아무도 입을 열지 않았다.

"아닌가요?" 그녀가 마침내 물었다. "스웨덴이 우리의 요구를 지지한다는 게 사실이 아닌가요?"

"원칙적으로는 지지합니다." 살비우스가 대답했다.

"스웨덴이 우리의 왕위 복원을 주장해주면 내 아들이 나서서 자발적으로 그 직을 포기하겠다고 제안할 거예요. 그러니까, 황실에서 비밀 협정서를 통해 우리에게 여덟 번째 선제후직을 만들어주겠다고 약속한다면요."

"황제는 새로운 선제후직을 만들 수 없습니다." 옥센스티에르나가 말했다. "황제에겐 그럴 권한이 없어요."

"제후들이 그럴 권한을 주면 가능하죠." 리즈가 말했다.

"하지만 제후들에게도 그럴 권한은 없습니다." 옥센스티에르나가 말을 이었다. "게다가 우리는 훨씬 더 많은 것을 원합니다. 1623년에 우리 편에게서 빼앗아 갔던 모든 것의 반환을 요구하고 있지요."

"선제후직을 하나 더 만드는 건 가톨릭 입장에선 바이에른이 선제후직을 얻을 수 있기에 반대할 이유가 없고, 프로테스탄트 입장에서도 우리 쪽 선제후를 잃지 않는다는 점에서 불리할 게 없어요."

"그럴 수도……." 살비우스가 말했다.

"안 될 말입니다." 옥센스티에르나가 말했다.

"이 두 분이 하신 말씀 모두 옳습니다." 콘타리니가 리즈에게 말했다.

리즈가 무슨 소리냐는 듯 그를 바라보았다.

"두 대사의 처지가 다르니 의견도 다를 수밖에 없다는 뜻이지요." 콘타리니가 이번에는 독일어로 말했다. 스웨덴 대사들은 알아듣지 못했다. "한 사람은 스웨덴 총리의 아들로서 전쟁을 계속하자는 부친의 뜻을 대변할 수밖에 없고, 다른 사람은 평화안을 체결할 목적으로 스웨덴 여왕이 보낸 인물이거든요."

"지금 뭐라고 하시는 겁니까?" 옥센스티에르나가 물었다.

"별거 아닙니다. 독일 속담을 말씀드렸습니다." 콘타리니가 다시 프랑스어로 대답했다.

"보헤미아는 제국 영토가 아닙니다." 옥센스티에르나가 말했다. "하여 프라하는 협상 테이블에 올라갈 수 없습니다. 그러려면 먼저 그에 대해 협의부터 해야지요. 어떤 문제에 대한 협상을 시작하려면 늘 그 문제를 테이블에 올리느냐 마느냐부터 협의해야 합니다."

"여왕 폐하의 생각은 다릅니다. 그러니까……." 살비우스가 말했다.

"폐하는 아직 어리고 경험이 부족하십니다. 내 부친이 폐하의 섭정이에요. 아버님의 생각은……."

"섭정이었죠."

"뭐라고요?"

"이제 폐하께서도 성년이 되셨습니다."

"막 되셨죠. 내 부친인 총리대신은 유럽에서 가장 노련하고 원숙한 국가 지도자이십니다. 우리의 위대한 구스타프 아돌프 대왕이 뤼첸에서 숨을 거두신 이후로……."

"이후로 우리는 거의 승리를 거두지 못했지요. 프랑스의 도움이 없었더라면 우리는 패배했을 겁니다."

"지금 무슨 말을 하려는 겁니까?"

"총리대신 각하의 업적을 폄하하려는 게 아니라, 제 생각은……."

"귀하의 생각은 그리 중요하지 않을 것 같소, 살비우스 박사. 부대사의 의견이 뭐 그리 중요……."

"협상 대표자입니다!"

"여왕이 임명한 대표자죠. 하지만 여왕의 섭정이 내 부친이라니까!"

"그랬었죠. 지금이 아니라!"

"일단 여기 왕비 전하의 제안이 고려할 만한 가치가 있다는 사실에 대해서는 의견 일치를 볼 수 있을 것 같습니다." 콘타리니가 끼어들었다. "물론 그 제안을 무조건 따라야 한다거나 고려해야 한다고 약속할 필요까지는 없습니다. 하지만 폐하의 제안이 고려해야 할 만큼 가치 있는 것이라는 점에 대해선 합의를 볼 수 있겠지요."

"그것만으로는 충분치 않습니다." 리즈가 말했다. "프라하가 함락되면 람베르크 백작에게 공식적으로 요구해야 합니다. 내 아들에게 보헤미아 왕위를 돌려주어야 한다고요. 그러면 내 아들은 즉각 비밀 협정을 통해 그 왕위를 포기하겠다고 약속할 거예요. 만일 스웨덴과 프랑스와 여덟 번째 선제후직에 대한 비밀 협정을 맺는다면요. 빨리 추진해야 합니다."

"안타깝지만 여기선 어떤 일도 빨리 추진되지 않습니다." 콘타리니가 말했다. "저는 협상 초기부터 여기 와 있었습니다. 이 을씨년스러운 도시에서 한 달도 버티지 못할 거라 생각했는데, 벌써 5년이 지났습니다."

"나야말로 기다림으로 늙어간다는 게 어떤 것인지 잘 알아요." 리즈가 말했다. "이젠 더 이상 기다릴 수 없어요. 만일 스웨덴이 보헤미아 왕위를 요구하지 않는다면, 그러니까 내 아들이 선제후직과 보헤미아 왕위를 맞바꿀 수 있도록 조치를 취하지 않는다면 우리는 이대로 선제후직을 포기해버리겠어요. 그리 되면 여러분에게는 여덟 번째 선제후직을 손에 넣을 아무런 패도 남지 않게 됩니다. 우리의 왕조는 문을 닫을 것이고, 나는 영국으로 돌아갈 겁니다. 고향이 그리워요. 극장에 다시 가고 싶어요."

"저도 제 고향 베네치아로 돌아가고 싶습니다." 콘타리니가 말했다. "거기서 총독이 되고 싶어요."

"확인을 위해 한 가지 여쭙겠습니다." 살비우스가 말했다. "전하께서는 우리가 스스로 알아서 추진하지는 않을 일을 요구하려고 이리로 오셨습니다. 그러고서 우리가 전하의 소망대로 하지 않는다면 전하의 요구를 철회하겠다고 협박하시는 건

가요? 이런 걸 무슨 전략이라고 불러야 할지……."

리즈는 알 듯 모를 듯한 미소를 지었다. 지금 그녀의 눈앞에 무대가 없고, 자신의 말에 푹 빠져 귀를 기울일 관객이 없는 것이 유감이었다. 그녀는 헛기침을 했다. 어떤 대답을 할지 스스로 잘 알고 있었지만, 존재하지 않는 관객들을 향해 최대한 큰 효과를 발휘하기 위해 깊은 고민에 빠진 척했다.

"내가 한 가지 제안을 하겠습니다." 그녀가 마침내 입을 열었다. "이런 걸 당신들은 정치라고 부르지요."

3

이튿날, 오스나브뤼크에 묵는 마지막 날이었다. 리즈는 오후 일찍 숙소를 떠나 주교가 주최하는 만찬장으로 향했다. 초대받지 못한 자리지만 힘깨나 쓰는 사람은 다 온다는 얘기를 듣고 참석하기로 마음먹었다. 내일 이 시각쯤이면 벌써 황량한 풍경을 지나 헤이그의 초라한 집으로 돌아가고 있을 터였다.

출발을 미룰 수는 없었다. 단순히 돈이 부족해서만은 아니었다. 그녀는 극적 효과에 대해 잘 알고 있었다. 갑자기 나타났다가 갑자기 사라진 퇴락한 왕비의 모습은 사람들에게 깊은 인상을 주기에 충분했다. 반면에 퇴락한 왕비가 계속 머물면 사람들은 차츰 익숙해지고, 어느 순간부터 그녀를 비웃는 농담도 서슴없이 던지게 될 것이다. 그런 일이 일어나선 안 되었다. 이건 네덜란드에서 이미 경험한 바 있었다. 네덜란드에 처음 도착했을 때만 해도 그녀와 프리드리히는 따뜻한 환영을 받았다. 하지만 시간이 흘러 언젠가부터는 이제 만남을 청해도 정계 인사들이 번번이 이런저런 핑계를 대며 만나주지 않았다.

이 만찬장은 그녀가 마지막으로 등장하는 자리가 될 것이다. 리즈는 이미 제안을 했고, 해야 할 말도 다 했다. 아들을 위해 더는 할 수 있는 일이 없었다.

아쉽게도 아들은 영국의 삼촌에게 가 있었다. 정말이지 미련퉁이였다. 그녀의 남동생과 아들은 조부의 외양을 많이 닮았지만, 조부의 내면에 도사린 영리함은 조금도 물려받지 못했다. 둘 다 굵직한 목소리에 어깨가 넓고 성큼성큼 걸었으며, 선천적으로 거드름이 몸에 배어 있었다. 게다가 사냥밖에 모르는 인간들이었다. 바다 건너 남동생은 현재 의회와 전쟁을 벌이는 중인데, 어쩌면 패자가 될 수도 있었다. 아들 역시 설사 선제후가 된다 하더라도 위대한 군주로 역사에 이름을 올리는 일은 없을 듯했다. 벌써 서른이니 더는 젊다고 할 만한 나이도 아니었다. 지금쯤 아들은 영국 어딘가를 돌아다니고 있을 것이다. 아마 사냥을 하고 있을 가능성이 가장 높았다. 저를 위해 어미는 이렇게 베스트팔렌에서 열심히 뛰고 있는데 말이다. 편지를 거의 쓰지 않는 아들이었지만, 기껏 보내는 편지도 짧고 싸늘했다. 심지어 어떤 때는 적의까지 느껴졌다.

둘째 아들을 생각할 때마다 자신도 모르게 큰아들의 모습이 떠올랐다. 훤칠하고 영리하고 성격까지 밝은 아들이었다. 아버지의 다정한 성품과 자신의 머리를 물려받은 큰아들은 그녀의 자랑이자 즐거움이자 희망이었다. 아들을 생각할 때면 여러 얼굴이 동시에 보였다. 생후 석 달째의 얼굴과 열두 살, 열네 살 때의 얼굴. 하지만 그런 얼굴들 뒤로 항상 따라오는 다른 이미지가 있었다. 전복된 배와 아가리를 쩍 벌린 시커먼 강물이었다. 이 이미지 때문에 그녀는 되도록이면 큰아들을 생각하지 않으려 했다. 강에서 헤엄을 치다가 실수로 물을 마셨을 때 어떤 느낌인지 그녀는 잘 알고 있었다. 그렇다면 익사할 때는 어떤 느낌일까? 도저히 상상이 되지 않았다.

오스나브뤼크는 조그만 도시였다. 숙소에서 만찬장까지는 얼마든지 걸어서 갈 수 있었다. 하지만 거리는 독일이라는 나라의 상황만큼이나 더럽고 엉망이었다. 게다가 걸어가는 왕비의 모습이 사람들에게 좋게 비칠 리 없었다.

결국 그녀는 마차에 올랐고, 좌석에 등을 기댄 채 좁은 박공지붕 집들 사이를 지나갔다. 시녀는 옆에 묵묵히 앉아 있었다. 리즈에게 무시당하는 것에는 이미 익숙한 터라 먼저 말을 거는 법이 없었다. 그저 가구처럼 행동하는 것이 시녀가 할 수 있는 유일한 일이었다. 날은 싸늘하고 보슬비가 내렸다. 그래도 구름 너머 창백하게 어른거리는 해는 찾을 수 있었다. 비가 골목에 밴 냄새를 깨끗이 씻어주었다. 아이들이 뛰어다녔다. 말을 탄 한 무리의 군인이 보였고, 이어 밀가루 포대를 실은 당나귀 수레가 지나갔다. 마차는 벌써 중앙 광장 쪽으로 방향을 틀었다.

광장 맞은편에는 그녀가 그저께 들른 황실 대사의 거처가 있었고, 광장 한가운데에는 머리와 팔을 끼울 수 있도록 구멍을 뚫어놓은, 어른 키만 한 형틀이 있었다. 여관 안주인 말로는 지난달에 한 마녀가 이 형틀을 차게 되었는데, 너그러운 판사를 만나 열흘 동안만 그러고 있다가 도시에서 쫓겨났다고 했다.

대성당은 덩치만 클 뿐 조야하고 독일풍이었다. 마치 기괴한 괴물 같았다. 게다가 한쪽 탑이 다른 쪽 탑보다 더 컸다. 대성당 옆쪽에는 두꺼운 돌림띠 장식에 뾰쪽한 지붕을 얹은 길쭉한 집 한 채가 서 있었다. 수많은 마차가 광장을 가로막고 있는 바람에 마차를 정문에 댈 수가 없었다. 하는 수 없이 마부가 약간 떨어진 곳에 마차를 세우고는 리즈를 안아 옮겼다. 마부의 냄새는 고약했고, 그녀의 모피 외투는 비에 젖었다. 어쨌든 마부는 그녀를 떨어뜨리지 않고 무사히 정문까지 날랐다.

마부가 약간 거칠게 내려놓는 바람에 리즈는 균형을 잃지 않으려고 얼른 지팡이를 짚었다. 이런 순간마다 나이가 느껴졌다. 그녀는 모피 후드를 뒤로 젖히며 이것이 자신의 마지막 등장임을 상기했다. 짜릿한 흥분이 온몸을 타고 내렸다. 오랫동안 없었던 일이다. 마부가 시녀를 데리러 간 사이 리즈는 기다리지 않고 혼자 들어갔다.

이미 로비에서부터 음악이 흘러나오고 있었다. 그녀는 걸음을 멈추고 귀를 기울였다.

"황제 폐하께서 우리를 위해 최고의 궁정 악사들을 보내셨지요."

람베르크는 진보라색 망토 차림에 황금 양모 기사단 목걸이를 차고 있었다. 옆에는 볼켄슈타인이 서 있었다. 두 사람은 모자를 벗고 인사를 했다. 리즈가 볼켄슈타인에게 고개를 끄덕여 보이자 그 역시 미소로 화답했다.

"마마께서는 내일 떠나시지요." 람베르크가 말했다.

이게 질문이 아니라 명령조로 들려 그녀는 내심 불쾌했다.

"역시 백작께서는 정보력이 좋으시군요."

"제가 원하는 수준만큼은 아직 아닙니다. 그건 그렇고, 오늘 여기서 들으시는 음악은 다른 곳에서 쉽게 들으실 수 없는 것이라고 장담드릴 수 있습니다. 이 회의에 대한 황제 폐하의 크나큰 호의의 표시죠."

"빈이 전장에서 패했기 때문에요?"

람베르크는 이 질문을 못 들은 척했다. "빈 궁정에서 최고의 악단뿐 아니라 일류 배우와 최고의 광대까지 보냈습니다. 마마께서는 스웨덴 대사들을 만나셨다고요?"

"정말 모르는 게 없군요."

"그렇다면 스웨덴 대사들이 서로 싸우고 있다는 것도 이제 아시겠군요."

박에서 트롬본 소리가 울리자 하인들이 문을 활짝 열었다.

보석으로 번쩍거리는 남자가 들어왔다. 바닥에 끌리는 긴 드레스 차림에 다이아뎀을 쓴 여자와 팔짱을 끼고 있었다. 남자는 지나가면서 쌀쌀맞지도 다정하지도 않은 시선으로 람베르크에게 고개를 끄덕였고, 람베르크도 보일 듯 말 듯 살짝 고개를 숙여 인사했다.

"프랑스 대사?" 리즈가 물었다.

람베르크가 고개를 끄덕였다.

"귀하께선 우리 제안을 빈에 알렸나요?"

람베르크는 대답하지 않았다. 질문을 들었는지 아닌지조차 내색하지 않았다.

"아님 귀하께는 그게 필요 없는 절차인가요? 전권을 갖고 있으니까?"

"황제 폐하의 결정은 항상 폐하만의 결정이지 다른 사람이 대신할 수 없습니다. 이제 마마께 작별 인사를 드려야겠군요. 아무리 가명을 쓰고 계신다고 하나 이렇게 공개된 장소에서 마마와 계속 대화를 나누는 건 적절치 않아 보입니다."

"내가 제국 추방령을 받아서요? 아니면 부인께서 질투를 하실까 봐?"

람베르크는 나직이 웃었다. "괜찮으시다면 볼켄슈타인 백작이 마마를 홀로 안내해드릴 겁니다."

"볼켄슈타인 백작은 그래도 되나요?"

"주님 앞에 자유로운 영혼이니까요. 예의에 맞는 일이라면 뭐든 할 사람이죠."

볼켄슈타인이 팔을 구부리자 리즈는 팔짱을 끼면서 그의 손등에다 손을 올렸다. 이어 두 사람은 기품 있는 걸음걸이로 입장했다.

"여긴 모든 대사가 참석하나요?" 그녀가 물었다.

"네, 전부 다요. 다만 아무나와 인사를 나누거나 말을 섞어서는 안 됩니다. 모든 게 엄격하게 정해져 있거든요."

"백작은 나와 얘기해도 되나요?"

"당연히 안 되지요. 하지만 전하와 함께 걸을 수는 있습니다. 저는 손자들에게 편지를 써서 전하 이야기를 들려줄 겁니다. 보헤미아의 왕비님이자, 영국의 전설적인 공주님이자……."

"겨울왕의 왕비?"

"아뇨, '어여쁜 불사조 신부님'이라고 말하려고 했습니다."

"영어 할 줄 알아요?"

"조금요."

"존 던의 책도 읽어봤나요?"

"많이 읽지는 못했습니다. 다만 존 던이 전하의 부왕께 보헤미아의 왕을 도와야 한다고 촉구한 그 아름다운 시는 읽었습니다. '어떤 사람도 섬이 아니다'라는 구절이 생각나는군요."

그녀는 고개를 들었다. 만찬장의 천장에는 독일에서 흔히

볼 수 있는 졸렬한 프레스코화가 그려져 있었다. 피렌체 같았으면 감히 명함도 내밀지 못했을 이탈리아 이류 화가들의 작품이었다. 벽의 돌림띠 선반에는 진지한 눈으로 바라보는 성자들의 조각상이 놓여 있는데 그중 둘은 창을, 둘은 십자가를 들었고, 하나는 두 주먹을 불끈 쥐었으며, 다른 하나는 왕관을 쓰고 있었다. 선반 아래에는 횃불이 부착되어 있었고, 네 개의 거대한 샹들리에에서는 수십 개 초가 타올랐다. 불빛이 주변의 많은 거울들로 더욱 증폭되었다. 안쪽 벽에 여섯 명의 악사가 서 있었다. 바이올린 넷, 하프 하나, 그리고 리즈가 지금껏 본 적이 없는 낯선 형태의 호른으로 구성된 악단이었다.

다들 음악에 귀를 기울였다. 리즈가 런던의 화이트홀에서도 듣지 못한 음악이었다. 바이올린 한 대가 저 깊은 어둠 속에서 멜로디를 끌어 올리자 다른 바이올린이 거기다 선명함과 힘을 더해 세 번째 바이올린에 넘겨주었다. 그사이 네 번째 바이올린은 그 멜로디를 좀 더 경쾌한 다른 멜로디로 변주했다. 부지불식간에 두 멜로디는 하나가 되어 서로를 넘나들었다. 곧이어 하프가 멜로디를 붙잡으며 중심에 섰고, 바이올린들은 마치 나직이 대화를 나누듯 벌써 새로운 멜로디를 발견해냈다. 바로 그 순간 하프가 바이올린들에 다른 멜로디를 돌려주자 다시 두 멜로디가 합쳐지고, 그들 위로 세 번째 멜로디가 만들어낸 기쁨의 함성이 치솟았다. 단단하고 고동치는 호른의 목소리로.

이어 정적이 내려앉았다. 곡은 짧았지만, 마치 그 나름의 시간을 지닌 양 실제보다 훨씬 길게 느껴졌다. 몇몇 청중은 망설이듯 박수를 쳤고, 다른 사람들은 각자 내면의 목소리에 귀를 기울이는 듯 조용히 서 있었다.

"여기서는 악단이 매일 저녁 우리에게 음악을 들려줍니다." 볼켄슈타인이 말했다. "저기 멀대 같은 사내는 하겐브룬 마을 출신의 한스 쿠히너라는 친구인데, 학교에 다닌 적도 없고 말도 잘 못하지만 음악적 재능이라는 은총을 주님께 받았지요."

"전하!"

팔짱을 낀 남녀가 다가왔다. 각진 얼굴에 하관이 넓은 남자와 몹시 추워 보이는 여자였다.

리즈는 볼켄슈타인이 남자를 보는 순간 주춤주춤 물러나더니 뒷짐을 지고 슬그머니 자리를 뜨는 것을 아쉬운 마음으로 지켜보았다. 대화는 물론이고 인사를 나누어서도 안 되는 상대인 모양이었다. 남자가 허리를 깊이 숙였고, 여자는 무릎을 굽혀 공손히 절했다.

"베젠베크입니다." 남자가 말했다. 이름 끝부분의 파열음을 얼마나 강하게 발음하는지, 작은 폭발음처럼 들렸다. "브란덴부르크 선제후의 부대사입니다. 전하를 뵙게 되어 영광입니다."

"이런 반가울 데가." 리즈가 말했다.

"여덟 번째 선제후직을 요구하셨다지요. 경의를 표합니다!"

"우린 아무것도 요구한 게 없어요. 나는 연약한 여자에 불과해요. 여자는 협상을 할 수 없고 요구할 수도 없습니다. 그렇다고 지금 내 아들이 무언가를 요구할 권한이 있는 칭호를 가진 것도 아니고요. 따라서 우리는 요구할 수가 없어요. 다만 포기할 수 있을 뿐이지요. 나는 그것을 겸허한 마음으로 제안했습니다. 우리가 아니라면 누가 보헤미아의 왕위를 포기할 수 있겠어요? 그럴 수 있는 건 우리뿐이에요. 우리는 선제후직과 맞바꾸는 조건으로 그렇게 할 겁니다. 우리에게 왕위를 돌려달라는 요구는 프로테스탄트 동맹이 해야 하고요."

"저희가 해야지요."

리즈가 엷게 웃었다.

"저희가 그렇게 하지 않는다면, 그러니까 바이에른의 비텔스바흐 가문이 선제후직을 차지하는 것이 싫어서 그 일을 하지 않는다면……."

"그건 실수가 될 거예요. 왜냐하면 바이에른은 어차피 그 직을 받게 될 테니까요. 그럴 경우 우리는 펠츠 선제후직을 포기해야겠죠. 만천하 앞에서 공공연히. 그리 되면 여러분은 더 이상 아무것도 요구할 수 없게 돼요."

부대사는 골똘한 표정으로 고개를 끄덕였다.

갑자기 지금껏 감히 엄두도 내지 못한 생각이 그녀의 머릿속에 떠올랐다. 이건 먹힐 것 같았다! 마차를 임대해 오스나브뤼크로 가서 평화 협상에 개입하겠다는 마음을 처음 먹었을 때는 그것이 정말 터무니없는 생각 같기만 했다. 자기 자신을 믿는 데 근 1년이 걸렸고, 그에 대한 계획을 짜는 데 또 1년이 필요했다. 그러면서도 실제로 가봤자 웃음거리만 될 거라는 예상이 지배적이었다.

그런데 하관이 넓은 이 남자와 마주한 지금, 그녀는 아들에게 정말로 선제후 칭호를 찾아줄 수 있을 것 같다는 생각이 들었다. 나는 너에게 좋은 엄마가 아니었지. 그녀는 생각했다. 너는 자식으로서 마땅히 받아야 할 만큼 사랑을 받지 못했어. 하지만 단 한 가지만큼은 너를 위해 최선을 다했다고 자부한다. 이 꼴 저 꼴 다 보기 싫어 영국으로 돌아갈 수도 있었지만 돌아가지 않고 그 작은 집에 남았지. 그곳을 망명 왕궁이라 부르며 나 자신과 세상을 속였고, 불쌍한 네 아버지의 죽음 이후 많은 남자들이 원했음에도 나는 모두를 뿌리쳤다. 심지어 그중에는 젊은 남자도 있었지. 나는 여전히 전설적인 인물에다 아름답기까지 했으니까. 하지만 나는 우리의 요구를 관철하기 위해 스캔들을 일으켜서는 안 된다는 점을 늘 명심했고, 단 한 순간도 그걸 잊은 적이 없었다.

"우린 당신들을 믿어요." 그녀가 말했다. 순간 자신이 이 말을 적절한 어조로 내뱉었는지, 혹시 너무 비장하게 얘기한 건 아닌지 의문이 들었다. 남자는 턱이 정말 컸고, 눈썹이 무성했다. 그녀의 말을 듣는 순간, 그런 그의 눈에 눈물이 그렁그렁해졌다. 이 고양된 어조를 감격적으로 받아들인 게 분명했다. "우린 브란덴부르크를 믿어요."

남자가 깊이 허리를 숙였다. "브란덴부르크를 믿으십시오."

그의 아내는 차가운 눈으로 리즈를 살펴보았다. 리즈는 이제 이 대화가 끝났으면 하는 바람으로 볼켄슈타인을 찾아 주위를 두리번거렸다. 하지만 그는 어디에도 보이지 않았다. 브란덴부르크 부부도 침착한 걸음걸이로 곁을 떠났다.

그녀는 혼자 남았다. 악사들이 다시 연주를 시작했다. 리즈는 박자를 헤아렸다. 최근 유행하는 미뉴에트 춤곡이었다. 남녀가 두 줄로 마주 보고 섰다. 줄은 서로 멀어졌다가 다시 가까워졌다. 파트너들이 장갑 낀 손을 맞잡더니 한 바퀴 돌고는 떨어졌다. 그로써 남녀 줄도 동시에 다시 멀어졌다. 악단이 가볍게 노래하듯 주제를 변주하는 동안 다들 떨어졌다가 합쳐져 다시 돌았다가 떨어지기를 반복했다. 무엇을 향한 것인지, 아니면 누구를 향한 것인지 몰라도 음조에는 그리움이 배어 있었다. 저쪽에서 프랑스 대사와 옥센스티에르나 백작이 나란히 걷고 있었다. 서로 얼굴을 보지는 않았지만, 박자에 맞추어 같은 보조로 움직였다. 콘타리니의 모습도 보였다. 부인이 아주 젊었는데 뇌쇄적일 정도로 아름답고 늘씬했다. 또 다른 쪽에서는 볼켄슈타인이 눈을 반쯤 감은 채 음악에 빠져 있었다. 리즈의 존재는 까맣게 잊은 듯했다.

리즈는 저들과 함께할 수 없다는 것이 아쉬웠다. 원래 그녀는 춤추는 걸 좋아했다. 하지만 형식적으로나마 자신에게 남아 있는 신분이 발목을 잡았다. 그녀처럼 까마득히 지체가 높은 사람은 저런 줄에 끼여 춤을 출 수가 없었다. 게다가 이제는 춤을 출 만큼 몸이 가볍지도 않았고, 입고 있는 모피 외투도 마음에 걸렸다. 수많은 촛불로 후끈한 이런 실내는 외투를 입은 채로 춤추기엔 너무 더웠다. 그렇다고 외투를 벗어버릴 수도 없었다. 외투 안에 입은 옷이 너무 소박했기 때문이다. 옷장에 남은 쓸 만한 것이라고는 이 족제비 모피 외투가 전부였다. 다른 건 전부 저당 잡히거나 팔아치웠다. 사실 이 외투도 팔아치워야 하나 계속 고심했는데, 그러지 않은 이유를 이제야 알았다. 이런 자리를 위해서였다.

줄들은 계속 붙었다가 다시 떨어졌다. 그러던 중 갑자기 혼란이 일어났다. 누군가 홀 중앙에 나타났다. 춤추는 사람들을 피하려는 기색은 전혀 보이지 않았다. 가장자리에 있는 이들은 여전히 음악에 따라 몸을 움직이고 있었다. 저쪽 가장자리에는 살비우스가, 건너편에는 브란덴부르크 부대사의 아내가 보였다. 반면에 중앙 줄은 흐트러졌다. 춤추던 사람들은 서 있는 남자를 피하느라 서로 부딪치고 균형을 잃었다. 깡마른 남자였다. 홀쭉한 볼에 턱은 뾰쪽했으며, 이마엔 흉터가 있었다. 얼룩덜룩한 더블릿과 발목을 조인 펑퍼짐한 바지에 세련된 가죽 신발 차림이었다. 머리에는 작은 방울이 달린 알록달록한 광대 모자를 쓰고 있었다. 남자는 이제 저글링을 시작했다. 금속으로 만든 물건이었다. 처음엔 두 개, 다음엔 세 개, 그다음엔 네 개, 또 그다음엔 다섯 개가 공중으로 날아올랐다.

잠시 후 다들 그 금속 물건이 무엇인지 동시에 깨달았다. 곡선으로 구부러진 비수였다. 사람들은 주춤주춤 뒤로 물러났다. 남자들은 목을 움츠렸고, 여자들은 얼굴을 보호하느라 두 손을 올렸다. 구부러진 비수는 계속 같은 모양으로 공중에서 회전한 뒤 그의 손에 정확히 떨어졌다. 그것도 언제나 손잡이 부분이 아래쪽으로. 그는 이제 춤을 추기 시작했다. 짧은 보폭으로 천천히 앞뒤로 움직였다. 그러다 차츰 빨라졌다. 이젠 음악도 바뀌었다. 남자가 음악에 맞추어 움직이는 것이 아니라, 음악이 남자의 움직임에 맞추었다. 그를 빼면 춤을 추는 사람은 없었다. 오히려 다들 남자가 춤추는 것을 자세히 보려고 자리를 내주었다. 그동안에도 칼날은 번쩍거리며 점점 더 높이 허공을 날았다. 이제 더는 여유롭고 우아한 춤이 아니라, 숨 막힐 듯 빨라지는 박자를 향해 가는 거친 돌진이었다.

이어 남자는 노래를 부르기 시작했다. 높고 쇳소리가 나는 목소리였다. 하지만 음정은 정확했고, 호흡이 곤란해 보이지도 않았다. 가사는 알아들을 수 없었다. 그가 발명한 새로운 언어인 것 같았다. 그럼에도 무슨 내용인지는 다들 알아차린 듯했다. 한 마디도 알아듣지 못하면서 무슨 뜻인지 이해한 것이다.

공중을 날던 비수의 수가 차츰 줄어들었다. 네 개, 세 개…….
비수들은 그의 허리춤에 차례로 채워졌다.

그때 날카로운 비명이 홀 안에 울려 퍼졌다. 갑자기 콘타리니 부인의 초록색 치마에 붉은 얼룩이 번졌다. 칼날 하나가 남자의 손바닥을 그으면서 피를 튀긴 게 분명했다. 그러나 그의 얼굴은 미동 하나 없었다. 그는 웃으며 마지막 비수를 높이 던졌고, 천장 샹들리에 사이를 절묘하게 지나 빙그르르 돌며 떨어지는 비수를 정확히 받아 허리춤에 채웠다. 음악이 그치자 그는 절을 했다.

박수가 쏟아졌다. "틸!" 누군가 소리쳤다. 여기저기서 감탄이 쏟아졌다. "브라보, 틸!" "브라보! 브라보!"

악사들이 다시 연주를 시작했다. 리즈는 현기증이 일었다. 홀 안은 더웠다. 수많은 촛불 때문이지만, 그녀의 외투가 너무 두툼하기도 했다. 홀 오른쪽에 문이 하나 열려 있었는데 그 뒤로 나선형 계단이 보였다. 그녀는 잠시 망설이다가 그리로 올라갔다.

계단은 가팔랐다. 그녀는 올라가면서 두 번이나 벽에 손을 짚고 숨을 헐떡이며 멈추어 섰다. 잠시 눈앞이 캄캄했고, 무릎이 후들거렸다. 이대로 바닥에 쓰러질 것 같았다. 그러나 이내 기운을 차려 계속 올라가 마침내 작은 발코니에 도착했다.

리즈는 모피 후드를 뒤로 젖히고 석조 난간에 기대어 섰다. 아래쪽은 중앙 광장이었다. 오른편으로 대성당 탑이 하늘 높이 치솟아 있었다. 해는 막 지려는 참이었고, 가랑비가 여전히 대기를 가득 채우고 있었다.

한 남자가 어스름한 광장을 가로질렀다. 람베르크였다. 구부정한 자세로 보폭을 짧게 하여 질질 끌듯이 자신의 거처로 향하고 있었다. 어깨에 느슨하게 걸친 보랏빛 망토가 펄럭거렸다. 문 앞에서 그는 잠시 멈추어 섰다. 생각에 잠긴 듯했다. 그러다 마침내 문을 열고 들어갔다.

그녀는 눈을 감았다. 찬 공기가 기분 좋게 느껴졌다.

"내 당나귀는 잘 지내?" 그녀가 물었다.

"그사이 당나귀는 책을 썼어. 당신은 잘 지내, 귀여운 리즈?"

눈을 떴다. 옆에 그가 서 있었다. 난간에 기댄 채. 한 손에는 천이 돌돌 감겨 있었다.

"훌륭해, 리즈. 넌 늙었지만 아직 어리석지 않아. 심지어 여기서 깊은 인상을 남겼어."

"너도. 모자는 어울리지 않지만."

그가 성한 손을 들어 모자에 달린 방울을 만지작거렸다. "이런 모자를 쓰길 황제가 원해. 자기가 좋아하는 팸플릿에 내가 그렇게 그려져 있거든. 황제가 그러더군. 내가 너를 빈으로 데려오게 했으니 이제 내가 상상한 모습 그대로 입고 다녀라."

그녀는 천이 감긴 손에 묻는 듯한 시선을 던졌다.

"높으신 양반들 앞에선 일부러 실수를 해. 그러면 돈을 더 많이 주거든."

"황제는 어때?"

"사람은 다 똑같아. 밤에는 자고, 남들이 다정하게 대해주면 좋아하지."

"넬레는 어디 있어?"

그는 마치 넬레라는 여자가 누구인지 기억해내려는 것처럼 잠시 침묵했다. "결혼했어. 오래전에."

"평화가 오고 있어, 틸. 난 고향으로 돌아갈 거야. 바다 건너 영국으로. 같이 안 갈래? 따뜻한 방을 줄게. 배를 곯는 일은 없을 거야. 이젠 너도 공연을 썩 잘하지 못하더라고."

그는 아무 말도 하지 않았다. 빗방울에 눈송이가 무수히 섞여 있었다. 비가 아니라 눈이 내린다고 해야 할 정도로.

"우리의 옛 시절을 생각해서 하는 말이야. 이르든 늦든 황제가 너를 불편해할 거라는 건 너나 나나 잘 알잖아. 그러면 넌 다시 거리에 나앉겠지. 나하고 있는 편이 더 나아."

"나한테 은총의 빵을 내려주시겠다? 매일 수프를 먹고, 두꺼운 이불을 덮고, 따뜻한 실내화를 신게 해주시겠다? 내가 평화롭게 죽을 때까지?"

"나쁘지 않잖아."

"더 좋은 게 뭔지 알아? 평화로운 죽음보다 훨씬 좋은 게?"

"말해봐."

"죽지 않는 거야, 리즈. 그게 훨씬 좋아."

그녀는 계단 쪽으로 눈을 돌렸다. 저 아래 홀에서 함성과 웃음과 음악 소리가 들려왔다. 그녀가 다시 고개를 돌렸을 때 그는 없었다. 그녀는 황당한 표정으로 난간 너머를 향해 몸을 내밀었다. 광장은 이제 어둠에 잠겨 있었고, 틸은 어디에도 보이지 않았다.

이렇게 계속 눈이 내리면 내일은 온 세상이 하얗게 뒤덮일 거라는 생각이 들었다. 헤이그로 돌아가는 길이 험난할 것 같았다. 올해는 눈이 너무 일찍 내린 게 아닐까? 어쩌면 곧 저 아래 형틀 기둥에는 어느 불쌍한 인간이 묶일지 모른다.

내 탓이야. 그녀는 생각했다. 나는 겨울왕비니까!

리즈는 고개를 뒤로 젖히고 최대한 크게 입을 벌렸다. 오랫동안 하지 않던 행동이었다. 눈송이는 소녀 시절에 그랬던 만큼 여전히 달콤하고 차가웠다. 그녀는 그 맛을 더 생생히 느끼기 위해, 그리고 어둠 속에서는 보는 사람도 없기에 천천히 혀를 내밀었다.

옮긴이의 말

전쟁과 광대

간혹 옮긴이의 말부터 읽는 독자들이 있다. 사전 정보를 얻은 뒤 본격적으로 뛰어들겠다는 심산이다. 뭐 그것도 나쁘진 않지만 내 생각은 좀 다르다. 옮긴이의 말은 상큼한 후식에 그쳐야 한다. 특히 소설이라면 말이다. 독자의 미적 향유가 번역자의 생각이나 해석으로 오염되어서는 안 되니까. 일단 본 메뉴를 충분히 즐긴 뒤 먹어도 그만, 안 먹어도 그만인 후식 정도로 생각했으면 한다. 그야말로 역자 '후기'답게.

다만 이 소설은 예외일 듯하다. 이 후기에서는 작품의 이해에 도움이 될 만한 역사적 사실과 정보를 제공해볼 생각이다.

소설의 배경은 30년 전쟁(1618-1648)이다. 우리에겐 다소 생소하지만 이는 인류 역사 최대의 종교전쟁이자 최초의 근대적 국제전이며 800만여 명이 희생된 가장 참혹한 전쟁 중 하나로, 세계대전 못지않게 유럽에 엄청난 변화를 불러일으킨 대사건이었다. 전쟁은 주로 오늘의 독일 땅에 해당하는 신성로마제국을 무대로 일어났다. 사실 신성로마제국은 신성하지도 않고, 로마와도 상관이 없고, 제국도 아닌, 수백 개 다민족 제후국의 느슨한 연합체에 불과했다. 황제 역시 선제후 일곱 명이 모여 뽑았다.

가톨릭의 면죄부 판매로 촉발된 종교개혁이 신교에 대한 구교의 강력한 탄압으로 이어지면서 곳곳에서 물리적 충돌이 일어났다. 이 싸움은 1555년 아우크스부르크 화의로 마무리되었다. '하나의 제국, 하나의 신앙'을 고집하던 신성로마제국의 원칙이 철회되고 '각 지역의 주민은 지역 통치자의 신앙에 따른다'는 원칙이 새로 수립되면서 개신교도들에게도 신앙의 자유가 보장되었다. 물론 이는 제후에게만 해당되는 자유로, 일반인들에게까지는 적용되지 않았다. 영주가 가톨릭이면 백성들도 가톨릭을 믿어야 했다. 아무튼 종교 간의 이런 평화는 보헤미아의 왕 페르디난트 2세가 신성로마제국 황제에 즉위하면서 위기를 맞았다. 독실한 가톨릭교도였던 그가 제국을 다시 하나의 종교로 통합할 목적으로 신교 탄압에 나섰기 때문이다. 도화선에 불을 댕긴 건 보헤미아였다. 신교를 믿던 보헤미아 귀족들은 페르디난트 2세를 폐위하고 펠츠의 선제후 프리드리히 5세를 새 국왕으로 추대했으니, 이로써 신교와 구교 간의 치열한 전쟁이 막을 올렸다.

어느 전쟁이 그렇지 않을까마는 이 전쟁은 특히 끔찍했다. 총기와 화포 같은 근대적 무기의 사용으로 인명 살상의 규모는 과거에 비할 바가 아니었고, 용병들의 살육과 약탈, 방화는 극에 달했다. 그로 인해 무수한 사람이 터전을 잃고 헐벗고 굶주렸으며, 거기다 페스트까지 번져 중부 유럽 전체가 초토화되었다. 그것도 무려 30년 동안이나. 전쟁이 이렇게 길어지게 된 배경에는 이해관계에 따른 유럽 각국의 개입이 있었다. 덴마크와 네덜란드, 노르웨이, 스웨덴은 신교 편에 섰고, 스페인과 오스트리아는 구교 편에 섰으며, 프랑스는 가톨릭 국가였지만 정치적 이해에 따라 신교 쪽을 택했다. 이처럼 처음엔 종교적 성격을 띠었던 전쟁이 차츰 정치·경제적 이해관계에 따라 복잡한 양상으로 변해갔다. 당시는 기술과 자본이 발달하고, 자유도시를 중심으로 상업과 무역이 활발하던 시기였다. 자본가와 상인, 기술자들은 부의 축적을 좋지 않게 보던 보수적인 가톨릭보다는 부를 신의 은총으로 여기는 신교의 교리를 더 마음에 들어했다. 그럴수록 구교 세력은 더더욱 자유도시를 구교의 영토로 편입시키고자 했으니, 신교 연합은 극심하게 저항할 수밖에 없었다. 이처럼 복잡한 양상의 전쟁은 마침내 신교의 승리와 함께 1648년 베스트팔렌조약으로 마무리되었다.

주인공 틸은 중세 민담에 등장하는 전설적 광대다. 짓궂은 장난으로 고루한 인간들을 골탕 먹이고, 귀족과 성직자를 비꼬고, 부조리한 세상을 조롱하면서 전쟁으로 고통받는 사람들에게 즐거움과 위로를 선사했다. 틸의 이름은 울렌슈피겔 또는 오일렌슈피겔로 알려져 있는데, 여기서 오일레Eule는 '부엉이', 슈피겔Spiegel은 '거울'을 뜻한다. 부엉이는 고대 그리스에서 지혜를 뜻했으나 중세에선 파괴적인 악마의 상징이었다. 틸은 바보 같은 행동을 함으로써 이를 보고 즐기는 인간들에게 거울을 들이밀며 그게 곧 그들의 모습임을 보여주고, 아울러 교묘한 장치로 그들 사이에 싸움을 일으킴으로써 자신들의 어리석음을 은연중에 깨닫게 한다.

궁정에서의 광대 역할도 꽤나 흥미롭다. 유럽의 괜찮은 궁정에서는 다들 궁정 광대를 두었다. 왕은 누구나 공경하는 만인지상의 존재다. 그 앞에서는 누구도 쉽게 말을 내뱉지 못하고 움츠리며, 직언을 한다는 건 더더군다나 엄두도 낼 수 없다. 이런 상황이라면 왕은 교만해지거나 독선에 빠질 공산이 크지만, 그런 왕을 유일하게 함부로 대하는 인간이 있으니 바로 궁정 광대다. 그는 왕의 이름을 스스럼없이 부르고, 왕의 진지한 말을 비아냥거릴 수도 있다. 그것이 광대의 역할이다. 교만에 대한 경계. 그런 만큼 광대는 뻔뻔하고 당당해야 한다.

다른 한편으로 틸은 안락한 삶을 내주고 자유를 얻은 예술가이기도 하다. 한곳에 묶이는 순간 자유는 사라지고 구속의 삶이 기다린다. 그는 그런 삶을 살 수 없고, 살고 싶지도 않다. 떠돌이 삶이 계속되는 이유다.

이 글을 먼저 읽은 독자라면 이제 자유롭게 작품 속으로 풍덩 뛰어들기 바란다. 낯선 전쟁과 매력적인 광대의 세계 속으로.

2021년 6월
박종대

옮긴이 **박종대**

성균관대학교 독어독문학과와 동 대학원을 졸업하고 독일 쾰른에서 문학과 철학을 공부했다. 사람이건 사건이건 겉으로 드러난 것보다 이면에 관심이 많고, 환경을 위해 어디까지 현실적인 욕망을 포기할 수 있는지, 그리고 어떻게 사는 것이 진정 자신을 위하는 길인지 고민하는 제대로 된 이기주의자가 꿈이다. 『농담과 무의식의 관계』, 『성욕에 관한 세 편의 에세이』, 『콘트라바스』, 『승부』, 『미친 세상을 이해하는 척하는 방법』, 『바르톨로메는 개가 아니다』, 『데미안』, 『수레바퀴 아래서』 등 많은 책을 번역했다.

줄 위의
남자

초판 1쇄 인쇄 2021년 6월 29일
초판 1쇄 발행 2021년 7월 9일

지은이 다니엘 켈만
옮긴이 박종대
펴낸이 김선식

경영총괄 김은영
기획 임인선 **책임편집** 박하빈 **크로스교정** 조세현 **책임마케터** 이미진
콘텐츠사업2팀장 김정현 **콘텐츠사업2팀** 박하빈, 김보람, 이상화
마케팅본부장 이주화 **마케팅3팀** 이미진, 박태준, 유영은
미디어홍보본부장 정명찬 **홍보팀** 안지혜, 김재선, 이소영, 김은지, 박재연, 오수미
뉴미디어팀 김선욱, 허지호, 염아라, 김혜원, 이수인, 임유나, 배한진, 석찬미
저작권팀 한승빈, 김재원
경영관리본부 허대우, 하미선, 박상민, 권송이, 김민아, 윤이경, 이소희
이우철, 김재경, 최완규, 이지우, 김혜진
외부 스태프 교정교열 홍상희 **디자인** 이지선

펴낸곳 다산북스 **출판등록** 2005년 12월 23일 제313-2005-00277호
주소 경기도 파주시 회동길 490
대표전화 02-704-1724 **팩스** 02-703-2219 **이메일** dasanbooks@dasanbooks.com
홈페이지 www.dasanbooks.com **블로그** blog.naver.com/dasan_books
종이 아이피피 **인쇄·제본** 한영문화사 **후가공** 평창 P&G **제본** 대원바인더리
ISBN 979-11-306-3944-4 (03850)